西北大学中国文化研究中心学者论丛

A STUDY ON FEMALE ARTICLES IN THE POEMS OF TANG AND SONG DYNASTIES

唐宋诗词中的女性物事研究

田　苗　著

商務印書館国际有限公司
中国·北京

西北大学中国文化研究中心学者论丛

编辑委员会

（以姓氏笔画为序）

总　　序

作为学术机构的西北大学中国文化研究中心于2016年7月揭牌成立，属于学校无行政级别的实体研究机构。自成立以来，中心的科研、教学、人才培养、服务社会、学术交流，各个方面的工作次第展开，引起了上级主管部门和学界的关注。

当然，作为一所有着一百多年历史的综合大学，西北大学自创建伊始，即以弘传中国文化为使命，并形成了“发扬民族精神，融合世界思想，肩负建设西北之重任”的办学理念。学校英才云集，郁乎文盛，薪火相传，几代从事中国文化研究的名家大师先后在此设帐授徒，弘道述学。除了精深的研究外，学校滋兰树蕙，培养了一大批优秀人才，有的在国内高校和研究机构从事专门研究，有的乘桴海外，在世界各地播扬故国文化，也有不少人仍坚守在母校，三尺讲台，教书育人。

中心设立的缘起，是为更好地商量旧学、涵养新知，为中国文化在新时代返本归元、开拓创新搭建国际性开放学术平台，培养拔尖创新人才，奉献专精学术成果，发出西部声音，提供学理方案。

中心的职责与宗旨是：充分调动发挥西北大学人文社会科学研究的专业优势，承担国家有关部门的研究课题，力争产出填补学科空白和具有学术前瞻性的精品力作；结合重大问题研究，为国家和地方的文化战略、文化决策提供具有建设性和影响力的咨询报告；承担企业、非政府组织、基金会委托的各项科研任务；整合力量、重点突破、指导引领、整体提升学校人文社会科学研究水平，为学校的“双一流”建设提供强有力的学术支撑。

截至目前，中心已经申报并获批设立多个省级科研平台，创办了研究通讯、学术辑刊、中心网站、学术公众号等，也承担了国家重大课题、重点课题、地方政府和企业委托课题等一大批科研和智库课题，各项工作都走在新成立的实体机构的前列。

记得傅斯年先生于 1928 年撰写了《历史语言研究所工作之旨趣》，谈及设立史语所的宗旨：

> 在中国的语言学和历史学当年之有光荣的历史，正因为能开拓的用材料，后来之衰歇，正因为题目固定了，材料不大扩充了，工具不添新的了。不过在中国境内语言学和历史学的材料是最多的，欧洲人求之尚难得，我们却坐看它毁坏亡失。我们着实不满这个状态，着实不服气，就是物质的原料以外，即便学问的原料，也被欧洲人搬了去乃至偷了去。我们很想借几个不陈的工具，处治些新获见的材料，所以才有这历史语言研究所之设置。
>
> 我们宗旨第一条是保持亭林、百诗的遗训。这不是因为我们震慑于大权威，也不是因为我们发什么“怀古之幽情”，正因为我们觉得亭林、百诗在很早的时代已经使用最近代的手段，他

们的历史学和语言学都是照着材料的分量出货物的。他们搜寻金石刻文以考证史事，亲看地势以察古地名。亭林以语言按照时和地变迁的这一个观念看得颇清楚，百诗于文籍考订上成那末一个伟大的模范著作，都是能利用旧的新的材料，客观地处理实在问题，因解决之问题更生新问题，因问题之解决更要求多项的材料。这种精神在语言学和历史学里是必要的，是充足的。本这精神，因行功扩充材料，因时代扩充工具，便是唯一的正当路径。

几十年以来，中国新设立的有关中国文化的研究机构不知凡几，秉持着各不相同的学术宗旨，培养人才，开展研究，其发展目标也以追赶欧美学术共同体为榜样。本研究中心成立较晚，积淀较少，梳理现代学术史，我们更愿意向傅斯年先生致敬，追随前贤，虽不能至，心向往之。

本论丛的设立，与我们已经做的其他项目类似，彼此配合，又各有侧重。收入本辑的著作主要是本中心的专职研究人员和兼职学者的最新成果，以中青年学者的成果为主。我们不求统一时间、一次性推出，但要求学人能奉献自己原创的最新成果。

本论丛初创，希望能得到各个方面的鼎立支持，也希望读者朋友提出宝贵意见，以便使其更臻完善，真正承担起刊布优秀中国文化研究成果的使命来。

李浩

草于故都西安怀德坊寓所

目　录

中编　器用居处篇

下编　日常活动篇

前　　言

温庭筠《菩萨蛮》词云：

小山重叠金明灭，鬓云欲度香腮雪。懒起画蛾眉，弄妆梳洗迟。照花前后镜，花面交相映。新帖绣罗襦，双双金鹧鸪[①]。

词写闺中思妇情态宛在目前。然首句“小山重叠金明灭”颇为难解。检视成说，有山眉、山枕、山屏、小梳、高髻、山炉诸端[②]，任取其一种，景象迥然不同，背后所蕴含的社会文化信息亦判然有别。此

① 曾昭岷等《全唐五代词》，中华书局，1999 年，第 99 页。本书所引唐五代词多出自此版本，下文不再出注。

② 关于释“小山”的代表性观点，兹举几例：夏承焘认为：“小山”是指眉毛，唐明皇造出十种女子画眉的式样，小山眉是十种眉样之一。(《唐宋词欣赏》，北京出版社，2002 年，第 31 页）吴世昌认为：“‘小山’，山枕也。枕平放，故能重叠。”(《词林新话》，北京出版社，1991 年，第 79 页）沈从文认为：“温庭筠词有‘小山重叠金明灭’，即对于当时妇女发间金背小梳而咏。”(《中国古代服饰研究》，上海书店出版社，2002 年，第 339 页）俞平伯认为：“小山，屏山也。其另一首‘枕上屏山掩’，可证。”(《论诗词曲杂著》，上海古籍出版社，1983 年，第 502 页）吴小如认为：“据日本今天所保存的唐代习俗，断为此实床头枕后之小屏风，‘小山’乃屏上所绘之金碧图案。”(《古典诗词札丛》，天津古籍出版社，2002 年，第 282 页）王子今认为：“小山”指当时妇女的高髻（《温庭筠词“小山重叠金明灭”图解》，《四川文物》2005 年第 2 期，第 76 页）。张筠认为：“小山”可释为博山炉，体现的是唐代的熏香风尚（《温庭筠〈菩萨蛮〉十四首新探》，西北大学硕士论文，2005 年，第 5 页）。

种现象在文学作品解读过程中较为常见。唐宋诗词中女性题材作品既多，涉及的名物、事迹亦繁，其间或有隐约难解之处，或有言简意丰之味，循此探究唐宋诗词中的女性世界，关注社会变化与文学书写的关联，正是本书的题旨。

一、视野：唐宋转型

唐代与宋代是中国历史上两个重要的时代。陈寅恪在《论韩愈》一文中指出："唐代之史可分前后两期，前期结束南北朝相承之旧局面，后期开启赵宋以降之新局面"，并在《邓广铭〈宋史职官志考证〉序》中称："华夏民族之文化，历数千载之演进，造极于赵宋之世。"从中国历史发展的角度来看，唐宋时期出现了一系列重要的变化。明陈邦瞻在《宋史纪事本末叙》中论及史之三变："宇宙风气，其变之大者有三：鸿荒一变而为唐、虞，以至于周，七国为极；再变而为汉，以至于唐，五季为极；宋其三变，而吾未睹其极也。"也就是说，从唐至宋，社会发生了质的改变。在唐宋变迁的历史进程中，政治、经济、文化等诸方面都逐渐改变了承传已久的风貌，出现了一些新的特征。

唐宋之际的变化从20世纪开始就引起了史学界的特别关注与广泛讨论。日本学者内藤湖南在20世纪初正式提出"唐宋转型"论，或曰"唐宋变革"论。他认为中国中世和近世的大转变出现在唐宋之际，"唐和宋在文化的性质上有显著差异：唐代是中世的结束，而宋代则是近世的开始"[①]。随后这一学说成为唐宋史研究领域内吸引众多学者的一

① ［日］内藤湖南《概括的唐宋时代观》，原文发表于日本《历史与地理》第9卷第5号，译文见刘俊文主编，黄约瑟译《日本学者研究中国史论著选译》第1卷，中华书局，1992年，第10页。

个问题，中国、日本、欧美等地的历史研究者进行了持久深入的探讨。李华瑞《“唐宋变革”论的由来与发展》一文梳理了唐宋变革论的历史及发展，指出：“对于唐宋之际社会变革的讨论有两条主线索：一是从南宋以来迄20世纪中国本土学者对唐宋之际或之间社会变动的认识；二是20世纪初叶日本学者内藤湖南提出宋代是中国近世的开始而后衍化成为‘唐宋变革’论。这两条线索在20世纪国内唐宋史研究领域基本是泾渭分明，只是进入21世纪后‘唐宋变革’才与唐宋变动或变化相混淆，两条线索才缩结在一起出现泛化的倾向。”关于20世纪之前唐宋转型或变革的研究成果，已有不少研究者进行了概括[①]，在此不复赘述。21世纪以来，新的研究论著有葛金芳《唐宋变革期研究》（湖北人民出版社,2004年）、卢向前编《唐宋变革论》（黄山书社,2006年）、李华瑞《“唐宋变革论”的由来与发展》（天津古籍出版社，2010年）、戴建国《唐宋变革时期的法律与社会》（上海古籍出版社，2010年）、林文勋《唐宋社会变革论纲》（人民出版社，2011年）等，这些著作从不同角度阐述了唐宋变革的发生与发展。虽然关于唐宋变革的时间、内容、性质尚有不少争议，但达成的共识是唐宋时期社会确实发生了重要的变化。

在唐宋转型的诸多研究中，与思想文化以及文学相关的研究是重要的内容之一。就思想文化方面而言，美国学者包弼德的《斯文：唐宋思想的转型》（刘宁译，江苏人民出版社，2000年）围绕“文”在唐

---

① 如张其凡《关于“唐宋变革期”学说的介绍与思考》（《暨南学报》（哲学社会科学版）2001年第1期，第124—131页）、李华瑞《20世纪中日“唐宋变革”观研究述评》（《史学理论研究》2003年第4期，第87—95页）、罗祎楠《模式及其变迁——史学史视野中的唐宋变革问题》（《中国文化研究》2003年夏之卷）等。

宋士人的观念和创作中的变迁，勾勒出唐宋士人价值选择的演变轨迹。刘方的《唐宋变革与宋代审美文化转型》（学林出版社，2009年）从唐宋变革的视角探析宋代审美文化形成的缘由。徐洪兴的《唐宋之际儒学转型研究》（上海人民出版社，2018年）对唐宋之际儒学的发展变化进行了深入探讨。进入20世纪以来，唐宋转型与文学之间的关联性的研究也在进行，而且唐宋转型论日益引起古代文学研究界的重视。王水照2006年发表《重提"内藤命题"》一文，指出内藤氏命题所蕴含的学术价值："简略梳理中日学术史上'内藤命题'的相关材料，可以看到这个命题获得范围深广的回应，吸引众多一流学者直接或间接的参与，形成一场集体的对话，丰富了命题的内涵，使之成为一个蕴藏无数学术生长点、富有学术生命力的课题。"同时，他也揭示出"内藤命题"对于文学研究的意义："'内藤命题'关心宋代社会的历史定位，关心其时代特质，关心社会各个领域的新质变化，等等，就为宋代研究提供了这样一个'纲'。对于我们宋代文学研究而言，也是这样一个'纲'。"《文学遗产》2017年第6期曾刊发了一组"唐宋文学的会通研究"笔谈，莫砺锋、陈尚君等六位唐宋文学研究专家从不同角度讨论了唐宋转型背景下唐宋文学的会通研究问题，体现出文学研究界对唐宋转型的关注。关于这一研究领域的论著也多有创获。查屏球的《唐学与唐诗：中晚唐诗风的一种文化考察》（商务印书馆，2000年）虽以中晚唐诗风为主要研究对象，但着眼点却在于唐宋诗之变，从唐宋学术的承转关系上探究唐宋诗风变化的文化底蕴。刘宁的《唐宋之际诗歌演变研究：以元白之"元和体"的创作影响为中心》（北京师范大学出版社，2002年）以"文官化"概念为唐宋诗歌转型过程构造了时代背景，在宏观阐释的前提下，着重对诗歌转型的自身过程进行了完整而细致的专题探讨。日本学者浅见洋二的《距离与想象——中国诗学的唐宋转型》（金程宇、冈田千穗译，上海古籍出版社，2005 年）对"唐宋变革"时期"作品是如何被阅读"的诸多事实进行了探讨。曾祥波的《从唐音到宋调：以北宋前期诗歌为中心》（昆仑出版社，2006 年）通过考察北宋前期诗歌，在文学层面上对唐宋变革论做出了某种回应与互补。田耕宇的《中唐至北宋文学转型研究》（中国社会科学出版社，2009 年）以"文学转型"为中心，从"人的转型"来探索文学转型时期文化要素。李贵的《中唐至北宋的典范选择与诗歌因革》（复旦大学出版社，2012 年）通过分析杜甫、韩愈、白居易、李商隐等对宋诗进程的影响，从典范选择的视角建构了中唐到北宋的诗学转型。田恩铭的《唐宋变革视域下的中唐文学家传记研究》（中国社会科学出版社，2012 年）对在唐宋变革的历史背景下中唐文学家的传记进行了细致考察。朱刚的《唐宋"古文运动"与士大夫文学》（复旦大学出版社，2013 年）从"古文运动"切入，对文学的"唐宋转型"进行了实证性研究。张兴武、王小兰的《唐宋诗文艺术的渐变与转型》（中国社会科学出版社，2014 年）梳理和讨论了制约唐宋文学转型的诸多客观因素，考察了诗文艺术由唐及宋的发展轨迹。此外，还有不少论文或从宏观视域、或从微观视角对唐宋文学的转型进行探讨，恕不一一列举。但是，相较历史学界对唐宋转型问题的关注程度和研究成果而言，文学研究界对于唐宋转型问题的丰富内涵显然发掘得不够充分。唐宋之际社会的转型究竟对文学创作产生了怎样的影响？尤其具体到作品所书写的内容，是如何体现社会的转型与思想的变化的？研究者对于这些问题虽有关注，但尚有开拓的空间。

本书试图将历史与文学相绾合，从历史事实如何进入作家视野、如何经过处理呈现在作品中切入，阐发唐宋转型过程中诗词创作的变化，以期在历史变迁与文学演进的双向坐标上探究作家的审美心态、创作心理及诗歌内容、技法等的发展变化。

二、角度：性别审视

唐宋转型涉及社会生活的各个层面。柳诒徵《中国文化史》即指出："自唐迄宋，变迁孔多。其大者则藩镇之祸，诸族之兴，皆于政治文教有种种之变化；其细者则女子之缠足，贵族之高坐，亦可以见体质风俗之不同。"然而关于唐宋转型的已有研究多是从政治、经济、思想等维度展开，鲜有从性别角度审视的。

人类社会由两性构成，女性地位以及男性对女性认知的变化，是解析社会特质的重要关节。妇女研究兴起虽晚，却是史学研究中不可缺少的组成部分之一。20世纪以来，历史学家逐渐把关注的目光从以男性精英为中心的政治史转向普通大众的日常生活，从男性转向男女两性，从单一的政治史转向经济、政治、文化等多层面的历史，使传统史学中被忽视的女性和性别制度得以显现。唐代妇女与宋代妇女在中国妇女史中的独特地位和重要研究价值逐渐受到学界关注，研究成果颇为丰硕。高世瑜的《唐代妇女》（三秦出版社，1988年）资料丰富，系统全面地阐述了唐代女性的生活面貌。段塔丽的《唐代妇女地位研究》（人民出版社，2000年）着眼于妇女地位的研究，从参政、婚姻、受教育、社交等方面深入论证了唐代妇女所处的地位状况。陈弱水的

《隐蔽的光景：唐代的妇女文化与家庭生活》（广西师范大学出版社，2009年）从家庭、政治等视角探讨唐代妇女的生活实态。美国学者伊沛霞的《内闱——宋代的婚姻和妇女生活》（江苏人民出版社，2004年）考察了宋代妇女在婚姻和家庭中的真实样态。邓小南主编的《唐宋女性与社会》（上海辞书出版社，2003年）收录了一批关于唐宋女性研究的论文，从文本、女性书写、生活、图像、性、宗教、性别意识、变迁等不同角度对唐宋女性进行审视，体现出新时期妇女史研究多元化的特点。姚平《唐代妇女的生命历程》（上海古籍出版社，2004年）、万军杰《唐代女性的生前与卒后：围绕墓志资料展开的若干探讨》（天津古籍出版社，2010年）、张菁《唐代女性形象研究》（甘肃人民出版社，2007年）、李晓培《唐代入道女性世界中的性别意识与情欲》（山西教育出版社，2011年）、岑静雯《唐代宦门妇女研究》（文津出版社，2006年）、方燕《巫文化视域下的宋代女性——立足于女性生育、疾病的考察》（中华书局，2008年）、铁爱花《宋代士人阶层女性研究》（人民出版社，2011年）等，从不同角度探讨了唐宋妇女的生活状况。此外，在一些通史、通论类的著作中，也有专门论述唐宋妇女相关状况的章节，如陈东原的《中国妇女生活史》（商务印书馆，1934年），陈鹏的《中国婚姻史稿》（中华书局，1990年），等等。

高世瑜在《唐代妇女》一书中给予了唐代妇女这样的评价："唐朝形成了它特有的'闺门不肃'、礼教不兴的状况。这种状况虽为后世道学家所不齿，却给了生活在那个时代的妇女极大的幸运，使得她们所受压抑束缚较少，身心比较健康，因而形成了开朗、奔放、勇敢、活泼的精神面貌，以及独特的行止风格、思想观念等等。"关于宋代妇女的特征和地位，学术界颇有分歧。陈东原的《中国妇女生活史》认为，宋代是妇女地位急转直下的时代。徐规等学者均持此观点[①]。另有一些学者则提出了不同观点，如宋东侠在《宋代妇女的社会地位》中指出，宋代妇女在社会生活中的地位有明显提高。朱瑞熙、张邦炜等所著的《宋辽西夏金社会生活史》认为，中国古代妇女地位总的趋势是下降的，宋代处在逐渐下降的过程之中，却并非急转直下。女性生活的变化实是社会思想观念变化的反映。唐宋社会的变迁很有必要也完全可以从性别的角度加以审视。

探究唐宋转型历史进程中女性的变化及特质，除了依据历史文献以外，文学作品是重要的资料。西方女性主义的研究对文学作品是极为关注的。女性主义的经典著作《第二性》就集中分析了蒙特朗、劳伦斯、克洛代尔、布勒东、司汤达五位男作家的作品。当代中国的女性研究也借鉴了这一方法。但是在妇女史的研究，尤其是小说这一文学样式尚不发达的明清以前的妇女史研究中，对文学作品的利用明显较少，往往只关注数量极其有限的女性自身的创作。唐宋文学，特别是诗词中，由于受香草美人、代言体等书写传统的影响，加之具有女性化特征的词体的兴起，女性题材的作品蔚为可观。其实男性诗人笔下的女性更具时代意义和社会内涵。现代女性主义研究者认为，对女性的研究不能仅仅局限于女性本身，也要关注与女性生活在同一社会中的男性，唯其如此，女性主义才能向更深的层面发展。美国学者鲍勃·康奈尔就强调道："要认识一种不平等的制度，我们必须审查占统

① 参见徐规《宋代妇女的地位》(《仰素集》，杭州大学出版社，1999年，第315—403页)。

治地位的一方——研究男性对于研究社会性别，就如同研究统治阶级对于阶级分析一样至关重要。”[①] 男性作者在描写女性的作品中，形成了一套与时代思想与审美风尚紧密关联的典型话语体系。因此，研究唐宋女性不能绕过男性的作品。唐宋诗词中那些能体现女性特征的书写内容是探究男性妇女观的第一手材料，也是反映唐宋妇女生存状态的重要材料。虽然诗词由于篇幅的局限无法详尽地反映出女性的生活和作家的女性思想，但是，诗词体裁所特有的凝练风格使得作者在创作时，往往会以对现实生活和文学的敏锐感受，将生活中的典型物象加以提炼和概括，融入情感和审美的选择，构筑出一种言有尽而意无穷的文学意境。通过对男性诗人所营造的女性世界的解读，我们能够更清楚地认识到女性在男权文化话语体系中的样态，以及唐宋时代男性对女性的审美观和要求的变化，进而厘清思想文化上的唐宋转型是如何渗透进文学作品中的。

近二十年来，学术界涌现出一些关于唐宋女性与文学的研究成果，如徐有富《唐代妇女生活与诗》（中华书局，2005 年）、俞世芬《唐诗与女性的研究》（人民出版社，2012 年）、苏者聪《宋代女性文学》（武汉大学出版社，1997 年）、舒红霞《女性审美文化：宋代女性文学研究》（人民出版社，2004 年）、黎活仁主编《女性的主体性：宋代的诗歌与小说》（大安出版社，2001 年）等。但是，在这些有关唐宋妇女研究的著述中，多将唐代与宋代截然剖开，且主要从性别差异的角度切入，集中于女性形象或代言体抒写特征的探讨，很少在社会变革、文

① 转引自周颜玲《有关妇女、性和社会性别的话语》，见王政、杜芳琴主编《社会性别研究选译》，生活·读书·新知三联书店，1998 年，第 382 页。

化转型进程中考察这一题材的嬗变。在由中世走向近世的社会转型进程中，男性作家笔下的女性实蕴含了更为丰富的信息，他们采取的书写策略往往能体现出时代思想意识、审美文化的变迁以及女性地位的升降。因此本书选取女性这一绾合社会、历史和文学的纽带，试图在唐宋转型的视域下阐释唐宋文学中的女性书写方式，从性别的视角剖析唐宋转型进程中文学的走向与思想观念的变化。

三、方法：物事考索

在社会变迁的历史进程中，有许多细节是具有研究意义的。以扬之水为代表的一些研究者已注意到了这一方面，诸多成果都是典型体现，如扬之水《宋人与花与香与瓷器》一文探究了助成宋人风雅的花、花瓶等物，并指出："当然不管怎么说，花与花瓶都仍只算得宋人生活中的细事，今天是把它做成一幅特写，于是可以看到花瓶作为几案陈设成为风气，实在是与宋人生活方式的重大改变，即席坐向着垂足坐由转变到最后完成密切相关。这样一个牵连了诸多方面的生活细节，我说它是情节丰富的别一种历史叙事，应该是可以成立的吧。"社会的变化往往渗透在日常生活的细节当中，对这些细节的了解是认识一个社会不可或缺的因素。在唐宋转型的过程中，此类具有社会意义的生活细节为数不少，本书即采摭其中的一些物与事加以考索。

物事研究的方法源于名物学研究。名物学在中国起源甚早，"名物"一词在先秦典籍中就已出现了，日本学者青木正儿在其《中华名物考》中的《名物学序说》一文中勾勒了中国古代名物学的发展概况，从最初作为训诂学的名物学，到名物学的独立、展开乃至作为考证学的名物学，这一学科日渐完善，是中国古代文史研究中的一个重要方法。关于唐宋时期的名物研究，近年来也涌现出不少成果，如闫艳《〈全唐诗〉名物词研究》（巴蜀书社，2004 年），孟晖《花间十六声》（生活·读书·新知三联书店，2006 年），杜朝晖《敦煌文献名物研究》（中华书局，2011 年），肖占鹏、孙振涛、李广欣《唐代诗文名物意象考释》（天津古籍出版社，2011 年）等，尤其是扬之水《古诗文名物新证》（紫禁城出版社，2004 年）、《中国古代金银首饰》（故宫出版社，2014 年）等一系列著作运用名物学的研究方法，在文献、实物、图像间复原古代生活场景的若干细节，并且与社会文化相结合，成为当代名物研究的代表成果。此外，在一些风俗、制度通史类的著作中也有与名物研究相关者，如沈从文《中国古代服饰研究》（上海书店出版社，2002 年），周汛、高春明《中国历代妇女妆饰》（学林出版社，1988 年），孙机《中国古代物质文化》（中华书局，2014 年）等。但是，这些研究或单纯着力于考据层面，将文学作品作为支撑其结论的论证材料；或是涉及的名物比较驳杂，缺乏系统性，且从女性视角进行名物研究的论著并不多。

唐宋诗词中所涉及的女性物与事非常丰富，不仅包括女性的妆饰、衣着、器物，还涉及日常活动与风俗等。本书中所论的女性物事主要有两类：一是在长期的历史沿革中已经具有浓重女性化倾向的物事，甚至可以将其视为女性特征之代名词，如妆容、头饰等。虽然中国古代的男性也有傅粉施朱、蓄发簪花的习惯，留下了诸如“傅粉何郎”等典故，但是这些物事在大众视野中仍然是带有女性意味的。以现代女性主义的立场来看，这些物事皆是带有女性特征的，是体现所谓“女性气质”的。二是虽然没有强烈的性别趋向，但是在社会风气的熏染下，对于男性和女性而言，具有不同意义的物事，如洞房、占卜等。这些物事在女性世界中有着独特的价值。唐宋诗词中所书写的女性物事数量虽繁，但有一些是有着类倾向的，所以对于这些物事，采取的不是竭泽而渔、一一穷尽的方式，而是选取其中典型性的内容重点解析。

仅仅关注物事本身的所指是不够的，唐宋诗词中女性描写涉及的很多物事都有其独特的意义。在了解这些女性物事的确切所指后，要进一步探究女性的物和事怎样从现实进入文学，构成艺术意象，并进一步从男性写作的角度解析这些物事所具有的社会意义，更清晰地把握唐宋转型进程中社会思想的变化和女性的生存状态的迁转。如此，既可以扩充名物研究的内涵，又能够从新的视角审视唐宋时期与女性相关的文学作品。

从文学的层面来看，唐宋诗词中很多女性物事已经不是单纯的物象，而是演变成了作品的意象。作者为了生动描绘女性生活场景，往往会从不同角度反复演绎这些精心择取的物象，不断扩充这些语汇形象的多面性与内涵的丰富性，从而使纯客观意义的物事蕴含一定的感情色彩，协助营造作品的艺术境界。以往的意象研究成果虽丰，但多倾向于从语汇学、阐释学、文艺美学等方面解读其文学意蕴，而忽视了这些意象由现实到文学的转化过程。探赜这些女性物事来龙去脉的过程，实是对唐宋诗词意象的形成做另一视角的解读，以便更清晰地认识唐宋诗词意象产生的历史文化背景以及其在作品中的独特韵味。

从历史的层面来看，每一物事的描写背后都蕴含着自身的思想史，厘清其准确意蕴才能更好地理解作品，更好地认识其社会意义。正如李溪在《内外之间：屏风意义的唐宋转型》中所言："物的思想史关注的是容纳人与物的一个整体，关切人如何在不经意间，又或许是有意识地施予物以某种意义。"本书即借鉴名物学与物的思想史的研究方法，考察唐宋诗词中与女性相关的一些物事，不仅关注其所指，更关注其所蕴含的意义，为诗文中的描写寻找真实的历史依据，借助王国维所言之"两重证据"还原所论之女性物事在唐宋女性生活中的实际情形，从而形成思想史、文学史双重背景下的考古研究。

文学研究与历史研究历来密不可分。对文学作品的理解，要从文本解读开始。文本解读最根本的任务是准确理解作品内容的所指。作家的写作都是在历史语境中完成的，其所书写的内容往往与历史有着千丝万缕的联系。陈寅恪认为，中国诗与外国诗不同之处，是它多具备时、地、人等特点，有很大的史料价值，可用来研究历史并补历史书籍之缺[①]。由陈寅恪所楬橥的"以诗证史"的研究方法是中国诗学研究的重要方法之一，《元白诗笺证稿》《柳如是别传》等著作正是这种研究思路的典型体现。本书物事考索的研究方法，本质上即是以诗证史、以史证诗、诗史互证基本原则的运用。具体来说，是以文学研究为本位，将文学研究与历史研究，特别是名物研究、妇女史研究相结

① 黄萱《怀念陈寅恪教授——在十四年工作中的点滴回忆》，《纪念陈寅恪教授国际学术讨论会文集》，中山大学出版社，1989 年，第 70—71 页。

合，借鉴历史学、考古学、社会学、女性主义学说、心理学、民俗学等多种学科的理论和成果，多方位、多角度展现出唐宋转型的社会背景下文学作品中女性描写的嬗变。

董仲舒说："诗无达诂。"虽然本书尽可能对所涉及的作品进行贴合历史情境的解读，但文学作品本身具有一定的模糊性，有些歧解殊难定论。譬如开篇所言"小山"之解，浦江清曾如是说："'小山'可以有三种解释。一谓屏山，其另一首'枕上屏山掩'可证，'金明灭'指屏上彩画。二谓枕，其另一首'山枕隐浓妆，绿檀金凤凰'可证，'金明灭'指枕上金漆。三谓眉额，飞卿《遐方怨》云：'宿妆眉浅粉山横'，又本词另一首'蕊黄无限当山额'，'金明灭'指额上所傅之蕊黄，飞卿《偶游》诗'额黄无限夕阳山'是也。三说皆可通，此是飞卿用语晦涩处。"① 其实，所通的又何止三说，只是我们想寻求最符合时代背景、最能体现当时生活风尚且又贴合作品情境的圆通解释。当然，从某种意义上说，在探寻物事确解的过程中所关注的时代风气与文化内涵或许比为物事给出一个唯一的解释更有意义。笔者不揣浅陋，就以上所论方面略做一点探索，疏漏不当之处，尚祈诸方家指正。

① 浦江清《词的讲解》，《浦江清文录》，人民文学出版社，1958 年，第 146—147 页。

上编　妆容服饰篇

第一章　眉黛

中国是一个讲究含蓄的国度，譬如男女间若相互爱慕，往往并不急于言明，而是以眉目传情。又譬如西施心痛，也不是叫嚷出来，而是捧心颦眉。在中国，尤其是古代社会，许多心事都是借由眉表现出来的。特别是对于受禁锢较多的女性，眉目的作用更为重要。明田艺蘅在《留青日札》中曾说："妇女之眉最善蛊人。故从女、从眉曰媚。"近人黄华节在《眉史》一文中亦坦言："眉目为中国女性表情，尤其是性的感情的特殊工具。"眉对于女性既如此重要，自然成为修饰的重点。画眉在女性化妆中是非常重要的环节，两道细细的眉毛展现出的是女性的万千风情。从唐代到宋代，女性的眉妆屡经变化。通过唐宋诗词中的描写，我们不仅可以清晰地看到这种变化的轨迹，亦可窥见其中所隐含的社会思想的嬗变。

第一节　唐宋眉妆演变考

自女性开始修饰眉部起，眉妆大多是以细长为美。从长沙陈家大山楚墓出土的《人物龙凤帛画》中女子之长眉到顾恺之《女史箴图》中曼只的蛾眉，再到元嘉中"细而曲折"的愁眉，纤细始终是眉妆发展的主流。南北朝时期，眉妆出现了两种潮流，显示出新的发展趋向。南方清丽的山水、闲逸的文化氛围形成了崇尚纤媚的审美风尚，使得细长的眉妆得以继续流行。深受南方文化影响的隋炀帝即对“善画长蛾眉”的殿脚女吴绛仙宠爱有加，“由是殿脚女争效为长蛾眉”。而北方由于长期为游牧民族所统治，形成了粗犷刚健的审美趣味。释法宣在《和赵王观妓》一诗中写道：“城中画广黛，宫里束纤腰。”此诗虽收入《全唐诗》中，但是据陈尚君考证，其应当作于周、隋之际①，可见当时在北方，阔眉已颇为流行。

唐代“妆饰娥媚之术，比较从前又大进步”②，女性特别重视化妆与修饰，尤其热衷于画眉。虢国夫人可以不施脂粉，却还要“淡扫蛾眉”，此足以说明眉妆之重要性。诗人们在描写女性时，常常首先注意到她们的眉，于是我们看到了唐诗中名目繁多的眉妆。

初唐女性秉承了隋末以来的遗风，延续着画长眉的传统。在能够体现时代审美取向的绘画和雕塑中即可看到长眉的形象，如莫高窟57窟南壁壁画菩萨和328窟西壁龛内南侧彩塑菩萨都是初唐的作品，长眉连娟是其共同特征。另一方面，在带有胡族血统的统治者所建立的社会中，北方的审美风尚必然受其影响，于是，唐代初期女性的眉妆在传统尚细的基础上，也渐渐显露出社会风气的变化，融入了时代发展的印记。从唐诗中我们可以看到以下眉妆之名：

柳叶眉：唐太宗之徐贤妃《赋得北方有佳人》诗云：“柳叶眉间

① 陈尚君《〈全唐诗〉误收诗考》，《唐代文学丛考》，中国社会科学出版社，1997年，第17页。

② 陈东原《中国妇女生活史》，商务印书馆，1998年，第102页。

发。”韦承庆《折杨柳》诗中亦有“叶似镜中眉”之句。前者以柳叶喻眉，后者以眉喻柳叶，均表现出此眉形与柳叶相似的特点。依柳叶之状，柳叶眉形两头尖细，中间较宽。与以往的长眉相比，略阔，但仍属于细眉。昭陵李震墓出土壁画《提壶托盘女侍图》即画着柳叶眉。这种娟秀端庄的眉形深受女性青睐，成为她们日常基本眉妆之一，经久不衰。

却月眉：又称月稜眉、月眉。骆宾王《咏美人在天津桥》一诗中有“水下看妆影，眉头画月新”之句。张鷟《游仙窟》也写道：“乍出双眉，渐觉天边失月。”却月眉比柳叶眉略宽，也更弯曲，形如新月，色较浓，在有唐一代流传甚广，敦煌莫高窟192窟壁画上的女子、新疆吐鲁番阿斯塔那唐墓出土的女泥俑皆为却月眉。直至晚唐，杜牧的《闺情》诗中还写道：“娟娟却月眉，新鬓学鸦飞。”随着却月眉在初唐的流行，唐代眉妆的时代特征——粗阔已露端倪。

阔眉：又名广眉，是较自然眉更为粗阔浓重的一种眉妆的通称。《后汉书·马援列传》中已有“城中好广眉，四方且半额”的记载。这种在汉代流行过一段时间的眉妆沉寂多年后于唐代突然勃兴起来。沈佺期《李员外秦援宅观妓》诗中有“拂黛随时广，挑鬟出意长”之句，既言画广眉是“随时”，则说明阔眉已是时尚所指。永泰公主墓前室壁画上的侍女就紧随这股风潮，画着阔眉。

随着唐玄宗的励精图治，大唐王朝进入了空前的黄金盛世，整个社会体现出蓬勃向上的生机。在雄浑阔大、兼容并包的盛唐气象的熏染下，随着女性地位的相对提高和女性思想的进一步开放，盛唐的眉妆呈现出以阔眉为主、多种眉式共存的斑斓局面。明杨慎《丹铅续录》

记载："唐明皇令画工画十眉图。一曰鸳鸯眉，又名八字眉；二曰小山眉，又名远山眉；三曰五岳眉；四曰三峰眉；五曰垂珠眉；六曰月稜眉，又名却月眉；七曰分梢眉；八曰涵烟眉；九曰拂云眉，又名横烟眉；十曰倒晕眉。"宋陶谷《清异录》亦云："五代宫中画开元御爱眉、小山眉、五岳眉、垂珠眉、月稜眉、分梢眉、涵烟眉。"可见盛唐的眉妆在五代时还有生命力。以上提及的眉妆，有些尚能考索或看到其形，如却月眉、分梢眉等。却月眉前已述及，分梢眉是眉梢处呈分叉状的眉式，新疆阿斯塔那唐墓出土帛画中即有分梢眉。有些眉式已不可考，但从其繁多的名目至少可以看出盛唐眉妆之丰富多彩。

在盛唐众多的眉妆中，阔眉承初唐之风，成为引导时尚风潮的主力。明镏绩《霏雪录》中说："唐时妇女画眉尚阔。"此言于盛唐极是。敦煌壁画《乐廷瓌夫人行香图》中随从亲属妇女，眉样显然浓阔，而乐廷瓌正是开元、天宝间人。新疆阿斯塔那唐墓出土的帛画中亦多阔眉女子。因此贺知章诗中的"广画蛾蛾夸窈窕"（《奉和御制春台望》）、王翰诗中的"广额青娥亦效颦"（《观蛮童为伎之作》）也就不难理解了。当时流行的阔眉有许多不同的具体样式，最具代表性的当属蛾翅眉，即周昉《簪花仕女图》中女子所画的眉妆——眉形极其短阔，末端上扬。这是开元年间及天宝初极为流行的眉妆之一。但关于此眉的名称众说纷纭。沈从文《中国古代服饰研究》中称其为浓晕蛾翅眉，取其状似蛾翅。袁杰英《中国历代服饰史》中说玄宗时最常见的是蝴蝶眉，亦当指此种眉妆，其取名方式类似沈说。高春明《中国服饰名物考》中称其为桂叶眉，因眉状亦似桂叶，且玄宗梅妃《谢赐珍珠》一诗中有"桂叶双眉久不描"之句，可见其平日所画的就是桂叶眉。至于此眉究竟是《十眉图》中的哪一种，目前尚难有定论。

安史之乱是唐代社会的转折点，它打破了一片太平盛世，也击垮了唐人的自信与豪迈，人们的审美心态亦发生巨大转变。就眉妆而言，细长的眉形取代了阔眉，成为流行的时尚。正如白居易《上阳白发人》中所写："青黛点眉眉细长。……天宝末年时世妆。"这种眉形在今藏陕西历史博物馆的唐代女俑面部可见。

中唐虽然是唐代社会开始走下坡路的时期，然而却也是有唐一代眉妆最为争妍斗奇的时期。中唐眉妆不仅保留了前一时期眉妆的面貌，更有一些新异的眉妆跨入时尚前沿，成为一时之风气。这种情况与中唐人复杂的社会心理是分不开的。他们或彷徨迷离，或寻求发泄。投射于妇女的眉妆上，便形成了以时世妆为主的各种眉妆并存的繁荣局面，而士人们对此状况又有着自己的看法。

元稹《有所教》一诗云："莫画长眉画短眉，斜红伤竖莫伤垂。人人总解争时势，都大须看各自宜。"陈寅恪《元白诗笺证稿》中认为此诗"当为贞元末所作，与乐天《和梦游春诗》所谓'风流薄梳洗，时世宽妆束'为描写同一时代之流行妆束。颇疑贞元末年之时世妆，其画眉尚短"。元稹自己亦曾在《叙诗寄乐天书》中写道："近世妇女晕淡眉目，绾约头发，衣服修广之度及匹配色泽，尤剧怪艳。"与女性化十足的细长眉妆相比，这种又短又淡的眉妆自然被视为"怪艳"。然而正是这种短眉掀起了中唐流行眉妆的第一轮风潮，并开启了中唐眉妆追新逐异的风格特征。

八字眉是中唐时期最有代表性的一种眉妆，其名在传为玄宗时期的《十眉图》中已出现，作为鸳鸯眉的别称。如果再追溯，源头或可至于汉代。南唐张泌《妆楼记》:“梁冀妇改翠眉为愁眉。”此妆眉形基本平直，眉心处上翘，呈八字状，画成后有愁苦悲啼之态，与愁眉之名相符。佚名《宫乐图》、河南安阳出土唐赵逸公墓壁画中的女子便画着这种眉。韦应物《送宫人入道》诗云:“宝镜休匀八字眉。”雍裕《两头纤纤》诗中亦有“两头纤纤八字眉”之句。白居易《时世妆》更是详细描述了以八字眉为代表的流行妆束：

> 时世妆，时世妆，出自城中传四方。时世流行无远近，腮不施朱面无粉。乌膏注唇唇似泥，双眉画作八字低。妍媸黑白失本态，妆成尽似含悲啼。圆鬟无鬓堆髻样，斜红不晕赭面状。昔闻被发伊川中，辛有见之知有戎。元和妆梳君记取，髻堆面赭非华风。

此诗作于元和四年，而《新唐书·五行志》中亦有此种时世妆的记载，然言为元和末。又白居易《代书诗一百韵寄微之》云:“风流夸堕髻，时世斗啼眉。”自注:“贞元末，城中复为堕马髻、啼眉妆。”因此陈寅恪认为:“此种时世妆逐次兴起于贞元末年之长安，而繁盛都会如河中等处，争时势之妇女立即模仿之。其后遂风行于四方较远之地域，迄于元和之末年。”[①]

由于社会环境的变化引起了审美趣味的变化，求新求异似乎成了中唐人不懈追求的目标，这种心态发展到极端的一个例子就是血晕妆的诞生。宋王谠《唐语林》载:“妇人去眉，以丹紫三四横，约于目上下，谓之血晕妆。”将眉毛刮去，然后在眼的上下用红紫色的颜料涂

① 陈寅恪《元白诗笺证稿》，生活·读书·新知三联书店，2001年，第269页。

画，形成看上去血肉模糊的效果。这可谓是眉妆史上最惊世骇俗的一页。虽然这种妆容在唐文宗时曾被禁止，但其存在至少可以印证中唐人动荡不安的心理状态和怪异诡谲的审美倾向。

在中唐时期，除了上述追奇逐异的眉妆外，还存在着一些较为传统的眉妆："轻鬓丛梳阔扫眉"（张籍《倡女词》），"添眉桂叶浓"（李贺《恼公》），从中可见阔眉的遗风；"白咽红颊长眉青"（韩愈《华山女》）、"长眉入鬓何连娟"（卢仝《秋梦行》）以及任蕃《梦游录·邢凤》中"高鬟长眉"的美人皆印证了长眉顽强的生命力。

此外，可能是受了虢国夫人素面朝天的影响，抑或要在绚烂怪异中追求更与众不同的效果，绚烂之极归于平淡，淡眉在此时便成为一些女性的首选。李贺《河南府试十二月乐词·三月》："军装宫妓扫蛾浅。"淡眉与军装相配，柔媚中透出阳刚之气。而杨炎的《赠元载歌妓》更是描写了一位"雪面淡眉天上女"，真有如藐姑射之神人。

晚唐是传统眉妆的回归期。彼时国运衰竭，处于末世的人们心境亦无法开阔，审美标准随之发生了相应变化，较之于雄大壮阔、怪异诡谲，他们更欣赏清丽委婉之美。因此晚唐女子已不再遵从"唐时妇女画眉尚阔"的准则，而是回归到唐初乃至更早的细长眉妆。

长眉取代阔眉的趋势在天宝末年时世妆中已显露出来。到了晚唐，已经很少见到盛唐时期的阔眉了，而长眉依然活跃在女性的面部。李商隐的诗中有"长眉画了绣帘开"（《蝶三首》其二）、"长长汉殿眉"（《效长吉》）等句，均描写了这种修长的眉妆。于渍《古别离二首》其一中亦云："青楼邻里妇，终年画长眉。"一位百无聊赖、以画眉打发时日的女子，她既画长眉，可见此妆为当时女子眉妆之风气。陆龟蒙《陌上桑》“皓齿还如贝色含，长眉亦似烟华贴”，曹邺《四怨三愁五情诗十二首·其三怨》“短鬓一如螓，长眉一如蛾”，都写出了长眉的眉形特征。莫高窟196窟佛坛北侧彩塑菩萨是晚唐时期的作品，也画着长眉。可见，长眉在晚唐还是相当流行的。

晚唐诗歌中除了笼统所谓的长眉，常见的眉妆是远山眉和柳叶眉。远山眉，又称小山眉。晋葛洪《西京杂记》载：“文君姣好，眉色如望远山，脸际常若芙蓉。”这是远山眉的渊源。此眉妆以浅色黛染绘而成，眉形细长，眉峰处向上挑，给人以远山缥缈的感觉。远山眉在《十眉图》中亦曾提及，只是当时不及阔眉普遍。时至晚唐，这种眉妆受到了不少女性的青睐。杜牧《少年行》云“笑别远山眉”，李商隐诗中也有“总把春山扫眉黛”（《代赠二首》其二）、“愁眉淡远峰”（《垂柳》）之句。罗隐《江南曲》：“漠漠远山眉黛浅。”温庭筠的诗中更是有不少地方提到远山眉，如“连娟眉绕山”（《江南曲》）、“临邛美人连山眉”（《醉歌》）、“晓峰眉上色”（《巫山神女庙》）。从以上材料我们可以看出，远山眉在晚唐颇受欢迎，不然何以有如此多的诗句为证？柳叶眉作为一种传统的眉形在晚唐眉妆中占一席之地。李商隐有“柳眉空吐效颦叶”（《和人题真娘墓》），韦庄有“语多时，依旧桃花面，频低柳叶眉”（《女冠子》），均能觅得柳叶眉的影子。

晚唐眉妆在转变盛唐风气的同时，也开启了赵宋以降的新局面。后世的眉妆又回归到纤细的道路上来。五代顾闳中《韩熙载夜宴图》中全是细眉女子。至宋代，画眉之风犹炙。在宋代前期，间或还保留有唐代眉妆的遗风，随着时间的推移，眉型越来越纤细。宋代女性对眉妆的喜爱有增无减，从南薰殿藏帝后图中，我们就可以看出宋代眉式的多样化。甚至连佛门弟子也加入到创制新眉的行列中来，《清异录》载：“范阳凤池院尼童子，年未二十，秾艳明俊，颇通宾游。创作新眉，轻纤不类时俗。人以其佛弟子，谓之浅文殊眉。”既以“轻纤”称，自然远不如前代浓重了。

宋代眉妆就整体而言不及唐代丰富新颖。正如黄华节在《眉史》中所言：“自宋以后，眉史已无特出之人，也没有大事可纪，惟修眉的材料，则代有改良进展。”在宋代诗词中出现的眉式多是承袭唐代，描写较多有远山眉、柳叶眉。如：

南国佳人字玉儿，芙蓉双脸远山眉。（徐铉《梦游三首》其三[①]）

柳眉桃脸竞时节，难遣东风染鬓丝。（黄公度《立春日有感》）

远山眉黛长，细柳腰肢袅。（晏几道《生查子》[②]）

蹙损远山眉。幽怨谁知。（康与之《卖花声》）

柳眉轻扫，杏腮微拂，依前双靥。（晁补之《少年游》）

柳眉愁黛为谁开。（赵长卿《虞美人》）

柳眉桃脸不胜春。（张孝祥《鹧鸪天》）

远山眉缥缈含蓄，柳叶眉自然端庄，可以说，这两种眉妆是当时流行最广的，也深受宋代诗人喜爱。

---

① 北京大学古文献研究所《全宋诗》第1册，北京大学出版社，1991年，第92页。本书所引宋诗多出自北京大学古文献研究所编集的1991年始陆续出版的《全宋诗》，后文不再出注。

② 唐圭璋编纂，王仲闻参订，孔凡礼补辑《全宋词》，中华书局，1999年，第295页。本书所引宋词多出自此版本，后文不再出注。

此外，唐代一些独特的眉妆在宋代诗词中也有出现，如倒晕眉，在《十眉图》中已经出现。晏几道《蝶恋花》：“碾玉钗头双凤小。倒晕工夫，画得宫眉巧。”南薰殿旧藏历代帝后像中，有女性画像的眉毛被画成宽阔的月形，然后在上下一端用画笔逐渐晕染散开，即为倒晕眉形象。又如桂叶眉，晏几道《鹧鸪天》：“梅蕊新妆桂叶眉。”贺铸《摊破木兰花》：“桂叶眉丛恨自成。”但这些显然已不能与纤细的眉妆分庭抗礼，只是个别现象而已。宋代眉妆以纤细为主要特征。王安中《菩萨蛮》：“细眉双拂翠。翠拂双眉细。”吕渭老《燕归梁》：“双枕细眉颦。”吴礼之《蝶恋花》：“眼细眉长云拥髻。笑垂罗袖熏沉水。”

在唐诗中，我们可以看到不少女性眉妆的名目和眉形的描写；而宋代诗词中，对于眉色的关注更甚，经常出现翠眉、绿眉、青眉等带有色彩修饰的描绘，如：

吴妆秀色攒眉绿。（曹组《夜归曲》）

江头女儿双翠眉，能唱刘郎芳草句。（刘翰《翠屏曲》）

绿眉素颊澹裙裳。（洪咨夔《碧桃曲》）

翠眉开、娇横远岫。（柳永《玉蝴蝶》）

靓妆眉沁绿。（晏几道《临江仙》）

甚至还有红眉、紫眉之类的词语。如：

爱斜簪宝髻，浅印红眉。（刘克庄《汉宫春》）

红眉紫襜青绢袄。(李廌《田舍女》)

紫眉翠盖行新妆。(文同《采莲曲》)

宋代的眉妆是否色彩如此绚丽，我们或许可以从宋代妇女的画眉原料考察。宋代妇女画眉仍然秉承前代去眉而绘之法，宋朱翌《猗觉寮杂记》云:“宋代妇人多削去眉毛，以墨画之，盖古法也。”此不仅指出画眉的方法，更透露出宋代画眉材料的一大变革，即以墨替黛。这在其他相关记载中也有印证，宋赵彦卫《云麓漫钞》:“前代妇人以黛画眉，故见于诗词，皆云‘眉黛远山’。今人不用黛而用墨。”《清异录》在记载了平康妓莹姐善创新眉的事迹后亦云:“自昭、哀来，不用青黛扫拂，皆以善墨火煨染指，号薰墨变相。”可见，这种以墨画眉的方式自晚唐开始流行，至宋代，墨已成为普遍的画眉材料，宋陈元靓《事林广记》中提到的“画眉集香丸”的制法与制墨的原理相似，也堪为一证。宋人以墨画眉，则纯为黑色，那所谓的“翠眉”“绿眉”何指呢？前人以黛画眉，黛为青色，青中有绿色的痕迹，而“翠”本身也有鲜明之意，故诗人文士联想生发出“翠眉”“绿眉”之词，以形容眉色之鲜丽。宋代诗词中的翠眉当是沿用前代诗歌中的意象，作为眉之美称。如贺铸《小梅花》“翠眉蝉鬓生离诀”就直接用了卢仝《有所思》中“翠眉蝉鬓生别离”的成句。当然，翠眉之“翠”也有仅强调眉部鲜明之义，与色彩上的“翠”“绿”实无关系。正如古人常以“翠髻”“绿鬓”等词来形容鬓发的乌黑一样，“翠眉”“绿眉”只是强调眉色的鲜明姣好。中国古代男性对女性之眉有着特殊的偏爱，宋代妇女面妆既淡，双眉无疑更受关注，故以“翠”“绿”形容之。但在整体效果上，仍是以浅淡为特色，如吴潜《鹧鸪天》：“去日春山淡翠眉。”倪翼周《青玉案》：“翠眉淡淡匀宫柳。”

至于红眉，或是受当时北方民族妆饰的影响。宋朱彧《萍洲可谈》载：“先公言使北时，见北使耶律家车马来迓，毡车中有妇人，面涂深黄，谓之‘佛妆’，红眉黑吻，正如异物。”黄面、红眉、黑唇，这位辽国妇人的妆容可谓夸张之极。中原地区的妇女想沾染一些异域风情，是女性追求时尚的自然心理，但中原男性视此种妆容为“异物”。从宋代妇女妆容的整体风貌来看，她们恐怕也没有唐代妇女完全效仿异域而成“乌膏注唇唇似泥，双眉画作八字低”（白居易《时世妆》）的时世妆的勇气。欧阳修《寿楼》：“楼中女儿十五六，红膏画眉双鬓绿。”虽说是红膏画眉，但诗中“红”与“绿”更似为了色彩对比而设，绿鬓也并非绿色。因此，宋代的红眉当不是鲜艳的红色，更可能是秉承唐五代以来的檀眉。白居易《吴宫辞》：“淡红花帔浅檀蛾。”薛昭蕴《离别难》：“檀眉半敛愁低。”杨慎《词品·檀色》云：“画家七十二色，有檀色，浅赭所合，词所谓‘檀画荔枝红’也。而妇女晕眉色似之。”如同青黛画“翠眉”一样，檀色因泛红色而被诗人词家冠以“红眉”，其实或许就与今日女性所用之棕色眉笔的效果相埒。这样看来，宋代妇女的眉色并非夸张异样，眉妆还是以秀雅为主的。

第二节　眉·画眉·画眉人：唐宋诗词中的眉语序列

中国古典诗歌中有许多与眉相关的语词。日本学者松浦友久在

《“蛾眉”考》中说：“中国古典诗歌中的‘蛾眉’及其类语，尽管因诗人的爱好有所差异，作为‘女性之眉’乃至‘女性本身’之美的象喻，可以说乃是最基础的诗语之一。它占有近于不可或缺的地位，也就是说，假如否定这一系列语汇，中国古典诗歌中关于女性描写的部分，就会发生很大的变化。”其实不仅“蛾眉”，所有的眉语在表现女性美方面皆功不可没。男性作者或是描摹各种眉式，或是表现眉的各种情态，如颦眉、低眉等，或是直接描写画眉的行为，创造出大量与眉相关的诗意画面，形成了古典诗歌中独特的眉语序列，成为诗词描写女性的一种惯用的表达方式。

唐代诗人十分重视对眉的描写，据对《全唐诗》进行电子检索，我们发现唐诗中含有“眉”的诗歌达1100余首，其中绝大部分是描写女性的。如果再加上“黛”“蛾”等特定的描写女性之眉的词语，数量则更多。唐诗中对眉本身的描写主要着眼于其多变的样式，作为对女性美貌渲染或者个性形象表现的语汇之一。宋代诗词中也有许多关于眉的描写。宋词中的眉语基本上继承了唐诗的特征，描写女性多样的眉式和由眉带来的美感。宋诗中的眉则产生了一些变化。就现存宋诗而言，虽然提及“眉”处颇多，但其中与女性之“眉”相关的描写比之唐诗中的比例大幅减少，对男性之眉的描写却有所增加，“庞眉”“白眉”“须眉”等用于形容男性的语词频频出现。这显示出宋诗作者观照对象的一个变化，当然此种情形与宋词分担了很大一部分女性描写有关。

宋诗中对于眉的书写还呈现出一个不同于前代的特征——多以眉拟物。眉原本是人体的组成部分之一，写人时多会提及，为了表达的形象性，人们往往将眉比作柳叶、弯月、远山等，同时在描写以上自然现象时，也会出现一种反转，即以人拟物。这种情形在唐诗中就有了，如李世民《春池柳》“半翠几眉开”、戴叔伦《兰溪棹歌》“凉月如眉挂柳湾”等，但是与以物拟人相比，数量还是比较少的。宋词中亦是如此。而宋诗中，以眉拟物的状况大量存在，如：

新月似蛾眉，娟娟止片时。（释文珦《初三夜月》）

峨眉山头月如眉。（陈允平《竹枝曲》）

山如眉绿画新就，江似蒲萄始泼醅。（韩元吉《次韵子云春日杂兴五首》其五）

两山正作修眉绿，一水犹如疋练横。（苏泂《雨中水阁闲眺》）

近山何所以，连娟两眉蹙。（陆游《春晚怀故山》）

叶浮晚水愁眉细。（释智圆《柳》）

柳眉绿皱莺无语。（黄庚《暮春》）

唐代名目繁多的眉式，在宋诗中也偶尔可见，但常用来写景。如：

有山名八字，供作两眉横。（贺铸《江夏八咏》其六）

水绕一围带，山横八字眉。（王阮《陪诸公登广福观下望彭蠡一首》）

倒晕连眉秀岭浮。（苏轼《次韵答舒教授观余所藏墨》）

众山若怨思，惨澹长眉青。（王安石《洊亭》）

弱柳舒眉学远山。（张濡《湖上别墅》）

八字眉、倒晕眉、长眉、远山眉等等，已经成为模山范水的语汇，而不仅仅存在于美人的面部。甚至“眉”字已经成为一个量词，来形容与之相似的事物，如：

唯有君山故窈窕，一眉晴绿向人浮。（陈与义《火后问舍至城南有感》）

雨后风清云净尽，一眉新月映寒波。（邓深《舟中即事三首》其二）

扫尽暮天疑浴罢，半眉淡月画新妆。（郑清之《山房秋日即事》）

词性的变化，正说明“眉”由单一的实词性质，发展出越来越丰富的语义内涵。而这一过程，与诗歌中大量的描写以及诗人们在描写中的巧思妙想是分不开的。宋诗中虽然女性描写的内容减少了，但是诗人们找到了新的突破点，借用已有的语汇，将眉语系列真正拓展到了一个更为广阔的境界。

在有关女性的眉语集合中，画眉是经常出现的一个动作。画眉在眉的描写之外，又蕴含了缔造美的过程，因而能更生动地体现出女性的性别特质。唐宋诗词中表现女性美的方式多种多样，对其化妆的描摹便是其中最为直接的一种，也是男性诗人所常用的一种。化妆对于男性和女性皆有重要意义。著名的女性主义学者波伏娃认为：“男人希望发现女人的本性，但由于他想发现的是理想化的本性，于是他注定要让女人进行人工雕饰。她不但是自然生成的，而且也是非自然生成的。”[①]男性为了确定自己统治世界的能力，逃离生命的恐慌，便欣赏起经过妆饰、隐藏起生命自然形态的女性。而女性也把修饰自己的容貌作为体现女性气质的重要一环，在她们的意识中，化妆不仅能让自己更美丽，而且能让自己更充满女人味。两性对化妆的关注使得诗人们自然将这一情态作为表现女性美的重要手法。由于诗歌体裁的局限，在写人时不可能做面面俱到的白描，只能对典型情境进行渲染和描写，画眉便成为描写女性妆容、表现女性之美的典型话语。

唐诗中的画眉描写不仅向我们展现了唐代女性多姿多彩的形象，还蕴含着诗人不同的情感体验。诗人们善于通过展现不同的画眉情态来描摹不同的女性形象。少女的画眉往往带着生涩稚嫩。在社会和家庭的影响下，女性在很小的时候就已知道了作为女性应该美丽，在她们的潜意识中，已经有了努力把自己的身体装扮成一个美丽的客体的企图，许多小女孩“到了 9 岁或 10 岁，她会喜欢化妆面部，把胸衣填得鼓鼓的，装成大姑娘的样子”[②]。唐诗中的少女也经历着这个成长的阶段，通过诗人笔下的画眉形象即能表现，且这些诗作又注入了童真的趣味。杜甫《北征》：“学母无不为，晓妆随手抹。移时施朱铅，狼藉画眉阔。”即便在战乱中，日渐长大的女孩们也有了追求美的意识，开始学着化妆。此刻的画眉并没有条件坐在妆镜台前细细描画，又是初学，因此眉妆显得狼藉。但对于身处困境的女子来说，这已难能可贵。白居易《吾雏》：“吾雏字阿罗，阿罗才七龄……学母画眉样，效吾咏

① ［法］西蒙娜·德·波伏娃著，陶铁柱译《第二性》，中国书籍出版社，2004 年，第 152 页。

② 同上，第 274 页。

诗声。”这位小阿罗有着安定的生活，显然比杜甫的女儿幸福得多，她那充满童趣的举止也成了父母眼中的开心果。李商隐《无题二首》其一：“八岁偷照镜，长眉已能画。”与前面那些在父母面前画眉的女孩子不同，这位小女孩是偷偷地学着画眉，似乎更能体现出成长的心理。诗人通过对少女学画眉的描写表现出她们的童真和逐渐萌发的女性意识。

对于成年的女性来说，唐诗中的画眉描写着力展示的是女性绮媚的一面。孟浩然《春意》：“佳人能画眉，妆罢出帘帷。”罗虬《比红儿诗·七十一》：“晓向妆台与画眉，镜中常欲助娇姿。”诗人通过画眉这一典型的女性行为增添了女性的娇媚之姿。张籍《倡女词》：“轻鬓丛梳阔扫眉，为嫌风日下楼稀。”李贺《恼公》：“注口樱桃小，添眉桂叶浓。”又《花游曲》：“今朝醉城外，拂镜浓扫眉。”韩偓《忍笑》：“宫样衣裳浅画眉，晚来梳洗更相宜。”女性对着妆镜，细致地描绘出各种眉形，或浓或淡，或长或短，不仅令她们的面容更加美丽，这一动作本身也充满着“女性气质”所特有的美感，优雅而柔媚。诗人抓住这一扣人心弦的唯美画面，通过对画眉瞬间的摹写，将女性之美表现得淋漓尽致。唐代女性已经把画眉作为一种日常性的行为，从“宫样衣裳浅画眉”的富贵佳人到“狼藉画眉阔”的乱世红颜，都有画眉的习惯。也就是说，画眉对唐代女性而言已经是极为平常自然的。这种广泛普及意味着时人对人工美的接纳。陈东原说“美的观念初甚质朴”，“由质朴而进到富丽，汉是过渡的时代，魏晋就是成熟的时代了”[①]，至

① 陈东原《中国妇女生活史》，商务印书馆，1998年，第77页、第79页。

唐代则又有大的进步。此种崇尚人工修饰之美的时尚观是人类在追寻美的过程中的一个必经阶段。人类一开始总是处在自然美的笼罩中，呈现出天然的本性。随着人类改造自然的成功，他们期望在所有的自然上都留下人的印记，于是通过人工的雕饰来破坏自然的属性，而且愈演愈烈。但当人工美发展到极致时，人们又会怀念自然美，于是便产生了人工的自然美。女性画眉的历史正印证了这一规律。早期的女性并不修饰眉毛，清张潮《十眉谣小引》曰："春秋之世，管城子尚未生，庄姜之眉自非画者。"后来开始用黛点染，甚至改变原有眉形，画出各种夸张的眉。汉刘熙在《释名》中解释"黛"即曰："黛，代也，灭眉毛去之，以此画，代其处也。"《留青日札》曰："眉有天生而细长者，其有粗大者，则以线缴之，或以刀削之，想古有此风。故周庾信《镜赋》云：'鬓齐故略，眉平犹剃。'"可见古代女性修眉、画眉传统之悠久。在汉、唐这样盛行饰眉的时代，要画出新异的眉妆，女性甚至将眉毛全部剔掉，施之以画。此种风气发展到现代演变为文眉。但当这种人工的痕迹太重时，现代人又感到虚假，于是时尚界又开始流行绣眉，虽然亦是人工为之，但效果更像天然生成。唐代女性所画之眉式往往与自然眉形相去甚远，如流行一时的浓晕蛾翅眉。而眉色又往往以浓重著称，唐孙棨《北里志》载，颜令宾卒，诸客挽词颇多，其一章云："昨日寻仙子，輀车忽在门。人生须到此，天道竟难论。客至皆连袂，谁来为鼓盆。不堪襟袖上，犹印旧眉痕。"眉痕竟重若此。从唐代女性夸张的眉妆及面妆可以看出，唐代正处于人工美战胜自然美的时代，唐人的审美观是偏于人工美的。就女性而言，"经过梳妆打扮的女人，本性仍然存在，但受到约束，人的意志被改造得接近男人的欲望”[①]。女性对化妆的普遍接受也意味着女性在男性主宰的世界中的又一次沉沦。她们又会反过来以这种男性设定的人工雕饰来征服男性。“妆饰之盛，进步至此，媚惑男性的程度，自然也颇有可观。”[②]

画眉描写除了能增添女性的绮媚之态，在诗人笔下也是女性情感和心态的写照。权德舆《玉台体十二首》其十二：“万里行人至，深闺夜未眠。双眉灯下扫，不待镜台前。”画眉流露出的是征人归来时的喜悦。张祜《集灵台二首》其二中“却嫌脂粉污颜色，淡扫蛾眉朝至尊”，描绘的是荣宠之极的自信与骄傲。白居易《妇人苦》“蝉鬓加意梳，蛾眉用心扫。几度晓妆成，君看不言好”，画眉时战战兢兢的心情是失宠女性在男权压制下失去自主性的产物。刘氏媛《长门怨二首》其二：“学画蛾眉独出群，当时人道便承恩。经年不见君王面，花落黄昏空掩门。”画眉见证的是得不到恩宠的落寞。温庭筠《南歌子》：“倭堕低梳髻，连娟细扫眉。终日两相思，为君憔悴尽，百花时。”画眉是相思时用以打发时间的无聊消遣。在诗人的笔下，画眉已不单单是一种美化容貌的手段，还与女性的内心世界息息相关，也有着喜怒哀乐的感情色彩。

宋代诗词中的画眉形象在承袭唐代的基础上，也发生了一些新变化。其中具有典型性的变化之一是懒画眉的形象被频频书写。女性总是一副慵懒的模样，连画眉都没有心情，这种情形在唐诗中是不多见的。但是，“懒起画蛾眉，弄妆梳洗迟”（温庭筠《菩萨蛮》）的形象在宋词中极为常见，如：

---

① ［法］西蒙娜·德·波伏娃著，陶铁柱译《第二性》，中国书籍出版社，2004年，第151页。

② 陈东原《中国妇女生活史》，商务印书馆，1998年，第104页。

> 病酒起来迟。娇慵懒画眉。（赵长卿《菩萨蛮》）
>
> 慵拂妆台懒画眉。此情惟有落花知。（陈允平《定风波》）
>
> 画眉懒。微醒带困，离情中酒相半。（赵闻礼《隔浦莲近》）
>
> 怨春短。玉人应在，明月楼中画眉懒。（无名氏《扑蝴蝶》）

不仅宋词，宋诗亦是如此，如林鲁《长门曲》："因宿秋山懒画眉，入宫岁早宠恩迟。"蔡槃《宫主祠》："玉镜台前懒画眉，伤心最是月明时。"懒画眉的形象可以说是宋代诗词中具有代表性的女性形象，体现出宋代男性对慵懒之美的欣赏，这是对女性审美观念的变化。

在中国古典诗歌的眉语序列中，画眉人也是非常重要的一个意象。男性对于女性的画眉是极为敏感的，他们不仅以欣赏的眼光描摹形形色色的画眉女性，甚至也会介入到这一女性化行为中。《汉书·张敞传》："（张）敞为京兆……为妇画眉，长安中传张京兆眉怃。有司以奏敞，上问之，对曰：'臣闻闺房之内，夫妇之私，有过于画眉者。'上爱其能，弗备责也。"此后，画眉夫婿、画眉人等成为诗人常用的典故，如骆宾王《代女道士王灵妃赠道士李荣》："不能京兆画蛾眉，翻向成都骋驺引。"张说《赠崔二安平公乐世词》："自怜京兆双眉妩，会待南来五马留。"王昌龄《朝来曲》："盘龙玉台镜，唯待画眉人。"吴融《倒次元韵》："阳城迷处笑，京兆画时颦。"男性的直接介入使得画眉成为联系男女的纽带。岑参《韩员外夫人清河县君崔氏挽歌二首》其一："仙郎看陇月，犹忆画眉时。"当日画眉的情景成为友人对亡妻生动的追忆。唐暄《还渭南感旧二首》其二："清夜妆台月，空想画眉愁。"画眉总是容易勾起男性关于女性的记忆，可见其在男性心目中的地位。

在宋代诗词，尤其是宋词中，画眉人的形象频频出现，成为男性的代名词。如：

> 拟学画眉张内史，略借工夫。（李之仪《浪淘沙》）
>
> 湘瑟声沉，庾梅信断，谁念画眉人瘦。（秦观《青门饮》）
>
> 应念画眉人，拂镜啼新晓。（贺铸《绿罗裙》）
>
> 也是惯伤春，可惜闲时候。正要画眉人，与作双蛾斗。（李石《生查子》）
>
> 画眉人去玉篦存，浓愁如黛凭谁扫。（杨炎正《踏莎行》）

男性以画眉人的形象抒写男女间的相思离恨，为男女之情增加了一丝浪漫的色彩。

画眉不仅用来表现女性和男女之情，男性还会借为己用，表达自身的情感体验。中国古代的男性文人很早就注意到对眉的描写，并以此寄托自己的感情。《离骚》：“众女嫉余之蛾眉兮，谣诼谓余以善淫。”香草美人的托意世界里，蛾眉成为美人的标志，成为遭妒的导火索。对于屈原来说，他赋予蛾眉的象征意义是君子优秀的品质和出众的才能。甚至不同的眉形也在诗人的关注视野中，《大招》中既有“青色直眉”，又有“曲眉规只”，姜亮夫在《楚辞通故》中解释道：直眉有“刚健婀娜之感”，曲眉有“柔嘉妩媚之感”，不同的眉形表现的是不同的性情。唐代诗人也继承了这一传统，在字面上画眉的女性化描写之外，也包含着男性的微妙心理。宋计有功《唐诗纪事》载：“庆馀遇水部郎中张籍知音，索庆馀新旧篇什，留二十六章，置之怀袖而推赞之。时人以籍重名，皆缮录讽咏，遂登科。庆馀作《闺意》一篇以献曰：'洞房昨夜停红烛，待晓堂前拜舅姑。妆罢低声问夫婿，画眉深浅入时无。'”诗作的内容虽是描摹新婚女子拜见公婆前的紧张心理——通过询问夫婿自己画的眉是否合宜入时来表现，但朱庆馀实际要表达的是自己能否被张籍所看中的忐忑心情。诗人准确地捕捉到两种心理的相似之处，借此言彼，生动而有趣。与屈原诗中所寄寓的高远抱负不同，此处的画眉寓意显然生活化了。宋代诗歌中也不乏其例，如陈师道《答田生》“直饶肌骨秀，正要画眉长”，以不可自恃天姿而不画眉修饰为喻告诫田生为人之道。陈著《戴帅初九日无憀以满城风雨近重阳为韵七首袖而示余因次其韵》“吾发白且老，面目又尘土。流落如秋娘，无复画眉妒”，以蛾眉被妒抒写才士的坎壈，而以不被妒自嘲。罗公升《别次山馆中诸客》“聚首自怜我辈在，画眉莫与世人看”，表达出自我欣赏，不随波逐流的高洁心性。但是，无论画眉被赋予了怎样的男性情感，在描写上始终是以女性为依托的，是借由女子之姿态来表现的。

从眉、画眉、画眉人一系列语汇可以看出，唐宋诗词中的眉黛书写不仅丰富了诗词中的女性形象，而且还逐渐超越女性的性别特指，成为表现男性情感的媒介。

第三节　画眉深浅入时无：唐宋眉黛书写的时尚意蕴

唐代女性眉妆的流行式样变化极多，流行速度也极快。流行阔眉时，女性们便“拂黛随时广”，而天宝末年“青黛点眉眉细长”的流行妆容在白居易生活的时代已被讥为过时。“双眉画作八字低”的时世妆“出自城中传四方”，流行一时。当黑烟眉成为时尚后，“一日新妆抛旧样，六宫争画黑烟眉”（徐凝《宫中曲二首》其二）。可见，唐代女性是注重变化和流行的。“时尚或流行是以‘标新’为主要特征，追求‘新’和‘奇’，好像与以往不同才算新，并且越新、越奇，就越好、越合时尚、越是流行。”[①]的确，变化是时尚永久的魅力，正是由于时尚的缔造者们敢于打破已有的模式，才使时尚这一名词一直保持着新鲜的血液，意味着潮流的前沿。时尚本身就是一个变化——流行——再变化的过程。现代时装的发展即可印证这一规律。当西方女性处在紧身胸衣的束缚中时，玛利亚诺·佛图尼以古希腊轻松和自由的女装为灵感，设计了“迪佛斯晚装”，从肩一直垂到脚面，之间没有任何褶缝、缝边装饰，使女性得到充分的活动自由，掀起了新一轮的时尚风潮。当女性被烦琐的衣饰所困扰时，可可·香奈儿在1926年推出简洁的小黑裙，加上珍珠项链的装饰，成为时尚界的里程碑。其他如被称为新面貌的迪奥“卡罗尔系列”，安德烈·库雷热的“未来时装系列”，等等，皆是在寻求变化中成为时尚的代言。唐代女性眉妆的变化与流行虽然没有明确的设计师的引导，但同样证明了唐代女性对时尚的关注和热衷。在唐诗中，常常会出现“时世（势）”“入时”“新”等形容女性妆容的词语，如“丛鬓愁眉时势新”（权德舆《杂兴五首》其一）、“脸红眉黛入时妆”（罗虬《比红儿诗》其十二）、“新妆巧样画双蛾”（元稹《赠刘采春》），也反映出唐代追求新变的时尚风貌。

---

① 沙莲香《社会心理学》，中国人民大学出版社，1987年，第327页。

而这种不断求变的时尚观体现的却不仅仅是时尚本身的特征。高世瑜在《唐代妇女》中认为：唐代女性注意妆饰是否入时，不仅“是那些养尊处优的贵妇们奢侈、无聊生活的表现，是妃嫔、姬妾、娼妓等以色事人者邀宠的手段”，也是一个社会充满新鲜活力的表现。的确，只有一个生机勃勃的社会才能够适应不断的变化，才能涌现出多姿多彩的时尚潮流，而唐代社会正是如此。唐代女性可以说是中国古代女性中时尚观念最强的一群。

唐代女性眉式的一个显著特征是粗阔，这与前代和后代的流行风格皆不同，在以纤细为主的中国古代女性眉妆中实属另类。在唐代，还流行诸如短眉、啼眉、血晕妆等怪异的眉妆。上述种种皆昭示了唐代流行的时尚观念是讲求独特。短眉是对传统长眉的反叛，八字眉的样子像是悲啼不止，血晕妆更是触目惊心，这些皆不符合传统的审美标准，然而它们却能流行一时，可见唐代女性并不是以传统的眼光来看待美丽的。在她们的观念中，美丽就是要有个性，要与众不同，这种时尚观具有相当的现代意义。在现代的时尚界，设计师们就在不断地探索独特的个人风格，有时甚至不惜颠覆传统的美学概念。日本著名时装设计师川玖保玲的设计就是以怪诞著称。又如广为人知的朋克造型显然也不符合传统的审美眼光。这种被现代人称为前卫的设计理念其实在一千多年前的唐代眉妆中就已有生动的体现。唐代女性为何会有如此先进的时尚观呢？一方面是由于唐代社会的开放风气。唐代统治者在政治、经济、文化等方面采取了一系列比较宽松和开明的政策，如对待一向被汉民族贬视的夷狄，唐太宗就说：“夷狄亦人耳，其情与中夏不殊。人主患德泽不加，不必猜忌异类。盖德泽洽，则四夷可使如一家。”正如向达在《唐代长安与西域文明》中所言：“李唐起自西陲，历事周、隋，不惟政制多袭前代之旧，一切文物亦复不问华夷，兼收并蓄。”开放的社会风气减轻了封建制度对人思想的禁锢，思想观念的开放易于激发出新颖的创造，也增强了人的接受能力，唐代女性的时尚观才显现出超越封建社会时代局限的先进性。另一方面，唐代女性的这种时尚观也源于女性强调自我主体性的潜在心理。“从流行的个人机能看，它是一种个性追求和自我实现，试图用标新立异来提高身价，超然于不如己的人。另外，流行又是一种自我保护、自我防卫，试图用出众而避开和弥补自己的不足。”[①]虽然女性不得不接受男性为她们设置的化妆修饰等一系列改造，但是像唐代那样一群性格鲜明、不拘礼法的女性，也不会完全任男性摆布，追求独特另类的时尚观既是她们对男性规定为准则的女性审美样式的反叛，又是强调女性自主性的一种方式。虽然在当时她们还没有完全明确的意识，但不自觉的行为已经透露出她们内心深处的意愿。

宋代女性眉妆主要以浅淡轻纤为特征，如欧阳修《南乡子》：“浅浅画双眉，取次梳妆也便宜。”“浅浅画双眉”，显然已不是唐代的“拂镜浓扫眉”（李贺《花游曲》）之风了。苏轼《蝶恋花》：“云鬟蓬松眉黛浅。”浅淡的眉黛与蓬松的发髻共同摹绘出一位慵懒美人的形象。即便是精心梳妆，宋代女子也喜好浅眉。周紫芝《南柯子》：“蝉薄轻梳鬓，螺香浅画眉。西湖人道似西施。人似西施浓淡、更相宜。”词牌下注云：“方钱唐出侍儿，范谢州要予作此词。”词中要突显的是这位侍儿的美貌，词人也是以浅画眉的形象来表现女子之美的。诸如此类的

① 沙莲香《社会心理学》，中国人民大学出版社，1987年，第327页。

例子很多：

轻匀两脸花，淡扫双眉柳。（晏几道《生查子》）

金雁斜妆颊，青螺浅画眉。（黄庭坚《南柯子》）

菱花照面须频记，曾道偏宜浅画眉。（辛弃疾《鹧鸪天》）

宋诗中女性形象的出现比例虽然少于宋词，但是在描写女性眉妆时，与宋词中的风味一样，也是以浅淡为主。如：

远山眉兮澹扫。（田锡《春州谣》）

深注唇儿浅画眉。（苏轼《成伯席上赠所出妓川人杨姐》）

夜梦佳人娉且长，星冠霞帔云衣裳。双眉浅淡画春色，两耳炫濯垂珠珰。（薛师石《纪梦曲》）

重调蛾黛为眉浅，再试弓鞋举步迟。（孙惟信《赋女冠还俗》）

淡傅粉，浅画眉，鬓边休插桃花枝。（宋伯仁《佳人歌》）

无论是神女般的美人还是普通的闺秀，无论是家妓还是还俗的女道士，甚至是梦中思慕的对象，都呈现出浅浅的眉黛。在“女为悦己者容”的古代社会，女性对美的追求很大程度上受到男性审美观念的影响。女性眉黛的描写从唐代的浓墨重彩到宋代的清丽浅淡，正说明了由唐至宋，男性的审美观念发生了很大的变化。伊沛霞在《内帏——宋代的婚姻和妇女生活》中指出：“宋代理想的上层男人形象是内敛、温和和优雅，除非女性更优雅、沉默不语、待在家里不走动，否则男人就像是带着女人气。……新的男子气内涵催化了女性美标准的改变和再生。”伊氏此论虽就缠足而发，但其间透露的关于审美标准的变化是一个不争的事实。宋代女性从身形体态到服饰妆容都显示出与唐代的不同。宋代著名画家李公麟曾对周昉的仕女图产生疑惑，并问于董逌：“人物丰浓，肌胜于骨，盖画者自有所好哉？”董言：“此固唐世所尚。尝见诸说太真妃丰肌秀骨，今见于画亦肌胜于骨。……便知唐人所尚以丰肥为美。”宋代仕女图中仕女的形象大多是瘦削清逸的。与这种身材上的审美标准相适应，妆容上也会有所变化。试想一个瘦削的面庞如果画上浓重粗阔的眉黛怎会好看？这种浓重可以让丰腴圆润的面容更显雍容，对于瘦削的面容来说，却是极不协调，毫无美感的。

诗人、词人们喜用“浅”“淡”等字眼描摹眉妆，不仅表现出女性轻纤柔美的形象特点，也显示出当时女性妆容的流行风尚。从一些文献与传世图像可见，宋代确是流行浅淡的妆容。《李师师外传》中所描绘的李师师的形象是：“见姥拥一姬姗姗而来。淡妆不施脂粉，衣绢素，无艳服，新浴方罢，娇艳如出水芙蓉。”宋张镃《玉照堂梅品》中言赏梅之情趣，列出“花宜称”二十六条，其中之一便是“美人淡妆簪戴”。皆可以见出时人对淡妆的欣赏。宋王诜《绣栊晓镜图》所画主人公是一位晨妆已毕的妇女，妆容浅淡，图中其他两位女性也是同样的淡妆。在宋代诗词中，也可看到对淡妆的称赏。宋词中多描绘淡妆美人，如张先《醉垂鞭》：“朱粉不深匀。闲花淡淡春。”毛滂《点绛唇》：“淡妆人靓。眉黛生秋晕。”陈允平《南歌子》：“素质盈盈瘦，娇姿淡淡妆。”宋诗中以淡妆直写美人的例子不多，但是诗人大量以淡妆拟花、拟山水，如：

倾城梳洗只招惎，且可随宜淡淡妆。（方蒙仲《和刘后村梅花百咏》其八十五）

古来美艳多招妬，不似临风且淡妆。（李龙高《胭脂梅》）

临风轻笑久，隔浦淡妆新。（梅尧臣《水荭》）

一入长门只淡妆，秋衣犹是旧宫黄。（释文珦《黄葵花》）

少吐深深染，全开淡淡妆。（杨谔《和燕龙图海棠》）

淡妆玉脸半醒醉，高拥檀心相后先。（张明中《斋前红黄心芍药》）

若把西湖比西子，淡妆浓抹总相宜。（苏轼《饮湖上初晴后雨》）

莫言老子无人顾，犹得西施作淡妆。（陆游《湖中微雨戏作》）

淡妆可以形容梅花、海棠、芍药、牡丹等各种花卉，也可以形容山水的风姿，其实呈现出的也是以淡为美的风尚。可见，宋代的审美风尚已转为对淡妆的普遍欣赏。

因此，眉妆的浅淡正符合人们对妆容的审美喜好。晏殊《诉衷情》：“露莲双脸远山眉，偏与淡妆宜。”淡淡的远山眉与淡妆正好相称。王之道《南乡子》：“翠袖熨沉香。黛拂修蛾淡淡妆。”细长的蛾眉配的也是淡妆。这些正是宋代诗词中女性形象的普遍特点，也是宋代女性妆容的真实写照。

宋代妇女以浅淡纤细的眉妆为时尚，这种观念的形成与宋代社会的特点密不可分。傅斯年《中国历史分期之研究》中说：“自隋至于唐季，胡运方盛，当时风俗政教，汉胡相杂……至于周宋，胡气尽消，以至于无有。宋三百年间，尽是汉风。”宋代的社会文化趋于单纯和内敛，唐代夸张特异的眉妆自然不被接受。其实宋代女性对于时尚美的追求并不比唐代女性逊色，宋徽宗《宫词》道：“窄衣偏称小腰身，近岁妆梳百样新。”宋袁褧《枫窗小牍》亦载：“汴京闺阁妆抹凡数变：崇宁间，少尝记忆，作大鬓方额，政宣之际，又尚急把垂肩。宣和以后，多梳云尖巧额，鬓撑金凤，小家至为剪纸衬发。膏沐芳香，花靴宫履，穷极金翠。一袜一领费至千钱。今闻敌中闺饰复尔，如瘦金莲方、莹面丸、遍体香，皆自北传南者。”可见，宋代女性在妆饰上也是颇为用心的，掀起一股又一股流行热潮，但是，整体的审美风格已发生变化，即由唐代的浓艳趋向淡雅。

在中国古代，“女为悦己者容”是大多数女性的箴言。宋代眉妆的变化也是男性审美观念变化的结果。唐宋变革不仅是政治、经济的变革，也是思想的变革。包弼德《斯文：唐宋思想的转型》中就指出：“初唐时期人们相信，文化传统能为大一统的秩序提供必要的典范；宋代晚期人们则相信，真正的价值观是内在的理（principles）。在这两者之间出现了一个思想多样化的特殊阶段，这个阶段始于唐朝后半期，并持续到北宋。”在思想的诸多层面，审美观念的变化是不可忽视的一面。周裕锴《苏轼的嗜石兴味与宋代文人的审美观念》一文，指出宋代文人的审美观念有孤高忌俗的精神追求、寓意于物的审美态度、尚健好古的审美趣味、心存目想的关照方式四个特征。宋代形成了以文官制度为核心的政权机制，文人士大夫成为社会中极具影响力的一个阶层，他们无论生活习惯还是生活方式乃至精神追求都是偏于清雅的。

宋吴处厚《青箱杂记》载晏殊“风骨清羸，不喜肉食，尤嫌肥膻。每读韦应物诗，爱之曰：‘全没些脂腻气。’”。苏舜钦也尝言：“明窗净几，笔砚纸墨，皆极精良，亦自是人生一乐。”苏轼亦言：“无肉令人瘦，无竹令人俗。人瘦尚可肥，士俗不可医。”这种审美趣味必然会影响到社会风气，使整个社会的审美情调趋于文人式的优雅，从而导致审美观念的变迁。宋代男性诗人词人就尤其喜欢描写清淡的眉妆。同时，在这样的社会风尚下，男性性格亦由外向内收敛，从崇尚戎马战阵发展为喜好书斋雅趣，可以说，男性的群体性格也是趋于内向的。正如葛兆光在《禅宗与中国文化》一书中分析的：宋代士大夫“常常在内心里调节感情的平衡，寻找美的享受和悲哀的解脱，在内心世界里蕴藏一切喜怒哀乐，细细地琢磨着有关宇宙与社会的哲理。因此，宋人比唐人要细腻、敏感、脆弱得多”。这些士大夫大多安于养尊处优的生活，身体素质自然也会有所下降，他们更不可能接受比他们壮硕的女性。随着宋代文人审美观念的变化，男性对于女性的审美观念在唐宋之际自然也发生了变化，这种情形会直接影响其创作。所以我们看到宋代社会所欣赏的女性形象多是柔若无骨、楚楚可怜的，男性对这样的女性充满赞美，如秦观《满江红》：“翠绾垂螺双髻小，柳柔花媚娇无力。”辛弃疾《瑞鹤仙》：“玉肌瘦弱。更重重、龙绡衬着。倚东风，一笑嫣然，转盼万花羞落。”纤细的眉妆更能突显出柔弱的特质，因此也更能博得男性的喜爱。

唐宋女性美的形象是由审美观念的变迁等诸多社会因素所造成的，而文人的描写与塑造更为这种美的样式的定型增加了助力。文学对社会风尚的影响不乏其例。在唐宋转型的进程中，男性作者借助作品，将时代思想观念和审美情调的变迁表现出来，让整个社会，特别是还未完全适应这种变化的女性群体，更加认同这种美，从而形成新的审美标准。从这个意义上来说，唐宋诗词不仅记录了唐宋妇女在美的历程中的转型，更影响着此种转型的发生。

第二章　冠钗

首饰对妇女具有重要意义，清卫泳在《悦容编》中言装饰之美："饰不可过，亦不可缺。"首饰虽然不必过于繁复，但也是古代女性装扮过程中不可或缺的元素。中国古代妇女有蓄发的传统，她们往往将长发梳成各种髻鬟，这时就需要不同的头饰固定发髻或装点发式。唐宋时期，女性的发髻变化尤多，饰于髻上之物亦品类繁多。在唐宋诗词中，头饰是出现频率颇高的物象。在众多的头饰中，冠与钗是颇具代表性的。这些让人眼花缭乱的美饰不仅展现了时代的风气，在不少作品中，没有生命的冠钗还被倾注了更多的意味，诗人们从不同的角度来摹写这类饰物，将其融入到女性的生活和情感中，使其成为展示女性美的意象，亦成为解读女性心绪的关节。由唐至宋，头饰流行的时尚和关于头饰的书写方式均发生了变化，这种变化与唐宋转型的进程密不可分。

第一节　唐宋诗词中妇女冠钗考

唐诗中女性的头饰品类繁多，簪钗是其中最常见的固定发髻的饰物。簪在上古被称为"笄"，在新石器时代已经产生。秦汉以后称作“簪”，用来绾住头发或插装饰物。钗饰是由发簪演变而成的，五代马缟《中华古今注》：“（钗子）盖古笄之遗象也。”唐刘孝孙《二仪实录》：“女娲之女，以荆枝及竹为笄，以贯发。至尧时，以铜为之，且横贯焉。此钗之始也。”与发簪的区别是，发钗一般有两股，而发簪是单股。簪在古代男女皆可使用，如杜甫《春望》：“白头搔更短，浑欲不胜簪。”白居易《中书寓直》：“老看镜面愧华簪。”只是女式的形制更丰富一些。而钗则专为女子插戴，是完全女性化的首饰。

唐代的钗饰品类繁多，虽然唐诗的描写不能等同于具体的实物和严谨的史料记载，但是它在一定程度上亦反映了社会生活的真实面貌。即便诗人的想象力再丰富，也不可能凭空臆造出几十种发钗名目。

唐诗中所出现的钗，依质地主要有金属质和玉石翡翠质两类，基本反映了唐代发钗所用材料的面貌。在金属发钗中，金钗是最为昂贵的一种，其华美之质尤堪配风情万千的美人，故唐诗中多有描写，如戴叔伦《相思曲》：“恨满牙床翡翠衾，怨折金钗凤凰股。”杜牧《倡楼戏赠》：“无端有寄闲消息，背插金钗笑向人。”李山甫《代崇徽公主意》：“金钗坠地鬓堆云。”罗虬《比红儿诗》其三十：“照耀金钗簇腻鬟，见时直向画屏间。”唐代金银器制作工艺极为发达，品类多样，如鎏金工艺，即将金与水银混合熔化后涂在铜器表面，经温烤后固着，再加以打磨，呈现出金质光泽。在唐代的金簪、金钗中，就有不少是此种鎏金钗，如浙江长兴下莘桥唐墓中就出土有鎏金银花钗。银制发钗虽次于金制，但在普通人家相当普及。张建封《竞渡歌》“两岸罗衣破晕香，银钗照日如霜刃”，言观看端午龙舟竞渡的盛况，女子们头上的银钗在阳光照耀下尤为亮眼。在江苏镇江丹徒丁卯桥唐代银器窖藏中就出土了760支银钗[①]。次于银制簪钗的便是铜制簪钗。王建《失钗怨》:“贫女铜钗惜于玉，失却来寻一日哭。嫁时女伴与作妆，头戴此钗如凤凰。”看来铜钗于贫女也是弥足珍贵的。又《寒食》诗以“铜钗重欲垂”写寒食景况。

玉钗在唐代也是极为流行的。沈佺期《李员外秦援宅观妓》:“玉钗翠羽饰，罗袖郁金香。”以翠羽为饰的发钗衬出歌妓的娇艳。王建《捣衣曲》:“玉钗低昂衣带动。”玉钗的起伏点染出捣衣女劳作的美感。韩偓《松髻》:“髻根松慢玉钗垂。”松散的发髻与行将坠下的玉钗描绘出了美人的慵懒。其他如杨衡《春梦》“傍人不知梦中事，唯见玉钗时坠枕”，文丙《牡丹》“诗客筵中金盏满，美人头上玉钗垂”，牛峤《西溪子》“捍拨双盘金凤，蝉鬓玉钗摇动”，都有玉钗出现。考古发现中多有玉钗出土，如西安西郊唐墓即出土有玉钗。

此外，还有以翡翠制成的钗。王昌龄《九日登高》:“翡翠横钗舞作愁。”李商隐《无题》:“钗茸翡翠轻。”李九龄《春行遇雨》:“采桑陌上谁家女，湿损钗头翡翠翘。”魏承班《菩萨蛮》:“宝钗摇翡翠，香惹芙蓉醉。”在唐代，钗饰也常常以两种材料制成，如温庭筠《菩萨蛮》:“翠钗金作股。”当是合金、玉而成。安徽合肥西郊南唐墓出土金镶玉花钗，即是此种。湖南长沙隋墓出土有银质镶玉的发钗，可见隋代已有此类合成之钗。

唐代钗饰中还有以珊瑚、水晶、琥珀、琉璃、玳瑁等材料制成的。薛逢《醉春风》:“美人醉赠珊瑚钗。”《新唐书·五行志》记载唐末“世俗尚以琉璃为钗钏”，以为是服妖;《车服志》亦载:“庶人女嫁有花

---

① 刘建国、刘兴《江苏丹徒丁卯桥出土唐代银器窖藏》,《文物》1982年第11期，第23页。

钗，以金银琉璃涂饰之。”

贫寒人家的女子以荆枝插发，称为“荆钗”。李山甫《贫女》：“平生不识绣衣裳，闲把荆钗亦自伤。”刘长卿《别李氏女子》：“俯首戴荆钗，欲拜凄且颦。本来儒家子，莫耻梁鸿贫。”秦系《耶溪书怀寄刘长卿员外》：“偶逢野果将呼子，屡折荆钗亦为妻。”白居易《秦中吟十首·议婚》：“绿窗贫家女，寂寞二十余。荆钗不直钱，衣上无真珠。”许浑《酬殷尧藩》：“竹马儿犹小，荆钗妇惯贫。”这些诗句描写的都是以荆钗饰发的贫寒女子。

唐代发钗在形制上颇为繁复，往往有各种不同的花式。较常见的主要有以下几种：凤凰钗，即钗首部是凤凰式样。《中华古今注》：“始皇又金银作凤头，以玳瑁为脚，号曰‘凤钗’。”王建《旧宫人》：“乱丝犹挂凤凰钗。”徐凝《郑女出参丈人词》：“凤钗翠翘双宛转。”杨容华《新妆诗》：“凤钗金作缕，鸾镜玉为台。”冯延巳《菩萨蛮》：“娇鬟堆枕钗横凤，溶溶春水杨花梦。”鸾钗，以鸾鸟形象为钗首之饰。李贺《送秦光禄北征》：“正室擘鸾钗。”李商隐《河阳诗》：“鸾钗映月寒铮铮。”燕钗，以燕子样为首的钗。温庭筠《张静婉采莲曲》：“燕钗拖颈抛盘云。”林宽《长安即事》：“翡翠鬟欹钗上燕。”燕钗有白燕、紫燕等种类。张祜《吴宫曲》：“玉钗斜白燕。”薛逢《夜宴观妓》：“鬓发宜簪白燕高。”李商隐《圣女祠》：“寄问钗头双白燕，每朝珠馆几时归。”又《燕台四首·冬》：“白玉燕钗黄金蝉。”以上所咏皆白燕钗。咏紫燕钗者如李郢《张郎中宅戏赠二首》其一：“薄雪燕翁紫燕钗，钗垂簏簌抱香怀。”吴融《倒次元韵》：“紫燕刻钗珍。”雀钗，雀形的钗饰，亦作爵钗。刘熙《释名·释首饰》：“爵钗，钗头施爵也。”苏舆曰：“爵与雀同，曹植《美女篇》：‘头插金爵钗，腰佩翠琅玕。’”李贺《贝宫夫人》：“雀钗翘揭双翅关。”元稹《何满子歌》：“翠蛾转盼摇雀钗。”温庭筠《更漏子》：“金雀钗，红粉面，花里暂时相见。”当是以点翠工艺制成的雀钗，即用金或鎏金的金属做成不同图案的底座，再在钗上粘贴翠鸟背部亮丽的蓝色羽毛。李端《襄阳曲》“雀钗翠羽动明珰”即是此种工艺。鱼钗，呈现鱼形的钗饰。吴融《和韩致光侍郎无题三首十四韵》其一：“篦凤金雕翼，钗鱼玉镂鳞。”阎选《虞美人》：“小鱼衔玉鬓钗横。”李珣《临江仙》：“不语低鬟幽思远，玉钗斜坠双鱼。”此外，还有其他一些动物形制的钗饰，如韦应物《长安道》：“头上鸳钗双翠翘。”温庭筠《夜宴谣》：“长钗坠发双蜻蜓。”又《菩萨蛮》：“钗上蝶双舞。”韩偓《忍笑》：“水精鹦鹉钗头颤，举袂佯羞忍笑时。”牛峤《菩萨蛮》：“低鬓蝉钗落。”

唐代钗的插戴方法亦颇为多样。有横插法，如杜牧《见刘秀才与池州妓别》：“金钗横处绿云堕。”王建《织锦曲》：“横钗欲堕垂著肩。”有斜插法，如李贺《洛姝真珠》：“寒鬓斜钗玉燕光。”刘禹锡《同乐天和微之深春二十首》其十一：“归来看理曲，灯下宝钗斜。”冯延巳《相见欢》：“情极处，却无语，玉钗斜。”《簪花仕女图》中就可看到此种插法。发钗一般都是采用对称的插法，如王建《宋氏五女》：“素钗垂两髦。”敦煌壁画《乐廷瓌夫人行香图》中就有对插步摇钗的妇女。而出土的发钗实物，也往往是成对的。唐代女性妆饰之盛是前所未有的，她们头上所插的发钗数量也极多。长孙佐辅《宫怨》：“三千玉貌休自夸，十二金钗独相向。”施肩吾《收妆词》：“灯下再览青铜镜，枉插金钗十二行。”《新唐书・车服志》中对命妇的花钗树亦有规定：一品花钗九树，二品八树，三品七树，四品六树，五品五树。

仅仅精美的样式和做工还是不能满足女性对美的要求，她们便有了在钗上再戴花的做法。杜牧《山石榴》："一朵佳人玉钗上，只疑烧却翠云鬟。"韩偓《中庭》："中庭自摘青梅子，先向钗头戴一双。"李建勋《春词》："折得玫瑰花一朵，凭君簪向凤凰钗。"庾传素《木兰花》："木兰红艳多情态，不似凡花人不爱。移来孔雀槛边栽，折向凤凰钗上戴。"牛峤《女冠子》："绣带芙蓉帐，金钗芍药花。"

形制多样的发钗至宋代依然风行。因为古代女性的发式以髻鬟为主，要将长发梳理成摇曳生姿的髻鬟，必须借助簪、钗这样的长形首饰固定头发，才能呈现不同的造型。可以说，簪钗之类的首饰是古代妇女必不可少的发饰。宋代诗词中亦多有关于钗饰的描绘，如：

头上百宝钗，终身不相失。（曹勋《闺怨》）

尽教插满金钗上，休管吹残玉笛中。（文同《吴公惠酒因谢》）

钗梁溜金凤，舞带蒙锦缬。（白玉蟾《妾薄命》）

大妇银钗小绿裙，采茶洗菜踏溪云。（方回《虽然吟五首》其四）

刬袜重来，半亸乌云金凤钗。（欧阳修《南乡子》）

银盆半折姚黄，插向凤凰钗畔。（晁补之《斗百花》）

佳人偏爱菊花天，玉钗金附蝉。（李处全《阮郎归》）

从描写上看，宋代的钗与前代相比并无太大变化，造型上仍然是以凤、雀、蝉等为主，质地上仍然是以金、银、玉、犀等为主，故不复赘述。

在唐宋的钗饰中，值得一提的是步摇钗和钿钗。步摇是一种特殊的头饰，它的底座通常是钗或簪的形式，以黄金屈曲而成龙凤等形，其上缀以珠玉或鸟兽花枝，走起路来随步摇曳，故名。《释名》载："步摇，上有垂珠，步则摇动也。"在唐代，步摇是极为流行的一种饰物。白居易《长恨歌》："云鬓花颜金步摇。"顾况《王郎中妓席五咏·箜篌》："玉作搔头金步摇。"武元衡《赠佳人》："步摇金翠玉搔头。"以钗为底座的步摇称为步摇钗，实质上还是一种发钗。唐代妇女多有簪戴步摇钗者。《新唐书》即言："天宝初……妇人则簪步摇钗，衿袖窄小。"张仲素《宫中乐五首》其二："珠钗挂步摇。"罗虬《比红儿诗》其四十四："金凤双钗逐步摇。"和凝《宫词百首》其十二："步摇钗是辟寒金。"在宋代妇女的发间依然可以看到步摇钗，如刘倓《小玉蕊花》"步摇钗朵见，老眼为增明"，但在诗词中已不似唐代多见。

钿钗是发钗与花钿结合的一种首饰。花钿出现于汉代以后，通常以金银、宝石或珠翠制成，中心开有小孔，用簪钗固定插于鬓发之上。因多为花形，故称"花钿"。唐代花钿的式样更为精致，岑参《敦煌太守后庭歌》："美人红妆色正鲜，侧垂高髻插金钿。"白居易《醉后题李马二妓》："行摇云髻花钿节。"唐《弈棋仕女图》中即有插戴花钿的妇女，唐金乡县主墓、李景由墓、雷府君夫人宋氏墓等墓葬中亦有形制各异的花钿出土。花钿有大有小，河南洛阳孟津西山头唐墓出土的舞女陶俑发髻中就插有一枚较大的花钿。张萱《捣练图》中最左侧的妇女在发髻四周插有五枚小型花钿。唐代的花钿除了独立成形外，还常与钗相结合，如湖北安陆唐吴王妃杨氏墓即出土了钿头钗。唐诗中也有描述，如段成式《柔卿解籍戏呈飞卿三首》其三："出意挑鬟一尺长，金为钿鸟簇钗梁。”花钿也是宋代妇女的常见头饰。朱敦儒《西江月》：“障面重新团扇，倾鬟再整花钿。”晁端礼《蝶恋花》：“松髻遗钿慵不整。”晁补之《绿头鸭》：“花暖间关，冰凝幽咽，宝钗摇动坠金钿。”宋代还出现了一排钿子相连的簪子形制，浙江永嘉银器窖藏中即有出土实物。扬之水《宋元首饰的类型与样式》：“永嘉窖藏三支银簪的簪首纹样，便是若干花钿的相连而成为16厘米长的一道弯弧……一根银条通贯于簪首之背成为横梁。垂直后伸的扁平簪脚接焊于横梁中央。”并指出：“从形制来看，它应是用作正面插戴，即如宋人《搜山图》中的女子形象。”这应当是在唐代分插数朵小花钿的形式基础上发展起来的一种简便易戴的形制。宋代诗词中钿钗是塑造女性形象较为常见之物：

轮却钿钗双翡翠，可胜重劝玉东西。（王珪《宫词》）

蕙槁兰萎兮弃钗钿，凄凄东坞兮藏风烟。（王柏《陈卿内邵氏挽词》）

脸霞轻，眉翠重。欲舞钗钿摇动。（晏殊《喜迁莺》）

罗袜钿钗红粉醉，曲屏深幔绿橙香。（陈克《浣溪沙》）

千结柔肠愁寸寸。钿钗几日重相近。（赵长卿《蝶恋花》）

无论是靓妆美人，还是浓愁思妇，抑或逝去红颜，钿钗的存在状态愈发映衬出她们的美丽或哀愁。

宋代妇女头饰不仅在继承了唐代的基础上略有变化，而且还呈现出鲜明的时代特点。与唐代头饰相比，宋代妇女的头饰式样更为丰富，甚至在造型上更为夸张。冠子是能够充分体现出宋代妇女创造性的头饰。冠子作为女性头饰可以溯源久远，《中华古今注》以为其产生于秦代，而宋高承的《事物纪原》引《二仪实录》《古今注》等则认为冠子始于汉或魏。无论冠子起于何时，可以知道的是，其在唐代以前并不流行，至唐代始成为女性常见的头饰之一。唐代诗词中，多有咏叹戴冠女子的。宋代妇女戴冠就更为普遍了，如白沙1号宋墓前室东壁散乐图中的乐伎、山西晋祠圣母殿的彩塑宫女都头戴冠子。宋代女性的冠子造型各异，名目繁多，有继承唐代样式的，如莲花冠。莲花冠为唐时首创，形似莲花，本为道士所戴，后在女子间流行。如白居易《和殷协律琴思》："秋水莲冠春草裙，依稀风调似文君。"和凝《宫词》："碧罗冠子簇香莲。"顾夐《虞美人》："莲冠稳簪钿篦横，飘飘罗袖碧云轻，画难成。"五代前蜀后主王衍酷爱莲冠，据《新五代史·王衍传》载，他命后宫女子戴金莲花冠，穿道士服，饮酒至醺醺然，方能免冠。《旧五代史·王衍传》又云："衍奉其母徐妃同游于青城山，驻于上清宫。时宫人皆衣道服，顶金莲花冠，衣画云霞，望之若神仙，及侍宴，酒酣，皆免冠而退，则其髻鬌然。"明唐寅曾以此为题材，绘成《王蜀宫妓图》，自题云："莲花冠子道人衣，日侍君王宴紫微。花柳不知人已去，年年斗绿与争绯。"宋代莲冠犹存，但恐与宋代女冠之风不如唐代盛行有关，戴者渐少，晋祠侍女雕塑即有戴莲冠者，但诗词中歌咏已不多。

宋代诗词中出现的有特点的冠子兹举如下：

花冠：饰以各种花卉的冠子。花冠源于簪花的习俗，唐代始出现。唐张鷟《朝野佥载》载："睿宗先天二年正月十五、十六夜……宫女千数，衣罗绮，曳锦绣，耀珠翠，施香粉，一花冠，一巾帔，皆万钱。”白居易《长恨歌》描写杨贵妃的形象也是“云鬓半偏新睡觉，花冠不整下堂来。”尹鹗《女冠子》描述女性戴花冠的景象：“花冠玉叶危。”唐五代时的花冠，多以鲜花，尤其是牡丹、芍药等富贵之花装饰。两宋时花冠大为盛行。宋孟元老《东京梦华录》载：“女童皆选两军妙龄容艳过人者四百余人，或戴花冠，或仙人髻，鸦霞之服……”宋周密《武林市肆记》亦载：“酒楼诸妓皆戴杏花冠。”南薰殿藏历代帝后图中即有戴花冠的宫女形象。

宋代诗词中亦有对花冠的描写：

碧玉花冠素锦裳，对拈棋子费思量。（黄庚《仙姑对奕图》）
半醉侧，花冠重。（沈蔚《柳初新》）
花冠鼓翼东方动，兰闺惊破辽阳梦。（蔡伸《菩萨蛮》）
冠儿时样都相称，花插楝双枝。（卢炳《少年游》）
看花冠，端容丽服。（王迈《贺新郎》）

这些花饰有真花也有假花，花的种类相当多，如牡丹、芍药、茉莉、菊花等等。陆游《老学庵笔记》：“靖康初，京师织帛及妇人首饰衣服，皆备四时。如节物则春幡、灯球、竞渡、艾虎、云月之类；花则桃、杏、荷花、菊花、梅花，皆并为一景，谓之‘一年景’。”所说即是假花一类，多用各色绢罗或通草制成。在宋代，甚至有专以制作假花为业者，如《夷坚志》所记载，“饶州天庆观后居民李小一，以制造通草花朵为业”，可见当时假花的需求量之大。

鹿胎冠：鹿胎冠是以胎鹿皮制成的冠子。宋王得臣《麈史》："妇人冠服涂饰，增损用舍，盖不可名纪，今略记其首冠之制：始用以黄涂白金，或鹿胎之革，或玳瑁，或缀彩罗为攒云五岳之类。"其中即提到以鹿胎皮革制冠。鹿胎冠唐代已有，但主要是男性所戴，如李群玉有《寄友人鹿胎冠子》诗。宋代男女皆戴，王之道《浣溪沙》："鱼枕蕉深浮酒蚁，鹿胎冠子粲歌珠。"李昉《退官诗》："布裘藜杖鹿胎冠，散率身如不在官。"由于鹿胎冠的流行，甚至使得胎鹿遭到灭顶之灾。《宋史》载："绍兴二十三年，士庶家竞以胎鹿皮制妇人冠，山民采捕胎鹿无遗。"

柘枝冠：当是柘枝舞伎所戴的一种冠子，主要用于舞蹈演出。柘枝舞是从西域石国传入的一种舞蹈，唐代风靡一时，但唐诗中描绘柘枝舞伎头上所戴之物皆为帽，如王建《宫词一百首》其八十四："未戴柘枝花帽子。"白居易《柘枝妓》："帽转金铃雪面回。"章孝标《柘枝》："迎风绣帽动飘飖。"柘枝舞至宋代犹存，但形制发生了一些变化，由双人舞变成了多人。宋叶梦得《石林燕语》："寇莱公性豪侈……尤喜《柘枝舞》，用二十四人，每舞连数盏方毕，或谓之'柘枝颠'。"舞伎的衣饰也发生了一些改变。宋俞琰《席上腐谈》云："向见官妓舞柘枝，戴一红物，体长而头尖，俨如靴形，想即是今之罟姑也。"可见当时柘枝伎头上所戴已由帽变为冠，式样类似于金、元妇女中所流行的罟姑冠。但仍有戴帽的，梅尧臣《和永叔柘枝歌》："珠帽红靴振金缕。"

此外，还有以水晶制成的水晶冠、呈云彩状的朵云冠、以翠羽装饰的铺翠冠、形似如意的如意冠、状如枕头的堆枕冠等等，诗词中均有表现：

避暑佳人不著妆，水晶冠子薄罗裳。（李之仪《鹧鸪天》）

朵云冠子偏宜面。（贺铸《蝶恋花》）

铺翠冠儿，捻金雪柳，簇带争济楚。（李清照《永遇乐》）

翡翠蒙金衫子，缕尘如意冠儿。（蔡伸《西江月》）

堆枕冠儿翡翠钗。（赵长卿《浣溪沙》）

四直冠儿内样新。（张孝祥《鹧鸪天》）

绣草冠儿宫样，系丁香新缬。（吕胜己《好事近》）

从繁多的冠子名目可以看出，宋代妇女戴冠的普及和对冠饰式样追求的热衷。在实际生活中，冠子的款式和名目更为丰富，如宋李廌《师友谈记》载："宝慈暨长乐皆白角团冠，前后惟白玉龙簪而已……太妃暨中宫，皆缕金云月冠，前后亦白玉龙簪，而饰以北珠……"高太后、向太后戴白角团冠，太妃及中宫戴缕金云月冠。白角冠，唐已有之，男女皆戴。唐鲍溶《和王璠侍御酬友人赠白角冠》咏云："芙蓉寒艳镂冰姿"，足见其晶莹剔透。蜀太后徐氏《题金华宫》："好把身心清净处，角冠霞帔事希夷。"宋仁宗时，白角冠大兴，但这种冠是以白角制成，材质侈靡，后被明令禁止。当时许多名花也被仿效为妇女头上的冠子，故而花中的一些名品也常以冠为名。[①] 虽然很多冠子的具体形制已不可考，但是冠子上的装饰还是有记载可寻的。

① 沈从文先生在《中国古代服饰研究》中列举了大量名花以冠为名的例子，说明当时冠饰之盛，参见该书第 450 页，上海书店出版社，2002 年。

宋代女性往往喜欢在冠上插置簪钗、翠翘、花朵、梳栉等各种各样的饰物，来增添华美之感，其中，以梳栉最有特色。梳本是梳理头发的工具，后被用来作为头饰。头上插梳之风自魏晋时期已有，至唐代更盛。妇女常将金、银、玉、犀等材料制作梳插于发间作为装饰，从江苏扬州三元路唐代遗址出土的花鸟纹铜梳可见唐代梳之精美。唐诗中屡屡出现插梳美人的形象。白居易《题周皓大夫新亭子二十二韵》："裙翻绣鸂鶒，梳陷钿麒麟。"唐彦谦《无题十首》其二："醉倚阑干花下月，犀梳斜亸鬓云边。"崔涯《嘲李端端》："独把象牙梳插鬓，昆仑山上月初明。"唐代妇女以头上插的梳篦多为美，如元稹《恨妆成》："满头行小梳，当面施圆靥。"插戴满头，可见其多矣。至于插戴方法，在唐代张萱《捣练图》、周昉《纨扇仕女图》及敦煌莫高窟唐代供养人壁画中均能看到。《捣练图》所画插梳方法，有单插于前额、单插于髻后、分插左右顶侧等形式。《纨扇仕女图》中仕女插梳方法有单插于额顶、在额顶上下对插两梳及对插三梳等形式。敦煌莫高窟103窟盛唐供养人乐廷瓌夫人花梳插于右前额，旁插凤步摇簪。宋代插梳之风依然延续，有不少诗句对此有过描写，如：滕甫《蝶恋花》："新梳斜插乌云鬓。"司马槱《黄金缕》："斜插犀梳云半吐。"吕胜己《鹧鸪天》："垒金梳子双双耍，铺翠花儿袅袅垂。"辛弃疾《鹧鸪天》："人插云梳玉一弯。"江西彭泽元祐五年（1090）易氏夫人墓出土有双狮戏球纹银梳。据扬之水《奢华之色：宋元明金银器研究》考察，"宋代金银梳栉与唐代相比，在形制上的一大不同是装饰带由半月形易作虹桥形，并且多半是梳背与梳栉质地不同而分别制作，然后套合在一处"。宋代妇女更是将冠子与梳栉结合在一起，形成冠梳。马端临《文献通考·王礼考》:“皇祐元年……先时宫中尚白角冠梳，人争效之，谓之内样。其冠名曰‘垂肩’，至有长三尺，梳长亦逾尺。”《东京梦华录·正月》:“及州南一带，皆结彩棚，铺陈冠梳、珠翠、头面、衣着、花朵、领抹、靴鞋、玩好之类。”宋《娘子张氏图》即有冠梳形象。

宋代妇女头饰的另一显著特色是时令、节令性的装饰盛行，立春、元宵、端午等时节，都有应景的头饰。

立春日最为典型的头饰是春幡和彩胜。春幡是以罗帛剪成的长条状小幡，立春日戴在头上以示迎春。春幡始于汉代，当时并非头饰。《后汉书·礼仪志上》记载汉代立春幡之俗:“立春之日，夜漏未尽五刻，京都百官皆衣青，立春幡，施土牛耕人于门外。”可见，立春幡是汉代迎春活动的一部分。唐宋时期，头上戴春幡渐成习俗。唐五代多为女性簪戴，温庭筠《咏春幡》“闲庭见早梅，花影为谁栽。碧烟随刃落，蝉鬓觉春来。代郡嘶金勒，梵声悲镜台。玉钗风不定，香步独徘徊”，牛峤《菩萨蛮》“玉钗风动春幡急，交枝红杏笼烟泣”，描写了女子头戴春幡的情景。至宋代，春幡已成为立春必备的时令饰物，宋陈元靓《岁时广记》中列有“立春幡”“赐春幡”“簪春幡”等条目，可见戴春幡之俗更为普及。《事物纪原·岁时风俗·春幡》:“今世或剪彩错缉为幡胜，虽朝廷之制，亦镂金银或缯绢为之，戴于首。”《岁时风土记》载:“立春之日，士大夫之家，剪彩为小幡，谓之春幡。或悬于家人之头，或缀于花枝之下。”春幡不仅是女性饰物，男性也常簪戴。周密《武林旧事》载:“是日（立春）赐百官春幡胜，宰执亲王以金，余以金裹银及罗帛为之。系文思院造进，各垂于幞头之左入谢。”可见，宋代立春日百官都会戴春幡。在宋代诗词中，男女戴春幡的形象皆有。韩维《夫人阁四首》其四："宫娃指晓已催班，拜谢春幡列御前。"刘克庄《立春七首》其二："都忘满镜星星发，带了春幡便出嬉。"辛弃疾《汉宫春》："春已归来，看美人头上，袅袅春幡。"无名氏《拜星月》："贺新春，尽带春花、春幡春胜，是处春光明媚。"彩胜，也称花胜，以有色绢或纸，剪成燕、人、幡、花朵等形。剪成人形的又称人胜，剪成幡形的又称幡胜。宋代以前，彩胜多为人日所戴。南朝梁宗懔《荆楚岁时记》："正月七日为人日，以七种菜为羹，剪彩为人，或镂金箔为人，以贴屏风，亦戴之头鬓。又造华胜以相遗。"阎朝隐《奉和圣制春日幸望春宫应制》："彩胜年年逢七日，酴醾岁岁满千钟。"苏颋《奉和圣制人日清晖阁宴群臣遇雪应制》："轻飞传彩胜，天上奉薰歌。"由于人日有时与立春是同一日，彩胜逐渐也成为立春节物。张继《人日代客子是日立春》："遥知双彩胜，并在一金钗。"宋代诗词中写到彩胜，已基本上是立春的饰物了：

鬓边彩胜年年好，樽下歌声日日新。（陈师道《立春致语口号》）

彩胜金幡梦里，茶槽药杵声中。（范成大《立春》）

华灯彩胜两逢迎，美景良辰未易并。（方回《上元立春》）

最有佳人随节序，钗头彩胜竞垂垂。（强至《立春》）

争看钗头彩胜新。金字写宜春。（史浩《武陵春》）

谁向椒盘簪彩胜。整整韶华，争上春风鬓。（辛弃疾《蝶恋花·戊申元日立春席间作》）

银幡彩胜参差剪。东风吹上钗头燕。（黄昇《重叠金·除日立春》）

可见，宋代立春日簪戴彩胜之风极盛。

宋代上元节也有很多应时饰物，如闹蛾、玉梅、雪柳等。宋朱弁《续骫骳说》："都下元宵观游之盛……又妇女首饰，至此一新。髻鬟簪插，如蛾蝉蜂蝶、雪柳玉梅灯球，袅袅满头，其名件甚多。"《武林旧事·元夕》："元夕节物，妇人皆带珠翠、闹蛾、玉梅、雪柳、菩提叶、灯球。"闹蛾是以硬纸或金银箔等制成飞蛾、蝴蝶之类形状，系于细铜丝，插以饰发，行动时受震动，如蝶蛾飞舞。明刘若愚《酌中志》："自岁暮正旦，咸头戴闹蛾，乃乌金纸裁成，画颜色装就者，亦有用草虫蝴蝶者，或簪于首，以应节景。"陈世崇《元夕八首》其二："打块成团娇又颤，闹蛾簇簇翠冠儿。"杨无咎《人月圆》："闹蛾斜插，轻衫乍试，闲趁尖耍。"康与之《瑞鹤仙》："闹蛾儿满路，成团打块，簇著冠儿斗转。"闹蛾也不仅仅限于新年和上元，春季都有戴者。清沈自南《艺林汇考·服饰篇》引宋人《余氏辨林》："今京师凡孟春之月，儿女多剪彩为花或草虫之类插首，曰闹嚷嚷，即古所谓闹装也。"玉梅是以白绢或白纸制成的梅花状头饰。宋金盈之《新编醉翁谈录》："凡雪梅皆缯楮为之。"陈世崇《元夕八首》其三："笑整玉梅藏素手，香肩三角卸吴绫。"李邴《女冠子》："东来西往谁家女。买玉梅争戴，缓步香风度。"赵必瑑《齐天乐》："雪柳捻金，玉梅铺粉，妆点春光无价。"雪柳是以绢、纸、金箔等做成的柳条状饰物，以金丝质的为多，如何梦桂《灯夕乐舞》："玉梅雪柳千家闹，火树银花十里开。"李清照《永遇乐》："捻金雪柳。"丘密《满江红》："雪柳垂金幡胜小。"周密《探春慢》："箫鼓动春城，竞点缀、玉梅金柳。"灯球是以珍珠或料珠串成的形似小灯笼的饰物。《岁时广记》："（上元）都城仕女有插戴灯球灯笼，大如枣栗，如珠茸之类。”周必大《立春帖子·皇后阁》：“雪柳巧装金胜绿，灯球斜映玉钗红。”侯寘《清平乐·咏橄榄灯球儿》：“缕金剪彩。茸绾同心带。整整云鬟宜簇戴。雪柳闹蛾难赛。”无名氏《失调名》：“灯球儿小，闹蛾儿颤。又何须头面。”灯球上往往会有各种各样的装饰，如翁元龙《恋绣衾》：“且莫把、冰丝剪，有灯球、红绣未描。”蒋捷《南乡子》：“思想灯球坠绛纱。”

端午节也有应时的头饰，称为钗符，如王镃《重午》：“丝丝梅雨湿榴花，处处钗符袅鬓鸦。”许应龙《贵妃阁端午帖子》：“丹篆钗符彩缕鲜，承恩侍宴玉皇前。”刘克庄《贺新郎·端午》：“儿女纷纷夸结束，新样钗符艾虎。”刘辰翁《摸鱼儿》：“年年五五。共准拟阶庭，钗符献酒，袅袅缀双虎。”《武林旧事》记端午习俗，亦言分赐诸妃钗符，可见当时这一风气是颇为流行的。至于钗符的形制，周紫芝《浣溪沙》“水精钗袅绛纱符”说其是以绛色纱为符饰于钗上。杨无咎《齐天乐》：“更钗袅朱符，臂缠红缕。”朱符与绛纱皆为红色系，可见红色是当时钗符的常见色彩。《岁时广记·钗头符》：“端午剪缯彩作小符儿，争逞精巧，掺于鬟髻之上，都城亦多扑卖。”将彩缯剪成符状饰于钗上，当是辟邪之用。江西德安周氏墓中即出土有端午钗符。

第二节　冠钗书写的审美追求与阶层观照

唐诗中的头饰并不是仕女图中安插在美人发间的那种，只能默默地履行头饰这一项功能，静静地陪伴着女性的一种情态。在诗人们的笔下，头饰被赋予了更多的生命力，它不仅装点着女性的形容，也介入了女性的生活，以丰富多彩的面貌成为展现唐代女性世界的一个载体。

唐代诗人笔下不仅仅只有以“金钗十二行”刻意修饰的严妆女子，更有自然状态下生动的美人之写真。梁锽《美人春卧》：“落钗仍挂鬓，微汗欲消黄。”娇困的美人睡意沉沉，发钗似乎也要从发间掉落，幸而又在鬓间停留。落钗挂鬓的形象生动传神地描摹出睡美人髻鬟不整的慵懒之态。李商隐《偶题二首》其一“水文簟上琥珀枕，旁有堕钗双翠翘”，也是相似的情景，枕上的堕钗极易勾起我们对酣眠美人的遐想。李贺《美人梳头歌》：“一编香丝云撒地，玉钗落处无声腻。纤手却盘老鸦色，翠滑宝钗簪不得。”由于头发太顺滑，以至于插着的宝钗也无法很好地固定，不时滑落。白居易《奉和汴州令狐相公二十二韵》中也有类似的场景：“发滑歌钗坠，妆光舞汗沾。”他在《任氏行》中同样写道：“兰膏新沐云鬓滑，宝钗斜坠青丝发。”这样的落钗将美人如云的青丝衬托得更加诱人。韩偓《松髻》：“髻根松慢玉钗垂，指点花枝又过时。坐久暗生惆怅事，背人匀却泪胭脂。”心事重重的女子自然无心梳妆，于是发髻松垂，玉钗不整，这散漫的形象背后蕴藏的是无限的惆怅。

诗人们不仅定格了簪钗从美人发间坠落的一瞬，还捕捉到另一幅有意思的画面，即佳人遗簪、遗钗。虞世南《门有车马客行》：“遗簪堕珥解罗襦。”袁不约《长安夜游》：“长乐晓钟归骑后，遗簪堕珥满街中。”张萧远《观灯》：“宝钗骤马多遗落，依旧明朝在路傍。”骑马是唐代女性十分喜爱的一项运动，据《新唐书·车服志》记载，唐代女子常常在街上“露髻驰骋”。在这样的快速运动中，就难免遗落头上的发钗。为了争先看到花灯，女子们快马加鞭，以至于发钗在匆忙中掉落，路边的遗钗也成为一道动人的风景。徐夤《依御史温飞卿华清宫二十二韵》:“堕珥闲应拾，遗钗醉不收。”醉眼蒙眬的女子即便看到了在醉意中失落的发钗，也没有将它拾起来的意思，这是多么沉的一场醉酒啊！这些遗落的簪钗从另一个角度刻画出女性之美。

唐代诗人还借助水来写头饰，在波光荡漾间展现女性之美。孟浩然《初春汉中漾舟》:“波影摇妓钗，沙光逐人目。”美人的宝钗倒映在波光粼粼的水面，仿佛也被摇荡的波影牵惹得摆动起来，构成了一幅盈盈欲动的画面。刘禹锡《采菱行》:“长鬟弱袂动参差，钗影钏文浮荡漾。”采菱的少女为了“争多逐胜”，互不相让地动起来，从水中看，“钗影钏文”随波荡漾，美不胜收。诗人们以敏感的笔触捕捉到钗饰对于不同女性的不同瞬间。无论是坠钗、遗钗还是钗影，皆能展现出女性某一方面的美，或娇懒，或灵动，情态各异却又真切可人。

诗人们不断开掘头饰在女性生活中所体现出的种种作用，使其除了作为一种装饰物在女性髻上鬓间生辉外，还扮演着不同的角色，显示着女性多样的生活情趣。比如发钗常常被作为定情的信物充当男女爱情的见证。温庭筠《懊恼曲》:“两股金钗已相许，不令独作空成尘。”金钗上记录着曾经的海誓山盟。施肩吾《定情乐》:“敢嗟君不怜，自是命不谐。著破三条裙，却还双股钗。”被负心人抛弃的女子只能无可奈何地接受命运，将之前定情的发钗归还，以示情尽缘灭。由于发钗是双股的，离别的情人往往将它折断，各持一股，既可以在分离的日子中聊解相思之苦，又可以在重逢时两股合璧，表达此情不渝之决心。《长恨歌》中已居于海上仙山的杨贵妃在见到唐明皇派来的方士后，“唯将旧物表深情，钿合金钗寄将去。钗留一股合一扇，钗擘黄金合分钿”。天人永隔之际，以一股金钗向唐明皇表示“天上人间会相见”之痴情，感人肺腑。刘禹锡《怀妓》：“玉钗重合两无缘，鱼在深潭鹤在天。”虽然两股玉钗又合为一支，但佳人却香魂逝去，情缘难续，作为当时两心相许之信物的玉钗也只能徒留绵绵遗恨。杜牧《送人》：“明镜半边钗一股，此生何处不相逢。”离别之初，还未经历坎坷世事，因此心情是宽慰的，坚信着会有重逢的一天。同时，以钗传情也留下了一段段令人回味的佳话。后唐冯贽《云仙散录》：“《金城记》曰：金城多美妓。贺兰钊曰：‘吾既临人，私情难展。’遇宴饮，则敛夺诸妓钗钿，退以记意。”这虽然不是动人的爱情故事，但亦不失为一桩风流韵事。发钗是女性私人的贴身物品，沾染着浓郁的女性个人气息，以之传情甚为恰当。

以发钗作为伴歌的乐器是唐诗中钗饰描写的又一独特之处。高适《听张立本女吟》：“危冠广袖楚宫妆，独步闲庭逐夜凉。自把玉钗敲砌竹，清歌一曲月如霜。”在一个皓月当空的晚间，聆听悠扬的歌声在清亮的玉钗击节的伴奏下响彻夜空，这是一幅多么令人陶醉的清雅画面。韩偓《闺情》：“轻风滴砾动帘钩，宿酒犹酣懒卸头。但觉夜深花有露，不知人静月当楼。何郎烛暗谁能咏，韩寿香焦亦任偷。敲折玉钗歌转咽，一声声作两眉愁。”寂寞深闺中的女子百无聊赖，只能以敲击玉钗暂遣愁怀，伤心处，玉钗断，歌声咽，万千愁情又涌上眉间，一曲哀歌惹人怜。司空图《歌者十二首》其一“追逐翻嫌傍管弦，金钗击节自当筵。风霜一夜燕鸿断，唱作江南祓禊天”，厌倦了管弦声的歌者以金钗击节，为自己的歌声伴奏，显得新颖而别致。牛峤《应天长》“凤钗低赴节，筵上王孙愁绝”，宴席上凤钗低婉的轻奏让人愁情满怀。

除上述以外，发钗在唐代诗人的笔下还有一些奇妙的用处。张祜《赠内人》：“斜拔玉钗灯影畔，剔开红焰救飞蛾。”身处宫禁的女子前途渺茫，对扑火的飞蛾感同身受，于是拔下玉钗，以之剔开燃烧着的焰火，救出奄奄一息的飞蛾。这一看似无聊之举却蕴含着宫人的寂寞与悲哀。郑谷《采桑》：“晓陌携笼去，桑林路隔淮。何如斗百草，赌取凤凰钗？”发钗竟然成为采桑女在闲暇时斗百草的赌注。孙棨《题妓王福娘墙》中“无端斗草输邻女，更被拈将玉步摇”与此有异曲同工之妙，可见钗饰在女性的游戏中也能发挥作用。杜牧《代吴兴妓春初寄薛军事》：“金钗有几只，抽当酒家钱。”春愁黯黯的佳人以金钗买醉，排遣闷怀。唐诗中这些于钗饰基本功能外的别致描写既体现出钗饰与女性生活关系之密切，又丰富了钗饰所包蕴的内涵，使其不仅仅具有妆饰的意味，更被熏染上浓郁的感情色彩。

唐代诗人不仅善于描写头饰的华美精致与女性的美态深情，同时也关注到不同阶层女性对头饰的需求与期望。宫廷女性身居九重殿阙，生活在帝王的身边，自然是衣食无忧。她们的头饰也可体现出这种情形。《长恨歌》中描写杨贵妃的装扮是“云鬓花颜金步摇”“翠翘金雀玉搔头”，又是金制的步摇，又是金雀玉搔头，足以见其奢华。张仲素《宫中乐五首》其二“翠匣开寒镜，珠钗挂步摇”，所描述的也是一派盛妆。和凝《宫词百首》其十二：“怪得宫中无兽炭，步摇钗是辟寒金。”据唐段成式《酉阳杂俎》载，魏明帝时，昆明国献嗽金鸟，常吐金屑如粟。宫人争以金为钗珥，谓之“辟寒金”，并相嘲弄曰：“不服辟寒金，那得帝王心；不服辟寒钿，那得帝王怜。”这辟寒金当是一种相当昂贵的材料，宫人们却能够戴着这种钗饰，以至于诗人调侃说宫中不需要兽炭来避寒。王涯《宫词三十首》其二：“春来新插翠云钗，尚著云头踏殿鞋。”看来后宫中的女子不仅讲求钗饰的质量，还要追求流行的式样。然而这些华贵的钗饰并不能排解她们生活的幽闭寂寥。《新唐书·宦者上》：“开元、天宝中，宫嫔大率四万。”《资治通鉴》中称：唐末时，“六宫贵贱不减万人”。在这佳丽如云的后宫中，能够“三千宠爱在一身”的可谓是凤毛麟角。如长孙佐辅《宫怨》中的女子，曾经得到“三千玉貌休自夸，十二金钗独相向”的恩宠，但是一朝失宠，只能慨叹“无情春色尚识返，君心忽断何时来”。王建《旧宫人》：“先帝旧宫宫女在，乱丝犹挂凤凰钗。”纵然她们头上仍挂着精美的凤凰钗，但那凌乱的发丝已经昭示了她们不幸的命运。生活在如此朝不保夕的环境中使她们饱受心理的折磨，只要能逃离，这些一向爱美的女性甚至连华丽的钗饰也愿意放弃，正如刘得仁《长门怨》所说：“早知雨露翻相误，只插荆钗嫁匹夫。”

贵族妇女整日锦衣玉食，挥霍无度，只看她们的钗饰便能知晓。于濆《古宴曲》：“十户手胼胝，凤凰钗一只。”一只小小的凤钗竟然需要那么多人的辛苦劳作，可见，当时凤钗的价钱是相当昂贵的。贵妇们又岂止一只凤钗，她们奢华的生活可想而知。贯休《富贵曲二首》其二：“佳人醉唱，敲玉钗折。宁知耘田车水翁，日日日炙背欲裂。”随随便便就敲折一只玉钗，却不知浪费了多少人的汗水。虽然这些女性平日肆意地挥霍，但是也无法弥补生活中的不如意，闺中的寂寞让她们无可奈何。施肩吾《收妆词》:“斜月胧胧照半床,茕茕孤妾懒收妆。灯前再览青铜镜,枉插金钗十二行。”满髻的金钗却换来对月独眠,华丽的妆饰在此刻看来只是徒劳,根本无人欣赏,这是怎样的一种悲哀!戴叔伦《相思曲》:“恨满牙床翡翠衾,怨折金钗凤凰股。”在满腔的怨情无处发泄时,她们可以折断金凤钗,这也许是她们唯一可以骄傲的资本,但纵然钗断,又能如何?她们寂寞无趣的命运却无法改变。

妓优是一类特殊的女性,她们地位卑下,以供男性玩乐为生,可以说是女性中最不幸的一群。但是在生活中,由于以容色事人的职业需要,她们打扮得花枝招展,穿戴用度堪与富贵人家的女子相媲美。宋朱揆《钗小志》中记载,周光禄诸妓掠鬓用郁金油,敷面用龙消粉,染衣用沉水香,月终每人赏金凤凰一只。王建《当窗织》:“当窗却羡青楼倡,十指不动衣盈箱。”郑谷《贫女吟》:“东邻舞妓多金翠,笑剪灯花学画眉。”可见,无论是家妓还是娼妓,她们在装饰品上的消费水平还是比较高的,从她们所拥有的钗饰上也可明晰地反映出来。崔萱形容豪家妓:“岂知一只凤钗价,沽得数村蜗舍人。”妓优们一般戴的都是金翠头饰。上官仪《安德山池宴集》:“翠钗低舞席,文杏散歌尘。”沈佺期《李员外秦援宅观妓》:“玉钗翠羽饰,罗袖郁金香。”韩愈《酒中留上襄阳李相公》:“银烛未销窗送曙,金钗半醉座添春。”白居易《与牛家妓乐雨夜合宴》:“玉管清弦声旖旎,翠钗红袖坐参差。”杜牧《见刘秀才与池州妓别》:“金钗横处绿云堕,玉箸凝时红粉和。”又《倡楼戏赠》:“无端有寄闲消息,背插金钗笑向人。”然而她们那华美的钗饰仅仅是为了配合灯红酒绿的放荡生活,她们不可能享受到与这钗饰相称的尊贵生活，这些女性还是在命运的深渊中苦苦挣扎。江淮名妓徐月英的一首《叙怀》真实地反映了她们的处境：“为失三从泣泪倾，此身何用处人伦。虽然日逐笙歌乐，长羡荆钗与布裙。”

在唐代，还有一大批为了生计而苦恼的女性，金钗翠翘对她们来说只是一个奢华的梦。生活条件好一些的还有头饰，哪怕并不昂贵，对于她们而言已是如获至宝了。王建《失钗怨》：“贫女铜钗惜于玉，失却来寻一日哭。嫁时女伴与作妆，头戴此钗如凤凰。双杯行酒六亲喜，我家新妇宜拜堂。”只一支铜钗，就已经令这女子相当满足了，甚至作为出嫁时的盛妆，而它的丢失简直比富贵人家遗失几十支金翠珠钗还严重。一支发钗对于贫寒的女子来说是十分珍贵的，但是若遇到家计不足，她们往往要割爱卖掉发钗来贴补生活。元稹《遣悲怀三首·其一》：“泥他沽酒拔金钗。”元稹当时还是校书郎，他的妻子韦丛出身名门，有金钗为饰，这还不是一个贫寒之家，只是下层官僚的家庭，拮据的生活却也要他们以金钗沽酒，那么一般的平民百姓家中就可想而知了。杜甫《秋日夔府咏怀奉寄郑监李宾客一百韵》：“囊虚把钗钏，米尽拆花钿。”温饱都成问题的女子哪里还有能力享受这些首饰，纵然有爱美之心也是枉然。又《喜闻官军已临贼境二十韵》：“家家卖钗钏，只待献春醪。”官军节节挺进是个好消息，但不像富贵之家可大摆宴席地庆祝，平民能想到的欢庆方式只能是“卖钗钏”，心情是欢畅的，这一想法产生的现实基础却是令人心酸的。当然这些女子还有头饰可供一想，而另一些女子却连一件像样的头饰都没有，只是以荆枝权当发钗。河北士人《代妻答诗》：“蓬鬓荆钗世所稀，布裙犹是嫁时衣。”杨志坚《送妻》：“荆钗任意撩新鬓，明镜从他别画眉。”

除上述以外，还有一类特殊的妇女，即商人妇，她们虽然没有贵族妇女高贵的地位，却也是锦衣玉食。白居易《盐商妇》：“盐商妇，多金帛，不事田农与蚕绩。南北东西不失家，风水为乡船作宅。本是扬州小家女，嫁得西江大商客。绿鬟富去金钗多，皓腕肥来银钏窄。”一个扬州小户人家的女子因嫁给了商人，她的生活条件便发生了质的改变。如果在以前的家中，她至多有一两只金钗而已，现在却可以想要多少有多少，过的是养尊处优的生活。但是“商人重利轻别离”，这些女性的生活也并不像她们的外表那样光鲜亮丽。纵然有昂贵精美的钗饰，在她们眼中或许还不及与丈夫的一次团聚。刘采春《啰唝曲六首》其三：“莫作商人妇，金钗当卜钱。朝朝江口望，错认几人船。”看来商人妇的金钗已经失去了钗饰对于女性装饰美的吸引力，只能充当百无聊赖时的一种游戏消遣工具。

宋代诗词中，这种阶层的观照渐少，因宋代女性形象有很大一部分从诗中分流到词中。词的主旨是言情，宋词中的女性多是歌儿舞女或身份不明确的形象，所负载的社会意义自然不及唐诗丰富。但是，宋词在通过头饰展现女性情态之美上继承了唐诗的写法并进一步发展，比如金钗横斜的形象在宋词中颇为常见。杜安世《朝玉阶》：“美人春困宝钗横。”卢氏《凤栖梧》：“回望锦川挥粉泪。凤钗斜亸乌云腻。”坠钗、落钗的形象也屡有出现。晁补之《绿头鸭》：“花暖间关，冰凝幽咽，宝钗摇动坠金钿。”刘焘《菩萨蛮》：“枕横钗坠鬟。”苏轼《满庭芳》：“报道金钗坠也，十指露、春笋纤长。”周邦彦《忆旧游》：“凤钗半脱云鬟，窗影烛光摇。”黄公度《卜算子》：“翡翠屏间拾落钗，背立残釭影。”宋词中借助钗饰还刻画出不同场景下女子的独特情态。贺铸《掩萧斋》“笑拈飞絮罥金钗”，这一特写镜头展示了活泼娇俏的女性在春日的欢愉。王安中《浣溪沙》“慵整金钗缩指尖”，写出了佳人冬日赏雪时的鲜活小动作。谢懋《画堂春》“睡起枕痕犹在，鬓松钗压云低”，描绘了美人刚睡醒时的香艳之态。

冠子在唐代女性中并不是特别流行，所以唐诗中对于女子之冠的描写并不多，甚至不及男子之冠，也未形成审美上的鲜明特点，只是作为个别场景下表现女性美的点缀。随着冠子在宋代的盛行，宋词中的冠子成为表现女性美的常见物象：

笃耨清香步障遮，并桃冠子玉簪斜。（刘子翚《汴京纪事二十首》其十一）

楚楚衣裳两颊红，冠儿斜坠脚儿弓。（吴儆《说谜三绝》其二）

向醉里，添姿媚。偏著冠儿钗欲坠。（毛滂《青玉案》）

云暗青丝玉莹冠，笑生百媚入眉端。（赵彦端《鹧鸪天》）

脸霞红印枕，睡觉来，冠儿还是不整。（陆淞《瑞鹤仙》）

褪著裙儿侧著冠。（无名氏《捣练子》）

在诗人笔下，美人们或睡或醒，或醉或笑，都有冠子映衬她们娇媚的容颜，而冠子宜正宜侧，宜偏宜坠，无论什么样的造型都充满美感。可以说，宋代诗词在表现女性美的方式上有了新的拓展。冠子与簪钗之类的首饰共同构筑起宋代文学中的美人头面形象。

第三节　繁丽的变奏：宋代头饰的文化透析

唐宋妇女皆重视头饰，都追求头饰的繁丽之美，但又形成了各自不同的特色。如果说唐代女性对头饰的审美风尚与唐代社会文化特征紧密联系，当时代变化之后，宋代妇女却依然对头饰表现出极大的热情，有时甚至比唐代妇女更为大胆和张扬，就值得关注与思考。

在宋人笔下，满头金翠是常见的女性形象。康与之《瑞鹤仙》："闹蛾儿满路，成团打块，簇著冠儿斗转"，吕胜己《鹧鸪天》："垒金梳子双双耍，铺翠冠儿㚟㚟垂"，刘清夫《金菊对芙蓉》："颤翠翘、金簇芙蓉"，所描绘的头饰都呈现出一种富丽张扬之美。即使只插花，也会出现"钗头花满"（王之道《减字木兰花》）的景象。

宋代妇女头饰的形制也颇为出格，比如她们喜欢将梳子插于冠上，而且造型极为夸张。宋王栐《燕翼诒谋录》云：

> 旧制，妇人冠以漆纱为之，而加以饰，金银珠翠，采色装花，初无定制。仁宗时，宫中以白角改造冠并梳，冠之长至三尺，有等肩者，梳至一尺。议者以为妖，仁宗亦恶其侈，皇祐元年十月，诏禁中外不得以角为冠、梳，冠广不得过一尺，长不得过四寸，梳长不得过四寸。终仁宗之世无敢犯者。其后侈靡之风盛行，冠不特白角，又易以鱼枕；梳不特白角，又易以象牙、玳瑁矣。

上述的白角冠梳，冠长三尺，梳长一尺。宋代一尺相当于今 30 厘米左右[1]，三尺长就有90多厘米，可见尺寸的夸张。《麈史》中说戴这种白角冠“登车檐皆侧首而入”，更何况这种冠梳又是以奢侈的白角制成，所以不得不发展到严加禁止的地步。然而禁止没多久之后，侈靡之风更盛。造型上也未见明显的收敛，且样式益繁。宋周煇《清波杂志》云：

> 煇自孩提见妇女装束，数岁即一变，况乎数十百年前，样制自应不同。如高冠长梳，犹及见之，当时名“大梳裹”，非盛礼不用。若施于今日，未必不夸为新奇，但非时所尚而不售。大抵前辈冶器物、盖屋宇，皆务为高大，后渐从狭小，首饰亦然。

周煇是北宋末南宋初人，可见高冠长梳在北宋末仍然盛行，至南宋才渐转为小。

陆游《入蜀记》记载西南当地妇女的妆饰：“未嫁者率为同心髻，高二尺，插银钗至六只，后插大象牙梳，如手大。”宋代女性好梳高髻，并常以假髻为饰，这种风习之盛，以至当时曾下过禁令：“妇人假髻并宜禁断，仍不得作高髻及高冠。”这些五光十色的头饰插于高耸的发间，也同样具有令人炫目的效果。正如宋徽宗《宫词》诗中写道：“头上宫花妆翡翠，宝蝉珍蝶势如飞。”头饰的繁复可见一斑。

不仅头饰形制繁复夸张，宋代妇女对头饰的态度亦充满热忱，争相抢购头饰是当时常见的画面。宋吴自牧《梦粱录》：“都城内外，侵

---

① 丘光明《中国历代度量衡考》，科学出版社，1992年，第98页。

晨满街叫卖楸叶，妇人女子及儿童辈争买之，剪如花样，插于鬓边，以应时序。”李邴《女冠子》：“东来西往谁家女。买玉梅争戴。”无名氏《失调名》：“闹蛾儿拣了蜂儿卖，卖雪柳、宫梅好。”甚至为了追求头饰不拘礼俗，宋孔平仲《孔氏谈苑》载：“（李昭）母夫人年八十矣，事姑二十年，唯梳发髻，姑亡始戴冠。今士大夫家子妇三日已冠，而与姑宴饮矣。”看来戴冠子本是一件关乎尊卑礼仪的相当严肃的事，但在流行风尚的影响下，已经发展到不拘传统规俗的地步了。

宋代常被认为是中国古代女性回归内敛柔顺地位的一个转折点。宋代有不少男性对唐代女性的开放颇为不满，如程颐曾指摘：“唐有天下……虽号治平，然亦有夷狄之风，三纲不正，无君臣父子夫妇，其原始于太宗也。”朱熹将有唐一代妇女的不拘礼法归咎于唐统治者的胡族血统：“唐源流出于夷狄，故闺门失礼之事，不以为异”，言辞中对闺门失礼之事还是不满的。所以宋儒更为强烈地鼓吹女性规范，将女性向顺从男性的道路上引导。如宋张载《女戒》：“妇道之常，顺惟厥正。……嘉尔婉娩，克安尔亲。往之尔家，克施克勤。尔顺惟何，无违夫子。”洪迈在《容斋随笔》也说：“妇人女子，婉娈闺房，以柔顺静专为德。”用现在的话说就是，女子最主要的职责就是在家任劳任怨地服侍公婆丈夫。由唐至宋，女性逐渐由开放步入封闭，由相对的独立自主转为绝对的软弱依附。可是，我们从宋代妇女对头饰的审美态度来看，宋代女性与唐代女性相比，似乎毫不逊色。因此，有必要对宋代妇女的群体性格做进一步考察。

从相关文献所记载的宋代妇女生活来看，她们有着相当开放的生活态度，乐于享受生活。宋代城市取消了宵禁，夜生活空前繁荣，女性也加入其中。《东京梦华录》载汴梁的北山子茶坊“内有仙洞、仙桥，仕女往往夜游吃茶于彼”。晚间仍在外游逛吃茶，在这个层面，宋代妇女比唐代妇女有更多的自由。宋代妇女不论贵贱，都喜欢出游寻乐。《东京梦华录》描写正月间的场景：“州北封丘门外及州南一带，皆结彩棚……车马交驰。向晚贵家妇女，纵赏关赌。入场观看，入市店饮宴，惯习成风，不相笑讶，至寒食冬至三日亦如此。小民虽贫者，亦须新洁衣服，把酒相酬尔。”《新编醉翁谈录》载：“上巳，上开金明池、金水河、琼林苑……是日，村姑无老幼皆入城也。”

宋代妇女对物质生活的追求也极为热衷。《武林旧事》云：“妇人小儿，服饰华炫，往来如云。”又云：“都民士女，罗绮如云，盖无夕不然也。”宋代妇女喜欢华美的服饰、首饰，宋庄绰《鸡肋编》：“两浙妇人皆事服饰口腹，而耻为营生。”廉宣《清尊录》：“每灯夕及西池春游，都城士女欢集。自诸王邸第及公侯戚里中贵人家，帟幕车马相属。虽歌姝舞姬，皆饰珰翠，佩珠犀，览镜顾影，人人自谓倾国。”甚至常以相互攀比首饰的华美为乐，《梦粱录》载：“有善女人，皆府室宅舍内司之府第娘子夫人等，建庚申会……俱带珠翠珍宝首饰赴会，人呼曰‘斗宝会’。”宋王迈《臞轩集》载：“妇女饰簪之微，至当十万之直，不惟巨室为之，而中产亦强仿矣。”吴泳《汉中行》描写汉中一带的女子：“长裙阔袖低盖头，首饰金翘竞奢侈。”

为什么宋代女性会呈现出如上所论的种种形象呢？这与唐宋社会的转型有很大关系。宋代妇女的开放与唐代妇女的开放具有不同的本质意义。在唐宋转型的进程中，平民阶层得到了发展。内藤湖南说：“在近代的各种内涵中，有一点就是平民发展的时代。”随着平民的发展，市民经济也得以繁荣。宫崎市定在《东洋的近世》中考察了唐宋以来的经济变化状况，指出："由中世进入近世后，中国的商业发展得面目一新"，"到了唐末，坊市制开始崩坏，到了宋代，都市几乎变为完全的商业都市"。从市民文化的角度来看，坊市制度的崩溃，使城市的商业布局更有灵活性，能根据市民的需要调整空间和时间的分布。宋代商业的繁荣、市民经济的发展，对妇女生活又形成了另一种影响。比如当时出现了专卖首饰的花行，《都城纪胜》载："如官巷之花行，所聚花朵、冠梳、钗环、领抹，极其工巧，古所无也。"《梦粱录》记载南宋临安城巷售卖首饰的店铺："所聚奇异飞鸾走凤、七宝珠翠、首饰花朵冠梳及锦绣罗帛、销金衣裙、描画领抹，极其工巧，前所罕有者，悉皆有之。"这里提到的飞鸾走凤、七宝珠翠、花朵冠梳都是宋代妇女喜用的头饰，并言"前所罕有者，悉皆有之"，可见店铺商品的丰富。《武林旧事》中介绍临安城中的小经纪就有"钗朵、牙梳、洗翠、修冠子、小梳儿、染梳儿、接补梳儿"等，分工已经相当细致，为妇女们修补首饰提供了方便。有了这样的背景，自然不难理解妇女对首饰的热衷了。

就市民文化的内涵而言，市民阶层摒弃了传统的主张"静"、崇尚"神"的社会特征，提倡"动"和崇尚"人"。市民生活是完全开放的，充满声色。《东京梦华录》中"红妆按乐于宝榭层楼，白面行歌近画桥流水。举目则秋千巧笑，触处则蹴踘疏狂。寻芳选胜，花絮时坠金樽；折翠簪红，蜂蝶暗随归骑"，正是市民生活的生动写照。以市民经济为主导的俗文化讲求及时行乐、释放生命，加之宋代社会自开国以来逐渐滋长的享乐之风，女性自然不会太去重视士大夫的种种清规戒律。宋代女性被传统男权文化所压抑的生命意识在这样的社会氛围中又有一定程度的复活。宋代不同阶层、不同年龄的女性都有这种注重自我、享受生活的追求。张耒《田家三首》其二中有句云:“插花野妇抱儿至,曳杖老翁扶背行。淋漓醉饱不知夜,裸股掣肘时欢争。”生了孩子之后的劳动妇女依然插花装饰,并且在村宴上尽情饮酒。范成大《夔州竹枝歌九首》其五:“白头老媪簪红花。”白发苍苍的老妪也簪戴红花。可以说,宋代妇女对头饰的追求正是当时市民文化影响下妇女审美风尚的一个折射。

唐宋妇女的头饰都注重富丽之美,从整体风格上看,似乎有相似之处。但究其根本,实蕴含着两种不同的文化特质。唐代妇女对头饰的审美追求是建立在中世文化的基础上的,以开放性的唐型文化为核心;宋代妇女对头饰的审美追求则显现出近世文化的影响,尤其是市民文化的特征。而由头饰所展现出的宋代妇女的形象及性格也更具复杂性。虽然从中国古代妇女史的发展历程来看,宋代女性的地位是处于一个下降的过程中的,但并非急转直下。宋代妇女处于中国古代妇女性格转型的关键时期,加之复杂的社会环境,使她们具有既内敛又张扬的双面性的群体性格。在士大夫文化的熏陶下,宋代妇女从唐代妇女的开放逐渐走向沉静,培养了雅致的生活情趣;在市民文化的影响下,她们对生活充满了热爱,又增添了性格中活泼和坚毅的一面。二者的交融构成了宋代妇女独特的审美情趣,也使得她们的生活丰富多彩。所以,我们就不难理解宋代女性在妆饰上看似矛盾的风格。她们在妆容上以淡雅为美,可以说是她们性格中内敛一面的反映;而她们对于繁缛绚丽的头饰的追求,则可以看作是她们性格中张扬一面的显露。在宋代的绘画中，我们也可以看到这种似乎矛盾的倾向，如传为宋人张思恭作的《猴侍水星神图》，所画水星神头饰繁复而华丽，但面妆却清淡而素雅。武洞清的《女仙图》亦如是。宋代妇女正是因这种复杂的性格而充满着独特魅力，可以说是中国古代妇女史中最为矛盾，也非常值得探究的女性群体。

第三章　裙装

法国作家阿纳托尔·法朗士曾说:“假如我死后百年，要想了解未来，还能在书林中挑选，你猜我将选什么？……在未来的书林中，我既不选小说，也不选类似小说的史籍。朋友，我会直接挑一本好的时装杂志，看看我身后一世纪妇女的着装，她们的想象力告诉我的有关未来人类的知识，比所有哲学家、小说家、传教士或者科学家还多。”的确，不同时期的妇女服饰是不同时代社会生产生活的反映，它所揭示的意义往往远远大于服饰本身。裙装作为一种女性化特征明显的服饰，长久以来得到广大女性的喜爱。它的流行趋势尤能带给我们重要的信息。在唐代，虽然我们可以感受到“女为胡妇学胡妆”（元稹《和李校书新题乐府十二首·法曲》）的开化风气，虽然我们可以看到穿着翻领窄袖长衣和长裤的男装女子，但是裙子作为女性生命的一部分，依然飘飞在生活的各个角落，依然徜徉于文人的笔端纸上。炫目缤纷的裙装将本已明艳动人的唐代女性装扮得更加亮丽。宋代妇女对裙装也是青睐有加，从小家碧玉到大家闺秀，从天真无邪的少女到妩媚成熟的妇人，都在向我们展现着裙子的独特魅力，而在诗酒词茗的灌溉下，这种魅力历久弥香。本章就立足于唐宋的女裙，通过诗词及相关文献，对唐宋女裙的流行特征和风格进行探讨，并着重析论由裙装好尚体现出的时代风貌的变迁。

第一节　石榴裙与金缕裙

唐宋妇女对服饰有一股难以自拔的热情，女性化特征浓郁的裙装亦是她们青睐的对象。唐宋时期的裙装在款式、色彩、纹样等方面千变万化。在名目众多的裙装中，石榴裙与金缕裙是唐宋诗人在作品中较为常见的对于裙装的描述，由唐至宋，这两种裙装的表现方式也发生了一些变化。

唐诗中对裙装的描写相当丰富。曾有研究者专门考察唐诗中带有“裙”的语汇，归纳出与裙相关的八类复词[①]。唐代诗人不仅创制了丰富的“裙”语汇，还将感性的笔触赋予了“裙”，借助裙装的描写展现出千姿百态的诗意画面，使得“裙”成为唐诗中表现女性美的一个重要意象。

石榴裙是唐诗中常见的意象，也是中国古代极为流行的一种裙装。唐代诗歌里有诸如“红裙妒杀石榴花”（万楚《五日观妓》）的形容。在中国古代服饰研究中，只要涉及唐代，必然会提到石榴裙，但是对于石榴裙的具体情况，论家往往惜墨如金或语焉不详。一般的论述方式只言及它是唐代极为流行的一种红色裙子，然后列举几句唐人诗句便罢。石榴裙到底何时出现？它为什么在唐代如此流行？它到底是怎样的一种裙装？这一系列的问题都不甚明了。因此笔者不揣浅陋，就现有材料试对石榴裙做些许考证。

① 徐颂列《唐诗中的“裙”刍议》，《宁波大学学报》2003 年第 4 期，第 27—31 页。

裙子是一种历史悠久的女性服饰。《中华古今注》云:“古之前制,衣裳相连。至周文王令女人服裙,裙上加翟衣,皆以绢为之。始皇元年,宫人令服五色花罗裙。”可见,至早在周代就已有了女性穿裙的先例。而从更多的史料和出土文物来看,裙装的流行是在汉代及以后。辛延年《羽林郎》所描绘的酒家女子是“长裙连理带,广袖合欢襦”。《古诗为焦仲卿妻作》中刘兰芝在离开焦家时还要“着我绣裌裙,事事四五通”。《后汉书》记载马皇后“常衣大练,裙不加缘”。这些皆说明,在汉代裙子已经成为一种相当普遍的女装。而湖南长沙马王堆汉墓出土的女裙实物以及河南密县打虎亭汉墓壁画所绘女性形象等更为直观地印证了汉代女子着裙的习惯。

裙装的流行必然使得其款式、色彩等不断丰富,才能满足女性强烈的审美需求。石榴裙则应当是这种潮流下的产物。石榴裙既依于石榴之名,其名称肇始当在石榴名出之后。石榴系石榴科石榴属的落叶小乔木。关于石榴的来源与出现时间,一直众说纷纭。据晋张华《博物志》记载:“汉张骞出使西域,得涂林安石国榴种以归。”[①] 即其原产于亚洲中西部的伊朗、阿富汗等国,后经张骞传入中土。张骞首次出使西域大约是在汉武帝建元三年(前 138),他在匈奴又滞留了十余载。如果榴种是在这一次出使带入中土,那么石榴传入我国至少是在张骞出使的十余年之后,也就是他归来之后。劳费尔则认为石榴树的种子不是张骞带回的,石榴是从帕提亚逐渐移植过来的,传入中国的时间大约在三世纪后半叶,在移植过程中伊朗本部以外的伊朗殖民

① [美]劳费尔著,林筠因译《中国伊朗编》,商务印书馆,2015 年,第 117—118 页。

地、中亚粟特人和中国新疆地区都起了很大作用[①]。另一说石榴本为中土产物，司马相如《上林赋》中“留落胥邪”之“留落”即石榴。又《西京杂记》载：“初修上林苑，群臣远方各献名果树，有安石榴十株。”“远方”并未确指，不知是域内还是域外，但言上林苑中已有石榴。上林苑是建元三年（前 138）在秦代旧苑的基础上扩建而成的[②]。司马相如作《上林赋》的时间稍晚一些[③]，但仍早于张骞还汉，故石榴出现的时间更早。可见，至迟在西汉中后期已有石榴，而石榴裙之名的出现理应更晚。现能看到最早出现石榴与裙关联的说法是传为汉成帝时期的《黄门倡歌》中：“佳人俱绝世，握手上春楼。点黛方初月，缝裙学石榴。”诗中的佳人所缝之裙是在学石榴，虽然我们不能完全肯定她是在学石榴的形还是石榴的色，但从缝裙而非染裙来看，很有可能是模其形，且前一句“点黛方初月”也是眉形模拟月形。也就是说，石榴裙有形似一方面的所指。但这首诗有可能不是汉人所作[④]，因此也不好判断汉代是否已有石榴裙。南北朝以来的诗歌中，已经明确出现了石榴裙。何思澄《南苑逢美人诗》：“风卷葡萄带，日照石榴裙。”鲍

---

① ［美］劳费尔著，林筠因译《中国伊朗编》，商务印书馆，2015 年，第 117—118 页。

② 《汉书》卷六十五《东方朔传》：“建元三年……使太中大夫吾丘寿王与待诏能用算者二人，举籍阿城以南，盩厔以东，宜春以西，提封顷亩，及其贾直，欲除以为上林苑，属之南山。”

③ 关于《上林赋》的创作时间，学界歧见颇多，但时间段基本集中于建元三年以后至元光元年（前 134）左右，只是具体时间有异。参见龚克昌《汉赋研究》（山东文艺出版社，1990 年，第 90 页）、简宗梧《汉赋史论》（东大图书股份有限公司，1993 年，第 125 页）、刘跃进《〈子虚赋〉〈上林赋〉的分篇、创作时间及其意义》（《文史》2008 年第 2 辑，第 5—16 页）等。

④ 《乐府诗集》中《黄门倡歌》诗后的校注即言：“疑此非汉人诗，题下失作者名。”（中华书局，1998 年，第 1190 页）

泉《奉和湘东王春日诗》:"新落连珠泪，新点石榴裙。"梁元帝《乌栖曲四首》其三亦有"交龙成锦斗凤纹，芙蓉为带石榴裙"之句。从以上材料只能看出石榴裙是当时的一种女性服饰，能够增添女性的娇媚之姿，但是其为何要被称为石榴裙，它到底与石榴有何关系，并没有相关的言说。

唐诗中关于石榴裙的描写更多，如"榴花裙色好"（刘禹锡《和乐天闲园独赏八韵……因成小巧以取大咍》）、"裙妒石榴花"（白居易《和春深二十首》其二十）、"石榴裙裾蛱蝶飞"（常建《古兴》），可见石榴裙之所以得名，是因为它的色彩如同石榴花般绚烂，也就是说它的确是一种红色的裙子。至于形制方面，在有关石榴裙的文献中并未特别提及，可见其没有相关的形制特征。那么石榴裙与石榴有没有更密切的关系呢？《钗小志》中写道:"石榴花，染舞裙。"《燕京五月歌》云:"石榴花发街欲焚，蟠枝屈朵皆崩云。千门万户买不尽，剩将儿女染红裙。"于是就有了石榴裙是用石榴花染就的说法。周汛、高春明《中国历代妇女妆饰》中就说:"原来这种红裙系用石榴花提炼出来的染料染成，故名。"石榴花中的确含有红色素，笔者曾采集石榴花捣碎，花汁浸染处即呈现红色。唐段公路《北户录》中记载:"石榴花堪作燕支。代国长公主，睿宗女也，少尝作燕支，弃子于阶，后乃丛生成树，花实敷芬。"既然榴花可以用作胭脂，亦当可作染料，因为妆料和染织历来是相关联的。《北户录》中就提到一种山花，说它"用为燕支粉，或持染绢帛"。可见古代妆料和染料经常是一致的，那么石榴花作为染料也应当是可以的。但是，除了上举的一些文人诗作外，史料中却几乎没有榴花染衣帛的记载。赵丰《植物染料在古代中国的应用》一文中列有中国古代主要染料植物一览表，搜罗颇为详细，其中却没有榴花。据以上材料，石榴花可能具有染料的功效，但是或许是成本太高，或许是染色效果不尽理想，因此未被广泛应用。除了榴花，石榴皮也可用来染色，明刘基《多能鄙事》“染皂巾纱法”记载了使用皂斗子和酸石榴皮煮染的方法。杜燕孙在《国产植物染料染色法》一书中论及单宁植物时，即列有石榴皮。但石榴皮染出的是类于黄色的色彩，并非红色。故笔者以为，石榴裙是一种红色的裙装，但它并不是以榴花为染料染成的，若真有榴花染成之石榴裙，也只可能是在最初发现这一染料的一段时期内，后来在实践中因各种原因被淘汰掉了，而代之以更好的染料。石榴裙的创意很可能是来自文人丰富的想象力。诗人看到艳艳的红裙，即联想到烂漫的榴花，又进而想象这红裙便是榴花所染。这样类似的比附在诗歌中还可找到。白居易《卢侍御小妓乞诗座上留赠》：“山石榴花染舞裙。”白居易在另一首《山石榴寄元九》中自注云：“山石榴，一名山踯躅，一名杜鹃花。”杜鹃花也同样被诗人想象为红裙的染料。可见，石榴花染裙说是文人的杰作也大有可能。

石榴裙真正流行开来应该是在唐代。作为唐代女性最为普遍的一种日常服饰，石榴裙出现在许多作品中，甚至成为描写女性的代名词。唐张鷟《游仙窟》中的崔十娘就是“照日裙裾石榴色”。唐蒋防《霍小玉传》中，李益在霍小玉死后，恍然之间见到的也是“著石榴裙”的小玉，“宛若平生”，可见霍小玉平日穿的石榴裙在他的记忆中留下了多么深刻的印象。被罗虬滥杀的杜红儿也是“青丝高绾石榴裙”（《比红儿诗》其六）。

唐诗中也不乏对于石榴裙的描写。在大唐的国土上，这一抹红裙是比红艳的石榴花更为亮丽的风景。杜审言《戏赠赵使君美人》：“红粉青娥映楚云，桃花马上石榴裙。”春和景明，云微风暖，精心地梳妆后着上那条红艳艳的高腰长裙，骑一匹桃花骏马，随兴而游，英姿飒爽下女性特有的妩媚娇俏在裙角随风飞扬的瞬间尽情展现。艳丽的红裙不仅吸引了行人的目光，连上林的蝴蝶也来一亲芳泽：“上林胡蝶小，试伴汉家君。飞向南城去，误落石榴裙。”（李贺《谣俗》）醉人的红裙夺去了枝头石榴花的颜色，所以万楚在《五日观妓》中有句云：“红裙妒杀石榴花。”白居易《和春深二十首》其二十也有同感：“裙妒石榴花。”能引得红香生妒，足见红裙的魅力。石榴红裙在户外是一抹流动的云，在舞榭歌台上更是一簇燃起的火。无论是“金钿正舞石榴裙”（韩翃《赠别太常李博士兼寄两省旧游》），还是“艳动舞裙浑是火”（白居易《醉后题李马二妓》），都一样娇娆，但见曼妙的身姿随着音乐急旋慢转，华丽的红裙在酒香的熏染下时起时落，编织出一场绯色的梦。羊士谔《暇日适值澄霁江亭游宴》：“今来强携妓，醉舞石榴裙。”沉郁的心情只有靠翩翩石榴红裙的舞动得到些许排解。石榴红裙可以描绘出最明媚、最热情、最诱人的青春，但是在寂寞深闺中，它又永远是女子心头一滴拭不去的酸涩的泪。武则天《如意娘》：“看朱成碧思纷纷，憔悴支离为忆君。不信比来长下泪，开箱验取石榴裙。”能够君临天下的女皇应当有着超出一般女子的坚强，但在她的诗中，我们读到的却是一个平凡女人的心事：最美丽的衣裳要在心上人面前展现。不见君来，终日以泪洗面，那绮丽的石榴红裙也只能深锁箱中，不知何日才能再现它的华彩。时时开箱取看，既是绝望又是希望，在绝望中只能回味前尘往事，但又希冀着有一天可以再穿上它，让心上人看到最明艳动人的自己。刘禹锡《乐天寄忆旧游因作报白君以答》：“其奈钱塘苏小小，忆君泪点石榴裙。”在刘禹锡的想象中，无论是白居易的红颜知己，还是南齐名妓苏小小，皆着一袭红裙，于西泠桥畔迎风洒泪，期盼着心上人的归来。纵然穿着石榴裙，却不再是青春的狂想与骄傲，只能任泪渍浸染。皇甫冉《同李苏州伤美人》：“玉佩石榴裙，当年嫁使君。专房犹见宠，倾国众皆闻。歌舞常无对，幽明忽此分。阳台千万里，何处作朝云。”当年那个石榴红裙裹身的美人如今已香消玉殒，只剩空闺寂寂，但是昔日的红装模样却始终犹在眼前。石榴裙留下的是一段甜蜜而痛苦的回忆。

在唐代的绘画文物中，也可见到石榴红裙。周昉《簪花仕女图》中就有穿红色曳地长裙的贵妇。1960 年陕西乾县唐永泰公主墓出土壁画《宫女图》中也有红裙女子。1976 年陕西富平县房陵公主墓出土壁画《唐托盘侍女图》中的侍女亦下穿红色长裙。新疆吐鲁番阿斯塔那唐墓出土绢画上的盛妆女子所穿的裙子也是红色的。

既然唐代的石榴裙非常流行，而石榴花又不是主要的染色原料，那么大量的石榴裙是如何呈现出那鲜艳的妒杀石榴花的色泽的呢？沈从文说：“唐人已习惯用红色，由退红（又名‘不是红’，和‘肉红’‘杏子红’相近）到深色胭脂红，红色实包括了许多不同等级。……古代红色染料主要是紫草和红花，宋代以后才大量从南海运入苏木。红花出西北，所以北朝以来有‘凉州绯色为天下之最’的记载。但到唐代红花种植已遍全国，四川也有大量生产，所以蜀锦多红地。”[①]

红花，又名红蓝、黄蓝，学名 Carthamus tinctorius，属菊科植物，是古代主要的红色染料。晋崔豹《古今注》中已有记载[②]。至唐代，红花种植已遍及关内道、河南道、山南道、剑南道等。李中《红花》：“红花颜色掩千花，任是猩猩血未加。染出轻罗莫相贵，古人崇俭诫奢华。”红花应是唐代主要的红色染料。白居易《红线毯》：“红线毯，择茧缲丝清水煮，拣丝练线红蓝染。染为红线红于蓝，织作披香殿上毯。”红花是怎样染色的呢？明宋应星《天工开物》云：“若入染家用者，必以法成饼然后用，则黄汁净尽，而真红乃现也。”红花中主要含有红、黄两种色素，但染红用的红色素只占 0.3% ～ 0.6%，而另一种黄色素却约占 20% ～ 30%[③]。因此必须将两种色素分离。北魏贾思勰《齐民要术》中有“杀花法”：“摘取即碓捣使熟，以水淘，布袋绞去黄汁，更捣，以粟饭浆清而醋者淘之；又以布袋绞汁，即收取染红，勿弃也。绞讫，著瓮器中，以布盖上。鸡鸣更捣令匀，于席上摊而曝干。胜作饼。作饼者，不得干，令花浥郁也。”《天工开物》中亦记有造红花饼法：“带露摘红花，捣熟以水淘，布袋绞去黄汁。又捣以酸粟或米泔清。又淘，又绞袋去汁，以青蒿覆一宿，捏成薄饼，阴干收贮。染家得法，我朱孔扬，所谓猩红也。”又记染大红色法：“其质红花饼一味，用乌梅水煎出，又用碱水澄数次，或稻稿灰代碱，功用亦同。澄得多次。色则鲜甚。”红色素不溶于酸，可溶于碱，于是先用酸性的饭

① 沈从文《物质文化史》，《沈从文全集》，北岳文艺出版社，2002 年，第 136 页。

② 《古今注》卷下：“燕支叶似蓟，花似蒲公，出西方，土人以染，名为燕支。中国人谓之红蓝。”

③ 中科院药物研究所等编《中药志》第 3 册，人民卫生出版社，1961 年，第 317 页。

汤将红色素沉固，分离出黄色素，再经过发酵（以布或蒿覆盖一夜），制成干红花或红花饼。染色时，再用酸性的乌梅水进一步将可能残留的黄色素除尽，然后用碱性溶液将红色素溶出，即可染于布料上。唐代的红裙大多应是这样产生的。

在唐代，红裙还被称为茜裙，或蒨裙。李中《溪边吟》："茜裙二八采莲去，笑冲微雨上兰舟。"杜牧《村行》："篱窥蒨裙女。"李郢《自水口入茶山》："蒨蒨红裙好女儿。"茜草也是古代常见的一种红色染料，属茜草科，学名 Rubia cordifolia，别名茅搜、蒨、地血等。茜草的色素主要在其根部，称茜素。《诗经·小雅·采芑》："路车有奭。"《正义》注："彼茅蒐染为奭，故知赤貌也。"《史记》中就记载有人植千亩卮茜。可见茜草染色的技术源远流长，至唐代仍然在使用。

根据社会生产发展的一般规律，只有生产技术达到一定的成熟程度，才有可能进行产品的大量生产。而从相关典籍的记载来看，以石榴花作为植物染料的染色技术显然并未被广泛运用到实际生产中，这表明此种染料一定存在着某些不足。相对的，以红花、茜草等传统染料进行染色的技术却经受住时间的考验，并在实践中不断改进，趋于成熟，从而成为染色行业缔造红色的主流手段。因此，唐代风靡一时的石榴裙其实主要是由红花、茜草等植物染料染成的，而这种裙装与石榴的关系应当说是诗意化的，由于色泽相近，文人便将二者相比附，送给红裙一个浪漫的名字——石榴裙。

女性因石榴裙而美丽，石榴裙总是因女性的一些小动作、小创意而更具诱惑力。五代王仁裕《开元天宝遗事》："长安士女游春野步，遇名花则设席藉草，以红裙递相插挂，以为宴幄。"试想坐在以绿草为毯、以红裙为幔的宴幄中畅饮欢叙，是何等风流！此类风情在诗人笔下更为生动：采莲女在莲塘嬉戏，尽兴处，“晚来弄水船头湿，更脱红裙裹鸭儿”（皇甫松《采莲子二首》其一）。一捧或许还可闻到淡淡荷香与汗香的湿漉漉的红裙衬着嫩黄的鸭儿，这是少女快乐时无心的诱惑。少女初见心仪之人，既欢喜又娇羞，复杂的心情化为“石榴裙带，故将纤纤，玉指偷捻。双凤金线”（欧阳炯《贺明朝》）。离别之际，“红铅湿尽半罗裙”（杜牧《宣州留赠》），泪水和着脂粉滴落，将罗裙染成红色，香渍斑斑，女性的娇弱无助、惹人怜爱尽在其中。

在宋代，红裙还是非常流行的，宋代诗词中多有描绘：

红裙斗画楫，相结采荷花。（文同《吴趋曲》）

却忆金明池上路，红裙争自绿衣郎。（王安石《临津》）

金钱石竹道傍秋，翠黛红裙马上讴。（苏轼《奉和成伯兼戏禹功》）

紫陌群游逢酒住，红裙醉舞向人妍。（苏辙《上元后一日观灯寄王四》）

金尊照坐红裙绕。怪一饷、歌声悄。（王之道《青玉案》）

歌唤红裙，酒招青旆。吟情又许春风醉。（高观国《踏莎行》）

引红裙、钗宝钿翠。穿夜市、珠筵玳席，多少吴讴联越吹。（吴潜《宝鼎现》）

“石榴裙”这一红裙的美称依然出现于诗人墨客的笔端，尤其是在女性描写颇多的宋词中时时露面，如：

轻屧来时不破尘。石榴花映石榴裙。（张先《浣溪沙》）

御纱新制石榴裙。沉香慢火熏。（晏几道《诉衷情》）

裙染石榴红。（赵长卿《临江仙》）

重整金泥蹀躞。红皱石榴裙褶。（张枢《谒金门》）

一曲清歌酒一钟。舞裙摇曳石榴红。（陈允平《思佳客》）

但宋人在描写红裙时将其称为石榴裙的比例在下降。据笔者统计，《全宋词》中共有82处写到红裙，将石榴与裙相联系的仅31处，约占38%；而唐诗中石榴裙在红裙描写中的比例占到47%。宋诗中亦是这种情况。且到了宋诗中，石榴裙更多地用来比拟，如潘柽《丽春花》“不同莺子粟，别是石榴裙”，释行海《荷花》“圆绿风翻翡翠云，娇红露淡石榴裙”，均是以石榴裙喻花；或是用来借代，如苏轼《会饮有美堂，答周开祖湖上见寄》：“杜牧端来觅紫云，狂言惊倒石榴裙。”以石榴裙代指女性，与后世的用法颇为一致。很显然，宋人更喜欢直接用红裙而非石榴裙。形成这种情况的原因之一，当与时人对石榴的认识有关。唐人非常喜爱石榴，封演《封氏闻见记》载：“汉代张骞自西域得石榴、苜蓿之种，今海内遍有之。”郭橐驼的《种树书》将石榴的种植培育过程描写得相当详尽，进一步提高了人们栽种石榴的成活率。《酉阳杂俎》记载南诏石榴“味绝于洛中”，衡山祝融峰下法华寺中“有石榴花如槿，红花。春秋皆发”。就连宠极一时的杨贵妃都亲手在华清宫种植石榴，可见石榴在唐人心目中的受欢迎程度。石榴在宋代种植更为普遍，因此地位不断下降。在宋张翊的《花经》中，石榴被认为只有“五品五命”，于百花中只算中等。更有甚者，认为“安石榴为村客”。欧阳修《和圣俞李侯家鸭脚子》云：“博望昔所徙，蒲萄安石榴。想其初来时，厥价与此侔。今也遍中国，篱根及墙头。物性久虽在，人情逐时流”，体现了欧阳修对于“蒲萄”“安石榴”地位下降的无奈与感慨。因此，石榴裙也就不及唐代那么吸引人了。

唐代还极为流行金缕裙，即采用缕金工艺制成的裙装。所谓缕金，就是用金线在衣服上织绣图纹，最为简易和直接，故穿着者也较多。此外，穿着较多的还有泥金裙，即将金粉与胶混合，以染画衣裙。这种用金方法不是线条式的游走，而是整片式的绘制，因而更显富丽。唐代的织物加金技术有很大提高。《唐六典》已提及十四种用金方法：销金、拍金、镀金、织金、砑金、披金、泥金、缕金、捻金、戗金、圈金、贴金、嵌金、裹金[①]。可见金饰技法在不断丰富和发展。陕西扶风法门寺出土的蹙金绣袈裟即直观体现出当时精致的加金工艺。据《新唐书·五行志》载，安乐公主初出降时，益州献上一条单丝碧罗笼裙，“缕金为花鸟，细如丝发，大如黍粟米，眼鼻嘴甲皆备”。此足见当时缕金技艺之高超。而华丽闪亮的金银色融入裙中，又为裙子增添了一份妩媚之致。“妾有绣衣裳，葳蕤金缕光”（张潮《长干行》），“慢脸娇娥纤复秾，轻罗金缕花葱茏”（岑参《田使君美人舞如莲花北鋋歌》），“绣罗衣裳照暮春，蹙金孔雀银麒麟”（杜甫《丽人行》），“瑶琴愔愔藏楚弄，越罗冷薄金泥重”（李商隐《燕台四首·秋》），等等，都描绘了当时的缕金、泥金工艺。“瑟瑟罗裙金缕腰，黛眉偎破未重描”（和凝《柳枝》），醉态翩跹的美人扭动着金光点点的腰身，“拽住仙郎尽放娇”，妖娆的金缕使得香艳和暧昧的空气更为浓郁。杨衡

① 此为［明］杨慎《杨升庵集》所引，今《唐六典》无。

《仙女词》中又有“金缕鸳鸯满绛裙”，紫红色的裙底上布满用金线绣成的鸳鸯，让人感受到“玉京初侍紫皇君”时雍容华贵的气派。温庭筠《酒泉子》“玉钗斜篸云鬟重，裙上金缕凤”，夜阑人静时，流落异乡的楚女难以入眠，玉钗斜簪，云鬟低垂，望一轮孤月独明，看枝头杏花又稀，此时此刻，那裙上的金缕凤也倍感寥落凄婉。“银泥裙映锦障泥”（白居易《武丘寺路宴留别诸妓》）叙写的是离别前的最后欢宴，舞动的银泥裙或许会成为以后回忆中最难忘的一幕；而“舞裙香暖金泥凤”（牛峤《菩萨蛮》）倾诉的是相思欲断肠的期盼，舞裙上散发的幽香连没有生命的金泥凤都可以感受到，却召不回异乡的羁客。相传京兆韦氏子甚爱一妓，当佳人香魂逝去，他延请术士，以一经身金缕裙为其招魂，更作诗云：“惆怅金泥簇蝶裙，春来犹见伴行云。不教布施刚留得，浑似初逢李少君。”熠熠的金裙从初相逢时惊艳的思慕变成了香消玉殒后沉沉的悼念，一段凄美的爱情在它的点缀下愈发哀婉动人。

宋代的金饰工艺达到了繁盛的局面。《燕翼诒谋录》中提到宋真宗大中祥符年间禁用的金饰技法，有十八种之多：销金、贴金、缕金、间金、戭金、圈金、解金、剔金、撚金、陷金、明金、泥金、榜金、背金、影金、阑金、盘金、织金金线。所列举者应是当时流行的、有代表性的饰金工艺，更毋论其他。传为梅尧臣所撰《碧云騢》中载：“彦博知成都，贵妃以近上元，令织异色锦。彦博遂令工人织金线灯笼，载莲花，中为锦纹。……明年上元，中官有诗曰：‘无人更进灯笼锦，红粉宫中忆佞臣。’”文彦博为谄媚张贵妃而在成都织造的金线莲花灯笼锦当具有极高的工艺水平，所以后来才有人追忆。可见，宋代的饰金工艺比唐代又更进一步。

在宋代诗词中，可以看到金缕裙的身影：

> 玉燕翩翩入鬓云，花风初掠缕金裙。（王安中《春帖子·妃嫔阁》）
>
> 缕金裙窣轻纱。（欧阳修《鼓笛慢》）
>
> 裙拖金缕细，衫唾碧花香。（陈允平《意难忘》）

缕缕金线化成的纹饰将女性的衣裙装点得华丽而耀眼，在金线明灭间，女性的妩媚和娇柔尽展无遗。

不仅裙装，宋代妇女的衣衫也喜用缕金、泥金：

> 一夜新枝香焙暖，旋薰金缕绿罗衣。（范成大《寿栎堂前小山峰凌霄花盛开葱蒨如画因名之曰凌霄峰》）
>
> 薄薄春衫新缕金，樽前风细怯轻阴。（方孝能《福唐元夕三首》其二）
>
> 恰恰缕金裳，浓薰百合香。（韩元吉《菩萨蛮》）
>
> 金缕衣宽睡髻偏。（陆游《采桑子》）
>
> 粉香吹暖透单衣，金泥双凤飞。（黄昇《阮郎归》）
>
> 罗带同心，泥金半臂，花畔低唱轻斟。（王沂孙《一萼红》）

更有诗人对服饰上的图案进行特写，不仅展现了当时缕金衣裙的多样形制，也具有独特的情味。如黄庭坚《满庭芳》：“纤纤捧，研膏溅乳，金缕鹧鸪斑。”女子衣上所绣的金缕鹧鸪因溅上了膏乳而斑斑点点，虽然情状有些许狼狈，却别有一种娇俏可人之美。应法孙《霓裳中序第一》：“无言久，和衣成梦，睡损缕金蝶。”女子因和衣而卧，起身后衣上的缕金蝶也许有了褶皱，仿佛被损一样，在慵懒中透出柔媚多情。李莱老《点绛唇》：“绿染春波，袖罗金缕双鸂鶒。”罗袖上绣的金缕鸂鶒与绿树、春波相映生辉，在明快中显出青春美丽。

第二节 时代风气的转换与女性裙装叙写的变化

服饰风格可以体现出一个人的气质、性格，而一个时代的服饰风格能够反映出这个时代群体典型的性格特征和精神风貌。同时，时代风气也会影响个人服饰的审美选择。在唐宋诗词中，女性裙装表现特点的一些变化正是由于社会风气的影响所致。

唐代女性裙装有着自身鲜明的流行趋势，在这些服饰特征的背后蕴藏着唐代女性不同于其他封建时代女性的独特性格。唐代女裙的流行色是红色，在歌舞筵上，有“舞旋红裙急”（元稹《晚宴湘亭》）的倩影，在花草丛中，有“斗草蒨裙盛”（吴融《个人三十韵》）的欢颜，石榴裙的艳名更是响彻大江南北。根据色彩学原理，红色在可见光谱中波长最长，是属于积极的、扩张的、外向的暖调区域颜色。而红色对人眼的刺激效用最显著，最容易引人注目，同时也最能够使人产生情感共鸣。据实验表明，看到红色，人的代谢速度会提高 13.4%，并且红色还能引起血压升高、呼吸急促、心跳加快等生理反应[①]。唐代女性偏爱这种鲜艳

① 参见崔唯、谭活能《色彩构成》，中国纺织出版社，2003 年，第 33 页。

的带有强烈视觉刺激的色彩，表明她们不甘于平淡，想引起他人的注意，成为男性目光甚至是社会的焦点。这也正体现出她们热情洋溢、积极主动的性格。美国学者哈特曼将色彩与人的性格相联系分析，认为："红色性格有高度的使命感，而且决心完成生命所赋予的任何任务，不止如此，他们还主动寻找挑战，一旦较上劲了，除了罕见的例外，他们总是挺身而上。"[①] 唐代女性无疑是属于红色类型的群体，她们无论是对社会事务还是生活追求，都采取一种积极参与、开拓进取的姿态。唐代女性不满男性对政治的包揽，她们主动介入政治生活，谋求参政的权力。武则天君临天下，颠覆了男主天下的封建社会法则。中宗朝"太平、长宁、安乐、宜城、新都、定安、金城公主并开府，置官属"。肃宗张皇后随驾平叛，一度左右政局。《旧唐书·李师道传》："师道识暗，政事皆决于群婢。婢有号'蒲大姊''袁七娘'者，为'谋主'。"在爱情婚姻中，唐代女性也不再被动地接受封建婚姻的安排，而是主动追求。《开元天宝遗事》载："李林甫有女六人，各有姿色。雨露之家，求之不允。林甫厅事壁间开一横窗，饰以杂珠，幔以绛纱，常日使六女戏于窗下。每有贵族子弟入谒，林甫即使女于窗下自选，可意者事之。"《全唐诗》收录有李节度姬《书红绡帕》诗二首，诗前小序曰："李节度有宠姬，元夕，以红绡帕裹诗掷于路，约得之者，来年此夕会于相蓝后门。宦子张生得之，如期而往，姬与生偕逃于吴。"唐牛僧孺《玄怪录》中"既笄二年"的京兆韦氏女虽有"父母之命，媒妁之言"，但因不称心，始终未嫁。后来"有进士张楚金求之，母以告之，女笑曰：'吾之夫乃此人也。'"二人终成眷属。唐代女性这些积极大胆的行为正如她们所

① ［美］哈特曼著，魏易熙译《色彩密码》，海南出版社，2001 年，第 38 页。

喜爱的红色那样，昭示着她们浓烈的性格特征。

在中国古代，服饰色彩历来是身份、地位的标志，因此，封建统治者对其有严格的规定和限制。据《旧唐书·舆服志》记载：“贞观四年又制，三品已上服紫，五品已下服绯，六品、七品服绿，八品、九品服以青，带以鍮石。妇人从夫色。”即使宴服，也是“准令各依夫色，上得兼下，下不得僭上”。而黄色作为帝王的专用色，“总章元年，始一切不许着黄”。但是命妇们“既不在公庭，而风俗奢靡，不依格令，绮罗锦绣，随所好尚。上至宫掖，下至匹庶，递相仿效，贵贱无别”。唐代的染色工艺极为发达，据《唐六典》记载，唐代少府监染织署下仅练染之作就有六个，分别是青、绛、黄、白、皂、紫。这为唐代女裙丰富的色彩提供了技术保证。绿色的裙装在唐代较为常见，如西安王家坟唐墓出土有穿绿色柿蒂绫罗长裙的女俑。唐诗中关于绿裙的书写也不少。王昌龄《采莲曲二首》其二：“荷叶罗裙一色裁，芙蓉向脸两边开。”粉颊桃腮的少女着一条荷叶色的长裙，恰似亭亭玉立的出水芙蓉，与塘中漫泛的翠波相映，清澈而纯净，娇俏而可人，散发出青春的气息。又一个黎明时分，稀疏的几点寒星伴着西斜的残月，离别的恋人执手相看泪眼，千般不舍，万般眷念，尽化作一句“记得绿罗裙，处处怜芳草”（牛希济《生查子》）。女子为了在恋人心上留下鲜明的印记，将自己的形象浓缩为一条绿罗裙。这不但是因为她坚信身着绿罗裙的自己是最美丽的，更是因为她知道眉目笑靥许久不见，可能会在记忆中模糊，而芳草处处皆有，只要看到青青碧草，便能唤起对绿罗裙的记忆；声声叮咛也只是希望这抹轻柔的绿以后日日萦回于游子的脑海，夜夜牵绊住旅人的梦魂。而那“宝钿香蛾翡翠裙，妆成掩泣欲行云”（戎昱《送零陵妓》）的零陵妓虽然浓妆艳抹，翠裙袅袅，却掩饰不住强颜欢笑苦涩无奈的心绪。此外白裙、黄裙、蓝裙、紫裙也争相斗艳。阳春时节，杨柳作花，一城风絮，满目飞雪，柳花裙或许因为能令人想起这如梦似幻的场景而得名。古代女子有以香熏衣裙的习惯，东汉志怪笔记小说《洞冥记》载：“金日磾既入侍，欲衣服香洁，变胡虏之气，自合此香，帝果悦之。日磾尝以自熏，宫人以见者，以增其媚。”此种风气至唐代依然风行，据宋李昉《太平广记》载，唐代宗时宰相元载妻晴天晒衣裳时，用“青紫丝绦四十条，各长三十丈，皆施罗纨绮绣之饰。每条绦下排金银炉二十枚，皆焚异香，香至其服”。故在唐诗中，往往裙影及处，暗香亦至。如刘禹锡《秋萤引》：“曝衣楼上拂香裙。”李中《春闺辞二首》其二：“茜袖香裙积泪痕。”阎德隐《薛王花烛行》：“连理香裙石榴色。”在元稹笔下，淡雅的白色衣裙“空著沉香慢火熏”（《白衣裳二首》其二），在香料的熏染下散发出阵阵幽香，撩人心醉。其实不仅仅是这些“闲倚屏风笑周昉”的富贵女子能够展现素裙之美，在田间劳作的农妇亦是如此。刘禹锡《插田歌》：“农妇白纻裙，农父绿蓑衣。齐唱郢中歌，嘤伫如竹枝。”漠漠水田中，白与绿是那样鲜明而和谐，农妇随意将裙幅撩起，系在腰间，愉快地劳作，口中不时飞出悦耳的歌声。白纻裙虽然不是考究的丝物制成，亦未经过名贵香料的熏染，却洋溢着自然而朴实的美。国色天香的杨贵妃也对能展现女性之美的裙装情有独钟，但是她有自己独特的审美眼光。她偏爱的是黄色的裙子，唐郑处诲《明皇杂录》载天宝末年童谣即云：“义髻抛河里，黄裙逐水流。”这甚至成为她后来魂断马嵬的谶语。杜牧《送容州唐中丞赴镇》：“烧香翠羽帐，看舞郁金裙。”《妆楼记》云：“郁金，芳草也。染妇人衣最鲜明……染成衣，则微有郁金之气。”经过郁金香浸染的郁金裙不仅呈现出醉人的黄色，还馨香独具，看如此香裙翩然起舞，斯为一乐事。花蕊夫人《宫词》其一〇三“老大初教学道人，鹿皮冠子淡黄裙。后宫歌舞今抛掷，每日焚香事老君”，描写的是当时一种普遍的现象：送宫人入道。褪去昔日歌舞场上艳丽的红裙，换上柔美恬静的淡黄裙子，一袭女冠装扮，开始了一种新的生活。在令人眼花缭乱的裙影世界中，还有一个秀颀的背影会吸引你的目光：她着一袭如水般的蓝裙，柳腰轻摆，纤足缓移，环佩叮当，裙波沦涟，婷婷袅袅，婀娜万端。和凝情不自禁地感叹：“却爱蓝罗裙子，羡他长束纤腰。”（《何满子》）蓝罗裙以它深邃而沉静的美赢得人们的青睐。卢照邻《长安古意》：“娼家日暮紫罗裙，清歌一啭口氛氲。北堂夜夜人如月，南陌朝朝骑似云。”灵曜西匿，华灯初上，北里中有佳丽身着娇媚的紫罗裙，轻启朱唇，微露皓齿，莺声燕语旖旎而出，开始了一个绮靡的夜。

从唐代妇女对裙色的大胆穿着可以看出，唐代女性身上有一股藐视传统规范的反叛精神。这一点在文史材料中都可见到。《资治通鉴》载，韦皇后与武三思同榻玩双陆之戏，中宗在旁为之点筹，丝毫不避男女之嫌。唐皇甫枚《飞烟传》中，步飞烟大胆冲破封建礼教的藩篱，与心爱的人相会，败露后，被鞭打得血流不止，但是却终不低头，还大声宣称：“生得相亲，死亦何恨。”这个时代的女性就是有胆量向一切她们认为不合理的制度、规则挑战，她们以自己的反叛精神为女性增添了更加迷人的风采，也使得自身更加美丽，那姹紫嫣红的裙装不就是最好的明证吗？

宋代妇女对裙色的追求也不亚于唐代。宋居正荃《朝野要闻》："太祖乾德三年，限制妇人皆从夫之服色，庶民之家，不得服绫缣五色华衣，然民间并不完全遵守者……"在宋代诗词中，除了红裙，也可以看到色彩丰富的裙装：

绿裙红袂，与花相似，撑入花深处。（陈允平《青玉案》）

玉减翠裙交，病怯罗衣薄。（朱淑真《生查子》）

淡黄衫子郁金裙。长忆个人人。（柳永《少年游》）

揉蓝衫子杏黄裙。（秦观《南歌子》）

青裙缟袂谁家女，去趁蚕生看外家。（辛弃疾《鹧鸪天》）

白襦女儿系青裙，东家西家世通婚。（陆游《村女》）

少妇挼蓝旋染裙。（高翥《秋日田父辞二首》其二）

淡墨花枝掩薄罗。嫩蓝裙子窣湘波。（陈克《浣溪沙》）

秾李花开雪满空。缟裙香袂俨春容。（管鉴《浣溪沙》）

踏雨来敲竹下门，荷香清透紫绡裙。（姚镛《访中洲》）

总体而言，宋代女裙以红、绿、黄为流行色，这与唐代相差无几。她们的性格也正如裙色所彰显的那样丰富。宋代妇女常常会做出一些如唐代女子一般出格的事。如关于严男女之别、内外之别的重要性，在宋代诸多士大夫的论述中都被提及。司马光《书仪·居家杂仪》："男治外事，女治内事。男子昼无故不处私室，妇人无故不窥中门，有故出中门，必拥蔽其面。……女仆无故不出中门，有故出中门，亦必拥蔽其面。"但是现实生活中却未必如是，即便司马光的夫人也不遵循这些仪规。宋吕本中《轩渠录》载："司马温公在洛阳闲居时，上元节，夫人欲出看灯，公曰：'家中点灯，何必出看？'夫人曰：'兼欲看游人。'公曰：'某是鬼耶！'"面对妻子外出的渴望，司马温公虽欲阻止，却显得力不从心，最终只能以冷笑话收场。又如宋代对于妇女服饰的要求是"惟务洁净，尤不可异众"[①]，但是女童吴志端参加童子科考试，"艳妆怪服，遍见朝士"，虽然被黜落，但仍"量赐束帛，以示优异"[②]。再如婚嫁，虽然父母之命、媒妁之言已成天经地义，但广南的女子就自主选择，甚至自备嫁妆："广南风俗……贫下之家，女年十四五，即使自营嫁装，办而后嫁。其所喜者，父母即从而归之，初无一钱之费也。"[③]可见，宋代妇女在生活中有着任情任性的一面。

唐宋虽然是两个时代，由唐至宋经历着一场社会的逐渐转型，但是这两个时代毕竟是近邻，有很多思想观念不可能截然改变。宋代士大夫内部虽然已经有了对妇女言行的主流规范，但尚未达到明清时期的高度完备，唐代的影响依然存在，所以宋代妇女在一定程度上延续了唐代妇女性格中的某些方面。我们从宋代妇女在政治、婚姻中的一些表现就可以看出她们如唐代妇女般勇毅大胆的性格。司马光《涑水纪闻》载，宋太祖赵匡胤本为后周都点检率兵北征，京师传言，赵将取后周而代之，匡胤惧不知所措，只好与家人商议。"太祖姊或云即魏国长公主，面如铁色，方在厨，引面杖逐太祖击之，曰：'丈夫临大事，可否当自决胸怀，乃来家间恐怖妇女何为邪？'太祖默然而出。"

① ［宋］袁采撰，李勤璞校注《袁氏世范·处己》，上海人民出版社，2017年，第55页。

② ［清］徐松辑录《宋会要辑稿·选举十二》，中华书局，1957年，第4466页。

③ ［宋］庄绰《鸡肋编》卷中"广南僧率有室家"，中华书局，1983年，第65—66页。

如果说这位公主长于五代时期，还是唐代女性作风的遗响，那么在宋代文化熏陶中成长的女性，一样具有善于决断的能力。有宋一代，垂帘听政太后之多是前代所少有的。北宋一共有九位皇帝，垂帘听政的太后多达五位①。这些女性踏足男性主导的政治领域，并且表现出卓越的政治才能。宋仁宗的曹皇后在为后时就显示出了过人的胆识。庆历八年，宫中卫卒数人作乱，夜间越房叩仁宗寝殿门，曹氏侍寝，闻变急起，一面阻止皇帝出寝殿，一面急呼宦侍救援。在对付这场宫掖变乱中，曹氏沉着镇静，指挥自如，还亲为所遣宦侍剪发为记论功行赏，并尽除作乱之人。这种临危不乱的气魄丝毫不让须眉。后宋英宗即位，因生病无法处理朝政，曹太后便于内东门小殿垂帘听政。英宗病情好转后，曹太后即撤帘归政。蔡絛在《铁围山丛谈》中赞扬曹后："佐佑仁庙定策，立英宗、神宗，乃本朝后妃间盛德之至者也。"不仅宫廷女性，一般官僚、士人家的女子也多有才识。蔡卞妻七夫人颇有识见，"蔡每有国事，先谋之于床笫，然后宣之于庙堂"②。而宋代妇女对于婚姻也有一定的自主权，如高宗时户部侍郎曹泳之妻厉氏，"始嫁四明曹秀才，与夫不相得，仳离而归。再适泳……"③。《师友谈记》记载，章元弼容貌丑陋，又因读《眉山集》入迷，冷落了妻子陈氏，陈氏便提出了离婚。张邦炜在《宋代妇女再嫁问题探讨》一文中，通过对洪迈《夷坚志》所记事例进行统计，结果发现："单单一部《夷坚志》中所

① 五位垂帘听政者分别为：宋真宗刘皇后、宋仁宗曹皇后、宋英宗高皇后、宋神宗向皇后、宋哲宗孟皇后。

② ［宋］周煇《清波杂志》，见《宋元笔记小说大观》第 5 册，上海古籍出版社，2001 年，第 5047 页。。

③ 丁传靖辑《宋人轶事汇编》，中华书局，1981 年，第 844 页。

载宋代妇女改嫁的事竟达六十一例之多，其中再嫁者五十五人，三嫁者六人。”在这些女性身上，我们似乎看到了唐代女性的风貌，这种坚强而大胆的性格是宋代妇女的另一个侧面。

但是宋代诗人在描写裙装时也有不同于唐代之处，一是描写的精细化。比如红裙，在宋代诗词中有许多的名目：

血色轻罗碎折裙。（张先《南乡子》）

碧玉篦扶坠髻云。莺黄衫子退红裙。（张先《定风波令》）

裙带石榴红。（苏轼《南乡子》）

绛裙金缕褶。学舞腰肢怯。（贺铸《菩萨蛮》）

鹅黄衫子茜罗裙，风流不与江梅共。（毛滂《踏莎行》）

银红裙裥皱宫纱。（蒋捷《小重山》）

短舞朱裙惬醉看，惜公官守隔江干。（黄庭坚《再次韵杜仲观二绝》）

提携风露前，缕衣深绀裙。（敖陶孙《和姜尧章桂花裙字韵》）

血色、退红、石榴红、绛、茜、银红、朱、绀等深浅不同的红裙将宋代诗词中的女性装点得格外美丽。

但是宋代妇女穿红裙已不如唐代普及，且无论是红色还是其他颜色，也不及唐代鲜艳。据吴淑生、田自秉《中国染织史》研究：“从传世的纺织品和人物画中所反映的情况来看，宋代彩锦的色彩，较唐代也有很大进步。唐代彩锦色彩鲜明艳丽，而宋代则为淡雅柔和，很少饱和色，常用两种色的调和色，并较多采用深浅不同的茶色、褐色和绿色。”宋代妇女服饰色彩主要有蓝色、红色、浅红色、淡紫色、浅绿色、白色、浅黄色等。如白沙宋墓壁画中的女子服饰有绛红、浅红、浅蓝、淡绿等。《女孝经图》中妇女的服饰色彩有浅赭白花、浅紫、浅石青、白底小花等。总体而言，宋代女裙的色彩风格承续了晚唐五代以来的淡雅清新，如福州黄昇墓出土女裙，色彩的饱和度并不高。宋代女性服饰很少有大红大绿这样强烈的对比色，即使用对比色，也是浅红淡绿，呈现出清雅之美。特别是在宋代诗词中，对女性服饰的色彩描写多是淡雅明丽的风格，如：

淡黄衫袖仙衣轻，红玉阑干妆粉浅。（王山《答盈盈》）

内家衫子新番出，浅色新裁艾虎纱。（杨皇后《宫词》）

纤云散，耿耿素娥欲下。衣裳淡雅。看楚女、纤腰一把。（周邦彦《解语花》）

双鸾碧重钗头玉。裙曳湘罗浮浅绿。（陈允平《玉楼春》）

二是宋代诗人在对于裙装的描写上，极少突出女性丰富多样的性格，多是柔弱娇怯的。如：

闲弄筝弦懒系裙。铅华消尽见天真。（晏几道《浣溪沙》）

待伊游冶归来，故故解放翠羽，轻裙重系。见纤腰，图信人憔悴。（柳永《望远行》）

舞困玉腰裙缕慢。（欧阳修《玉楼春》）

几行书尾情何限，一尺裙腰瘦不禁。（贺铸《思越人》）

暂别宝奁蛛网遍，春风泪污榴裙。（晁补之《临江仙》）

绣裙斜立腰肢困。翠黛萦新恨。（陈克《虞美人》）

这些变化都是宋代士大夫文化特征的体现。内藤湖南在《概括的唐宋时代观》一文中指出："六朝至唐中叶，是贵族政治最盛的时代……这种贵族政治在唐末至五代的过渡期式微，代替的是君主独裁政治。贵族失势的结果使君主的地位和人民较为接近，任何人要担任高职，亦不能靠世家的特权，而是由天子的权利来任命与决定。"政治性质的改变使得人才选拔机制也产生了相应的变化，宋代士大夫不是靠先天血统入仕，而是凭知识、道德和才能。他们没有经济与政治特权，但拥有丰富的经史子集知识和高雅的生活情趣。他们对文字极为敏感，如陆游在《老学庵笔记》中记载了一些条目：杜鹃谓"谢豹"、妓女称"录事"，等等，可见在文字言称上颇为关注。宋代诗歌创作更是讲究文字的锤炼，正如严羽《沧浪诗话》中指出的宋诗特征之一，即是"以文字为诗"。这种创作倾向在当时文人士大夫中相当普遍，因此他们笔下就出现了诸多比唐诗更为细致的描写。另一方面，自从宋太祖杯酒释兵权，劝诸大将"多积金、市田宅以遗子孙，歌儿舞女以终天年"，又优待文臣，除俸钱禄米外，又有职钱和职田，"恩逮于百官者惟恐其不足，财取于万民者不留其有余"[1]，宋代的社会风气趋于享乐，使宋代士人在和熙富足的生活中变得越来越温文尔雅、端重持默，注重享受生活，如宋叶梦得《避暑录话》载："韩持国喜声乐，遇极暑

① ［清］赵翼《宋制禄之厚》，见王树民校正《廿二史札记》，中华书局，2013年，第560页。

辄求避，屡徙不如意，则卧一榻，使婢执板缓歌不绝声，展转徐听，或颔首抚掌，与之相应，往往不复挥扇。”这样沉迷室内活动，自然也欣赏柔弱素雅的女性。即便宋代妇女性格有着与唐代妇女相似的一面，但是宋代文人对女性的关注点发生了变化，从而形成了与唐诗不同的叙写方式。

唐代女裙喜用缕金、泥金工艺，在做工上也极为精致。宋代饰金工艺更进一步，女性服饰也多用金饰。但是以存世的宋诗宋词数量和宋代用金工艺的发达程度相较而言，宋代诗词中出现的加金服饰数量有限。这应当与宋代的禁金之令有关。其实，在唐代，也有过禁金令的出现，《新唐书·肃宗本纪》载唐肃宗时就曾“禁珠玉、宝钿、平脱、金泥、刺绣”。但这种禁令只是偶尔出现，影响也不大。宋代的禁用金饰之令出现的频次更多，条目更细。据《宋史·舆服志》载，从宋太宗端拱二年（989）开始，关于器服用金的禁令层出不穷，直至宋宁宗嘉泰年间，仍然大肆焚烧宫中金翠，以警诫犯者。有宋一代，朝廷都在与饰金的侈靡之风做着不懈斗争。但是，这些禁令的效果并不理想，《宋史·食货志》载：“民间习俗日渐侈靡，糜金以饰服器者不可胜数，重禁莫能止焉。”虽然多集文人与官僚于一身的宋代士人在作品中也会称扬朝廷的这一举措，如周必大《立春帖子·太上皇后阁》“两宫勤俭妇承姑，铺翠销金举世无。茧馆新蚕家法在，民间应有袴兼襦”，但是，现实生活中，女性还是常穿金饰服饰。宋范成大《揽辔录》记载了沦陷后的北方情状，其中有云：“秦楼有胡妇，衣金缕鹅红大袖袍，金缕紫勒帛，掀帘，吴语，云是宗室女，郡守家也。”《升庵诗话新笺证》载：“宋徽宗宫人，多以麝香色镂金罗为衣裙，元裕之诗：‘北去穷庐千万里，画罗体镂麝香金。’”可见当时缕金衣裙的流行。宋代诗词中也多见金裙，宋徽宗《宫词》：“销金花朵遍轻罗，剪作春衣锡赐多。”朱涣《倾城误人身寄内翰洪文》：“妾初未笄学新妆，肌理玉雪眉黛长。融恰窈袅销金裳，态浓意远夺目光。”杨修《齐云观》：“上界笙歌下界闻，缕金罗袖郁金裙。倚栏红粉如花面，不见巫山空暮云。”陈允平《少年游》：“翠罗裙解缕金丝。”

文人士大夫们生活在金围翠绕的环境里，很难完全与金划清界限，所以还是留存了一部分对金饰衣裙的描写。特别是宋词，多写歌儿舞女之态。歌舞伎因其职业需要，穿着自然要华美炫目。《梦粱录》载：“其官私妓女，择为三等……次择秀丽有名者，带珠翠朵玉冠儿，销金衫儿、裙儿，各执花斗鼓儿……”郑刚中《醉观子礼家两姬舞》：“彩云装髻缕金衣，举袖蹁跹玉一围。”姜夔《灯词》：“南陌东城尽舞儿，画金刺绣满罗衣。也知爱惜春游夜，舞落银蟾不肯归。”不过，毕竟金饰衣物比较华贵，对于士庶之家的妇女来说，一般会在外出或比较正式的场合中穿，有如今日之正装兼礼服，在平日里，还是家常服饰为多。而且，很多女性只是在领间、腰间、袖间等重要部位加金，在整体的淡雅的基础上又显出华丽和高贵的一面。福建黄昇墓出土的镶印金彩绘花边广袖罗女袍即体现了这一特征：袍的领缘、对襟缘镶有印金蔷薇、彩绘鸾凤云气纹三条花边，金色的装饰将衣服点缀得比较华丽。虽然从北宋至南宋，官方一直对服饰加金令行禁止，但是实际效果并不明显，金饰依然风靡于世，这些禁令只是在舆论上起到一定的作用。宋代诗词在延续古典诗歌意象的同时，应当也有一些当时社会背景所引起的隐衷。

唐代女裙令今天的女性都大为惊叹的是它的广博与袒露。孟浩然《春情》："坐时衣带萦纤草，行即裙裾扫落梅。"唐代的裙子以广博为尚，常用多幅布帛竖向缝合而成。虽然据《新唐书·车服志》记载，唐文宗时明文规定"妇女裙不过五幅，曳地不过三寸"，但裙子还是要曳地的，且据孙机考证，唐代的一幅约合 0.53 米，五幅即约 2.65 米，比现代带褶的女裙还略肥一些①。而此前六幅、八幅甚至十二幅裙，其宽大的程度更可想而知。穿上如此广幅之罗裙行动，无意之间，委地的裙摆轻拂缤纷的落英，花随裙动，裙沁花香，诗情画意备极矣。同样是描写这种宽摆长裙，在李群玉的笔下，则是"裙拖六幅湘江水"（《同郑相并歌姬小饮戏赠》）。六幅罗裙窣地，恰似一江春水缓缓而流，美人恍如凌波微步的神女，梦耶？幻耶？李渔《闲情偶寄》所言裙幅多"则湘纹易动，无风亦似飘飖"，或状此景矣。在唐以前，裙装一直是比较保守的，如浙江绍兴出土的汉铜镜纹饰中的舞女、东晋顾恺之《女史箴图》中的女子、山西大同北魏司马金龙墓出土彩绘漆画屏风上的贵妇等，皆长裙曳地，且所配上装基本使颈部以下的身体无裸露之处。唐代的裙装则不然，通常束腰很高，裙子的上限常常到达胸部，上身往往罩以很薄的纱衣，且领口很低，颇有些现代低胸晚礼服的效果。《簪花仕女图》中即呈现出这种穿着效果。周濆《逢邻女》："慢束罗裙半露胸。"李群玉《同郑相并歌姬小饮戏赠》："胸前瑞雪灯斜照。"方干《赠美人四首》其一："粉胸半掩疑晴雪。"在封建社会中能够有勇气穿出这样的裙子，应当有着极为开放的观念。唐代女性也

① 孙机《唐代妇女的服装与化妆》，《文物》1984 年第 4 期，第 57 页。

以她们的行为印证了她们的性格与服饰风格的协调性。唐代的女性贞节观念普遍比较淡漠，女子自荐枕席的事时有发生，如崔莺莺。结过婚的女子还主动提出离婚，这在只讲休妻的封建社会中可谓是大胆之极。唐太宗时，刘寂妻夏侯氏因为父亲失明，自请离婚以奉养老父。唐范摅《云溪友议》载，秀才杨志坚家贫，其妻王氏便到官府请求离婚改嫁，虽然州官颜真卿以伤风败俗为由，对其责杖二十，但还是判其离婚。从这些事件可以看出，唐代女性的观念是相当开放的，她们在处理男女关系、婚姻关系等方面的意识有时甚至超越了封建时代的局限，具有现代色彩。正是由于唐代女性开放前卫的性格因子，使得她们能够接受“乌膏注唇唇似泥，双眉画作八字低。妍媸黑白失本态，妆成尽似含悲啼”（白居易《时世妆》）的胡妆，使“士流之妻或衣丈夫服，靴衫鞭帽，内外一贯矣”①，也使得她们有勇气穿出袒露的裙装。

宋代的女裙也颇长、颇阔，晏几道《更漏子》：“柳间眠，花里醉。不惜绣裙铺地。”赵善扛《谒金门》：“移步避人花影里。绣裙低窣地。”可以铺地、窣地的绣裙足见其长。贺铸《西笑吟》：“翠珥金丸委芳草。袜罗尘动香裙扫。”步履间带起的尘土由香裙去扫，定是已长至地面矣。周紫芝《鹧鸪天》：“娇痴应挽香罗比，六幅双裙染郁金。”与唐代一样的六幅罗裙足见其广博。宋代妇女也会穿袒露的衣装，如四川泸县宋墓石刻以及刘松年《茗园赌市图》中都有半袒胸的女子。孟晖《中原女子服饰史稿》考证：“内衣外穿，袒露颈、胸，实在是有宋一代的平常风气，虽然其袒露程度较之前代有所收敛。”但是这种袒露之风在诗词中的表现却发生了变化。宋词中常有对于袒露胸部的描写，

① ［唐］刘肃《大唐新语》，中华书局，1984年，第151页。

如欧阳修《系裙腰》："系裙腰，映酥胸。"周邦彦《浣溪沙》："更将纨扇掩酥胸。"江致和《五福降中天》："腻雪轻铺素胸。"邢俊臣《临江仙》："酥胸露出白皑皑。"但是在宋诗中却已基本不见袒胸的女性形象，偶尔出现也多是出于艺术表现的需要，如姚勉《题西施捧心图》："酥胸娇拥颦不舒。"这是由于宋代社会对于女性的要求趋于内敛，女性的服饰自然偏于保守，袒露装已不及唐代普及。宋词因为有描写艳情的传统，其主人公又多是妓优，自然有香艳的袒露装饰的描写。而宋诗已经摒弃了这种审美趋向。所以，唐宋妇女的裙装虽有诸多相似之处，但见诸诗词的表现却并不相同，这正是社会转型、文化转型进程中必然出现的现象。由于宋代士大夫文化与市民文化的并盛，导致审美上出现了雅淡与俗艳两种审美观同时并存的现象，这是宋代有别于唐代的显著特征。

第四章　鞋袜

鞋与袜是人类服饰的重要组成部分之一，在古代统称为“足衣”。中国古代鞋子名目甚多，舄、履、屦、屐、屣、扉等皆为鞋之属，均可作为鞋之别称。《诗经·魏风·葛屦》：“纠纠葛屦，可以履霜。”可见鞋子的悠久历史。鞋子与其他服饰一样，随着时代的发展，形制日益丰富。袜子也起源甚早，《韩非子》一书中有“文王伐崇，至凤黄墟，袜系解，因自结”的记载，是指周文王系袜子的带子散开了，自己手扎袜带的情节。在这个时期袜子已经在我国上层人士中出现，成为一种身份的象征。后世袜子逐渐普及，于质地、样式上不断发展。在唐宋诗词中，有不少描写女性鞋袜的作品，透过这些作品，可以看到在唐宋转型的历史进程中，男性对于女性的欣赏角度也在发生着变化。

第一节　唐宋诗词中鞋袜样式考述

唐宋女鞋从质地上讲，有以布帛锦缎等织物制成的，出现在唐诗中的多是以锦缎制成的锦鞋。卢纶《春词》：“北苑罗裙带，尘衢锦绣鞋。”韩偓《五更》：“怀里不知金钿落，暗中唯觉绣鞋香。”毛熙震

《浣溪沙》："缓移弓底绣罗鞋。"唐代也有以丝、罗等其他丝织品制成的女鞋。王涯《宫词》："玉阶地冷罗鞋薄。"宋代女鞋的常见材质也不外乎此："轻蹑罗鞋掩绛绡"（柳永《燕归梁》）、"窄袜宫鞋，暖衬吴绫薄"（杨无咎《蝶恋花》）。唐宋女鞋也常用缕金等工艺，或者绣上凤凰、鸳鸯、花卉等各种纹样。李郢《张郎中宅戏赠二首》其一："一声歌罢刘郎醉，脱取明金压绣鞋。"李煜《菩萨蛮》："刬袜步香阶。手提金缕鞋。"令狐楚《远别离二首》其二："玳织鸳鸯履，金装翡翠簪。"范元凯《章仇公席上咏真珠姬》："神女初离碧玉阶，彤云犹拥牡丹鞋。"王涣《惆怅诗十二首》其六："薄幸檀郎断芳信，惊嗟犹梦合欢鞋。"贺铸《南歌子》："绣履可怜分破、两鸳鸯。"周紫芝《清平乐》："双凤绣鞋新做。"其中比较有唐代特色的是宝相花纹。宝相花是由佛教中的莲花纹演变而来的，集中了莲花、牡丹等花朵的特征，一般以盛开的花朵为主体，呈现出富丽华美之感。唐代的织物、刺绣、金银器上常见宝相花纹。新疆阿斯塔那唐墓曾出土一双变体宝相花纹云头锦鞋，绚丽美观。

唐代妇女还喜穿以蒲草、丝麻等编制的鞋子。如用蒲草编成的蒲履，在吴越地区尤为流行。这种风气一直沿袭到五代，明胡应麟《少室山房笔丛》："六朝前率草为履，古称芒屩……至五代蒲履盛行。"刘章《咏蒲鞋》："吴江浪浸白蒲春，越女初挑一样新。才自绣窗离玉指，便随罗袜上香尘。石榴裙下从容久，玳瑁筵前整顿频。今日高楼鸳瓦上，不知抛掷是何人。"以细麻绳、细丝绳编织成的线鞋在唐代也颇为流行。《旧唐书·舆服志》："武德来，妇人着履，规制亦重，又有线鞋。开元来，妇人例着线鞋，取轻妙便于事。"这种线鞋在阿斯塔那唐墓中屡有出土，一般以麻绳为底，丝绳为帮，做工精细。现藏日本MOA美术馆的唐画《树下美人图》中也有穿线鞋的女子形象。这种鞋穿着方便，故为妇女所喜爱。《游仙窟》中咏崔五嫂："傍人一一丹罗袜，侍婢三三绿线鞋。"

唐宋女鞋的式样大体上有靴、履、屐、趿鞋等种类。靴是自少数民族传入的一种连筒鞋。《中华古今注》："靴者，盖古西胡也。昔赵武灵王好胡服，常服之，其制短靿黄皮，闲居之服。至唐马周改制长靿以杀之，加之以毡及绦，得着入殿省敷奏，取便乘骑也，文武百僚咸服之。至贞观三年，安西国进绯韦短靿靴，诏内侍省分给诸司。至大历二年，宫人锦靿靴侍于左右。"可见，靴源自胡服，本为男子之鞋，唐代女子亦着。其实唐代之前也有着靴的女性，但并不普及，且主要是骑马的女性穿着，类于戎装。《晋书》中记载石季龙"常以女骑一千为卤簿，皆着紫纶巾、熟锦裤、金银镂带、五文织成靴，游于戏马观"。唐代妇女有喜好穿着胡服的风尚，因此在日常生活中也十分喜欢穿靴。绘画中常见的胡服的女子形象是戴胡帽，穿翻领窄袖袍、小口裤，脚穿锦靴，唐诗中多有吟咏，如李白《对酒》："青黛画眉红锦靴。"沈传师《次潭州酬唐侍御姚员外游道林岳麓寺题示》："危弦细管逐歌飘，画鼓绣靴随节翻。"杜牧《留赠》："舞靴应任闲人看，笑脸还须待我开。"章孝标《柘枝》："移步锦靴空绰约，迎风绣帽动飘摇。"张祜《观杨瑗柘枝》："紫罗衫宛蹲身处，红锦靴柔踏节时。"宋代女性仍然有穿靴的传统，袁褧《枫窗小牍》："汴京闺阁妆抹凡数变。……膏沐芳香，花靴弓履，穷极金翠。"周煇《北辕录》："男子衣皆小窄，妇女衫皆极宽大……无贵贱皆着尖头靴。"宋代诗词中也有对于着靴女性的描写，如“珠靴玉指擘箜篌，谁记山南秉烛游”（陆游《无题》）、“酥面锦靴轻转雪，粉吭牙板细留云”（毛滂《和孙守三月二十七日开宴》）、“三声四声促严妆，红靴玉带奉君王”（欧阳修《鹎鵊词》）、“细马远驮双侍女，青巾玉带红靴”（苏轼《临江仙》）、“转盼惊翻长袖，低回细踏红靴”（黄庭坚《西江月》）。但是从出土的文物和绘画来看，宋代女性着靴的已明显少于唐代。穿靴本来是为了行动方便，但是在宋代，有些缠足的妇女也穿靴，将靴底改为弓底。刘克庄《同孙季蕃游净居诸庵》：“弓样展来靴尚窄，黛痕剃出顶应凉。”王之望《好事近》：“弓靴三寸坐中倾，惊叹小如许。”卢炳《菩萨蛮》：“金莲稳衬弓靴小。”可见，宋代的女靴已经由实用性逐渐发展为纯美的装饰了。

履的具体形制非常丰富，有不少品类。在唐代绘画、敦煌莫高窟壁画和新疆阿斯塔那墓出土的绢画以及实物中，均可以见到唐代妇女所着履头的式样，或尖、或方、或圆等。大致而言，唐代女性所着之履可分为高头履和平头履两种。高头履即鞋头上翘的鞋履，在唐代极为流行，高翘的履头也样式纷繁，有云头履、笏头履、高墙履、重台履、凤头履、歧头履、丛头履、吴越高头草履等。云头履即鞋头上翘作云朵状，笏头履即鞋头呈笏状，凤头履即将鞋子前部做成凤首式样的一种尖头鞋。据《中华古今注》所载，凤头履起源甚早，秦始皇“令三妃九嫔……鞁蹲凤头履，以侍从”。《少室山房笔丛》称：“东晋以草木织成，有凤头履、聚云履、五朵履。”温庭筠《锦鞋赋》：“碧繶缃钩，鸾尾凤头。”歧头履据明顾起元《说略》载：“唐文德皇后遗履，以丹羽织成，前后金叶裁云为饰，长尺。底向上三寸许，中有二系，首缀二珠，盖古之岐头履也。”唐玄宗天宝年间，流行一种尖头上弯的小头鞋，白居易《上阳白发人》：“小头鞋履窄衣裳，青黛点眉眉细长”，和凝《采桑子》：“丛头鞋子红编细”，都是形容当时女鞋的样式。宋王溥《唐会要》载：“吴越之间，织造高头草履，亦请切加禁绝。”王涯《准敕详度诸司制度条件奏》中提出“吴越之间，织造高头草履，纤如绫縠，前代所无”，但又认为这种履“费日害功，颇为奢巧”，因而请求“委所在长吏当日切加禁绝”。但从另一个角度看，妇女是喜欢穿这种鞋履的。平头履，即鞋头不高翘的鞋履。唐代有平头小花草履，《新唐书·车服志》：“妇人衣青碧缬、平头小花草履、彩帛缦成履。”王观《庆清朝慢》词云：“结伴踏青去好，平头鞋子小双鸾。”平头履比较舒适轻便，故多于踏青等外出活动时穿着。毛滂《小重山》：“红罗先绣踏青鞋”，何梦桂《满江红》“待去做、踏青鞋履，懒拈纤手”，都应当是指平头履。这种鞋子唐代已有，且相当流行。宋代妇女亦有穿着，湖北江陵宋墓即出土有小头绫鞋。

屐是木制带齿的鞋，一般男性穿着较多，女性亦用。《留青日札》：“屐以木为之，即今之木屐，古妇女亦着之。”《后汉书·五行志》：“延熹中，京都长者皆着木屐；妇女始嫁，至作漆画，五采为系。”晋干宝《搜神记》：“至太康中，妇人皆方头屐，与男无异。”李白《浣纱石上女》：“一双金齿屐，两足白如霜。”宋代也有女性穿屐，如陈克《菩萨蛮》：“日长刀尺罢，试屐樱桃下。”丘密《鹧鸪天》：“金齿屐，翠云篦。女萝为带蕙为衣。”

靸鞋是一种无跟的类似于拖鞋的鞋子。《释名·释衣服》：“靸，韦履深头者之名也。靸，袭也，以其深袭覆足也。”靸鞋多以草葛之类编成，亦有布帛为之者。宋陶宗仪《南村辍耕录》云：“西浙之人，以草为履而无跟，名曰‘靸鞋’，妇女非缠足者，通曳之。……北方所谓靸鞋，则制以布而多其系。”看来，南北方的靸鞋材质、形制均有不同。靸鞋起源甚早，唐王叡《炙毂子录》引《实录》：“靸鞵，舄，三代皆以皮为之。……自始皇二年，遂以蒲为之，名曰靸鞵。至二世加以凤首，尚以蒲为之。西晋永嘉元年，始用黄草为之，宫内妃御皆着之。”鞵为鞋的本字，《说文·革部》：“鞵，生革鞮也。”徐锴系传：“今俗作鞋。”可见靸鞋渊源之久。宋代妇女对靸鞋兴趣依旧。欧阳修《好女儿令》：“眼细眉长，宫样梳妆。靸鞋儿走向花下立着。”又《迎春乐》：“薄纱衫子裙腰匝。步轻轻、小罗靸。”章谦亨《石州引》：“半角庭阴，弓月映眉，珠露侵靸。”仇远《生查子》：“霓裳秋梦寒，□靸黏冰片。”

宋代女鞋也有一些新的特点，首先是弓鞋的流行。弓鞋是底部弯曲如弓形的鞋。这种弓鞋在五代时期已有女性穿着。毛熙震《浣溪沙》：“缓移弓底绣罗鞋。”至宋代，弓鞋更为流行。浙江衢州史绳祖夫妇墓、福州黄昇墓都有弓鞋出土，宋代诗词中亦有不少描写。柴随亨《和赵元鼎钱塘怀古韵》：“春风一曲杜韦娘，梨花窈窕歌霓裳，落花缓步弓鞋香。”孙惟信《赋女冠还俗》：“重调蛾黛为眉浅，再试弓鞋与步迟。”欧阳修《南乡子》：“花下相逢，忙走怕人猜，遗下弓弓小绣鞋。”黄庭坚《满庭芳》：“从伊便、窄袜弓鞋。”仇远《何满子》：“裙低略露弓鞋。”张魁《踏莎行》：“弓鞋湿透立多时，无人为问深深意。”姜夔《眉妩》：“无限。风流疏散。有暗藏弓履，偷寄香翰。”弓鞋的流行当与缠足之风有关。清徐珂《清稗类钞》：“弓鞋，缠足女子之鞋也。京、津人所着者，宛如弓形，他处则惟锐其端，而以扬州之鞋为最尖。”可见，弓鞋多为缠足妇女所穿。弓鞋形制尚小，明清时常加以高底。清刘廷玑《在园杂志》亦云："女子弓鞋，于鞋之后跟铲木圆小，垫高，名曰'高底'。令足尖自高而下着地，愈显弓小。"从宋代女鞋出土的情况来看，当时似以平底的形制为多，比明清时期的略大，头部也不如明清时尖锐，这大约是由于宋代缠足方式与明清时期不同。

其次是花色上的创新，如生色鞋。生色是一种写生风格的花鸟纹样，《唐会要》："其女人不得服黄紫为裙，及银泥罨画锦绣等。"《宋朝事实类苑》："罨画……乃今之生色也。"生色是宋代比较流行的一种丝织品纹样。《东京梦华录》载，入内上寿时，小儿"着绯绿紫青生色花衫"。据《宋史·仪卫三》记载，南宋初，曾规定"旗物用绣者，以错采代；车路院香镫案、衣褥、睥睨，御辇院华盖、曲盖及仗内幢角等袋用绣者，以生色代"。宋代女鞋追随时尚，也将这种技法运用其中。陈允平《浣溪沙》："生色鞋儿销凤稳，碧罗衫子唾花微。"张孝祥《多丽》："银铤双鬟，玉丝头道，一尖生色合欢鞋。"

唐诗中描写女鞋多着眼于其质地、样式，而宋代诗词对于女鞋的色彩描写也颇为重视。从相关描写来看，其中以红色为多。石孝友《南歌子》："鸳鞋小研红。"姚勉《贺新凉》："怕立损、弓鞋红窄。"史浩《浣溪沙·即席次韵王正之觅迁哥鞋》："一握钩儿能几何，弓弓珠簇杏红罗。"吴奕《升平乐》："对华筵列坐，朱履红裙。"因一般女子袜色较浅，使用这种艳而深的颜色与之搭配，相得益彰。此风至明清依然流行，《闲情偶记》即言："袜色尚白，尚浅红；鞋色尚深红，今复尚青，可谓制之尽美者矣。"此外，还有黄色、绿色及其他混合色。辛弃疾《菩萨蛮》："淡黄弓样鞋儿小，腰肢只怕风吹倒。"李吕《前调》:“浅浅绿靴双凤困。”王千秋《桃源忆故人》:“合色鞋儿初做，却被阿谁将去。”合色鞋即是用两种颜色的布帛制成的鞋子,《老学庵笔记》中记载的宣和末流行的“错到底”便是一种合色鞋。

袜子也是足部的重要穿戴。《说文》:“韈，足衣也。”《中华古今注》:“三代及周着角韈，以带系于踝。”可见袜子起源甚早。唐代贵族妇女的袜主要以绫罗锦缎制成，冯贽《记事珠》中曾记述:“杨贵妃死之日，冯嵬媪得锦袜一只。”在唐诗中屡有“罗袜”一词出现:

王孙挟珠弹，游女矜罗袜。(孟浩然《大堤行》)

凌波起罗袜，含风染素衣。(骆宾王《咏尘》)

女巫纷屡舞，罗袜自生尘。(王维《凉州郊外游望》)

玉阶生白露，夜久侵罗袜。(李白《玉阶怨》)

锦囊霞彩烂，罗袜砑光匀。(韩偓《无题》)

宋代的女袜多以绫罗制成，诗词中多有提及。王观《庆清朝慢》:“不道吴绫绣袜，香泥斜沁几行斑。”卢祖皋《更漏子》:“玉钩裁，罗袜浅。心事漫拈针线。”陈允平《望江南》:“六幅香裙拖细縠，一钩尘袜翦轻罗。”曹邍《兰陵王》:“苏堤上、人正踏青，嫩草茸茸衬罗袜。”无名氏《念奴娇》:“凌波微步，雪沁吴绫袜。”就色彩纹样而言，有纯色的素袜，如贺铸《东吴乐》:“喜凌波、素袜逢迎，领略当歌深意。”黄孝迈《水龙吟》:“惊鸿去后，轻抛素袜，杳无音信。”也有绣绘以各种花鸟图案的，如陈允平《浣溪沙》:“踏青鸳袜溅金泥。”

唐诗中关于女袜的形制展现不多。在描述袜子时，多用“罗袜”“宝袜”之类的语汇，仅李白《越女词五首》其一中有具体袜名：“屐上足如霜，不着鸦头袜。”所谓鸦头袜，是拇指与其他四趾分开的袜子，形如“丫”字。

宋代女袜的形制更为丰富。有长的袜裤，还有无底之袜，又名膝裤。《朱子语类》云：“秦太师（桧）死，高宗告杨郡王云：‘朕今日始免得这膝裤中带匕首。’”清赵翼《陔余丛考》辨男女袜之名：“俗以男子足衣为袜，女子足衣为膝裤。古时则女子亦称袜，男子亦称膝裤。……是以吕蓝衍《言鲭》，谓袜即膝裤。然今俗袜有底，而膝裤无底，形制各别。”可见此种膝裤与袜的根本区别在于有底与否。这种无底的膝裤又称褶衣。《在园杂志》载：

> 旧时妇人皆穿袜，即窅娘亦着素袜而舞，袜制与男子相同，有底，但瘦小耳。自缠足之后，女子所穿有弓鞋、绣鞋、凤头鞋，而于鞋之后跟，铲木圆小垫高，名曰高底。令足尖自高而下着地，愈显弓小。遂不用有底之袜，易以无底直桶，名曰褶衣，亦曰绫波小袜，以罩其上。盖妇人多以布缠足，而上口未免参差不齐，故须以褶衣覆之。然亦有平底者，至睡鞋则用软底。今称褶衣即膝裤也。

宋代妇女既已开始缠足，在层层裹缠之外再套上有底的袜子，加之足部变形，必定不舒适，所以她们可能已使用这种褶衣。

至于这种无底之袜与有底之袜的流行程度，笔者以为还是有底之袜更为普及。在宋词中，有“刬袜”的意象，所谓“刬袜”，即不穿鞋子，只穿袜子。对于男性来说，这是一个极具诱惑性的画面，因此不少词作中都选取了这样的场景：

花下相逢，忙走怕人猜。遗下弓弓小绣鞋，刬袜重来。（欧阳修《南乡子》）

鬟云松，罗袜刬。丁香笑吐娇无限。（秦观《河传》）

酒力欺愁薄，轻红晕脸微。双鸳谁袖出青闺，刬袜步东西。（仇远《巫山一段云》）

见客入来，袜刬金钗溜。（无名氏《点绛唇》）

只穿袜子而行，当然是有底之袜。清余怀《妇人鞋袜考》道："古有底之袜，不必着鞋，皆可行地；今无底之袜，非着鞋，则寸步不能行矣。"

唐宋诗词中的鞋袜描写不仅展示了当时鞋袜的诸多样式，也透露出服饰审美风尚之变。唐代女性对靴的喜好正是其喜好胡服、喜着男装风气的表现。胡服在唐代风靡一时，无论男女都以之为时尚。《旧唐书·舆服志》："太常乐尚胡曲，贵人御馔，尽供胡食，士女皆竟衣胡服。"唐代妇女还有穿男装之风。女着男装在中国古代社会中是比较罕见的现象。《礼记·内则》曾规定："男女不通衣裳。"虽然事实并没有那么绝对，但是女子着男装，常常会被认为是不守妇道、不够本分。但是在唐代，女着男装蔚然成风。《旧唐书·舆服志》："或有着丈夫衣服靴衫，而尊卑内外，斯一贯矣。"《新唐书·车服志》亦记载："宫人从驾，皆胡冒乘马……有衣男子衣而靴，如奚、契丹之服……开元中……奴婢服襕衫，而士女衣胡服。”《虢国夫人游春图》中的从骑、永泰公主墓室壁画中的侍婢，都有男装的形象。靴本源自胡地，为男性常穿鞋履，但唐代开放服饰风尚使其在女性中流行并且毫无避忌地穿着。宋代女性也穿靴，但是其内涵已经发生了变化。宋代服饰中亦有胡服的影响，据《宋史全文》记载，宋孝宗乾道年间，臣僚上言："临安府风俗，自十数年来，服饰乱常，习为边装。”明杨士奇、黄淮《历代名臣奏议·礼乐》中亦记载，淳熙年间，袁说友上奏:“今来都下一切衣冠服制习外国俗。”可见，甚至连南宋都城临安居民的服饰，都深受胡服的影响。宋代胡服主要是受契丹、女真服饰的影响，但是因为宋与辽金长期对峙，民族矛盾尖锐，所以官方对于胡服是明令禁止的。清徐松《宋会要辑稿》中记载，仁宗庆历八年（1048），禁止“士庶仿效胡人衣装，裹番样头巾，着青绿，及乘骑番鞍辔，妇人多以铜绿兔褐之类为衣”。宋吴曾《能改斋漫录》亦记载，徽宗大观四年（1110），又下诏:“京城内近日有衣装，杂以外裔形制之人，以戴毡笠子、着战袍、系番束带之类”，“宜严行禁止”。士人对于胡服之尚也是排斥的。宋江休复《江邻几杂志》载，番俗“妇人不服宽裤与襜制旋裙，必前后开胯，以便乘驴。其风闻于都下妓女，而士人家反慕效之，曾不知耻”。因此，靴在宋代已不及唐代流行，且从前文所述可以看出，穿靴已不是完全出于此种鞋履方便行走的需要，而是日益向装饰精巧方向发展了。

唐代流行高头履是当时富丽服饰风格的写照，高头履本身形制就较为夸张，鞋头又呈现出各种样式，可见当时女性所追求的服饰风尚。高头履在宋代已不如唐代流行。宋代妇女普遍穿的是弓鞋，从宋墓出土的实物来看，弓鞋多为小翘头，如福建黄昇宋墓出土有赭色提花翘头鞋、江西德安南宋周氏墓出土有黄褐色素罗翘头鞋、湖北江陵宋墓出土有翘头女鞋等。从形制上看，都是平底，鞋头向上尖翘，但翘头都是小巧的，已不是唐代的繁复式样。这样的鞋式一方面固然与当时女性的缠足之风有关，另一方面，也与宋代女性服饰典雅清丽的整体风格相宜。正如傅伯星在《大宋衣冠：图说宋人服饰》中所言，宋代妇女“以本真的妆容、苗条的身材、贴身剪裁的衣裙，显示着女性本原之美”。女子的鞋履无疑也是这种服饰风格的一部分，是审美风尚变化的结果。

第二节　金莲与凌波袜：典故书写与唐宋女性身体审美的新变

鞋袜描写的本质源于对女性足部的关注，是对女性身体书写的一部分。中国古典诗歌中对女性身体的书写由来已久，《诗经·卫风·硕人》描写庄姜的美貌“手如柔荑，肤如凝脂，领如蝤蛴，齿如瓠犀，螓首蛾眉，巧笑倩兮，美目盼兮”，已涉及身体的各个部位。对于女性足部的书写也有其例，如陆机《日出东南隅行》中描写春日出游的女子：“方驾扬清尘。濯足洛水澜。”梁武帝萧衍《河中之水歌》：“头上金钗十二行，足下丝履五文章。”六朝《双行缠》：“新罗绣行缠，足趺如春妍。”但是足一直不是男性描写女性美的关注焦点。至唐代，特别是中晚唐以后，诗歌中对于足的书写渐多。夏侯审《咏被中绣鞋》：“云里蟾钩落凤窝，玉郎沉醉也摩挲。陈王当日风流减，只向波间见袜罗。”杜牧《咏袜》：“钿尺裁量减四分，纤纤玉笋裹轻云。”韩偓《五更》：“怀里不知金钿落，暗中唯觉绣鞋香。”表现出对女性的足部乃至鞋袜都有一种特殊的眷恋。宋张邦基在《墨庄漫录》中也谈论了这一现象：“古乐府、《玉台新咏》，皆六朝词人纤艳之言，类多体状美人容色之殊丽，又言妆饰之华，眉目、唇口、腰肢、手指之类，无一言称足者。如唐之杜牧、李白、李商隐之徒，作诗多言闺帏之事，亦无及之者。惟韩偓《香奁集》有《咏屧子诗》云：‘六寸肤圆光致致。’唐尺短，以今校之，亦自小也，而不言其弓。”宋代诗词中此类内容大大增加了，尤其是在可以大胆写情的词体中，足部连同鞋袜成为特受关注的对象，甚至有以此为题专门描写的。苏轼有《菩萨蛮·咏足》，史浩有《浣溪沙·夜饮咏足即席》，赵令畤有一首《浣溪沙》，题序云：“刘平叔出家妓八人，绝艺，乞词赠之。脚绝、歌绝、琴绝、舞绝”，“脚绝”竟然成为与歌舞技艺并列的一项欣赏目标，还列于首位，足见男性的审美心理。美国学者高彦颐（Dorothy Ko）将此种对体态的癖好概括为“身体文化”（bodily cultures），并认为从晚唐、五代以至北宋，身体文化发生了很大转变[①]。这种变化从唐宋诗词中对于足部相关内容的书写即可看出。

在唐宋诗词对于足部的关注与描写中，有两个典故颇值得注意。一是“金莲”之典，此典源自《南史·齐废帝东昏侯纪》：“（东昏侯）又凿金为莲华以贴地，令潘妃行其上，曰：‘此步步生莲华也。’”所言是东昏侯为宠潘妃穷极奢丽之事。但记载中并没有提到潘妃足之大

① Dorothy Ko. *In Search Footbinding's Origins*，见邓小南主编《唐宋女性与社会》，上海辞书出版社，2003，第 375—414 页。

小，东昏侯喜欢这样步生莲花的美态，至多说明潘妃步态轻盈曼妙。从史书中对此事的书写来看，只是为了表现当时后宫的奢靡。唐人对于“步步生莲华”的典故十分熟悉，并且将这一典故用于咏足。如李群玉《赠回雪》：“安得金莲花，步步承罗袜。”吴融《和韩致光侍郎无题三首十四韵》其二：“玉箸和妆裛，金莲逐步新。”徐夤《新刺袜》：“素手春溪罢浣纱，巧裁明月半弯斜。齐宫合赠东昏宠，好步黄金菡萏花。”这些诗中的金莲都是形容曼妙的步态或是美足的，但是同样并未言及足之大小，只是说明男性对女性的足部有了更多的艳羡与欣赏。至宋代，“金莲”的意义逐渐发生了变化。除了形容美足和轻盈的步态，金莲与窄小之足也逐渐联系了起来。如田为《江神子慢》：“金莲衬、小小凌波罗袜。”陈亮《浣溪沙》：“缓步金莲移小小，持杯玉笋露纤纤。”利登《绿头鸭》：“衬龙绡、亭亭玉树，步鸳褥、窄窄金莲。”管鉴《好事近》：“莲步绣鞋窄。”所描绘的美人不止步态轻盈，脚还要窄小，这显现出一种新的审美风尚。

另一个与鞋袜相关的典故是“凌波袜”。此典出自曹植《洛神赋》：“凌波微步，罗袜生尘。”唐诗中用这一典故，主要还是承袭了《洛神赋》的原意，形容美人步态的轻盈美好。如孟浩然《同张明府碧溪赠答》：“仙凫能作伴，罗袜共凌波。”李白《寄远十一首》其十一：“可惜凌波步罗袜。”刘禹锡《竞渡曲》：“彩旂夹岸照蛟室，罗袜凌波呈水嬉。”牛希济《临江仙》：“凌波罗袜势轻轻。”凌波袜也作为美人之袜的代称，如刘禹锡《马嵬行》：“不见岩畔人，空见凌波袜。”在宋代诗词中，“凌波袜”出现的频率更高，已成为常见的袜之美称：

醉里香飘睡鸭，更惊罗袜凌波。（黄庭坚《清平乐》）

盈盈微步凌波袜。（房舜卿《忆秦娥》）

凌波去，罗袜步蹁跹。（向滈《小重山》）

头绾堕马髻，脚衬凌波袜。（白玉蟾《妾薄命》）

值得注意的是，凌波袜与小足也开始联系在一起。如张孝祥《浣溪沙》：“倚竹袖长寒卷翠，凌波袜小暗生尘。”苏轼《菩萨蛮·咏足》：“涂香莫惜莲承步，长愁罗袜凌波去……偷穿宫样稳。并立双趺困。纤妙说应难。须从掌上看。”所描述的很显然是缠过的小足，词人将这样的小足与凌波罗袜的典故联系了起来。

从宋代“金莲”与“凌波袜”典故书写的变化可以看出，宋人对于女性足部的审美标准是以小为美。唐代已有欣赏小足的例子，《天香楼外史》谈到唐代教坊舞中的骨鹿舞，就是“用妓女足甚小妙者，于一小彩木毯上舞，纵横腾踏，两足终不离毯上”。但是这只是个别现象。普遍欣赏小足，是从宋代开始的，这与缠足之俗的兴起有关。关于缠足的历史，一般认为是始于五代时期。《南村辍耕录》载：

惟道山新闻云，李后主宫嫔窅娘，纤丽善舞，后主作金莲，高六尺，饰以宝物细带璎珞，莲中作品色瑞莲，令窅娘以帛绕脚，令纤小，屈上作新月状，素袜舞云中，回旋有凌云之态。……以此知札脚自五代而来方为之，如熙宁元丰以前人犹为者少。近年则人人相效，以不为者为耻也。

这是缠足之源较早的说法，也多为后人引证[①]。虽然学界也有一些不同观点[②]，但宋代已有缠足的现象是普遍的共识。我们从宋代留存的一些资料中也可以看到当时缠足的现象。南宋初，有一桩轰动朝野的风波——伪柔福帝姬事件。柔福帝姬是宋徽宗第二十女，在靖康之乱中被掳往北方，后回归，封为福国长公主，但不久又断为假冒而被诛。关于这位公主的传奇命运以及其中真真假假的情节，我们姑且不作太多考辨。宋罗大经在《鹤林玉露》中关于此事的一段记载，却颇堪玩味：

靖康之乱，柔福帝姬随北狩。建炎四年，有女子诣阙，称为柔福，自虏中潜归。诏遣老宫人视之，其貌良是，问以宫禁旧事，略能言仿佛，但以足长大疑之。女子颦蹙曰："金人驱迫如牛羊，跣足行万里，宁复故态哉？"上恻然不疑其诈，即诏入宫，授福国长公主，下降高世荣。

足之大小竟成为怀疑公主身份的唯一疑点，似乎有些不可思议。两人既然身形相仿，若是天然女子之足，大小自不会有明显的差异。可见，柔福帝姬是缠过足的，故而比同龄女子之足显得纤小。北京故

① 如李荣楣《中国妇女缠足史谭》："缠足为我国妇女特俗，自窅娘作俑，后世竞效，宋、元嘘其焰，明、清扬其波。"

② 如徐珂《天足考略·附录》认为缠足之俗起于唐代："缠足之事，起源于唐，滋蔓于宋，而大盛于元、明。若由唐以上溯前代，仅有一二为特殊之妆饰，不能以少数而概全体也。"高洪兴《缠足史》则认为，北宋初妇女尚未缠足，宣和年间缠足风俗有了一个较大发展，南宋妇女缠足较多，但在社会观念上未达到人人普及，且所缠小脚比后世要大。

宫博物院所藏《搜山图》和《杂剧人物图》中女子的脚都很纤小。宋车若水在《脚气集》中甚至曾直接感慨缠足给女性造成的痛苦："妇人缠脚，不知起于何时。小儿未四五岁，无辜无罪，而使之受无限之苦，缠得小来，不知何用？"一般来说，应当是一种风气比较普遍了，切实产生了不良的影响，才会有反对的声音。如果只是个别特例，不至于此出语。

但是宋代的缠足与明清时期的缠足是否相同，却歧见纷出。自元明清以至近代，大多数研究者将窅娘视为缠足的始作俑者，将五代及宋以来的缠足与后世的缠足等同起来。现代学者则多认为窅娘之缠足并非后世之三寸金莲，只是出于舞蹈需要，并没有折足变形[①]。如果我们从窅娘缠足的情境和效果考察，恐怕当时的缠足与明清时期的缠足确是不同的。窅娘缠足之后，舞姿更为优美，若是明清折足的缠法，行动自然不便，又如何能"回旋有凌云之态"？况且三寸金莲一般是自小开始缠的，窅娘已是成年，足部基本定型，若折足而缠，短期内也难以成功。因此，窅娘只是将足缠紧，以便立于莲上舞蹈。但是窅娘确是开了缠足的风气，宋代的缠足也与之不无关系。

《宋史·五行志》："理宗朝，宫妃束足纤直，名'快上马'。"束足，即缠足。但是只言足之纤直，而不言弯尖，可见并非后世将除拇

① 如高世瑜《缠足再议》认为，在宋代，缠足从舞蹈装饰变为女性日常生活装饰，但缠足只是缠紧缠小而已，并未发展到骨折变形的地步。且缠足只是被视为一种美的时尚和富贵的显示，并不是所有人都崇尚。王冬芳《中国妇女缠足之始的再探讨》认为，宋代缠足与后世的"三寸金莲"不同，不是幼女时开始缠足，不伤害自然脚，宋代的缠足是承李后主与窅娘之后唯美心态作用下的装饰。

趾外的四趾内折的缠法。其名曰“快上马”，可见对于行动并没有造成太大困难，反而可能因将脚缠得紧致而使行动更加利索。这与窅娘缠足使舞步更加精妙有异曲同工之妙。宋代诗词中形容鞋袜多喜用“窄”字，如“后房彩女弓鞋窄，持得金莲案上开”（王洋《以酒饷巯父蒙以绝句为谢因次韵并叙送行这意时欲往吴中二首》其一）、“脸儿美，鞋儿窄”（秦观《满江红》）、“袜儿窄剪鞋儿小”（向子諲《菩萨蛮》）、“纤鞋窄袜，红茵自称琵琶拍”（吕渭老《醉落魄》）、“衬玉罗悭，销金样窄，载不起、盈盈一段春”（刘过《六州歌头·美人足》）等，这说明宋代妇女是将脚缠得窄小纤直。通过宋代出土的文物，我们也可以得到窄足的印证。南京高淳花山宋墓出土的柿蒂纹罗鞋长 14.2 厘米，并逐步细窄收至鞋尖，鞋头翘起 6 厘米高，是典型的缠足妇女所穿的弓鞋。江西德安周氏墓出土的女鞋共 7 双，长 18 ～ 22 厘米、最宽处 5 ～ 6 厘米、高 3.5 ～ 4.5 厘米[①]。鞋长与天足差别不是很大，显然只是向窄的方向发展。可见，宋代妇女缠足是向紧窄的方向发展。缠足之后，行动往往不大受影响，如赵文《凤凰台上忆吹箫》：“疑是弓靴蹴鞠，刚一踢，误挂花间。”穿着弓靴还可以蹴鞠，显然足部的活动还是比较自如的。又如史浩《浣溪沙·夜饮咏足即席》：

珠履三千巧斗妍。就中弓窄只迁迁。恼伊划袜转堪怜。舞罢有香留绣褥，步余无迹在金莲。好随云雨楚峰前。

① 江西省文物考古研究所、德安县博物馆《江西德安南宋周氏墓清理简报》，《文物》1990 年第 9 期，第 5 页。

能有如此美妙灵活的舞步，应该便是足部变形不甚严重的窄瘦缠法。这种缠法到元代仍然可见。河北鸽子洞元代窖藏出土的白绫绣花尖翘头女鞋，通长 22.3 厘米、底长 21 厘米、后跟最宽处 4.7 厘米、前脸长 2 厘米、脚尖宽 2.5 厘米、后帮高 4.8 厘米；另一双茶绿绢绣花尖翘头女鞋，通长 22.5 厘米、底长 21.5 厘米、后跟最宽处 5.5 厘米、前脸长 2.4 厘米、后帮高 4.7 厘米[①]。直至清代，旗人女子缠足也有类似做法，清旗女缠足，但求窄瘦，不求弓小，名曰“刀条儿”。

至于缠足的尺寸，在宋代并没有严格的标准。贺铸《换追风》：“掌上香罗六寸弓。”六寸长的足翩然起舞，显然不能算是小足，很可能只是运用了窄瘦的缠法，使足部更加紧致，适于舞蹈而已。但是，宋代也有将足缠小的。王之望《好事近》：“弓靴三寸坐中倾，惊叹小如许。”三寸金莲是明清时的标准尺寸，但在宋代却引来惊叹，说明三寸小足在当时已是很小的了。宋代诗词中对于女子足部尺寸的描写多在三、四寸间：

> 脚上鞋儿四寸罗。（秦观《浣溪沙》）
> 稳小弓鞋三寸罗。（赵令畤《浣溪沙》）
> 四寸鞋儿莲步小。（欧阳澈《玉楼春》）
> 三寸袜痕新紧。（刘辰翁《如梦令》）

宋代一寸约为 3 厘米左右，那么三、四寸大约就是 9 ～ 12 厘米之间，这样的长度比之瘦而窄的缠法无疑小很多。福州黄昇墓出土的六

---

① 隆化县博物馆《河北隆化鸽子洞元代窖藏》，《文物》2004 年第 5 期，第 10—11 页。

双女鞋，平均长度为13.3～14厘米，宽4.4～5厘米，高4.5～4.8厘米，死者脚上还裹着210厘米长的裹脚布。这说明，在宋代确实是出现了将脚缠小的缠足法。这种缠法使得足部变形更甚，因此缠足后行动不便。我们可以看到，在宋代的文学作品中常有脚疼走不动路的女性形象。辛弃疾《唐多令》："凤鞋儿、微褪些根。忽地倚人陪笑道，真个是、脚儿疼。"卢炳《少年游》："鞋小步行迟。"仇远《琐窗寒》："游剧归来，恨汗湿酥融，步悭袜窄。"《错斩崔宁》中的小娘子，出门"行不上一二里，早是脚疼走不动"。虽然当时不一定都要缠成三寸大小，但女性足部还是备受摧残，以至行路艰难。

当然，宋代并不是所有女性都要缠足。特别是对于劳动妇女而言，天足更便于从事生产劳动。苏轼《于潜女》："青裙缟袂于潜女，两足如霜不穿屦。"可以赤足而行的女子自然是没有缠足的。至于那些不为生计发愁的女性，也有保持天足的自由。姜夔《鹧鸪天》："笼鞋浅出鸦头袜，知是凌波缥缈身。"笼鞋是一种可以露出脚趾的鞋子，鸦头袜的拇指与其他四指分开，这种强调脚趾的鞋袜自然不适合缠足者。还有靸鞋，类似于拖鞋，《南村辍耕录》说靸鞋是"妇女非缠足者，通曳之"。

但是，不可否认，缠足成为宋代社会的一种时尚。特别是到了南宋，妇女缠足已较为普遍。明杨慎《升庵诗话》云："南渡始妓女窄袜弓鞋如良人矣，故当时有'苏州头，杭州脚'之谚。"可见，缠足的潮流已经从最初的宫廷及贵族妇女中普及到民间。宋代兴起的对于女性之足的狂热癖好显示出当时对于女性身体审美的新变。《少室山房笔丛》云："古言妇人弓腰而不言弓鞋，言纤指而不言纤足。"在宋代诗词中，对于足部乃至鞋袜的书写却颇为常见，社会上也普遍以足作为女性审美的标准之一。宋章惇说：“近世有古所不及者三事，洛花、建茶、妇人脚。”宋赵令畤《侯鲭录》中也提到：“京师妇人装饰与脚皆天下所不及。”可见，足部已成为品评妇女的重要指标之一，甚至可以说是女性美最显著的特征。

女子之足为何在社会风气颇为开放的唐代受关注程度反不如趋于内敛的宋代？以现存作品来看，对于女性之足和鞋袜的描写在宋词中出现尤多，这与词体的特性有一定关系。诗、词、文是宋代文学的主流文体，就创作者而言，士大夫取代了唐以前的贵族，成为最主要的创作群体。内藤湖南在分析了唐宋转型进程中文学的变化后指出：“文学曾经属于贵族，自此一变成为庶民之物。”[①] 宋代科举仕进的机会向庶族士大夫与平民阶层公平地开放，从士大夫到普通平民都从原先的贵族政治下获得了解放。随着人的解放，人的独立性与自由感也被激发出来，人性得以彰显，个性得以释放。在这样的社会背景下，词体作为标志性的文学体裁，正迎合了人性觉醒的需求，满足了私人感情的宣泄。词体从诞生的初期就与诗体有了功用上的分化，一言情，一言志。于是很多文人士大夫在诗文中表现忧国忧民的情怀和谦谦君子的风度。而放荡的私生活如歌舞宴乐、狎妓冶游等，便借助于词体来表现，词也因此得到“艳科”之名。《青箱杂记》中说，宋代士大夫把词作为寄托私密感情的文体，“所谓正人端士者，亦皆有艳丽之词”。一代名公欧阳修所作的小词就有不少香艳露骨之处。因足

① ［日］内藤湖南《概括的唐宋时代观》，见刘俊文主编，黄约瑟译《日本学者研究中国史论著选译》第1卷，中华书局，1992年，第17页。

部的敏感性和私密性，具有某种色情的意味，附于其上的鞋袜则能轻易挑动起男性的欲望，而不忌讳言情的宋词正好为这种描写提供了滋长的土壤。词体表现内容和情感的私密化，使得其对女性的描写更为丰富，也更为大胆，对于足部的关注便可说是词体的新开拓。虽然前代亦有相关描写，但与宋词中相比，无论是数量之密集还是笔法之多样，恐皆有所不及。日本学者田森襄在《词曲所表现的女性美——特以仕女图为媒介》一文中通过仕女画与词曲的比对得出结论：古代的中国女性，只能看到手指和胸口一段，到足下为止整个地用衣裳遮掩住了，故而划袜成为表现肉感对象的方式之一。其实，在宋词中，鞋袜描写也正是因为可以带来这种妖艳违礼的快感而为男性词人们所津津乐道。

宋代男性对女性的小足是充满欣赏的，窄和小已经成为公认的美足标准，他们对缠足也基本是持一种欣赏的态度。有宋一代，反对缠足的声音寥寥无几。这种情形的出现源于宋代男性对于女性的审美心态。伊霈霞分析这种状况道："缠足给女人身体带来的改变不是局部的，还牵扯到整个体态。她将很少走动，尽量坐着而不站着，留在家里而不外出。由于活动变少，她的身体变得软绵绵，而且总是无精打采的。从诗词里我们知道，对于男人来说，慵懒、不快乐、怀着思怨的美人，是很有吸引力的。女人变得更小、更软、更不爱动、更提不起精神，当然会衬托出男性的强壮、结实和好动。"① 宋代是典型的文官体制社会，士大夫是社会的中坚力量。当文弱的士大夫们欣赏着比他们更为软媚的女性，自然会有一种强势和征服的喜悦。而以吸引他

① ［美］伊霈霞《内帏——宋代的婚姻和妇女生活》，江苏人民出版社，2004年，第36页。

们为目的的女性自然会认同他们的审美标准，不惜忍痛缠足。宋代缠足之风越来越盛，与文人士大夫欣赏柔弱的审美心态是有很大关系的。这种心态从本质上说，是对于性别意识的一种强化。安德里亚·德沃金说："缠足是一个显著的标志。缠足不是强调而是创造了男女之间的差别，然后这些差别就可以以道义的名义永存永续了。"[①] 后世这种观念越来越重，甚至直言缠足就是为了将女性限制于室内。元伊世珍《瑯環记》："吾闻圣人立女而使之不轻举也，是以裹其足，故所居不过闺阁之内，欲出则有帏车之载，是以无事于足也。"又如清贺瑞麟《改良女儿经》："为什事，裹了足？不因好看如弓曲；恐她轻走出房门，千缠万裹来拘束。"[②]

宋代对女性身体审美的变化带来了文学书写的新变。男性由对足的痴迷进而发展为对鞋袜的关注，使之成为表现女性美的重要方式之一，而且成为更具暧昧含义的意象。宋词中善于通过鞋袜展现女性美，营造出一种香艳的意境。秦观《品令》："帘儿下时把鞋儿踢。语低低、笑咭咭。"隔着帘帷只看到一双鞋儿来回踢踏，伴着娇俏的笑语，帘内人的神韵已跃然纸上，这比直接描写一个美人的容貌更加诱人。吕渭老《蝶恋花》："逐伴强除眉上恨。趁蝶西园，不觉鞋儿褪。醉笑眼波横一寸。微微酒色生红晕。"花间扑蝶，鞋儿掉了亦未察觉，却原来是醉酒后的情态。李石《出塞》："睡起栏干凝伫。漠漠红楼飞絮。刬踏袜儿垂手处。隔溪莺对语。"睡眼惺忪的女子，连鞋子也不

① 李小江等《主流与边缘》，生活·读书·新知三联书店，1999 年，第 244 页。

② 贺瑞麟《改良女儿经》，见苏者聪选注《中国历代妇女作品选》，上海古籍出版社，1987 年，第 497 页。

愿去穿，只着罗袜倚栏垂手，也是一幅别致的美人图。在宋词中，我们还可以看到以女性之鞋行酒的场景，如贺铸《渔家傲》：“莫厌香醪斟绣履，吐茵也是风流事。”杨无咎《蝶恋花·曾韵鞋词》：“掌上细看才半搦，巧偷强夺尝春酌。”这种风气在后世愈演愈烈。元代杨维桢即好用妓鞋行酒，《南村辍耕录》言其“耽好声色，每于筵间见歌儿舞女有缠足纤小者，则脱其鞋，盏以行酒，谓之金莲杯”。清方绚还有一篇专写妓鞋行酒的《采莲船》，开篇就说：“春秋佳日，花月良宵，有倒屐之主人，延曳裙之上客。绮筵肆设，绣幕低垂；绿蚁频量，红裙隅坐。绝缨而履舄交错，飞觞则香泽微闻。”以妓鞋行酒，是为了闻香气，这欣赏趣味几于病态。明清时期，描写对于小脚痴迷的作品更多，如唐寅《排歌》：“第一娇柔娃，金莲最佳，看凤头一对堪夸；新荷脱瓣月生芽，尖瘦帮柔满面花。从别后不见她，双凫何日再交加？腰边搂，肩上架，背儿擎住手儿拿。”梁清标《沁园春·美人足》：“锦束温香，罗藏暖玉，行来欲仙。偏帘栊小立，风吹倒褪，池塘淡伫，苔点轻弹。芳径无声，纤尘不动，荡漾湘裙月一弯。秋千罢，将根儿慢拽，笑倚郎肩。登楼更怕春寒，好爱惜相偎把握间，想娇憨欲睡，重缠绣带；蒙腾未起，半落红莲。笋印留痕，凌波助态，款款低回蜜意传。描新样，似寒梅瘦影，掩影窗前。”这些与宋词中“鞋褪倚郎肩”（吕渭老《生查子》）、“掌托鞋儿，肩拖裙子”（杨无咎《夜行船》）、“纤妙应难说，须从掌上看”（苏轼《菩萨蛮》）之类的描写是一脉相承的。明清时的大足妇女常常成为被嘲笑的对象，如明薛论道在《嘲大脚妓》中写道：“粗如木棒，硬似钉镢，早知一生被他累，何不当时去半截？”清余怀《板桥杂记》就说一位叫顾喜的妓女“双趺不纤妍，人称为顾大脚”。不缠足的女性被歧视至此，可见中国女性的身体审美已走入畸形的境地。陈微尘在为姚灵犀的《采菲录》所作序中曾说：“中国人最贻笑世界，被人称为半开化民族，缠足一事实为厉阶，几令人无辞以自解。”我们了解了缠足的历史后，或可理解为何这种变态的审美观念会自宋代肇端后沿袭近千年。

中编　器用居处篇

第五章　妆镜

镜子是人们用以照面饰容的日常用品。在远古，先民们以日水为鉴，后又发明了铜镜。《诗经·邶风·柏舟》曰："我心匪鉴，不可以茹。"宋玉《九辩》言"今修饰而窥镜兮，后尚可以窜藏"，将"镜"引入文学作品。此后，镜子在漫长的历史发展过程中意义不断丰富。从王度《古镜记》中能辟邪镇妖的古镜到《红楼梦》中专治邪思妄动之症的风月宝鉴，从能照人心胆的秦镜[①]到唐太宗"以古为镜，可以知兴替；以人为镜，可以明得失"的譬喻，从《道德经》中的"涤除玄鉴"到庄子的"用心若镜"，从神秀、惠能关于明镜的偈语[②]到南岳怀让禅师的磨砖成镜之譬[③]，镜子衍生出众多的意蕴，但皆本于明镜鉴形的基本特征，正如《淮南子·原道训》中所描述的："夫镜水之与形接

---

① 《西京杂记》："高祖初入咸阳宫，周行库府，金玉珍宝，不可称言。……有方镜，广四尺，高五尺九寸，表里洞明。人直来照之，影则倒见；以手扪心而来，则见肠胃五脏，历然无碍；人有疾病在内，则掩心而照之，则知病之所在；又女子有邪心，则胆张心动。秦始皇常以照宫人，胆张心动者则杀之。"

② 神秀偈曰："身是菩提树，心如明镜台。时时勤拂拭，莫使有尘埃。"慧能偈曰："菩提本无树，明镜亦非台。佛性常清净，何处有尘埃。"又偈曰："心是菩提树，身为明镜台，明镜本清净，何处染尘埃。"

③ ［南唐］静、筠禅僧编，张华点校《祖堂集·怀让传》："让和尚将砖去面前石上磨。马师问：'作什么？'师曰：'磨砖作镜。'马师曰：'磨砖岂得成镜？'师曰：'磨砖尚不成镜，坐禅岂得成佛也？'"

也，不设智故，而方圆曲直弗能逃也。”镜子利用光的反射真实再现美丑妍媸，这种在形与影的交错中蕴含深意的特点亦深受诗人的喜爱。

第一节　唐宋诗词中妆镜概述

苏轼曾在《书吴道子画后》中说：“君子之于学，百工之于技，自三代历汉至唐而备矣。”在手工业技艺方面，唐代的确发展到了一个新的高度。仅就唐代的铜镜而言，其在继承了汉魏铸造工艺和文化传统的基础上，又广泛吸收了边疆民族及外域的艺术成就，从而形成了创意丰富、装饰精美、做工细腻的独特风格，具有很高的审美品位。何堂坤编著的《中国古代铜镜的技术研究》一书梳理古代铜镜的发展情况时，对唐代铜镜做了这样的定位：“到了隋唐，我国铜镜进入了中兴期，或叫第二次繁荣期（笔者按：相较于汉代的繁荣期和魏晋南北朝的中衰期），铜镜的产量、质量和镜背纹饰都发展到了一个新的高度。”

唐代的妆镜从造型上看，比之前代更为丰富。它突破了传统铜镜的圆、方形式，发展出八棱、菱花、八弧、四方委角、海棠花等多种式样，使得妆镜的造型活泼而美观。唐代的妆镜在规格上也相当齐备，“唐镜的直径或边长多在十至二十厘米之间，也有大到四十厘米以上，小仅四厘米左右的”①。唐传奇《马待封》描绘了马待封为皇后所造的镜台：“待封又为王皇后造妆具，中立镜台，台下两层，皆有门户。后将栉沐，启镜奁后，台下门开，有木妇人手执巾栉至，后取已，木人既还。至于面脂妆粉，眉黛髻花，应所用物，皆木人执，相继而

① 尚刚《唐代工艺美术史》，浙江文艺出版社，1998年，第203页。

至，亦取毕即还，门户复闭。……其妆台金银彩画，木妇人衣服装饰，穷极精妙焉。”如此精致配套的妆镜组合，可见当时精湛的制作工艺。唐代的小镜亦是工艺精良，且由于携带方便，为女性所青睐。唐裴铏《昆仑奴》中的红绡妓胸前就佩有小镜子。能够佩戴在胸前，可见形制当是小巧的。唐代妆镜在制作工艺上也不断翻新，金银平脱，螺钿镶嵌，贴金银、铅花，镶银壳等新的工艺令唐代的妆镜更为富丽堂皇。

唐代妆镜的装饰图案也是丰富多彩、别具一格的。其风格一洗汉魏六朝镜拘谨板滞之态，而作流畅华丽之姿，显得自由活泼，大方美观，富于变化。从取材来看，唐镜的装饰图案屏弃了汉魏以来神秘板重之神话模式，而偏重于自由写实或故事，珍禽异兽、花鸟鱼虫、神话传说、历史典故皆成为唐代铜镜的表现范围，从而使唐镜趋于世俗。唐代初期，铜镜的主题纹饰以瑞兽为主，造型活泼。瑞兽葡萄纹镜堪称代表，它以高圈浮雕葡萄为主题，间饰海兽、雀鸟、蜂蝶和花草，纹饰华丽而繁缛。唐中期，铜镜的纹饰格调新颖，题材广泛，花鸟镜尤其风靡一时，在唐诗中就有反映，如薛逢《追昔行》“嫁时宝镜依然在，鹊影菱花满光彩”，刘元叔《妾薄命》“飞鹊镜前妆梳断”，李白《代美人愁镜二首》其一“明明金鹊镜，了了玉台前”，崔颢《杂诗》“可怜青铜镜，挂在白玉堂。玉堂有美女，娇弄明月光。罗袖拂金鹊，彩屏点红妆。妆罢含情坐，春风桃李香”。这些诗句皆应指雀绕花枝镜，西安郭家滩开元二年墓即出土有圆形、圆钮的此种镜。而这种雀绕花枝镜最为典型的样式是菱花形、圆钮，绕钮雀鹊同向排立，间以蜂蝶花枝，缘饰亦有蜂蝶、翔鹊、流云等。还有以凤为图案的妆镜，王建《老妇叹镜》：“嫁时明镜老犹在，黄金镂画双凤背。”此种双凤镜当是对鸟镜的一种。龙纹镜在唐代十分流行，许多唐诗中都有诵颂，如孟浩然《同张明府清镜叹》“妾有盘龙镜，清光常昼发”、李白《代美人愁镜二首》其二“美人赠此盘龙之宝镜”、张说《咏镜》“宝镜如明月，出自秦宫样。隐起双蟠龙，衔珠俨相向”、白居易《感镜》“照罢重惆怅，背有双盘龙”、《百炼镜》“背有九五飞天龙”、席豫《奉和敕赐公主镜》“令节颁龙镜，仙辉下凤台”等诗句就可证明。唐代的盘龙镜以葵花形居多，大多素缘，只饰一条盘龙。此外，写实的人物镜，如打马球镜、狩猎镜等，在这一时期也相当流行。唐代后期，铜镜的纹饰趋于简单、粗拙，失去了盛唐铜镜富丽堂皇的风格。这时，含有宗教色彩的纹饰盛行，有道教意味的纹样以八卦为主纹，配以符篆、星象、干支；佛意为吉祥万德之所集的“卍”字标志也被用作纹饰。

唐代铜镜上的铭文也极有特色，字体多为正楷，字形廓大清晰，表现出瑰丽华美的姿态，富有浓郁的时代气息。唐镜铭文与隋镜有其划时代的一脉相承的作风，几乎一律是四字或五字骈体文铭。《全唐诗续拾》即收有一组唐代镜铭，可见其语言之精致优美。就内容而言，大多仍是摹写夸赞妆镜的功能，如“玉匣聊开镜，轻灰暂拭尘。光如一片水，影照两边人”“美哉圆鉴，览物称奇，雕镌合矩，镕洗应规，仙人累莹，玉女时窥，恒娥是埒，服御攸宜”“团团宝镜，皎皎升台。鸾窥自舞，照日花开。临池似月，睹儿娇来”“照日菱花出，临池满月生，官看巾帽整，妾映点妆成”“炼形神冶，莹质良工，如珠出匣，似月停空，当眉写翠，对脸传红，依窗绣幌，俱含影中”。

唐代铜镜的产地在唐诗中也有反映。白居易《百炼镜》：“百炼镜，镕范非常规，日辰处所灵且祗。江心波上舟中铸，五月五日日午时。琼粉金膏磨莹已，化为一片秋潭水。镜成将献蓬莱宫，扬州长吏手自封。人间臣妾不合照，背有九五飞天龙。”扬州实为唐代最著名的铜镜铸造地，它与并州（今山西太原南）是当时两大贡镜产地。《新唐书·地理志》记载：“扬州广陵郡，大都督府。……土贡：金、银、铜器，青铜镜……”《旧唐书·韦坚传》记载：“……若广陵郡船，即于袱背上堆积广陵所出锦、镜、铜器、海味。”唐李肇《唐国史补》载：“扬州旧贡江心镜，五月五日扬子江中所铸也。或言无有百炼者，或至六七十炼则已，易破难成，往往有自鸣者。”《旧唐书·德宗上》记载：唐德宗大历十四年六月己未，曾下令罢“扬州每年贡端午日江心所铸镜”。扬州除了贡奉铜镜外，也是铜镜的重要市场。韦应物的《感镜》有言：“铸镜广陵市，菱花匣中发。”张籍《白头吟》有言：“扬州青铜作明镜，暗中持照不见影。”这些诗句表明扬州铜镜的使用是很普遍的。从扬州出土的唐代铜镜来看，其纹饰主要有动植物、铭文及人物故事两类，镜钮有半圆钮、兽钮、弓钮三种①。品种多，制作精，纹饰富丽。可以说，扬州铜镜最能代表唐代妆镜的生产水平。

铸镜业的繁荣使得铜镜广泛普及，介入到唐代人生活的方方面面。“千秋镜”就是这一时期独特社会现象的反映。如李隆基《千秋节赐群臣镜》言：“铸得千秋镜，光生百炼金。分将赐群后，遇象见清心。台上冰华澈，窗中月影临。更衔长绶带，留意感人深。”张说《奉和圣制赐王公千秋镜应制》言：“宝镜颁神节，凝规写圣情。千秋题作字，长寿带为名。月向天边下，花从日里生。不承悬象意，谁辨照心明。”这

① 周欣、周长源《扬州出土的唐代铜镜》，《文物》1979年第7期，第53—58页。

是专为千秋节而作。《旧唐书·玄宗上》载:“(开元十七年)八月癸亥，上以降诞日，宴百僚于花萼楼下，百僚表请以每年八月五日为千秋节，王公已下献镜及承露囊……”又有“(开元十八年)八月丁亥，上御花萼楼，以千秋节百官献贺，赐四品已上金镜……”，千秋节便成为唐代互相馈遗镜子的节日。除却此种公开的意义，镜子在私人生活中也经常显现出特别的作用。乐昌公主在战乱之际与丈夫徐德言分离，两人各执破镜一半，约为日后相见的信物，后来果然凭此镜夫妻团圆，“乐昌分镜”的典故也从此广为流传。《昆仑奴》中的红绡妓还巧妙地以小镜子向崔生暗示相约的时间。《开元天宝遗事》载:“长安城中每月蚀时，即士女取鉴向月击之，满郭如是，盖云救月蚀也。”此外，唐代还有许多关于镜子的传说，如宋璟镜影成“相”字、元稹烹鲤得镜等。可见，唐代的镜子在用于修饰仪容之外，已经广泛融入到社会文化生活之中。

相较于唐代，宋代的铸镜工艺已逐渐趋向衰落，尤其是到了南宋。沈从文《古代镜子的艺术特征》:“制镜工艺事实上到南宋时已明显在衰落中……一般家常镜子，重实用而不尚花纹。在湖州、饶州、临安著名全国的‘张家’‘马家’‘石家念二叔’等等店铺所作青铜照子，通常多素背无花。只在镜背部分留下个出售店铺图记。一般情况且系就铜原料生产地区，由政府设‘铸鉴局’监督，和铸钱局情形相似，用斤两计算成本，三百十文一斤。镜工艺术水平低落是必然的。私人铸造虽然还不断创造新样子，却受当时道学思想影响，形态别扭，纹样失调，越来越枯燥无味。”宋代的铜镜多注重实用，形状仍以圆形为主，亦有方形、弧形、菱形以及带柄等多种形式，在宋代诗词中有所反映。袁甫《和晋斋兄韵三首》其二:“试将圆镜当空照,始识庐山面目真。”石孝友《丑奴儿》:“菱花镜里桃花笑,清影团团。”苏轼《数日前梦一僧出二镜求诗,僧以镜置日中,其影甚异,其一如芭蕉,其一如莲花,梦中与作诗》:“君家有二镜,光景如湛卢。或长如芭蕉,或圆如芙蕖。”花卉镜、龙纹镜、禽鸟纹镜、神仙人物故事镜、八卦镜、吉祥铭文镜、素镜等依然是铜镜的基本类型。花卉镜是宋代铜镜中最为突出的镜类之一,主题纹饰多缠枝纹。不少有纪年的宋墓,在随葬品中出土了各种花卉镜,如湖北麻城北宋徽宗政和三年墓、陕西丹凤县徽宗宣和元年墓、江苏南宋高宗绍兴元年墓都有出土。龙辅《镜》:“徐淑古铜镜,背多青绿花。”钱惟演《木兰花》:“情怀渐变成衰晚,鸾鉴朱颜惊暗换。”莫将《独脚令》:“绛唇初点粉红新,凤镜临妆已逼真。”丁谓《镜》:“外写龙鸾质,中含日月辉。”张玉娘《青鸾镜》:“云奁初展晓光寒,幽思重重独舞鸾。自是伤秋怜瘦影,不惭彩笔写春山。”这些诗词描绘的都是铜镜上的纹样。尤其需要一提的是素镜,即镜背无任何纹饰及铭文,宋墓出土素镜较多,形制有圆形、方形、四方委角形、有柄形及葵花形,多为小钮。

第二节　览镜的他者

镜子天生是女性的宠物。“女性生命事件以私人性(家庭性)活动为主要线索”[①],因此女性比男性更加重视自己的细节,尤其是容貌,

① 魏国英《女性学概论》,北京大学出版社,2000年,第73页。

从而使她们因相貌而产生的满足感远胜于男性。但是她们的自信感又不如男性，于是在生活中更频繁地照镜。且在古代社会，“女子既须依男子以为生，甚或专供为玩物，自不得不修饰雕斫以取悦男子”[①]。而镜子因其可以照容，是她们妆饰过程中不可或缺的帮手。唐代铸镜业的发达和唐代女性追求美丽时尚的热情，共同致使唐代女性览镜形象丰富多彩。1955 年西安王家坟唐墓出土的三彩梳妆女俑即左手持镜照面，右手伸指装点。

在唐诗中，镜前女性的形象也是千姿百态、异彩纷呈。笔者通过对《全唐诗》进行电子检索，发现提到“镜”的诗有约 1600 首，既表现出唐代镜子的工艺特色，又寄寓了诗人的思想情感。在这些有关镜的诗作中，览镜是一种重要的表现方式。在日常生活中，镜子虽然是男女通用的，但其与女性的关系似乎更为密切。女性由于重视修饰容貌的缘故，妆镜是其生活中必不可少的一部分，她们比男性更频繁地使用镜子鉴容修貌。因此，览镜逐渐成为一种带有女性化色彩的行为。女性临镜而照的形象也演化成表现女性气质的象征。因此，唐诗中的女性有相当一部分是流连于妆镜之前的。通过对唐诗中这一独特形象的梳理，可寻绎男性在塑造女性形象和自身形象时的不同心态以及镜喻模式的特征。

唐诗中的女性览镜形象主要有以下四类：

第一类是精心梳妆、娇媚动人的形象。对镜理妆是女性经典的览镜形象，东晋顾恺之的《女史箴图》描摹的就是女子镜前梳妆的形象。正值花样年华的女子对美之追求尤为热情，她们镇日对镜傅粉、扫眉、

① 陈东原《中国妇女生活史》，商务印书馆，1998 年，第 60 页。

点唇、贴花钿、梳新髻，于是镜中就出现了一个个光彩照人的美人：

> 朝来临镜台，妆罢暂裴徊。（徐贤妃《进太宗》）
>
> 忆事临妆笑，春娇满镜台。（梁锽《狷氏子》）
>
> 双鸾开镜秋水光，解鬟临镜立象床。一编香丝云撒地，玉钗落处无声腻。（李贺《美人梳头歌》）
>
> 清晨对镜冶容色，意欲取郎千万金。（施肩吾《襄阳曲》）
>
> 两脸夭桃从镜发，一眸春水照人寒。（崔珏《有赠》其二）
>
> 新妆对镜知无比，微笑时时出瓠犀。（权德舆《杂兴五首》其四）

这些形象或精致华丽，或清纯可爱，一颦一笑间尽显女性妩媚动人之处。她们是唐诗中唯一以常态美示人的照镜形象，是唯一通过镜子塑造的追求美的形象。在这类形象中还有一个特殊群体，她们经历了长久的离别，终于盼到团圆的日子，喜不自禁，激动地拿起或许已经蒙尘的铜镜细细梳妆，镜中的她们洋溢着幸福的笑容。佚名《叹疆场》："闻道行人至，妆梳对镜台。泪痕犹尚在，笑靥自然开。"梁锽《代征人妻喜夫还》："千日废台还挂镜，数年尘面再新妆。"温庭筠《春日》："美人鸾镜笑，嘶马雁门归。"大团圆的模式给镜子增添了喜庆的意义，也使得照镜形象沾染上喜剧色彩。

第二类是慵懒无力、心不在焉的形象。"女为悦己者容"，一旦悦己者不在身边，心灰意懒、倦于妆奁也是自然之事。李频《古意》："凤箫抛旧曲，鸾镜懒新妆。"鱼玄机《和人》："宝匣镜昏蝉鬓乱，博山炉暖麝烟微。”李冶《得阎伯钧书》：“情来对镜懒梳头，暮雨萧萧庭树秋。”戎昱《古意》：“女伴朝来说，知君欲弃捐。懒梳明镜下，羞到画堂前。”这些独守空房的女子一个个云髻半偏，花冠未整，慵困不堪，只能与镜中人无言相对。施肩吾《收妆词》：“斜月胧胧照半床，茕茕孤妾懒收妆。灯前再览青铜镜，枉插金钗十二行。”美人倒是严妆，但镜中依然是娇懒无助的眼神。这样的照镜形象虽不及前一类美艳，却另有一番风韵，更加惹人怜惜，是一种散发着淡淡哀愁的随意之美。有些深谙此况的女子甚至专门画一种“慵来妆”，薄施朱粉，淡扫蛾眉，将头发弄得卷曲蓬松，刻意造成这种倦慵的效果。

第三类是愁肠百结、红颜憔悴的形象。此类形象较上一类蕴含着更深沉的悲哀，她们为情所苦，已不仅仅是粗服乱头，更是心力交瘁。古代描写思妇怨女的作品为数不少，但通过对镜的形象来写似乎更增添了自怨自怜的悲剧色彩。如：

> 小胆空房怯，长眉满镜愁。（常理《古离别》）
>
> 窥镜不自识，别多憔悴深。（李白《自代内赠》）
>
> 自怨愁容长照镜，悔教征戍觅封侯。（李频《春闺怨》）
>
> 夕望层城眼欲穿，晓临明镜肠堪绝。（张窈窕《赠所思》）

满镜愁容已是不堪，更有甚者，对镜泪眼婆娑，潸然不止。如：

> 看花情转切，揽镜泪如泉。一自离君后，啼多双脸穿。（《石州》）
>
> 对镜便垂泪，逢人只欲啼。（李白《江夏行》）

卿卿忍相问，镜中双泪姿。（李贺《出城》）

啼粉流清镜，残灯绕暗虫。（元稹《会真诗三十韵》）

第四类是韶华已逝、容老色衰的形象。衰老是不可抗拒的自然现象，但是女子一旦青春逝去，那是比男性满头华发更为可怕的事。色衰在一定程度上意味着爱弛，《韩非子·备内》："丈夫年五十而好色未解也，妇人年三十而美色衰矣；以衰美之妇人事好色之丈夫，则身死见疏贱。"由此导致女性的恐慌心理和对衰老的戒惧，偏偏镜子并不懂得怜香惜玉，会如实反映出美貌的凋零。于是她们便"十年不开一片铁，长向暗中梳白发"（王建《老妇叹镜》），因此这一类镜中形象为数不多，但其境遇却最为凄惨：

妾有盘龙镜，清光常昼发。……愁来试取照，坐叹白发生。（孟浩然《同张明府清镜叹》）

明明金鹊镜，了了玉台前。……红颜老昨日，白发多去年。铅粉坐相误，照来空凄然。（李白《代美人愁镜二首》其一）

婵娟本家镜，与妾归君子。……华发一欺人，青铜化为鬼。（鲍溶《旧镜》）

自悲临晓镜，谁与惜流年。（杜牧《代吴兴妓春初寄薛军事》）

欲下丹青笔，先拈宝镜寒。已经颜索寞，渐觉鬓雕残。（薛媛《写真寄夫》）

仰愧弹冠上华发，多惭拂镜理衰容。（李冶《恩命追入留别广陵故人》）

女性诗人多用此类形象自伤身世，而男性诗人多用此类形象托兴自我遭际。镜中人通过镜子见证着人物的命运，见证着诗人苦不堪言的内心世界。

唐诗中的抒情主人公并非只对着精致的铜镜自怜自叹，他们也会以最原始的鉴形工具——水，来照容览貌。如孟浩然《春意》：“照水空自爱，折花将遗谁？”李白《采莲曲》：“日照新妆水底明，风飘香袂空中举。”水没有铜镜厚实的物质感，因此出现在诗中更加空灵，如果把对镜照容比作一幅细致的工笔画，那么临水鉴形就是一幅写意画，充满自然的律动。但是水与镜的作用是相同的，都是现其形容，抒其胸臆。

宋代诗词中的览镜形象沿袭了唐代的特征，不同的是，由于词体的繁荣，宋诗中多为男性览镜形象，而宋词中多为女性览镜形象。虽然宋代的铸镜工艺并不发达，但是妆镜作为女性日常生活中的重要物事，依然频繁出现在文艺作品中。宋人所绘《半闲秋兴图》中即有览镜女性的形象，诗词中亦频频出现：

琼酥酒面风吹醒。一缕斜红临晚镜。（晏几道《玉楼春》）

舞鸾镜里早妆初。拟学画眉张内史，略借工夫。（李之仪《浪淘沙》）

小窗前，疏影下。鸾镜弄妆初罢。（向子諲《更漏子》）

断肠时、至今依旧。镜中消瘦。（黄庭坚《忆帝京》）

玉台清镜，泪淹妆薄。（贺铸《忆秦娥》）

青丝结晓鬟，临镜心情懒。（周紫芝《生查子》）

清镜照新妆，巧画一双眉黛。（吕渭老《如梦令》）

对清镜、无心忺梳裹，谁问着、余酲带宿。（杨无咎《阳春》）

鸾镜愁添眉黛，罗裙瘦减腰肢。（李石《乌夜啼》）

无论是对镜新妆，还是慵懒、憔悴，可以看出，女性览镜的类型基本不出唐代之囿。

照镜子可以说是在画一幅自画像，从中看到自己的真实面貌，是对自我形象的客观检验。在唐宋诗词中，众多照镜的女子形象大部分是男性诗人模拟女性的口吻创作出来的，只有少数是女性自作。女性写镜台之事，自娱色彩往往大于功利色彩，正如胡明在《关于中国古代的妇女文学》一文中指出的："纵观中国古代妇女的文学作品，在她们的生存环境并不太恶劣时，更多的主题便是床帷绣幌、银烛妆台、窗头明月、园中落花、云里孤雁、青丝脂泪。生活内容的苍白枯乏决定了她们不痛不痒的闺阁况味，也决定了她们附风弄雅的审美趣味。"照镜形象是她们对自身生活状态的直接或间接描摹，至多借此流露出她们不自信的心态和对不可把握的未来命运的迷惘无奈。男性描写女性照镜时的情况就不一样了。一方面，男性诗人笔下的女性形象包含着男性的欲望，融入了男性对女性的理想，在潜意识中，他们是站在欣赏者的角度来描写女性的，那些美艳动人、顾盼神飞的唯美形象体现了男性诗人对女性的一种要求和向往，自然多姿多彩；另一方面，男性借着"性别面具"（gender mask）[①] 的掩饰，不仅能够体验女性的心境，丰富创作的视野，而且可以公开道出自己隐秘的内心世

① "性别面具"（gender mask）指男性通过虚构的女性声音所建立起来的托喻美学。参见孙康宜《性别的困惑——从传统读者阅读情诗的偏见说起》，《近代中国妇女史研究》第6期，1998年8月，第113页。

界。那些思妇怨女的镜前形象与其说是为了渲染女性的不幸遭遇，不如说是自己政治处境或人生际遇的真实画像，诗人可以隐匿于其间尽情发挥。

第三节　镜喻的特征及心理学解析

镜喻是文学中的一个典型手法。唐姚崇《执镜诫》曰：“执镜者取其明也，夫内含虚心，外分朗鉴。物不可以匿诈，体无得以逃形。”古希腊诗人亦赋镜曰：“中无所有而亦中无不有。”（Nothing inside and everything inside.）[①] 这种有无之间的玄妙使得镜喻在本身体物察形的意义上又增加了一层更具思辨色彩的哲理意蕴。镜子在文学作品中一步步由单纯的鉴形道具升华为一种内涵丰富的意象，作家们不断开掘镜子所能体现的寓意，大体上形成了镜喻的特征。钱锺书《管锥编》云：“我国古籍镜喻亦有两边。一者洞察：物无遁形，善辨美恶……二者涵容：物来斯受，不择美恶……前者重其明，后者重其虚，各执一边。”非独镜喻有两边，照镜人亦有两柄。通过光的反射再现临照人的形象，使真我与影像中的我咫尺相对，互映成趣。洞察与真我是实，涵容与影像是虚。中国文学的精妙在这虚实两像之间彰显无疑。若只有实像，则流于滞拙；若纯是虚像，则失之空玄。只有半实半虚、似实却虚、似虚还实的境界方为最佳。

一面镜子只能产生一实一虚，借多面镜子来取形，利用影与影之间的反射更具有美感。温庭筠《菩萨蛮》：“照花前后镜，花面交相

① 钱锺书《管锥编（一）》，生活·读书·新知三联书店，2001 年，第 154 页。

映。”通过两面镜子的相互反射，在光与影的世界中欣赏立体的自我，这是一种交光互影的美，亦饱含着哲理奥义。佛家设置道场，《楞严经》载，“取八镜，覆悬虚空，与坛场中所安之镜，方面相对，使其形影重重相涉”，以示佛法事理相融相通。《华严经》论法界缘起曰：“犹如众镜相照，众镜之影，见一镜中，如是影中复现众影，一一影中复现众影，即重重现影，成其无尽复无尽也。”钱锺书先生在《管锥编》中曾阐此理：“己思人思己，己见人见己，亦犹甲镜摄乙镜，而乙镜复摄甲镜之摄乙镜，交互以为层累也”，将佛家禅理运用于现实人生，深刻体察到众镜相照下虚实交错、形影互见的玄机妙理。

在唐宋时期，镜子不只是女性形影不离之物，它与男性的关系也十分密切。许多男性都喜好照镜，并不把它当作女性化的行为。五代孙光宪《北梦琐言》载：“唐襄州赵康凝令公……酷好修容，前后垂镜，以整冠栉。”唐蒋防《霍小玉传》亦载，李益在见霍小玉前，也是“引镜自照，惟惧不谐也”。在这种男性重仪容修饰的氛围下，许多关于男性照镜的诗篇应运而生。特别是从中晚唐至宋代，览镜的诗篇不断增多。据笔者统计，仅白居易一人就在40余首诗中有览镜自照的形象，陆游有约200首诗词中写到了“镜”。但是，男性览镜形象既与女性有很大不同，又与生活中的实际情形有所出入。男性的镜中形象基本上有两类：一类是须发苍苍、老态龙钟的形象；另一类是朱颜衰颓、斯人憔悴的形象，然皆集中于悲愁的一面。

女性与男性览镜形象的分野是有范式可依的。上溯到魏晋南北朝时期，在近体诗形成和发展的过程中，已基本形成了照镜人的形象范式。就女性形象而言，左思《娇女诗》：“轻妆喜楼边，临镜忘纺绩。”

沈约《三妇艳》："小妇独无事，对镜画蛾眉。"庾信《舞媚娘》："朝来户前照镜，含笑盈盈自看。"女性在男权社会中一直是作为男性的审美对象而被支配的，在诗歌中，描写女性的作品一般有两类：一是香草美人，有所寄托之作；二是直接描摹，娱乐遣兴之作，发展到极致就是齐梁宫体诗。此一时期的女性照镜形象多属于后者，到唐代才愈加丰富。不过金圣叹在评《西厢记》第二本时曰："斫山云：'美人于镜中照影，虽云看自，实是看他。细思千载以来，只有离魂倩女一人，曾看自也。'"至于男性，在那个时代，男子修饰仪表之风大盛，为了追求白皙的皮肤、清俊的容貌等时人眼中的美男子标准，男性甚至傅粉、熏香、修眉进行修饰。镜子自然也成为男性钟爱之物。《语林》记载："王仲祖（王蒙）有好仪形，每览镜自照，曰：'王文开那生如馨儿。'"顾影自怜竟至如此地步。但是在当时的诗歌中，男性镜前的形象基本上没有光彩照人的俊美容颜。谢灵运《豫章行》："览镜睨颓容，华颜岂久期。"鲍照《拟行路难》："忽有白发素髭生……明日对镜复已盈。"颜之推《古意》："白发窥明镜，忧伤没余齿。"真如范云《拟古》所言："一鉴一情伤。"这种男性与女性不同的形象定位在古代诗歌中一直延续。由唐至宋，女性览镜的形象没有太多变化，男性览镜的形象则更加丰富，这与宋代士人趋于内敛的性格特征是分不开的，而这种变化从中晚唐就已经显露端倪。

览镜形象的深层意蕴是人类自怜自爱心态的体现。顾影自怜，人之常情也。而镜、水等可照形之物是这一情绪外化的最好媒介，于是临照形象成为中西方文学表现自恋心理这一母题的共同选择。在西方，奥维德《变形记》中的美少年那尔基索斯（Narcissos）在水边看到自己俊美的容颜便深深迷恋，在可望而不可即的悲哀中死去，化作一株水仙。斯宾塞《仙后》中“骄傲之宫”的女主人也是手持明镜，不时观看她映在镜中的面庞。理查王被迫退位之前，还对着镜子说：“我要借着它阅读我自己。……这就是像太阳一般使人不敢仰视的那张脸吗？这就是曾经‘赏脸’给许多荒唐的愚行、最后却在波林勃洛克之前黯然失色的那张脸吗？”[①]形与影在相互纠缠中将一个个形象突现出来，将人物的内心世界淋漓尽展。中西方文学在此一面显示出相通的迹象。钱锺书先生言及览镜形象时，谓有顾影与恶影两端，并戏称为“山鸡对镜病”和“恶狗临井病”[②]。细察之于唐诗，乃至整个古典诗歌，“山鸡对镜”之自爱只在女性览镜形象中占一部分，“恶狗临井”之自仇也并非像史书或笔记小说中所言的极端之碎镜破瓮，多是罢览而已，渗透于其间更多的是一种怨的情结。顾之不称意，恶之不忍心，唯怨叹以对之。这是一种比单纯的顾影或恶影更为复杂细微的心理，其本源于自怜，因自怜喜览镜，因形貌与所思不称而不满，却又不舍弃镜，在顾与恶、爱与恨交缠的矛盾心态下，滋生出无尽的怨，怨时光易逝、怨生不逢时、怨明珠暗投……镜子在诗歌这一雅化的文学中承载着更多的愁情别绪和悲剧色彩。览镜形象亦饱含了诗人自怜自伤的情结，成为频频出现于古典诗歌中的一个意蕴深长的意象。

览镜虽然皆是自恋的产物，但从两性心理来看，却是基于男性与

---

① ［英］莎士比亚《理查二世》，见朱生豪译《莎士比亚全集（四）》，人民文学出版社，1978年，第377页。

② 钱锺书《管锥编（二）》，生活·读书·新知三联书店，2001年，第645页。

女性不同的心理机制。男性作为“社会人”[①]，“被他的圈子想象成是一位有机的心理实在，他有‘自我’，他意识到自己的身心存在，清楚地意识到其他人如何尊敬他。如果想做他的社会圈子需要他做的那种人，他的‘自我’就必须按照圈子的意见，在体力和智力上，具备某些品质，而不是拥有其他一些品质”[②]。而男性在“群体交往、群体活动中又逐步把政治、法律、道德、学术等也纳入了男性的特权范围”[③]，因此社会对男性有更多的要求和更高的期望，无形中也给他们造成了更大的压力。一般男性身上都背负着沉重的责任，尤其是那些以“修身、齐家、治国、平天下”为信条的知识分子，他们的主体性意识更为强烈，正如《论语·泰伯》所说：“士不可不弘毅，任重而道远，仁以为己任，不亦重乎？死而后已，不亦远乎？”这就使得他们的自我形象，特别是亲眼看见的自我形象，来不得轻佻，趋向于沉重。于是诗人们就喜欢对着镜中雪染霜侵的须发感慨万千，对着镜中历经沧桑的容颜喟叹不已。而女性在社会生活中作为主体受到挫败，“不能通过设计和目标实现自我，她只能从她人身的内在性去寻找她的现实性……她之所以自认为最重要，是因为没有一样重要东西是她可以接近的”[④]，于是女性开始迷恋自己的容貌、身体等。自恋成为女性气质的重要表现。而女性的这种自恋主要是对自我体态的迷恋，与男性对自我主体性的

① “社会人”指执行某一社会角色的个体。参见［波兰］弗洛里安·兹纳涅茨著，郑斌祥译《知识人的社会角色》，译林出版社，2000年，第10页。

② ［波兰］弗洛里安·兹纳涅茨著，郑斌祥译《知识人的社会角色》，译林出版社，2000年，第11页。

③ 魏国英《女性学概论》，北京大学出版社，2000年，第126页。

④ ［法］西蒙娜·德·波伏娃著，陶铁柱译《第二性》，中国书籍出版社，2004年，第573—574页。

迷恋不同。作为“他者”的女性不可能与作为主体的男性以同样的面貌出现，正如波伏娃的分析：

> 映像尤其在女人那里是被认同于自我的。漂亮的外貌，对于男性意味着超越；对于女性则意味着被动的内在性。只有后者才会想引起别人的密切注意，因而才可能被那一动不动的银色捕兽器给捉住。男人觉得并希望自己是主动的，是主体，他不是通过固定不变的映像去观察自己……而女人却知道自己是客体，并且使自己成为客体，所以她相信通过镜子她确实能够看到她自己。①

女性在男权社会的实际生活中如此，在男性文人的作品中亦是如此。男性诗人正是在这样的心理暗示下，构建出两种不同的形象模式。

① ［法］西蒙娜·波伏娃著，陶铁柱译《第二性》，中国书籍出版社，2004 年，第 575 页。

第六章　扇子

在古代社会，扇子一直是人们日常生活中不可或缺的物什，尤其在夏季，古人就是靠一柄小小的扇子对付炎炎酷暑。《春秋繁露》中就说“以扇逐暑”。正是由于与日常生活贴近，扇子容易引起人的种种联想，被赋予了更深远的文化含义。如据《古今注》记载，舜为了“广开视听，求贤人以自辅，故作五明扇”。这恐怕是最早的扇子了，但它的产生却并非为了消暑，而是有着社会政治意义。姑且不论这则材料的真实性，只这种对扇子起源的想法就足以说明扇子在古人心目中的作用绝非仅仅纳凉。

扇子也是历代文人常常吟咏的对象。在唐宋诗词中，就有不少提及扇子之作，而且在那个男性化的折扇还未普及的时代，诗歌中的扇子更多地与女性联系在一起。不少诗人借助扇子来表达女性的喜怒哀乐、诠释女性的命运，不断丰富扇子的内涵。笔者于本章试图通过对唐宋诗词中扇子描写的梳理，从不同角度解读唐宋女性与扇子的密切关系，并探讨由扇子体现出的女性心理特征的变化。

第一节　唐宋诗词所见扇子考略

唐宋时期的手工业相当发达，造扇业也在其中，因此扇子品种极为丰富，诗词中所提到的扇子名目众多。在本节中，笔者欲对这些扇子做一简单梳理，以期反映唐宋诗词中扇描写的历史及文化背景。

纨扇：以绢、罗等薄丝织品为扇面，以竹木为骨架的扇子。因一般以圆形或椭圆形居多，故多称以团扇或合欢扇。团扇起先只是泛指圆形的扇子，并无质地之别，但后来逐渐发展为绢扇的代名词，也并非尽是圆形。清王廷鼎《杖扇新录》云："团扇：近世士民通用，素绢两面绷之，或泥金，或瓷青湖色，亦有月圆、腰圆、六角之形，皆倩名人书画其上，名曰'团扇'。柄用梅烙、湘妃、棕竹居多，亦有洋漆、象牙之类。"团扇的使用者一般为女性，换句话说，如果要给扇子界定性别的话，团扇是最为女性化的一种扇子。据沈从文先生考证，团扇在东汉后期出现，但数量很少，真正的大流行是在唐代："唐代早期还多作腰圆形……唐开元、天宝以来才多'圆如满月'式样。"[①] 现存《挥扇仕女图》《按乐会茗图》《乐庭瓌夫人行香图》及永泰公主墓壁画等图像史料中均可看到唐代团扇的风貌。唐代团扇有长柄和短柄两种。《簪花仕女图》中的一位贵妇手持的就是长柄团扇。这种扇子扇柄很长，扇面一般较大，携带不甚方便，装饰性较强，或作为仪扇。而唐代女性在日常生活中更青睐的是短柄小团扇。这种扇子形制小巧，方便实用。《捣练图》中那个蹲在地上的女子手中就拿着一把短柄团扇，《宫乐图》中的女子所持的团扇更为小巧。唐诗中所谓"轻罗小扇扑流萤"的小扇想必就是此类扇子。《挥扇仕女图》更是将上述两种团扇一起展现。其中一位贵妇坐在椅子上，手中拿一

① 沈从文《物质文化史·扇子应用进展》,《沈从文全集》，北岳文艺出版社，2002 年，第 182 页。

柄小团扇，而她旁边的侍女正持长柄大团扇给她扇凉。比较素雅的团扇是白色无花的，如刘禹锡《和汴州令狐相公到镇改月偶书所怀》中所描述的："歌榭白团扇，舞筵金缕衫。"还有不少团扇上有各种图案，如前举的几幅唐代绘画作品，其中的扇子上就或绘花卉或绘山水，给团扇增添了一份华贵之美。温庭筠《晚归曲》中的"雀扇"和《蕃女怨》中的"金雀扇"，说的都是有鸟雀的团扇。罗隐的《扇上画牡丹》就是一首描写扇上画的："为爱红芳满砌阶，教人扇上画将来。叶随彩笔参差长，花逐轻风次第开。闲挂几曾停蛱蝶，频摇不怕落莓苔。根生无地如仙桂，疑是姮娥月里栽。"由此可窥见唐代扇面画的精致。团扇的扇面既是丝织品，丝织品的一些工艺也被运用到扇子的制作上。李贺《河南府试十二月乐词·五月》言"扇织鸳鸯纹"，扇面的绢纱带着花纹，这显然是唐代纺织技术成果。张祜《赋得福州白竹扇子》中提到的"金泥小扇"应当是用金粉涂绘于丝织物上的泥金技术。此外，金银线织绣的缕金工艺在团扇中也可见，如顾夐《遐方怨》"象纱笼玉指，缕金罗扇轻"，和凝《宫词百首》其三十六"才人侍立持团扇，金缕双龙贴碧藤"。宋代亦有用金工艺的团扇，杨万里《中秋月长句》："黄罗团扇暗花纹，蹙金突起双龙凤。"团扇在宋代诗词中出现频率颇高。张埴《惠白团扇》："藤经剡雪通姿皙，筠度湘秋刮骨清。两洁不容尘有污，一圆还与世无争。生来肖貌难为遁，老去挥毫岂足名。林下好风差自快，忍歌桃叶若为情。"李石《扇子诗》："白团扇子合欢裁，出水菱花镜面开。好是庐山明月夜，秦雀骑凤上天来。"宋代文人画兴起，文人们多在纨扇上绘画，见梅尧臣《画竹枝扇》:“石上老瘦竹，忽在纨扇中。”梁宗范《题画竹绢扇面》:“团团纨扇阿谁绷，露出琅玕三两茎。密叶旋从人意长，劲枝全藉笔毫生。翠�不动风常在，直节无根色自荣。只恐半天雷雨夜，化龙应向手中成。”杨万里《题山庄草虫扇》:“风生蚱蜢怒须头，纨扇团圆璧月流。三蝶商量探花去，不知若个是庄周？”薛似宗《戏题团扇自写山水》:“拂将团扇点江春，难与班姬咏并珍。非为墨池云雾好，自来不以笔干人。”此外，宋高宗《题刘松年画团扇二首》《题赵伯驹团扇月宫图册》、方回《次韵陈正之团扇画一鱼》、胡铨《题画扇》等，均是咏题画扇。

蒲葵扇：即通常所谓的芭蕉扇。《杖扇新录》载:“古有棕扇、葵扇、蒲扇、蕉扇诸名，实即今之蒲扇，江浙呼为芭蕉扇也。棕榈一种名蒲葵,《研北杂志》称《唐韵》‘棕’字注云‘蒲葵也，乃棕扇耳’。以其似蕉，故亦名芭蕉扇，产闽广者多叶圆大而厚，柄长尺外，色浅碧，乾则白而不枯。土人采下阴干，以重物镇之使平，剪成圆形，削细篾丝，杂锦线缘其边，即仍其柄以为柄，曰‘自来柄’，是为粗者。有截其柄，以名竹、文木、洋漆、象牙、玳瑁为之，饰以翠蝶银花，缘以锦边，是为细者。通称之曰蒲扇，或曰芭蕉扇，实一物也。”蒲葵扇方便实用，物美价廉，魏晋以来就广为使用。《晋书·谢安传》云:“乡人有罢中宿县者，还诣安。安问其归资，答曰:‘有蒲葵扇五万。’安乃取其中者捉之，京师士庶竞市，价增数倍。”在唐代，蒲葵扇也较为流行，男女皆可使用。白居易《小池二首》其一:“坐把蒲葵扇，闲吟三两声。”《早夏游宴》:“未收木绵褥，已动蒲葵扇。”李商隐《即目》:“何人书破蒲葵扇，记着南塘移树时。”以上所说是男性手中的蒲葵扇。李端《春游乐》“游童苏合带，倡女蒲葵扇”则是描写女性使用蒲葵扇。从以上诗歌中的描写可以看出，在唐代，蒲葵扇应该是一种家常的、大众化的扇子，使用较为普及。宋人也极为喜爱蒲扇，描写蒲扇的诗词如释智圆《谢僧惠蒲扇》:“结蒲为扇状何奇，助我淳风世罕知。林下静摇来客笑，竹床茆屋恰相宜。”林景熙《立秋日作》:“忙踏槐花犹入梦，老催蒲扇共投闲。”徐积《题扇十首·贫女扇》:“妾有一尺绢，以为身上衣。自织青溪蒲，团团手中持。朝携麦陇去，暮汲井泉归。无人不看妾，不使见蛾眉。”陈著《良月二十一日郡庠置酒炉亭劳余出山且取子美何时一樽酒重与细论文分韵赋诗韵不以及就成十绝》其四:“蒲葵裁成扇。”杨万里《秋夜极热三首》其三:“葵扇频挥手已麻，竹床偏热冷无些。”甚至在蒲葵扇上题写书法作品，梅尧臣《泗州观唐氏书》就说:“百金买书蒲葵扇，不必更求王右军。”泗州的唐氏书法精绝，人们不惜重金求其在蒲葵扇上题诗。

羽扇：以羽毛制成之扇。其名甚众，《杖扇新录·羽扇》中有“雉尾、凤羽、鹊翅、鹤翎之类”。羽扇有悠久的历史。《长物志》云:“扇，羽扇最古。”《古今注》:“雉尾扇起自于殷世，高宗时有雊雉之祥，服章多用翟羽。”王嘉《拾遗记》中有孟夏“聚鹊翅以为扇”之说，认为羽扇始于周昭王时。魏晋南北朝以来，羽扇尤为流行。晋裴启《语林》中称：诸葛亮“着葛巾，持白羽扇，指麾三军”。晋傅咸《羽扇赋》记载:“吴人截鸟翼而摇风……灭吴之后翕然贵之。”《晋书·志·五行上》亦云:“旧为羽扇柄者，刻木象其骨形，列羽用十，取全数也。自中兴初，王敦南征，始改为长柄，下出可捉，减其羽用八。”唐代的男性也十分喜欢羽扇。孟浩然《白云先生王迥见访》：“手持白羽扇，脚步青芒履。”李颀《夏宴张兵曹东堂》：“羽扇摇风却汗珠。”孟郊《送从舅端适楚地》：“羽扇扫轻汗。”除用于日常生活外，羽扇还被用于庄重的场合，如朝堂上之仪仗。耿沣《元日早朝》：“羽扇纷朱槛，金炉隔翠华。”根据所用的羽毛不同，羽扇又有雉尾扇、鹤翎扇等等。元稹《酬翰林白学士代书一百韵》：“斗班云汹涌，开扇雉参差。”《酬孝甫见赠十首》其四：“雉尾扇开朝日出，柘黄衫对碧霄垂。”白居易《池上清晨候皇甫郎中》：“玉柄鹤翎扇，银罂云母浆。”据沈从文先生考证，五明扇也是一种羽扇。他在给陈晶先生的信中写道：“至于洛神赋图中洛神手执物，作状，或应称‘麈尾扇’，出于梁简文帝，曾有文、赋称为‘既可清暑、兼可拂尘’，敦煌壁画作北朝贵族进香人还使用（或即《拾遗录》中说的‘五明扇’）。”[①] 唐诗中就有描写五明扇的，如乔知之《长信宫中树》：“叶艳九春华，香摇五明扇。”陆龟蒙《奉和袭美太湖诗二十首·太湖石》：“刻削九琳窗，玲珑五明扇。”宋代羽扇也颇为流行，李刘《羽扇》：“奋迹冲霄驾鹤游，霜毛鞭落在扬州。仁人收拾才挥动，风被黎元六月秋。”在宋诗中，羽扇多为男性所用，杨万里《月下果饮七首》其七：“竹床最冷也成热，羽扇不凉差胜无。”范成大《次韵温伯纳凉》：“伴人惟羽扇，娱客欠风鬟。”文天祥《赵大监时赏第一百一十九》：“平生白羽扇，爵结回我首。”金朋说《夏日幽居》：“纶巾羽扇薰风坐，逸兴飘飘迥不同。”在

---

① 沈从文1979年8月21日致陈晶信，见陈晶《弥足珍贵的遗稿——沈从文先生书信遗补》，《文汇报》2003年12月7日。

宋词中，羽扇男女皆用。谢逸《玉楼春》："蓬莱阁下红尘境。青羽扇低摇风影。"周邦彦《鹤冲天》："薄纱厨，轻羽扇。枕冷簟凉深院。"辛弃疾《阮郎归》："挥羽扇，整纶巾。少年鞍马尘。"

竹扇：竹扇是将竹子削成丝编织而成的。《杖扇新录》云："篾丝扇：来自岭表，削竹青细如缕，织成如布，光滑无痕，方、圆、六角均有之。积五六年，色自红润，风来倍凉，雅品也。"许洵《竹扇诗》云："良工眇芳林，妙思触物骋。篾疑秋蝉翼，团取望舒景。"唐代的竹扇以福州的较为有名。张祜《赋得福州白竹扇子》："金泥小扇谩多情，未胜南工巧织成。藤缕雪光缠柄滑，篾铺银薄露花轻。清风坐向罗衫起，明月看从玉手生。犹赖早时君不弃，每怜初作合欢名。"九华扇也是竹扇的一种，且是极为精美的一种。曹植作《九华扇赋》云："昔吾先君常侍得幸汉桓帝，帝赐尚方竹扇。不方不圆，其中结成文，名曰九华，故为此赋。其辞曰：有神区之名竹，生不周之高岑。对渌水之素波，背玄涧之重深。体虚畅以立干，播翠叶以成阴。形五离而九折，蔑氂解而缕分。效虬龙之蜿蜒，法虹霓之氤氲。摅微妙以历时，结九层之华文。尔乃浸以芷若，拂以江蓠。摇以五香，濯以兰池。因形致好，不常厥仪。方不应矩，圆不中规。随皎腕以徐转，发惠风之微寒。时气清以芳厉，纷飘动乎绮纨。"梁铉《天门街西观荣王聘妃》亦云："灯攒九华扇，帐撒五铢钱。"沈从文先生认为："汉末称'九华扇'，只是诗人曹植就制作精美的别立名目。至于形象，还是指这种不方不圆竹篾编织物而言。"[①]宋代使用竹扇者颇多，文天祥《贫女吟四

① 沈从文《物质文化史·扇子应用进展》，《沈从文全集》，北岳文艺出版社，2001 年，第 182 页。

首》其二:“竹扇掩红颜,辛苦纫白苎。”方回《初夏》:“草�纻衫并竹扇,石榴罂粟又戎葵。”竹扇上多有题诗画者,姚勉《题雪竹扇》、蒲寿宬《题画竹扇寄友》等皆是。因竹扇流行,制作量大,制造者也极为辛苦,沈作喆《哀扇工歌》:

某州竹扇名字著,织扇供官困追捕。使君开府未浃旬,欲戴纶巾挥白羽。新模巧制旋剪裁,百中无一中程度。犀革镌柄出虫鱼,麝煤熏纸生烟雾。蕺山老姥羞翰墨,汉宫佳人掩纨素。衙内白取知何名,帐下雄拿不知数。供输不办箠楚频,一朝赴水将谁诉。使君崇重耳不闻,呜呼何以慰黎庶。闻道园家卖菜翁,又说江头打鱼户。号令亟下须所无,官不与钱期限遽。归来痛哭辞妻儿,宿昔投缳挂枯树。一双婉婉良家子,吏兵夺取名为顾。弟兄号叫邻里惊,两家吞声丧其妪。死者已矣可奈何,冤魂成群空号呼。杀人纵欲势位尊,贪残无道天所怒。邦人蓄愤不敢言,君其拊马章台路。

因官家的强索豪夺,逼得扇工家破人亡,也可见当时手工业者处境的艰难。

纸扇:唐诗中已经提到纸扇,齐己《城中晚夏思山》:“葛衣沾汗功虽健,纸扇摇风力甚卑。”詹绯《追和秦隐君辞荐之韵上陈侯乞归凤山》:“蝇利薄于青纸扇。”可以看出,唐代的纸扇还不能与后世的纸折扇相提并论,只是一种很简易的扇子,甚或只是一张用来扇风的纸,消暑效果也不是很好。纸折扇是宋代以后才开始流行的[①],宋代出

① 王颋《折迭扇的输入与仿制》,《东南文化》2001年第9期,第62—68页。

现了折扇（又叫“折叠扇”“聚头扇”），折扇扇面少数用绢，多数用纸裱糊。一般认为，折扇是在北宋初年从日本和朝鲜分两路传入中国的。宋赵彦卫认为折扇是从朝鲜传入的，他在《云麓漫钞》中说：“今人用摺叠扇，以蒸竹为骨，夹以绫罗，贵家或以象牙为骨，饰以金银，盖出于高丽。”《宋史·日本国》记载，其时日本高僧遣弟子向宋太宗进献宝物，其中包括“金银莳绘扇筥一合，纳桧扇二十枚、蝙蝠扇二枚”。蝙蝠扇即折扇，因扇状似蝙蝠，称其为“蝙蝠扇”。其实中国在南齐时已有折扇了，《南齐书·刘祥列传》：“司徒褚渊入朝，以腰扇障日。”胡三省《资治通鉴》注云：“腰扇即摺叠扇。”现存最早的折扇形象，在1977年江苏武进县南宋墓出土的人物花卉纹朱漆戗金莲瓣式奁漆器上，其奁盖面戗画一幅《园林仕女消夏图》，一仕女怀抱纨扇，一仕女轻摇折扇，扇子有五档扇骨，白色的扇面上还绘有花鸟。折扇传入中国后很快就被国人接受，《梦粱录》中说，当时都城临安已设有专门卖扇子的“周家折叠扇铺”，说明宋代已经能够自制自销折扇了。使用纸扇在宋代也被视为节俭的象征。宋朱弁《曲洧旧闻》中说：“哲宗御讲筵，诵读毕，赐坐，例赐扇。潞公见帝手中独用纸扇，率群臣降阶称贺。宣仁闻之，喜曰：‘老成大臣用心，终是与人不同。’是日晚，问哲宗曰：‘官家知大臣称贺之意乎？用纸扇，是人君俭德也。君俭则国丰，国丰则民富而寿。大臣不独贺官家，又为百姓贺也。’”蔡襄在《漳州白莲僧宗要见遗纸扇每扇各书一首》中也写道：“山僧遗我白纸扇，入手轻快清风多。物无大小贵适用，何必吴绫与蜀罗。”不过宋元间使用折扇的人还不多，明陈霆在《雨山墨谈》中说：“元初东南使有持聚头扇者，人皆讥笑之，我朝永乐初始有持者。”直至明代，折扇才被广泛使用。

松扇：据传用柔韧松皮编制而成，一说以水柳皮制成，其纹酷似松皮，故称“松扇”。唐诗中未曾出现，宋代诗歌中有咏作。一般认为，此种扇自高丽传入。宋邓椿《画继·杂说》载：“高丽松扇，如节板状，其土人云：‘非松也，乃水柳木之皮。’故柔腻可爱。其纹酷似松柏，故谓之‘松扇’。东坡谓高丽白松：‘理直而疏，折以为扇，如蜀中织棕榈心，盖水柳也。’”苏轼、黄庭坚等曾写过多首与高丽松扇有关的诗，如苏轼《和张耒高丽松扇》：“可怜堂堂十八公，老死不入明光宫。万牛不来难自献，裁作团团手中扇。屈身蒙垢君一洗，挂名君家诗集里。犹胜汉宫悲婕妤，网虫不见乘鸾子。”黄庭坚《戏和文潜谢穆父松扇》：“猩毛束笔鱼网纸，松柎织扇清相似。动摇怀袖风雨来，想见僧前落松子。张侯哦诗松韵寒，六月火云蒸肉山。持赠小君聊一笑，不须射雉彀黄间。”

除以上品种外，还有一些特殊的扇子，如云母扇、琉璃扇等。云母是一种含有水的层状铝硅酸盐矿物，透明或半透明，有玻璃光泽，颜色多样。以云母制成的扇子应当是比较华贵的。《中华古今注》中记载，秦始皇令三妃九嫔当暑“把云母小扇子”，而宫人只能把“五色罗小扇子”。《西京杂记》中赵合德献给赵飞燕的礼物中就有云母扇。东晋时的佛典《摩诃僧祇律》中亦曰：“佛言，从今已后，听捉竹善苇扇树叶扇，除云母扇及种种画色扇。”佛祖允许僧人用一般的扇子，而不能用华丽装饰的扇子，云母扇就在其中。唐诗中也提到了云母扇。崔颢《邯郸宫人怨》：“水晶帘箔云母扇，琉璃窗牖玳瑁床。”王翰《飞燕篇》：“红妆宝镜珊瑚台，青琐银簧云母扇。”吴融《即席十韵》：“生凉云母扇，直夜博山炉。”此类笔法皆是化用《西京杂记》之典，渲染华丽的气氛。琉璃扇与云母扇的作用基本相似，主要是作为描写之辞藻，实用的意义不大，如温庭筠《洞户二十二韵》:“素手琉璃扇，玄鬟玳瑁簪。”

第二节　唐宋团扇意象的嬗变

在唐宋诗词有关扇子的诸多描写中，与女性关系密切且出现频率较高的是团扇。团扇的意义已不仅限于纳凉工具的功用性或装饰性，而是包含着深厚的情感意蕴。上一节已经介绍了团扇的基本样式，本节将着重探讨团扇作为一个诗歌意象由唐至宋发生的变化。

在唐诗中，团扇最主要的一个形象模式是秋扇，所传达的是一种悲愁的情绪。这种情结并不是唐代诗人信手创造出的，而是渊源有自。要深刻认识团扇在唐诗中所包蕴的这一意味，必须首先厘清其形成的过程。西汉班婕妤的《怨诗》可以说是团扇入诗的开山鼻祖，诗云:“新裂齐纨素，鲜洁如霜雪。裁为合欢扇，团团似明月。出入君怀袖，动摇微风发。常恐秋节至，凉风夺炎热。弃捐箧笥中，恩情中道绝。”这是一首典型的借物咏怀之作，班婕妤在被赵飞燕诬告之后，失宠于汉成帝，只落得在长信宫中清冷度日，她把自己的不幸遭际比附为由夏入秋的团扇——纵然扇子的质地再精良，纵然它曾经在酷暑带给人丝丝凉意，但一到秋季，还是摆脱不了被丢进箧笥的命运，这与无法得到帝王感情保障的后宫女子何其相似。诗人通过一柄小小的团扇来抒发失宠后抑郁的心理，情辞凄婉真切。

团扇一进入诗歌便被赋予了如此沉重的情感寄托。虽然沈从文先生通过对汉代扇子形制的考察，发现两汉主要使用的是半规形便面扇，团扇只在东汉后期的石刻中出现一二，故可旁证班婕妤的这首诗是建安拟作。我们姑且不论此诗到底是不是班婕妤的作品，只就其文学影响而言，这首诗无疑有着重要地位，可以说后世数量极为丰富的表达“秋扇见弃”主题的作品皆肇始于此。在这首诗产生之后，团扇便成为一种象征而多为诗人所用，如陆机《班婕妤》：“婕妤去辞宠，淹留终不见。寄情在玉阶，托意惟团扇。”孔翁归《奉和湘东王教班婕妤》：“恩光随妙舞，团扇逐秋风。铅华谁不慕，人意自难终。”谢朓《和王主簿季哲怨情诗》：“掖庭聘绝国，长门失欢宴。相逢咏蘼芜，辞宠悲班扇。”

在唐诗中，团扇亦成为诗人们乐此不疲的吟咏对象。他们或是出于同情班婕妤的不幸命运，或是一时有同病相怜之感，承袭了《怨诗》中的团扇意象，将团扇与秋风、薄幸等语汇联系起来，以期营造一种凄凉的诗歌氛围。团扇也有了秋扇、秋风扇、班姬扇等别名。对秋扇见弃主题继承的一个最直接的表现便是相当数量的吟咏班婕妤诗歌的出现，此类诗歌常以“班婕妤”“婕妤怨”“长信宫”“长信怨”等为题，主要内容是追忆婕妤失宠之事，怀古感今。如皇甫冉《婕妤怨》：“由来咏团扇，今与值秋风。事逐时皆往，恩无日再中。早鸿闻上苑，寒露下深宫。颜色年年谢，相如赋岂工。”翁绶《婕妤怨》：“谗谤潜来起百忧，朝承恩宠暮仇雠。火烧白玉非因玷，霜翦红兰不待秋。花落昭阳谁共辇，月明长信独登楼。繁华事逐东流水，团扇悲歌万古愁。”王昌龄《长信怨》：“奉帚平明金殿开，暂将团扇共裴回。玉颜不及寒鸦色，犹带昭阳日影来。”李白《长信宫》：“月皎昭阳殿，霜清长信宫。天行乘玉辇，飞燕与君同。更有欢娱处，承恩乐未穷。谁怜团扇妾，独坐怨秋风。”崔道融《班婕妤》：“宠极辞同辇，恩深弃后宫。自题秋扇后，不敢怨春风。”在这些诗作中，团扇似乎是班婕妤不幸命运的代言，它已经脱离了单纯的物质外壳，体现的是一种精神层面上的意义；只不过这种意义还是借助班婕妤这样一个创始人来诠释的。班婕妤品性高洁、才华横溢，却被君王冷落；赵飞燕善于谄媚，却倍受恩宠，这与中国古代知识分子怀才不遇而小人却得志的痛苦是相似的，正因为如此，男性文人才会对这样一个后宫女子感慨良多。在中国古代社会，像班婕妤一样得不到爱情保障的女子是相当多的，即便在唐代这样一个妇女地位相对较高的时代，“红颜未老恩先断”的遭遇也是屡见不鲜的。相似的处境很容易引起共鸣，于是便有了借昔日之团扇悲今朝之不幸的诗作。田娥《长信宫》：“团圆手中扇，昔为君所持。今日君弃捐，复值秋风时。悲将入箧笥，自叹知何为。”虽然这仍是重叙旧事，但身为一名女性，恐怕不只是像某些男性那样同情一下薄命的红颜，其中更有着对自我命运的不安。这位田娥就曾在另一首诗《携手曲》中坦言：“行乐逶迤念容色，色衰只恐君恩歇。”作为身份低贱的娼妓，张窈窕更是难以得到真挚而持久的爱情，她在《寄故人》一诗中写道：“淡淡春风花落时，不堪愁望更相思。无金可买长门赋，有恨空吟团扇诗。”虽然她与班婕妤的地位不可同日而语，但女性共通的感情却并不妨碍她们在穿越了时间和空间的壁垒后成为知音。对生活在佳丽如云的后宫中的女子而言，团扇就是活生生的前车之鉴，她们对于团扇的感情也就更为敏感和深刻。与班婕妤同样富有才情的徐贤妃以一首《长门怨》发出感喟："旧爱柏梁台，新宠昭阳殿。守分辞芳辇，含情泣团扇。一朝歌舞荣，夙昔诗书贱。颓恩诚已矣，覆水难重荐。"天宝宫人则在梧桐叶上写道："旧宠悲秋扇，新恩寄早春。聊题一片叶，将寄接流人。"（《题洛苑梧叶上》）这里所说的秋扇即团扇。因害怕步秋扇见弃之后尘，便提早打算，将希望寄予宫墙之外的有缘人，团扇可说是宫人心头一道难以平复的疤痕。而男性诗人除了将团扇托意于班婕妤，也关注到了当世女性的不幸，在一些描写女性或模拟女性口吻作成的诗歌中，团扇也常常出现。李益《杂曲》中描写的那个蚕家女在丈夫出门时，便担心"爱如寒炉火，弃若秋风扇"的命运。其他如王昌龄《西宫秋怨》："芙蓉不及美人妆，水殿风来珠翠香。谁分含啼掩秋扇，空悬明月待君王。"韩偓《新秋》："一夜清风动扇愁，背时容色入新秋。桃花眼里汪汪泪，忍到更深枕上流。"

团扇意象在唐诗中的另一个重大发展就是它被用来直接体现男性的自伤。前已述及男性对于班婕妤的惺惺相惜，那么他们对于秋扇的遭遇自然也颇有感触，在特定的情景下，团扇，尤其是入秋的团扇便直接成为他们伤怀的对象。卢殷《悲秋》："秋空雁度青天远，疏树蝉嘶白露寒。阶下败兰犹有气，手中团扇渐无端。"温庭筠《夏中病痁作》："山鬼扬威正气愁，便辞珍簟袭狐裘。西窗一夕悲人事，团扇无情不待秋。"白居易《秋霁》："金火不相待，炎凉雨中变。林晴有残蝉，巢冷无留燕。沉吟卷长簟，恻怆收团扇。"刘禹锡《和牛相公雨后寓怀见示》："金火交争正抑扬，萧萧飞雨助清商。晓看纨扇恩情薄，夜觉纱灯刻数长。树上早蝉才发响，庭中百草已无光。当年富贵亦惆怅，何况悲翁发似霜。”当然也有反其意而用之的。齐己《荆州新秋病起杂题一十五首·病起见秋扇》：“病起见秋扇，风前悟感伤。念予当咽绝，得尔致清凉。沙鹭如摇影，汀莲似绽香。不同婕妤咏，托意怨君王。”不过这也是为了排解病患带来的郁闷之气。团扇被赋予悲苦不遇的情感意味体现出中国古代诗歌中文人自伤的传统，其所代表的是古代知识分子所倡导的有所寄托、正统高雅的诗歌方向，是真正意义上能感染人的文学。

唐诗中的团扇不仅只秋扇一种意蕴，还有摆脱悲愁之情的一面。这当源自相传为东晋桃叶所做的《答王团扇歌三首》，诗云：

七宝画团扇，粲烂明月光。与郎却暄暑，相忆莫相忘。
青青林中竹，可作白团扇。动摇郎玉手，因风托方便。
团扇复团扇，持许自障面。憔悴无复理，羞与郎相见。

这是桃叶通过团扇向王献之表达心意之作，诗中虽然也有“相忆莫相忘”的期盼，但是少了“常恐秋节至”的不安与惊惧，更多表现的是女性面对爱情时忐忑不安的心理。《古今乐录》中所载的一则：“《团扇郎》歌者，晋中书令王珉捉团扇，与嫂婢谢芳姿有爱，情好甚笃。嫂捶挞婢过苦，王东亭闻而止之。芳姿素善歌，嫂令歌一曲当赦之。应声歌曰：‘白团扇，辛苦五留连。是郎眼所见。’珉闻，更问之：‘汝歌何遗？’芳姿即改云：‘白团扇，憔悴非昔容，羞与郎相见。’后人因而歌之。”此处之团扇已无班婕妤团扇之怨情，而是男女间传情之信物，与桃叶诗有异曲同工之妙。《团扇郎》一名便可体现出其寓意的世俗性。梁武帝《团扇歌一首》“手中白团扇，净如秋团月。清风任动生，娇香承意发”更将笔触着力于勾勒团扇之美感。唐诗中也有此类作品。张祜《团扇郎》：“白团扇，今来此去捐。愿得入郎手，团圆郎眼前。”这还是承袭了《团扇郎》之本义。没有了秋扇见弃的悲情，团扇女性化的色彩便被特别强调，成为描写声色的点缀，并被用来表现女性的美感。权德舆《放歌行》：“迎杯乍举石榴裙，匀粉时交合欢扇。”杨巨源《独不见》：“竞理同心鬟，争持合欢扇。”温庭筠《晚归曲》：“弯堤弱柳遥相瞩，雀扇团圆掩香玉。”王建《宫中调笑》：“团扇，团扇，美人病来遮面。玉颜憔悴三年，谁复商量管弦。弦管，弦管，春草昭阳路断。”和凝《宫词百首》其八十二：“缕金团扇对纤稀，正是深宫捧日时。要对君王说幽意，低头佯念婕妤诗。”虽然也提到了班婕妤，但所包含的情绪并不是真正的婕妤团扇，而是要表现女性的可爱。与秋扇见弃之凝重悲苦相比，这一类团扇所蕴含的情感无疑轻松了许多。这又体现出文人士子的另一种创作心态，即将诗歌作为娱乐的工具，描写世俗生活中的追求。

宋诗中的团扇意象更多沿袭了男性自伤的传统，苏辙《感秋扇》：“团扇经秋败似荷，丹青仿佛旧松萝。”杨万里《雨后清晓梳头读书怀古堂二首》其一：“团扇凄无彩，生衣凛觉疏。”陆游《自警》：“凉生团扇厄，病退短筇疏。”曾巩《西亭》：“团扇频挥到此亭，他乡愁坐思冥冥。”至于唐诗中与女性紧密相连的团扇意象，或是悲愁或是娱乐，则更多地出现在宋词中。晏几道《解佩令》：“玉阶秋感，年华暗去。掩深宫、团扇无绪。”刘过《西江月》：“手拈团扇写新题。心事恹恹难寄。”史达祖《玉蝴蝶》：“恨随团扇，苦近秋莲。”贺铸《诉衷情》：“临风再歌团扇，深意属何人。”阮阅《踏莎行》：“团扇歌清，重裀舞妙。”

此外，宋代诗词中的团扇意象还增加了文人雅趣的色彩和日常生活气息。晁补之《试院求李唐臣画》：“有客携来白团扇，看君画出翠微峰。忽然陂水变阴雾，便有松林吹晚风。松林陂水静何极，何处归舟天际识。韦侯直干傥不难，杜陵东绢那能惜。”陆游《龟堂避暑》：“团扇题诗无滞思，清泉洒地有余凉。”范成大《次韵徐子礼提举莺花亭》：“团扇他年书好句，平生知己识儋州。”韩元吉《西江月》：“不惜障泥渡水，且寻团扇题诗。”黄昇《鹧鸪天》：“戏临小草书团扇，自拣残花插净瓶。”将团扇与诗画相联系，使其成为文人自遣的工具或是相互之间交往的桥梁，风雅之极。龙辅《夏闺》：“回扑砚上蝇，墨花溅团扇。”陆游《初夏野兴》：“闲倚胡床溯新月，时停团扇受微风。”黎廷瑞《登聚远亭》：“自携白团扇，悠悠遗飞鸿。”苏轼《贺新郎》：“手弄生绡白团扇，扇手一时似玉。”陆游《春日杂题》：“烟村在何许？小屏团扇中。一笑唤稚子，相扶上短篷。”陈师道《清平乐》：“秋声隐地。叶叶无留意。冰簟流光团扇坠。”周邦彦《南柯子》：“扬下扇儿拍手、引流萤。”以上诗句从不同角度展现了团扇在世俗生活中的情趣。不同于唐诗中写现实生活的团扇与女性或歌舞紧密相连，宋诗善于捕捉极具现实感的多样生活细节，写出了贴近日常的生活瞬间。

扇子最原始、最基本的功用是扇风纳凉，但是在日常生活中，女性手中的扇子似乎发生了变化，却暑倒成次要，更多的是作为一种饰物，用以装点女性。而在唐诗中，扇子对于女性的意义有两重：一是情感上的，主要体现为秋扇见弃的情绪；一是功能上的，纵观唐宋诗词中的扇子描写，男性与扇子的关系似乎还是以纳凉为中心而辐射出各种情绪，女性使用扇子可谓是创意多多。她们手中的轻罗小扇可以扑流萤（杜牧《七夕》），可以“君筵呈妙舞”（顾非熊《子夜夏秋二曲·夏曲》），可以“歌声扇后出”（李百药《火凤词二首》其一），可以“把君团扇卜君来，近墙扑得双蝴蝶”（无名氏《踏莎行》）。更重要的是，扇子还有一个非常适合女性的功用——遮掩。杨师道《初宵看婚》：“隐扇羞应惯，含情愁已多。”这是以扇遮面最直接的体现方式。在盖头出现之前，扇子曾一度在女性婚姻中起到举足轻重的作用，即女子出嫁时要以扇遮面，在婚礼上才能移扇露容，称为“却扇”。这种习俗在南北朝时已经形成（何逊《看伏郎新婚诗》“何如花烛夜，轻扇掩红妆”），至唐代依然流行，封演《封氏闻见记》中就记载道：“近代婚嫁，有障车、下婿、却扇及观花烛之事，又有卜地、安帐并拜堂之礼。上自皇室，下至士庶，莫不皆然。今上诏有司约古礼今仪。礼仪使太子少师颜真卿、中书舍人于邵等奏。障车、下婿、观花烛及却扇诗；并请依古礼见舅姑于堂上。”又《资治通鉴》载：“上谓御史大夫窦从一曰：‘闻卿久无伉俪，朕甚忧之。今夕岁除，为卿成礼。’从一但唯唯拜谢。俄而内侍引烛笼、步障、金缕罗扇自西廊而上，扇后有人衣礼衣，花钗，令与从一对座。上命从一诵却扇诗数首。扇却，去花易服而出，徐视之，乃皇后老乳母王氏，本蛮婢也。”可见在唐代，却扇之风俗及却扇诗是婚礼中必不可少的。李商隐即有《代董秀才却扇》诗："莫将画扇出帷来，遮掩春山滞上才。若道团圆似明月，此中须放桂花开。"又黄滔《去扇》："城上风生蜡炬寒，锦帷开处露翔鸾。已知秦女升仙态，休把圆轻隔牡丹。"

在日常生活中，扇子也同样用来遮掩女性的花容月貌。谢偃《乐府新歌应教》："离离薄扇讵障尘。"刘长卿《扬州雨中张十宅观妓》："掩笑频欹扇。"李商隐《宫中曲》："低扇遮黄子。"王建《宫中调笑》："团扇，团扇，美人病来遮面。"毛熙震《后庭花》："倚阑无语摇轻扇，半遮匀面。"而在这些障面的扇子中，尤其值得一提的是歌舞时所用的扇子，诗里一般称为"歌扇"。在唐诗中，凡有宴乐歌舞，歌扇便是最普遍的一个意象。轻歌曼舞的乐伎常常以扇子作为表演的道具，而歌伎们在表演时的一个经典动作就是以扇掩面。陈子良《赞德上越国公杨素》："金樽酌湛湛，歌扇掩盈盈。"薛稷《夜宴安乐公主新宅》："扇后歌声逐酒来。"武元衡《摩诃池宴》："秾李雪开歌扇掩，绿杨风动舞腰回。"卢士政《奉陪武相公西亭夜宴陆郎中》："歌余素扇回。"在开始表演前，以扇掩面可以增加神秘感，调动起观众的欣赏兴致。在表演的过程中，扇子不时地开掩能够丰富肢体语言，增强舞台效果。在表演结束时，再以扇掩面，结束了优美的舞姿，留下的是声音的后味，可以渲染出余音绕梁的听觉印象及欲罢不能的视觉印象。以上是就歌扇的实用性而言。歌扇的点缀还能够产生一种宛转含蓄的美感，让人经历一种优美的审美体验。听扇后的歌声总是异常美妙，法宣《和赵王观妓》："歌声扇后娇。"李峤《罗》："行歌入扇清。"有了歌扇的屏障，连歌声也更加娇娆婉转。

至宋代，扇子的遮掩功能更甚。钱惟演《宣曲二十二韵》：“已障纨扇笑，犹捧玉壶悲。”赵文《团扇歌》：“私夜必见污，葛屦必遭践。生世不为男，托身况微贱。悲痛只在心，憔悴更障面。出入怀袖中，羡郎白团扇。”吕渭老《豆叶黄》：“轻罗团扇掩微羞。”贺铸《群玉轩》：“团扇掩樱唇。”晏殊《渔家傲》：“饶将绿扇遮红粉。”晏几道《更漏子》：“遮闷绿，掩羞红。晚来团扇风。”晏几道《浣溪沙》：“一样宫妆簇彩舟。碧罗团扇自障羞。”朱敦儒《西江月》：“障面重新团扇，倾鬟再整花钿。”

扇子的遮掩功能为什么总是针对女性而言，却不适于男性呢？因为女性是一个含蓄内敛的群体，她们无法像男性一样张扬，正如康德在《论优美感和崇高感》中所说：“她们很早就对自己有着一种端庄得体的作风，懂得赋予自己以一种美好的风度并且自矜。”而扇子的遮掩恰好能够表现出女性的矜持。从男性的角度来看，男性自身是张扬而外向的，这是他们所定义的男性特征，对于作为“他者”的女性，男性的领地是不容侵犯的，因此女性只能向他们的相对面发展，于是成了一个注重内在性的性别，她们只属于私人的领域。尤其是在中国古代社会，女子抛头露面是一种很不得体的举止。《礼记·内则》就规定：“女子出门，必拥蔽其面。”即便在唐代，这种观念还是根深蒂固的。刘肃《大唐新语》载：“武德、贞观之代，宫人骑马者，依《周礼》旧仪多着幂罗，虽发自戎夷，而全身障蔽。永徽之后，皆用帷帽施裙，到颈为浅露。”由幂到帷帽，虽然遮掩的性质并没有改变，只是形式上更为开放一些，但已引起上层统治者的不满。唐高宗在咸亨二年颁诏:“百官家口,咸预士流,至于衢路之间,岂可全无障蔽。比来多着帷帽,遂弃幂䍦,曾不乘车,别坐檐子。递相仿效,浸成风俗,过为轻率,深失礼容。”可见,在唐初的一段时期内,女性并不能抛头露面,外出时还是要借助一定的遮掩物,而统治阶级的态度显然是赞成这种做法的,甚至连遮蔽效果也考虑进去,没有全身障蔽的帷帽相较于幂䍦便是“过为轻率,深失礼容”。这正体现了男权社会对于女性的要求。后来随着社会风气的进一步开化,女性们勇敢地抛弃了帷帽,开始“靓妆露面”,这无疑是一个巨大的进步。但是这只能视为一种风尚,并不在封建社会所谓的贤媛淑女的典雅举止之内。宋若莘《女论语》中就要求女子“莫窥外壁,莫出外庭,出必掩面,窥必藏形”。至宋代,妇女出行障面之风逐渐又盛行起来,《清波别志》中说:“妇女步通衢,以方幅紫罗障半身,俗谓之盖头,盖唐帷帽之制也。”宋李嵩《货郎图》中即有戴盖头的女性形象。《东京梦华录·驾回仪卫》载,即便是妓女出门,也“将盖头背系冠子上”。男性为了将女性永远限制在私人领域,便不断地向女性灌输他们为女性所设计的道德和行为准则,正如波伏娃所分析的:“男人之所以不许女人放弃长裙、衬裙、面纱、长手套和高跟鞋,的确是为了保持这种神秘性:对于他者差别的任何强调,都会让她变得更加令人满意,因为男人想占有的正是这样的他者。”[①] 久而久之,这些观念在女性的头脑中亦成为理所当然。十九世纪女性主义思想家约翰·斯图尔特·穆勒就指出:妇女被颂扬的大多数“美德”,实际上都是妨碍妇女人格

① [法]西蒙娜·德·波伏娃著,陶铁柱译《第二性》,中国书籍出版社,2004年,第183页。

发展的消极性格特征[①]。但是，女性要清楚地认识这一点是相当困难的。虽然唐代女性开放的性格使她们勇敢地追求一种光明正大而非遮遮掩掩的社会生活，可是内心深处的遮掩情结却并未消失。宋代时，男性亦强调女性需遮掩，司马光曾言："妇女无故不窥中门。男子夜行以烛，妇人有故出中门必拥蔽其面，如盖头、面帽之类。"朱熹任同安主簿、漳州知州期间，要求妇女出门须用花巾兜面，称之为"文公兜"。此时的女性自然以不露面为美。扇子便是这一情结的最好反映。正因为扇子本来的作用不是遮掩，才使得女性更愿意使用它。女性会认为这对她们的自由和地位并没有妨碍，而时不时地掩面既可以显示自己的矜持与典雅，又可以博得男性的喜欢，实是一种很好的选择，所以她们会特别青睐扇子。然而可以说，女性扇子情结的本质还是处于男权社会下女性被改造后的心理反映。在唐代那个女性思想较为开放的时代，这种心态亦未被磨灭，更毋论以后女性受禁锢更多的朝代。

当然，扇子的遮掩功能并非是要遮得密不透风，不让人窥见。扇子对于女性和男性真正的魅力在于似掩非掩、似露非露之间，从唐诗的描写中我们就可以深刻体会到这一点。王建《田侍中宴席》："动摇歌扇露金钿。"在扇子的轻动间，金光熠熠的花钿不时显露，撩拨人的心神。温庭筠《江南曲》："扇薄露红铅。"薄薄的罗扇虽然遮掩了面目，但隐约间露出脸上的红妆，轻易便引起人对扇后容貌的无限遐想。上官仪《咏画障》"新妆露影浮轻扇"也是类似的画面，妆容在扇子的

① 转引自［美］罗斯玛丽·帕特南·童（Rosemarie Putnam Tong）著，艾晓明等译《女性主义思潮导论》，华中师范大学出版社，2002年，第24页。

掩映下若隐若现，更添妩媚之致。张炎《忆旧游》："记凝妆倚扇，笑眼窥帘，曾款芳尊。"凝妆倚扇与笑眼窥帘一样，目的不尽是遮掩，而是有着显露的欲望。从女性的角度看，虽然她们使用扇子是出于遮掩情结，认为遮掩对于男性来说是一种女性美的体现，这是对男性意志的顺从，但正如波伏娃在《第二性》中所指出："'女性化的'女人在把自己变成猎物的同时，也想用自己的肉体被动性去降伏男人；她在顺从地变成猎物的同时，也在忙于激起他的欲望，以此为手段将他捕入罗网，把他给束缚住。"而去扇露面正是这种微妙心理的反映。另一方面，女性并不想真正将自己的花容月貌完全掩盖，因为女性既然从公共领域被排挤了出去，她们对自己的容貌、身体等私人个体特征就更为重视。自己精心修饰打扮就是要引起别人，尤其是异性的重视，又怎么能掩盖呢？而对于男性来说，他们为什么会欣赏这种半遮半掩的美呢？这是他们一种矛盾心态的体现。作为男性，他们希望社会由这个性别主宰，他们必须想尽一切办法阻止女性介入他们的权力范围，因此他们才会对女性灌输不应该抛头露面之类的所谓礼仪。但是作为男人，他们又无法抗拒女性的身体，他们需要满足自己的欲望。他们在面对个体的女人，而不是作为性别群体的女人时，无疑是希望看到她的面貌、她的身体的。女性用扇子时遮时掩、半遮半掩，既符合了他们为女性制定的规范，又可以在某种程度上满足他们的欲望，而且片刻的或隐约的目睹更能对他们产生一种可望而不可即的诱惑，激发他们的兴趣。中国古代的画家喜欢画纨扇仕女图，而古代的诗歌中也常常吟咏团扇佳人，这就是父权社会下男性针对女性所要培养的审美观念。

然而扇子只有一季的生命，当秋冬来临时，不合时宜的扇子便不得不离开女性，但是女性的这种遮掩情结并未因此而消弭，她们会将其转移至巾帕、屏风，甚至有时衣袖也可堪一用。这些物什正是长久以来两性不平等的一个微观体现。虽然唐代女性可以毫无避忌地参加社交活动，但是她们仍逃不出男性的陷阱，而唐代以后的女性处境就更是可想而知了。

第七章　洞房

旧传有四喜诗写人生四大喜事："久旱逢甘雨，他乡遇故知。洞房花烛夜，金榜题名时。"其中，"洞房花烛夜"表达的是新婚的喜悦。也许因这一说法的流行，提起洞房，人们首先联想到的是新婚夫妇的新房。然而在古汉语中，这只是后起的意义。作为诗词中描摹居处环境的常用语汇，洞房所蕴含的意义是较为丰富的，且随着时代的变迁与文学体式的变化，呈现出不同的特征。本章试图通过梳理"洞房"一词在唐宋诗词中的呈示特征，揭示出从诗体向词体的发展过程中，情感叙写方式的变化，并且对隐含于这种变化之下的创作者的思想观念进行探讨。

第一节　从独思到欢会：唐宋诗词中洞房意义的演变

"洞房"一词最早当出现于宋玉《招魂》："姱容修态，絙洞房些。"王逸注："房，室也。言复有美好之女，其貌姱好，多意长智，群聚罗列，竟识洞达，满于房室也。"此注颇显牵强。五臣注曰："洞，深也。"这种解释与王延寿《鲁灵光殿赋》中"洞房窈窈而幽邃"的形容相印证，且更为合理。可见，洞房当指深邃的内室。司马相如《长门赋》“悬明月以自照兮，徂清夜于洞房”中的“洞房”亦有此意。由于这一意义具有深邃隐秘的特征，加之作为道教养生之道中的人体穴位之一，宋张君房《云笈七签·三洞经教部·经三》记载，在道教里有“明堂中有君臣，洞房中有夫妇”的说法，“洞房”一词后来逐渐演变为新婚夫妇新房的代称。唐朱庆馀《近试上张籍水部》诗云“洞房昨夜停红烛，待晓堂前拜舅姑”，在诗歌中直接将洞房与新婚联系起来。

除却上述解释，洞房还有一个可谓是截然相反的意义。《说文解字·宀部》有“宕”字，释为“一曰洞屋”，段玉裁注云：“洞屋为通迵之屋，四围无障蔽也。”此处当指连接相通的房间。庾信《小园赋》云：“岂必连闼洞房，南阳樊重之第；绿墀青琐，西汉王根之宅。”此洞房意同《淮南子·齐俗训》中所说的“广厦阔屋，连闼通房，人之所安也”，即言通屋也。在诗词中，也有对此一类洞房的描摹，如陆机《君子有所思行》“甲第崇高闼，洞房结阿阁”，徐陵《杂曲》“倾城得意已无俦，洞房连阁未消愁。宫中本造鸳鸯殿，为谁新起凤凰楼”，皆指大规模的建筑。私以为此种通房在诗词中更多的是与歌舞宴饮相联系的。曹植《妾薄命行》：“日既逝矣西藏，更会兰室洞房。华灯步障舒光，皎若日出扶桑。促樽合坐行觞，主人起舞娑盘。”庾信《和咏舞诗》：“洞房花烛明，燕余双舞轻。”白居易《与牛家妓乐雨后合宴》：“两家合奏洞房夜，八月连阴秋雨时。”苏辙《王诜都尉宝绘堂词》：“侯家玉食绣罗裳，弹丝吹竹喧洞房。”歌舞宴饮本是热闹之事，自不必放在深邃的内室，怕人窥见个中的隐私，所以开阔的通房似乎更适宜于歌舞表演和饮酒行乐。

检视唐宋诗词中“洞房”一词，多与“深”“杳”等字眼相关联，或是与衾、枕等物象同时出现，按照诗人的表述习惯，“洞房”一词在作品中更多的是作为“深邃的内室”解。

洞房既指深邃的内室，可以说是一个封闭独立的私人空间[①]，这一空间向来不乏女性的存在。对这种私人空间的展现，由诗到词存在着些许变化。在诗人的印象中，洞房往往是幽深而清冷的，这从对洞房使用的形容词可以看出。吴均《与柳恽相赠答诗六首》：“相思咽不言，洞房清且肃。”陆机《为陆思远妇作诗》：“岁暮饶悲风，洞房凉且清。”王台卿《咏风诗》：“乍见珠帘卷，时觉洞房清。”杜甫《洞房》：“洞房环佩冷，玉殿起秋风。”武元衡《夜坐闻雨寄严十少府》：“风翻凉叶乱，雨滴洞房深。”韦应物《拟古诗十二首》其九：“春至林木变，洞房夕含清。”形容洞房的词语无非“清”“冷”“深”之类。

正是因为这样的情感色调，“洞房”一词在唐前及唐代诗歌中虽屡有出现，但多是表现诗中主人公独处时的寂寞，如：

> 寒月沉沉洞房静，真珠帘外梧桐影。（白居易《空闺怨》）
> 惆怅不来照明镜，却掩洞房抱寂寂。（李涉《六叹》其二）
> 遥知不语坐相忆，寂寞洞房寒烛微。（赵嘏《洞庭寄所思》）
> 洞房偏与更声近，夜夜灯前欲白头。（鱼玄机《秋怨》）

---

① 对于私人空间的界定颇多：社会学上指独立于社会整体的个人主体；建筑学上指相对于公共空间而言，具备睡眠休息、更衣、沐浴、阅读等功能的空间；心理学上则指每个人的潜意识里都绝不会随便让人侵犯的领域。本文所指的“私人空间”场域集中于私人住宅，内涵多涉及一些私密的的活动或者隐秘的情感。

出现在洞房中的皆是形单影只的形象。即便岑参《春梦》中有“洞房昨夜春风起”句，欢会的情境也是借由梦境在“江南数千里”展开的，而洞房中依然是独自一人，似乎这一场所并未给主人公留下欢乐美好的印象。“洞房昨夜停红烛”这样温柔旖旎的场面在诗人笔下只是极个别的现象。

宋诗中亦是如此：

洞房秋晚更思君，实瑟慵弹日又曛。（释智圆《寄远》）

洞房灯烛外，只有梦悠扬。（文同《春闺》）

黄帘朱户狭洞房，何事易知独难忘。相似故人云间月，良夜皎皎出东厢。（张耒《秋日二首》其二）

小巷朱桥花又春，洞房何事不归云。（王山《吊盈盈三首》其三）

但是在宋词中，洞房不再是一个人的天地，而常常是密约幽会的场所：

饮散玉炉烟袅。洞房悄悄。锦帐里、低语偏浓，银烛下、细看俱好。（柳永《两同心》）

昨夜杯阑，洞房深处，特地快逢迎。（柳永《少年游》其三）

缱绻。洞房悄悄，绣被重重，夜永欢余，共有海约山盟。（柳永《洞仙歌》）

看花烛、迎归洞房。海誓山盟，从今结了，永效鸾凰。（无名氏《柳梢青》）

洞房中两情缱绻的情景比唐诗里增加了许多。在这些景象中，有以“洞房”来形容新婚夫妇的新房者，如无名氏《柳梢青》词牌下有题注“贺陈姓娶田氏”，显然是描写新婚情形；亦有如柳永词中仅作为男女欢会场所者。无论何种所指，“洞房”在宋词中牵涉了更多私密的内容，或者说已经直接涉及隐私领域。

即便当下不是欢会，在孤寂的主人公的回忆里或者睡梦中出现的洞房也不再是孤寂的。柳永《昼夜乐》：“洞房记得初相遇。便只合、长相聚。何期小会幽欢，变作离情别绪。”洞房带给词人的是当初“小会幽欢”的美好记忆。赵长卿《江城子》：“洞房中。忆从容。须信别来，应也敛眉峰。好景良宵添怅望，无计与，一樽同。”当年的好景良宵，或许曾与意中人在洞房中把酒言欢，而今只能平添怅望，期待着再与意中人的再次相会。蔡伸《满庭芳》：“秦洞花迷，巫阳梦断，夜来曾到蓝桥。洞房深处，重许见云翘。”词人在迷梦中的相会之地竟然是在洞房深处，这与岑参《春梦》诗中身处洞房却将江南作为欢聚之地正好形成鲜明对比。可见，在宋代词人的视野中，洞房已不单单是独处独思的场所，而是有着许多美好经历的地方。不论直接还是间接，洞房已经成为普遍意义上带有私密色彩的欢会场所。

由于表现情境的变化，不同时期的诗文中对洞房的描摹也有所不同。在唐前诗文中，与洞房配合参行的意象多是明月。司马相如《长门赋》：“悬明月以自照兮，徂清夜于洞房。”谢灵运《怨晓月赋》：“卧洞房兮当何悦，灭华烛兮弄晓月。”梁武帝《捣衣诗》：“金风徂清夜，明月悬洞房。”陆厥《李夫人及贵人歌》：“洞房明月夜，对此泪如珠。”沈约《八咏诗·登台望秋月》：“凝华入黼帐，清辉悬洞房。”这种传统一直影响着唐代的诗歌。张修之《长门怨》:“长门落景尽，洞房秋月明。”上官仪《高密长公主挽歌》:“寂寞平阳宅，月冷洞房深。”乔知之《和李侍郎古意》:“夜如何其夜未央，闲花照月愁洞房。”张说《深渡驿》:“洞房悬月影，高枕听江流。”王涯《闺人赠远五首》其五:“洞房今夜月，如练复如霜。”明月所引起的色调联想一般是偏于清冷的，这正与当时洞房的情感色彩相通，这一相通之处使得二者的结合更具感染力，因此成为许多诗人共同选择的意象。

宋词中依然沿用着明月洞房的意象，如秦观《满庭芳》“洞房人静，斜月照徘徊”，但是却更多地出现了洞房与灯烛的搭配。其实“洞房花烛”一词最早出现在庾信《奉和咏舞》诗中:“洞房花烛明，燕余双舞轻。顿履随疏节，低鬟逐上声。半转行初进，衫飘曲未成。鸾回镜欲满，鹄顾市应倾。已曾天上学，讵似世中生。”但这里形容的显然是宴饮歌舞的场所，并非深邃的内室。在唐诗中也有洞房与灯烛的描写，然多为孤灯、寒烛之类，如权德舆《清明日次弋阳》“点作孤灯照洞房”，成彦雄《寒夜吟》“洞房脉脉寒宵永，烛影香消金凤冷”，所绘皆是清冷的氛围。检《全唐诗》，唯朱庆馀“洞房昨夜停红烛，待晓堂前拜舅姑”(《近试上张籍水部》)，洞房中的灯烛呈现的是明显的温暖色调，其他诗作中皆偏于清冷或色调不明。宋词中洞房与灯烛的搭配则更加普遍:

洞房饮散帘帏静。拥香衾、欢心称。金炉麝袅青烟，凤帐烛摇红影。(柳永《昼夜乐》)

沉醉归来，洞房灯火闲相照。(曹组《点绛唇》)

隔窗瑟瑟闻飞雪，洞房半醉回春色。银烛照更长。罗屏围夜香。（邓肃《菩萨蛮》）

洞房花烛深深处，慢转铜壶银漏。（赵文《玉烛新》）

幸洞房花烛，得吹箫侣，短檠灯火，伴读书郎。（无名氏《沁园春》）

灯烛的光亮与月光相比，自然更加温暖，再辅以锦衾、香炉、罗屏等，时或有美酒，洞房所传达的语汇色彩已经相当明晰。

“洞房”一词出现既久，为何至宋词中其情感色调才产生整体性的根本转变？私以为这与词体拓展了私人空间是密切联系的。

在中国传统思想文化中，公与私各有其自身独特的界域。从空间上看，“公”常常发生在属于官方或君主的地方，而“私”指臣子的私人住所。对于“私”是应该压抑和控制的，而这种压抑和控制的最好途径就是通过道德修养或道德教化，把“私”转化成其对立面“公”。[①] 譬如闺房之私是古代士人最为隐秘、也最为敏感的话题。汉代张敞为妻子画眉，竟被有司参奏，张敞巧妙辩解：“臣闻闺房之内，夫妇之私，有过于画眉者。”上爱其才，免其受责，但是张敞“终不得大位”。张敞所言是不争的事实，但是从事件本身可以看出，人们对于与“公”对立的“私”的排斥，甚至将“私”的暴露作为评判一个士人德行的参考。也就是说，在意识形态中，对客观存在的“私”视而不见，或者将其转化，使得进入人们视野的纯然是“公”。

---

① 参见［美］杨晓山著，文韬译《私人领域的变形——唐代诗歌中的园林与玩好》，江苏人民出版社，2009 年，第 210—211 页。

诗歌是“情动于中而形于言”的产物，就其本质而言，是对于“私”、对于自我情感的抒写，但是因为诗言志传统的树立，私人领域的个人情感与公共领域的话语相融合。对于传统的文士来说，“志”多为有关政治、社会、人生的严肃内容，是无可非议的“公”。诗人们往往通过对私人空间的呈现传达一向被视为道德常规的“公”的情志，如杜甫《茅屋为秋风所破歌》描写的是私人住处的情形，甚至有“布衾多年冷似铁，娇儿恶卧踏里裂。床头屋漏无干处，雨脚如麻未断绝”这样私人空间的展示，但是诗歌的落脚点却在“安得广厦千万间，大庇天下寒士俱欢颜”这一“公”的理想。纵然一些描写私人居处的诗歌没有老杜这样大公无私的胸襟，但是至少也传达出士大夫阶层的价值观或者审美趣味，仍然是可以纳入“公”的层面解读的。即便“洞房昨夜停红烛”一诗所绘的是一幅新婚旖旎的图景，但诗人只是借用这一场景表现临试前向水部郎中张籍呈上作品时的忐忑心情。及至宋代，“宋人对政治伦理理想人格的尊奉，直接导致文学中儒家重教化的文学观的强调和发扬”[①]，文士对于诗歌的审美判断更多地立足于“公”的立场，对“私”表现出不屑。前代诗歌中为数不少的闺情诗、宫怨诗等，所描写的内容多属私人空间，宋人或是对此表示不屑，如王安石编《四家诗集》，对李白的诗颇有微词，他认为“太白词语迅快，无疏脱处；然其识污下，诗词十句九句言妇人酒耳”；或是给这些作品扣上“寄托”的帽子，称其寄予作者怀才不遇、君门九重之感。正是因为传统诗歌对于私人空间所承载意义的公共化，诗人对于“深”的联想往往倾向于幽独。毕竟幽人处士作为清高的一种象征，也是文人为

① 王水照《宋代文学通论》，河南大学出版社，1997 年，第 14 页。

自己树立起来的一个道德标杆。在深邃的内室这一场景中，传达的是可以纳入“公”的领域言说的情志。

但是另一方面，文人士大夫那些属于个人隐私的幽约情愫也需要有一个宣泄的渠道，能“曲尽人情”的“词”便承担起了这项任务。词自产生之初就被排挤出“公”的领域。既然不必去追求堂而皇之的“公”，可以向“私”的领域进一步探索，那么就可以在艳情恋思上敢于直抒胸臆，将隐晦细密的感情呈现出来。邹祗谟《远志斋词衷》说：“阮亭尝云：有诗人之词，有词人之词。诗人之词，自然胜引，托寄高旷……词人之词，缠绵荡往，穷纤极隐。”虽然随着题材的拓展、艺术技巧的丰富，词在某些方面向诗歌靠近，但是毋庸置疑，以传统的填词心态所作之词在展示隐私空间这一层面比诗歌有更大的余地。词人对于“深”的联想更多的是与隐私、自我相关联的内容。

可以说，宋词将触角伸向了更幽微、更隐秘之处。研究者常称词言情更加细腻，这种细腻不仅由于词体的语言特质，对于私人空间的开拓其实也有助于加深这种细腻的表现。以往不便出现在诗歌中的内容，可以被词作者无所顾忌地展现出来。当然，宋词对于私人空间的拓展远不止对于两性间欢会的描写或者想象中艳情场景的呈示，即便是不关乎艳情的私人空间，在叙写上亦较诗歌有所发展。

第二节　内部的风景：宋词中私人空间的表现

“洞房”在宋词中呈现出的一个鲜明特征是：词人多喜突出其深

杳。洞房本身就是指深邃的内室，但是词人唯恐此意不明，往往还要再三强调：

洞房深处，几度饮散歌阑。（柳永《浪淘沙》）

认绣履频移，洞房杳杳。（柳永《隔帘听》）

洞房深掩日长天，珠帘时有沉烟度。（杜安世《踏莎行》）

金鸭晚香寒，人在洞房深处。（谢逸《如梦令》）

半阴未雨，洞房深、门掩清润芳晨。（曹勋《念奴娇》）

锦衾香。玉枕双。昨夜深深小洞房。（蔡伸《长相思》）

洞房已自深邃，但是词人通过“深”“杳”等字眼，将叙写场景定格在深室的深处，似乎有意拉开这一空间与外界的距离。如此一来，作品中的空间私人化色彩更强烈，词人于这一密闭的小世界中尽情地展现着脱却了社会角色定位的最本真的自我。

宋人在词中言及空间关系时，特喜用“深”字，不仅洞房深，连院落也深。欧阳修的一句“庭院深深深几许”引来无数嘉赏，李清照爱不释手，甚至以之为首句又作数阕。“深院”的意象在宋词中经常出现，如：

一场愁梦酒醒时，斜阳却照深深院。（晏殊《踏莎行》）

小院深深门掩亚。寂寞珠帘，画阁重重下。（欧阳修《蝶恋花》）

深深院宇小池塘。一径碧梧长。（沈蔚《诉衷情》）

绿杨低映深深院。春风不动珠帘卷。（王之道《菩萨蛮》）

昼长庭院深深，春柔一枕流霞醉。（方岳《水龙吟》）

宋人何以钟情于“深”？一方面，这与词体的美学特质相关。词擅长抒发比诗更加深微幽隐的感情。清张惠言在《词选序》中说词“极命风谣里巷男女哀乐，以道贤人君子幽约怨悱不能自言之情”。沈祥龙《论词随笔》言：“词贵意藏于内，而迷离其言以出之，令读者郁伊怆怏，于言外有所感触。”况周颐《蕙风词话》言：“词境以深静为至。”既然词追求的是含蓄婉转的深静之美，那么在表现技法上就不能过于直露。场景的幽深正可以突显出词的这一特征。

另一方面，宋人对“深”的青睐也与其文化心态有关，是宋型文化的一种表征。唐代是一个开放型的社会，群体性格是偏于外向的；而宋代社会因国策、国力等原因，转变为内向型社会，宋人是偏于内敛含蓄的。诗词中，同样体现出这样的心理。仍以“洞房”一词为例，虽然是深邃的内室，但是在唐人诗中也有从洞房中走出的时候，如沈佺期《古歌》：“夜寒秋思洞房开。”张祜《洞房燕》：“清晓洞房开。”梁锽《代征人妻喜夫还》：“少妇含娇开洞房。”而在宋人的作品中，已经很少有打开房门的行为了，更毋论打开深邃的内室了。他们更喜欢将自己隐藏在洞房之中，而且还觉得不够隐蔽，甚至从庭院中就已“深”了，深深的庭院尽头深深的洞房，人则处于洞房的深处，这才合了他们的心意。

宋词中不仅将内室、庭院描写得幽深隐奥，还常常设置种种空间的阻隔，如帘幕、屏风等，而且这种阻隔往往会由人来主动设置，譬如在宋词中有一个频繁出现的动作——掩，掩门、掩户、掩帘、掩屏等行为在宋词中可以说司空见惯。这个“掩”字有何意味呢？宇文所安在解读吴文英《莺啼序》一词时谈到了很重要的一点。吴文英《莺啼序》词云：“残寒正欺病酒，掩沉香绣户。燕来晚、飞入西城，似说春事迟暮。画船载、清明过却，晴烟冉冉吴宫树。念羁情游荡，随风化为轻絮。”宇文所安分析道：

> 他受到了触犯，感到了惊骇；他掩上门窗（“户”既可以指门，也可以指窗），遮住了楼室通向外界的出口。这件事所以显得特殊，是因为这首词在其他地方同各种方式的“向外看”“朝外走”有关。在词的一开始就出现关闭的举动，使我们困惑不解；这种姿态通常出现在词的结尾。……词的鉴赏家们知道，吴文英的这首词是感情的组合，不是外在世界的场景，甚至不是对外在世界经验的具体体现。当有人遮住了通向外界的出口而写下了下面六行关于外界场景的词时，他们就越发认识到这一点了；当有人在描写冉冉而动的烟雾，在下一行词里又写到较为强劲的春风时，他们就已经认识到这一点了。[①]

宇文氏将这首词称为“一幅内部的风景”，他所谈及的这种现象在词的创作中其实是比较普遍的，只不过在吴文英的词中表现得尤为突出而已。词人们喜欢建构起一个私人空间，在这个空间里极力发掘自己的内心世界，甚至对于外在世界的描写都是在这一私人空间中根据以往

① ［美］宇文所安著，郑学勤译《追忆——中国古典文学中往事再现》，生活·读书·新知三联书店，2004 年，第 132—134 页。

的经验、印象甚或想象完成的。如果没有这个深隐封闭的空间，细腻婉转的情思恐怕很难被激发出来。

宋词中一方面想将私人空间呈现出来，另一方面又极力突显出私人空间的深远幽眇，这似乎是相互矛盾的。但是如果深加考究，虽然宋人偏于内敛，但是这种内敛不是秘而不宣，他们认为愈是深隐的愈是精彩。宋刘延世编的《孙公谈圃》记述一事：滕达道、钱醇老、孙莘老、孙巨源治平初同在馆中，某日滕带他们出去看某花园，“出封丘门，入一小巷中，行数步至一门，陋甚，又数步至大门，特壮丽”。再到里面小厅下，“则杂花盛开，雕栏画楯，楼观甚丽，水陆毕陈，皆京师所未尝见。主人云：‘此未足佳。’顾指开后堂门，坐上已闻乐声矣”。这种外示以陋，内藏精美，愈深则愈美的布局，正是宋人独特心理的表现。由是可见，宋人喜用“深”字，喜用“掩”字，并不是要将私人空间隐匿起来，而是通过强调其深幽突显其内涵之美。同时，这种写法也更适合抒写细微隐秘的心绪。如果是一个开阔的空间，就不适于那样千回百转的心思了。

私人空间在文学作品中的呈示由来已久，但是在中国传统的崇公抑私观念和诗教学说的影响之下，私人空间与公共领域的界限总是被消解。美国学者杨晓山《私人领域的变形——唐宋诗歌中的园林与玩好》一书中通过探讨奇石如何从私人领域的审美之物演变为公共领域的一种道德堕落的象征、园林的私人空间如何遭到公众政治力量的侵扰等问题，对唐宋诗歌中私人领域的公共化特征进行了深入的揭示。而词自产生之初，就与公共领域的话语有别，歌席舞筵虽然是公开场合，但毕竟属于娱乐活动，与儒家传统的“公”是不同的。况且宋人对词的定位也是偏于“私”的。欧阳修《归田录》曾记钱惟演自称：“平生惟好读书，坐则读经史，卧则读小说，上厕则阅小辞。”词的阅读空间在三者中是最为私密的。因为在创作上没有诸多的儒家道德教条的限制，所以词中呈现的是更为纯粹的私人空间。虽然词在发展过程中，也有意识地向诗歌靠近，引入了公共领域的一些话语，特别是在词学理论与批评方面，“雅正”的思想不断被强调，但是在实际创作中依然保存着私人空间这一独特的领地。

宋词对于传统诗歌中私人空间的呈示有所拓展，更注重深隐幽微，而且往往主动建构起一个私人空间，在其中抒写自我的细腻情思。这其实也体现出宋人更注重“私”。进一步而言，宋人作为生命个体的自我意识愈来愈强，他们通过词体展现的是更为自然更为本真的人的存在。也正是因为这样的私人空间的存在，词才能在各种体裁的文学中独占一席之地。

下编　日常活动篇

第八章 织绣

在倡导男耕女织的古代社会，纺织、刺绣被认为是妇女职责的一部分，是妇女日常生活中的重要活动。《礼记·内则》:“女子十年不出，姆教婉娩听从，执麻枲，治丝茧，织纴组紃，学女事以共衣服。”也就是说，女子从十岁开始就不能像男子那样外出，必须在家里学习女性言行规范以及绩麻缥丝、织布制衣等女红之事。班昭《女诫·妇行》中指出女子有德、言、容、功四行，其中“妇功”的首要表现是“专心纺绩”。织绣既然成为妇女专心之职事，其水平自然也随着历史的积淀越来越高。唐宋时期，织绣之盛已经蔚为可观，不少女性拥有高超的织绣技艺，在传世的史料及笔记小说中屡有记载。唐宋诗词中也有很多描写织绣的场景，诗人们把织绣作为展现女性美的典型情境，摹绘出了唐宋妇女日常生活的画卷。

第一节 唐宋织绣工艺发展的文学呈现

纺织的历史源远流长。考古工作者曾在黄河中下游的仰韶文化遗址中发掘出纺轮、丝织物等，在浙江余姚河姆渡、吴兴钱山漾等地的文化遗址中，也发现了织物残片或织机零件。这说明在新石器时代黄河中下游地区与江南地区已经有了纺织活动。经过长期的历史发展，纺织工艺不断进步，唐宋时期的纺织业盛况空前。

唐代纺织业从官方到民间都有长足发展。唐代少府监下设有织染署，专掌织染之事，下设二十五个作坊，织纴之作十：布、绢、絁、纱、绫、罗、锦、绮、纚、褐；组绶之作五：组、绶、绦、绳、缨；紬线之作四：紬、线、弦、网；练染之作六：青、绛、黄、白、皂、紫，可见分工之细致。同时，唐代民间的纺织作坊也具有一定的规模，《朝野佥载》卷三中说"定州何名远大富，主官中三驿。每于驿边起店停商，专以袭胡为业。赀财巨万，家有绫机五百张"。一家有五百张织机，足见规模之大。而且，由于唐代大一统社会的建立，纺织打破了地域的局限，得到了广泛的普及，纺织技术也得到了普遍的提高。唐代前期，江南的纺织工艺尚不及北方，李肇《唐国史补》卷下："初，越人不工机杼，薛兼训为江东节制，乃募军中未有室者，厚给货币，密令北地娶织妇以归，岁得数百人，由是越俗大化，竞添花样，绫纱妙称江左矣。"越州在开元年间贡品只有交白绫一种，中唐时却品类繁多。《元和郡县志》卷二七"越州"载："自贞元之后，凡贡之外，别进异文吴绫及花鼓歇单丝吴绫、吴朱纱等纤丽之物，凡数十品。"可见，唐代北方精良的丝织技术传到江南以后，经过当地人的改进提高，南方的纺织技术也达到了很高的水平。王建《送郑权尚书南海》："白氎家家织，红蕉处处栽。"白氎，即白色的细棉布。在偏远的南海，家家户户都在纺织，可见纺织技术的普及。

从纺织工艺来看，唐代"出现了变化斜纹组织向正规的缎纹组织的过渡，织物结构上的'三原组织'（平纹、斜纹、缎纹）至此已臻完整”，“唐代中后期出现了纬线显花的织法，这在显花技术上是一大进步。一架织机完全不改变经线和提综顺序，只要改换纬线的颜色，就可织出花型相同而色彩各异的织品来。在这个基础上，还发展出了晕繝织法，即在织物表面上可织出接近于无级层次的彩色条纹，而且变化多端”①。当时能生产丝、棉、毛、麻葛等多种纺织品，其中以丝织品为多，据《新唐书·地理志》及《唐六典》的相关资料记载，唐代的贡品中的丝织物有绢、绫、锦、罗、纱、縠、段、䌷、丝布、绵、绮、絁、缯等，可见名目繁多。张彦远《历代名画记》中曾提及初唐时益州一位善织的艺匠——窦师纶。当时宫廷的仓库里，收藏有窦师纶所织的锦绫，图案极为丰富，有双雉、斗羊、翔凤、游麟及其他神兽。《旧唐书·代宗本纪》：“戊寅，诏：纂组文绣，正害女红。今师旅未息，黎元空虚，岂可使淫巧之风，有亏常制。其绫锦花文所织盘龙、对凤、麒麟、狮子、天马、辟邪、孔雀、仙鹤、芝草、万字、双胜、透背，及大繝绵、竭凿、六破已上，并宜禁断。其长行高丽白锦、大小花绫锦，任依旧例织造。有司明行晓谕。”可以看出，当时织锦的纹样繁多，唐代宗认为有侈靡之患，才会明令禁止。在唐诗中，有不少对当时纺织工艺的描绘。方干《赠进士章碣》：“织锦虽云用旧机，抽梭起样更新奇。”唐代织机和前朝的相较，没有重大变化，但在织法上却颇新异。郑谷《锦二首》其一：“布素豪家定不看，若无文彩入时难。”唐人追求时尚，讲究“入时”，对于织物的要求亦是如此。韩常侍《寄织锦篇与薛郎中》：“锦字龙梭织锦篇，凤凰文采间非烟。并他时世新花样，虚费工夫不直钱。”虽说“虚费工夫不直钱”，却也言

① 陈维稷《中国纺织科学技术史》，科学出版社，1984年，第107页、第291页。

“时世花样新”，可见当时的织物是有着时尚风潮的。

唐代织物的花色非常丰富，施肩吾《杂古词五首》其三：“夜裁鸳鸯绮，朝织蒲桃绫。欲试一寸心，待缝三尺冰。”陈陶《续古二十九首》其二十四：“婵娟越机里，织得双栖凤。慰此殊世花，金梭忽停弄。”卢纶《宴赵氏昆季书院因与会文并率尔投赠》：“花攒骐骥枥，锦绚凤凰窠。”王建《织锦曲》：“红缕葳蕤紫茸软，蝶飞参差花宛转。”又《花褐裘》：“对织芭蕉雪毳新，长缝双袖窄裁身。”白居易《杭州春望》：“红袖织绫夸柿蒂，青旗沽酒趁梨花。”蒲桃、鸾凤、麒麟、花叶、蝴蝶、芭蕉、柿蒂等显示了织物花纹的多样。杜甫《太子张舍人遗织成褥段》中描述所收到的锦褥：“开缄风涛涌，中有掉尾鲸。逶迤罗水族，琐细不足名。”白居易《缭绫》：“中有文章又奇绝，地铺白烟花簇雪……织为云外秋雁行，染作江南春水色……异彩奇文相隐映，转侧看花花不定。”皆可见当时纺织工艺的高超。白居易《庾顺之以紫霞绮远赠以诗答之》：“千里故人心郑重，一端香绮紫氛氲。开缄日映晚霞色，满幅风生秋水纹。为褥欲裁怜叶破，制裘将剪惜花分。”诗人笔下的织物精美无比，以至于担心损伤花叶而不敢剪裁制作衣被，这样的效果可以说是技术与艺术的完美结合。

宋代纺织品的产量更大。据《宋会要辑稿》“食货六十四”之“匹帛”记载，宋代各路缴纳租税的丝织品有罗、绫、绝、绡、紬、丝、绵七种，从地域分布来看与唐代差别不大，但在缴纳的数量上已有变化。以绢为例，两浙路每年要缴纳六十七万余匹、江南东路要缴纳三十八万余匹。汪元量《湖州歌九十八首》其八十四：“花毯褥裀三万件，织金凤被八千条。”宋代纺织业的分工更为细密，除了少府监下设绫锦院、内染院、文绣院外，在各地也设有纺织工场。《宋史·食货志》载：“其纤丽之物，则在京有绫锦院，西京、真定、青益梓州场院主织锦绮、鹿胎、透背，江宁府、润州有织罗务，梓州有绫绮场，亳州市绉纱，大名府织绉縠，青、齐、郓、濮、淄、潍、沂、密、登、莱、衡、永、全州市平絁。”同时，还在成都设有转运司、茶马司锦院，由监官专管织造西北和西南少数民族所喜爱的各式花锦。精细的分工使得织物的工艺水平得到了更大的进步。宋陆游《老学庵笔记》载：“亳州出轻纱，举之若无，裁以为衣，真若烟雾。一州惟两家能织，相与世世为婚姻，惧他人家得其法也。云自唐以来名家，今三百余年矣。”而且，从宋初起，除了皇室和官僚服饰专用锦缎之外，一般绸缎已不再禁止使用。宋太宗曾诏令“锦绮、鹿胎、透背、六铢、猗正、龟壳等段匹，不须买织，民间有织卖者勿禁”。可见，精美的织物在当时已普及到民间。

宋代纺织品的花色、款式及工艺较唐代也更为丰富。“宋代织造大大发展了汉唐以来的丝织工艺技巧，发展了写生花、遍地锦纹等，成为一种色彩更加复杂的工艺品。”① 尤其是花卉题材，团窠花、折枝花、散搭花、缠枝花等图纹愈加精细。从福州黄昇墓和江苏金坛周瑀墓发掘的实物来看，有纱、罗、绢、绮、绫、绉等品种。其中绫罗的提花，最大花朵图案直径达十二厘米，基本摆脱了汉唐提花细小的传统，形成宋代特有的风格。在纺织技术方面，缂丝工艺尤值得一提。缂丝采用“通经断纬”的织法，以本色生丝为经线，用手工把各色纬丝按花纹轮廓分块织造，纬丝并不贯穿于整个画面，当花纹轮廓

① 李仁溥《中国古代纺织史稿》，岳麓书社，1983年，第129页。

碰到垂直线的时候，就留下断痕，犹如尖刀刻镂一般。缂丝工艺出现较早，湖南长沙马王堆汉墓中就已发现了制作精美的缂丝毛织物。唐代缂丝的纹样一般以简单的几何形花纹为主，色彩主要是平涂的块面，还没有使用晕色匹配，因此色彩层次不够丰富。宋代缂丝工艺达到相当高的水平。北宋缂丝花纹更为精细富丽，纹样结构既对称又富于变化，并创造了“结”的戗色技法。南宋时缂丝技法更为丰富，纬丝色彩不断增加，对于纬丝的松紧处理也更为灵活。董其昌《筠轩清閟录》中记载了宋代缂丝锦纹样的丰富：“宋之锦样，则有刻丝作楼阁者，刻丝作龙水者，刻丝作百花攒龙者，刻丝作龙凤者、紫宝阶地者、紫大花者、五色簟文者（一名山和尚）、紫小滴珠方胜鸾鹊者、青绿簟文者（一名阁婆，一名蛇皮）、紫鸾鹊者（一等紫地紫鸾鹊，一等白地紫鸾鹊）、紫白花龙者、紫龟纹者、紫珠焰者、紫曲水者（一名落花流水）、紫汤荷花者、红霞云鸾者、黄霞云鸾者（一名绛霄）、青楼阁者（阁一作台）、青天落花者、紫滴珠龙团者、青樱桃者、皂方团白花者、褐方团白花者、方胜盘象者、毬路者、衲者、柿红龟背者、樗蒲者、宜男者、宝照者、龟莲者、天下乐者、练鹊者、方胜练鹊者、绶带者、瑞草者、八花晕者、银钩晕者、细红花盘雕者、翠色狮子者、盘球者、水藻戏鱼者、红遍地杂花者、红遍地翔鸾者、红遍地芙蓉者、红七宝金龙者、倒仙牡丹者、白蛇龟纹者、黄地碧牡丹方胜者、皂木者。”可见，当时缂丝工艺非常发达。宋代还出现了朱克柔、沈子蕃等缂丝高手。宋徽宗赵佶对于朱克柔的作品称赏有加，曾在其织品《碧桃蝶雀图》上题诗：“雀踏花枝出素纨，曾闻人说刻丝难。要知应是宣和物，莫作寻常黹绣看。”明文彦可称赞朱克柔的作品："人物、树石、花鸟，精巧疑鬼，工品价高，一时流传至今，尤成罕购。此尺帧（笔者按：缂丝山茶图），古澹清雅，有胜国诸名家风韵，洗去脂粉，至其运丝如笔，是绝技，非今人所得梦见也，宜宝之"，可见其作品之精美。

宋代诗词中也可见当时纺织工艺的精巧。一缕缕丝线在织妇的巧手下幻化为惟妙惟肖的图景：

泥和五芳中出诏，锦裁双兽织成花。（宋祁《仲冬二日使到颁翠毛锦旋襕》）

盘龙新织翠云裘，检点黄封玉匣收。（王珪《宫词》）

客从西北来，遗我锦绣段。上有双凤凰，文彩何灿灿。置之箧笥中，岁月亦已宴。天孙顾七襄，雷电下河汉。凤凰忽飞去，遽然失把玩。贫家机杼寒，秋虫助予叹。（文天祥《题周山甫锦绣段》）

吴姬织绫双凤花，越女制绮五色霞。（艾性夫《木绵布歌》）

织成云外雁行斜，染作江南春水浅。（晏几道《玉楼春》）

织女机头蜀锦川。枝上绿毛幺凤子，飞仙。乞与双双作被眠。（李石《南乡子》）

这些诗句皆描写了宋代织物花色的多样。还有当时流行的织金工艺也增添了织物的华美，如王镃《秋日过京口》："水国易寒裘马健，织金添作海青衣。"宋代织物品类多样，楼钥《织锦棋盘》描绘了一幅织锦棋盘的巧夺天工："锦城巧女费心机，织就一枰如许齐。仿佛回文仍具体，纵横方罫若分畦。"简直就是一件精美的工艺品。宋代织物的质地也从另一方面显示出高超的纺织技艺。陆游《夏白苎》"素绡细织冰蚕缕，清寒不受人间暑"，项安世《纱诗》"芙蕖供色更供丝，缉就沙溪水面漪。疏密整斜于雪似，香轻软细与风宜"，皆可见当时织物的轻薄细软。宋代蜀锦已负盛名，释道枢《颂古三十九首》其十六"织成蜀锦千般巧，不出当时一只梭"，写出了织锦人技艺的高超。

针黹也是女红的重要项目之一，包括缝纫、刺绣等针线活计，其中刺绣不仅能衡量女性巧拙，而且具有陶冶性情之效。清丁佩《绣谱》："工居四德之末，而绣又特女红之一技耳。古人未有谱之者，以其无重轻也。然而闺阃之间籍以陶淑性情者，莫善于此。以其能使好动者静，好言者默，因之戒慵惰息纷纭。一志凝神，潜心玩理。固不特大而施之庙堂，小而饰之鞶帨，莫不瞻黼黻之光，得动植之趣也。至于师造化以赋形，究万物之情态，则大与才人笔墨名手丹青，同臻其妙。"中国刺绣的历史源远流长。战国江陵楚墓发现的龙凤虎纹绣，所用的绣线颜色达到十二种之多，图案丰满美观①。随着历史的发展，绣艺愈发精妙，针法更为繁多。唐代的绣品已经达到相当高的水平，相传玄宗时宫廷中为杨贵妃一人织造纹锦、刺绣衣裙的工人多达七百人②。尚刚《隋唐五代工艺美术史》认为："唐绣进步的基本标志有两个：题材的拓宽和技法的丰富。"据唐苏鹗《杜阳杂编》载："永贞元年，南海贡奇女卢眉娘……能于一尺绢上绣《法华经》七卷，字之大小不逾粟粒，而点画分明，细于毛发。"同书又载：同昌

① 赵丰《中国丝绸通史》，苏州大学出版社，2005年版，第72页。

② ［宋］乐史《杨太真外传》，见［五代］王仁裕等《开元天宝遗事十种》，上海古籍出版社，1985年，第133页。

公主出嫁时，有神丝绣被，“绣三千鸳鸯，仍间以奇花异叶”，可见当时绣艺的发达。

唐诗中关于刺绣的描写很多，张潮《长干行》：“妾有绣衣裳，葳蕤金缕光。”李白《赠裴司马》：“翡翠黄金缕，绣成歌舞衣。”刘禹锡《同乐天和微之深春二十首》其十六：“双鬟梳顶髻，两面绣裙花。”白居易《议婚》：“红楼富家女，金缕绣罗襦。”胡令能《观郑州崔郎中诸妓绣样》：“日暮堂前花蕊娇，争拈小笔上床描。绣成安向春园里，引得黄莺下柳条。”罗隐《绣》：“一片丝罗轻似水，洞房西室女工劳。花随玉指添春色，鸟逐金针长羽毛。蜀锦谩夸声自贵，越绫虚说价犹高。可中用作鸳鸯被，红叶枝枝不碍刀。”可见，唐人服饰绣有花纹是很常见的。

唐代刺绣纹样以花卉禽鸟为主，在唐诗中多有反映。李白《宫中行乐词八首》其一：“石竹绣罗衣。”杜甫《李监宅》：“屏开金孔雀，褥隐绣芙蓉。”权德舆《玉台体十二首》其六：“罗衣不忍著，羞见绣鸳鸯。”白居易《绣妇叹》：“连枝花样绣罗襦，本拟新年饷小姑。”王建《宫词一百首》其十七：“罗衫叶叶绣重重，金凤银鹅各一丛。”于鹄《赠碧玉》：“新绣笼裙豆蔻花，路人笑上返金车。”刘言史《看山木瓜花二首》其二：“柔枝湿艳亚朱栏，暂作庭芳便欲残。深藏数片将归去，红缕金针绣取看。”张鷟《游仙窟》中咏崔五嫂：“织成锦袖骐驎儿，判绣裙腰鹦鹉子。”《晡时申十三首》其五：“红罗帐上间银泥，绯绣床帏蹙金雁。”这些千姿百态的花样既有普通彩线绣成的，也有金银线绣成的，尽显唐代刺绣工艺的高超。

宋代对刺绣的重视愈甚，《宋会要辑稿》中记载了宋代官府设“文绣院”掌纂绣的史实，当时“文绣院”中的三百名绣工都是从民间选拔的刺绣高手，专门绣制龙袍、凤衣、朝服等各种衣饰。尤值得一提的是，宋绣与绘画相结合，进一步提高了绣品的艺术性。宋徽宗崇宁年间皇家画院设立了绣画专科，招募民间绣工三百人，生产宫廷日用品和欣赏品。《长物志》中这样描绘宋绣与绘画的关系：“宋绣，针线细密，设色精妙，光彩射目，山水分远近之趣；楼阁得深邃之体；人物具瞻眺生动之情；花鸟极绰约嚵唼之态，不可不蓄一、二幅，以备画中一种。”传世的《宋刻丝绣线合璧册》中有南宋绣品《海棠双鸟图》，绣海棠一枝，双鸟一立于枝上，一俯飞而下，鸟羽依羽毛生长方向层层绣出，效果逼真。有宋一代，谙于刺绣的女性多不胜举，如宋刘攽《彭城集·周夫人墓志铭》中说，北平荣弋妻周氏的作品“纤密巧致，点苏为花卉虫鱼，若生就然”。

宋代诗词中提及的绣品种类繁多，衣裙、鞋袜等服饰上普遍可见刺绣工艺的运用。宋代服饰刺绣图案以鸳鸯、蝴蝶、瑞草、芙蓉等为主，常采用加金绣工艺：

樱小杏青寒食后，衣换缕金轻绣。（张先《清平乐》）

绿缬袙，红绣裳，衫盘蜂蝶裙鸳鸯。（文同《采莲曲》）

不道吴绫绣袜，香泥斜沁几行斑。（王观《庆清朝慢》）

嫩曲罗裙胜碧草，鸳鸯绣字春衫好。（晏几道《蝶恋花》）

团金袍袖绣长靴，寒食宸游乐事奢。（张耒《春宫》）

绣履弯弯，未省离朱户。（赵令畤《蝶恋花》）

南陌东城尽舞儿，画金刺绣满罗衣。（姜夔《灯词》）

辔丝晓转全龟影，衣绣春随锦鹊花。（文天祥《宴交代湖南提弄李运使致语口号》）

在帘幕、枕衾、屏风等居室用品上也可以看到精美绝伦的绣迹：

定是司花怯晓寒，花枝围处密萦蟠。草针柳线藏真巧，莫作寻常倚市看。（邓深《次韵绣屏》）

闲熏翠被郁金香，拂拭绣枕屏山绿。（李丙《夜夜曲》）

花好千金未当价，只宜屏隐绣芙蓉。（赵蕃《从礼折花携具见过且赋二诗》其二）

酒力渐浓春思荡，鸳鸯绣被翻红浪。（柳永《凤栖梧》）

绣枕双鸳，香苞翠凤。（晏几道《踏莎行》）

西楼促坐酒杯深，风压绣帘香不卷。（秦观《木兰花》）

刺绣自古被认为是贵重的奢侈品。《诗经》中的“衮衣绣裳”（《豳风·九罭》）、“黻衣绣裳”（《秦风·终南》）等，描写的都是贵族服饰。《盐铁论》中更直言：“罗纨文绣者，人君后妃之服也。”唐宋以来，刺绣渐为普及，在服饰、家居用品中运用刺绣已成为较普遍的现象。如团扇，王苍《诉衷情》：“补成团扇绣残工，并蒂瑞芙蓉。”张孝祥专有一首《浣溪沙》咏绣扇，有句云：“只说闽山锦绣帷，忽从团扇得生枝。”可见扇上写生花卉的逼真。还有一种唐宋人喜佩戴的小饰物——香囊，也常常有着精巧的绣工。司空曙《长林令卫象饧丝结歌》：“绣囊畏并茱萸结。”周邦彦《迎春乐》：“比目香囊新刺绣。

连隔座、一时薰透。”周密《浣溪沙》：“合色麝囊分翠绣，夹罗萤扇缕金书。”小小的香囊配上精致且含情脉脉的刺绣，在唐宋诗词中呈现出独特的情韵。佛教徒供养的佛像也往往是绣成的。杜甫《饮中八仙歌》：“苏晋长斋绣佛前，醉中往往爱逃禅。”释正觉《余姚胡氏绣观音求颂》：“线蹊密密度金针，一一针针观世音。妙净庄严成相好，光明感应发身心。”

宋代女子的绣艺是非常高超的。吴文英《瑞鹤仙》：“藕心抽莹茧。引翠针行处，冰花成片。”随着绣针刺过的痕迹，美妙的花纹便呈现出来，一个绣艺高超的女子形象也呼之欲出。无名氏《眼儿媚》：“深闺小院日初长，娇女绮罗裳。不做东君造化，金针刺绣群芳样。斜枝嫩叶苞开蕊，唯只欠馨香。曾向园林深处，引教蝶乱蜂狂。”精美的花样刺绣竟然惹来蜂蝶，足见其生动逼真。薛田《成都书事百韵》：“靓女各攻翻样绣，袪商兼制砑绫笺。”当时的绣女在绣样上也是花费了不少心思的。

除了纺织和刺绣，其他诸如印染、裁剪、缝制衣裳等女红职事在唐宋诗词中都有表现。如白居易《缭绫》：“染作江南春水色。”陈克《渔家傲》：“宝瑟尘生郎去后。绿窗闲却春风手。浅色宫罗新染就。晴时后。裁缝细意花枝斗。”周紫芝《鹧鸪天》：“娇痴应挽香罗比，六幅双裙染郁金。”李白《白纻辞三首》其三：“吴刀剪彩缝舞衣，明妆丽服夺春晖。”《子夜吴歌·冬歌》：“明朝驿使发，一夜絮征袍。素手抽针冷，那堪把剪刀。裁缝寄远道，几日到临洮。”史达祖《过龙门》：“燕尾宝刀窗下梦，谁剪秋裳。”王安中《御街行》：“冰蚕绵厚，金雕锦好，永夜缝宫线。”这些描写构筑起了唐宋女性日常从事女红劳作的完整形象。

第二节　闺思与倦绣：唐宋诗词中织妇绣女的审美指向

由于唐宋织绣工艺的高度发展与织绣产品的大量需求，从事织绣活动的人数颇多，主要是女性。唐宋诗词中织绣的女性形象也颇为丰富，这些形象成为展现女性审美的重要内容。

唐宋诗词中织绣的女性形象从审美角度而言，多着重展现女性情态之美。如：

> 衣香逐举袖，钏动应鸣梭。（虞世南《中妇织流黄》）
>
> 小姑织白纻，未解将人语。（李白《湖边采莲妇》）
>
> 锦机争织样，歌曲爱呼名。（许浑《鸳鸯》）
>
> 临水芙蓉自儿女，镜边刺绣晚沉吟。（白玉蟾《秋园夕眺》）
>
> 大妇织云锦，中妇绣鸳鸯。小妇独无事，对镜理红妆。（曹勋《三妇艳歌》）
>
> 羞蛾浅浅，秋水如刀翦。窗下无人自针线，不觉郎来身畔。（杨师纯《清平乐》）
>
> 懒浴新凉睡早，雪靥酒红微笑。倚楼起把绣针小。（吴文英《秋蕊香》）
>
> 娇倚银床添绣线，长喜修眉舒绿。（仲并《念奴娇》）

或美丽诱人，或娇俏可人，各种情态犹如一幅幅美人图，尽现女性之美。这类作品更多地将女性做了艺术化的处理。诗人以欣赏美人的心态写作，织绣是表现女性美的一种方式。

在多种多样的女性情态中，值得关注的是对于织绣女性情感世界的书写。唐诗中织绣女性的情感往往是低落的、感伤的，她们将无限的心事寄托在针线之间。白居易《急乐世》："正抽碧线绣红罗，忽听黄莺敛翠蛾。秋思冬愁春恨望，大都不得意时多。"一年四季，绣女内心都有不尽的伤感，或许是感情生活不如意吧。崔国辅《怨词二首》其二："楼头桃李疏，池上芙蓉落。织锦犹未成，虫声入罗幕。"与织锦相伴的是绵绵春愁。元稹《白衣裳二首》其一："半含惆怅闲看绣，一朵梨花压象床。"惆怅的内心无所寄托，只能百无聊赖地看之前的刺绣。朱绛《春女怨》："独坐纱窗刺绣迟，紫荆花下啭黄鹂。欲知无限伤春意，尽在停针不语时。"绣女的幽怨的内心世界在停针不语的瞬间显露无遗。李建勋《殴妓》："恨枕堆云髻，啼襟搵月黄。起来犹忍恶，剪破绣鸳鸯。"因内心的情感无法满足，气恼之余剪破绣鸳鸯，织妇绣女复杂多变的心理情感与日复一日、年复一年单调枯燥的劳作形成鲜明对比，使人物形象更加生动。

唐代诗人尤其善于通过织妇绣女表现离别相思之情。孟郊《古意》写征人思妇之愁，其中的思妇"启贴理针线，非独学裁缝。手持未染彩，绣为白芙蓉。芙蓉无染污，将以表心素。欲寄未归人，当春无信去。无信反增愁，愁心缘陇头"，刺绣成为表达情意、寄托相思的途径。温庭筠《杨柳枝》："织锦机边莺语频，停梭垂泪忆征人。"织妇听到织机畔不断响起的莺语，不由得停下手中的活计思念起远人。类似的还有李白《乌夜啼》："机中织锦秦川女，碧纱如烟隔窗语。停梭怅然忆远人，独宿孤房泪如雨。"徐彦伯《春闺》："戍客戍清波，幽闺幽思多……裁衣卷纹素，织锦度鸣梭……年光只恐尽，征战莫蹉跎。”裁衣织锦是思妇日常生活的写照。刘长卿《疲兵篇》同样表现征人思妇之愁：“军前仍欲破重围，闺里犹应愁未归。小妇十年啼夜织，行人九月忆寒衣。”将军中与闺中相绾合，小妇夜织是思妇的典型情境。钱起《效古秋夜长》“含情纺织孤灯尽，拭泪相思寒漏长”，刘复《长相思》“彩丝织绮文双鸳，昔时赠君君可怜。何言一去瓶落井，流尘歇灭金炉前”，表达的都是所爱不见的无尽伤感与惆怅。无名氏《杂诗》：“不洗残妆凭绣床，也同女伴绣鸳鸯。回针刺到双飞处，忆着征夫泪数行。”在刺绣的过程中想到远戍的丈夫，不禁潸然泪下。在女性的诗歌中也有同样的书写。张窈窕《春思二首》其一：“门前梅柳烂春辉，闭妾深闺绣舞衣。双燕不知肠欲断，衔泥故故傍人飞。”明媚的春日里却闭门绣衣，其中所蕴藏的春愁春恨是外人难以体察的。

宋代诗词中依然延续这一传统，以织绣场景展现闺怨题材。曹勋《春闺怨》：“着意绣鸳鸯，双双戏小塘。绣罢无心看，杨花满绣床。”绣出活灵活现的鸳鸯，却无心去看，这缘于内心深处的怨情。黄庭坚《古乐府白苎四时歌》：“络纬惊秋鸣唧唧，美人停灯中夜织。回文中有白头吟，人生难得相知心。”美人夜织，抒发的却是“人生难得相知心”的闺愁。杜安世《菩萨蛮》：“锦机织了相思字。天涯路远无由寄。”想用织物以传情，却路远难寄，内心的伤感可想而知。方千里《少年游》：“丹青闲展小屏山。香烬一丝寒。织锦回纹，生绡红泪，不语自羞看。相思念远关河隔，终日望征鞍。不识单栖，忍教良夜，魂梦觅长安。”织锦只能自己看，长夜漫漫，独守空房怀远人是何等落寞。

织绣本是一个劳作的场景，为何会与闺怨题材联系起来？从现实情境来看，织绣是女子闺中的主要活动，而且古代女性无论是世家大族还是平民百姓，都会从事织绣，虽然目的不尽相同，但在这一行为过程中每一个人自然会有属于自己的情感波动。更何况她们有时并不是给自己织绣衣饰，而是给远行的丈夫或意中人，就更易触发情感。从文学传统来看，与织绣的文学书写相关的一些重要典故本身就带有闺思的意义。在古代关于织绣的诗歌中，常见的典故有两个，一是织女，二是苏蕙织回文锦。织女是传说中善织的女神，《古诗十九首》中有一首描写了织女的感情世界："迢迢牵牛星，皎皎河汉女。纤纤擢素手，札札弄机杼。终日不成章，泣涕零如雨。河汉清且浅，相去复几许？盈盈一水间，脉脉不得语"，表现的是有情人两地相思的悲凉况味。现代学者一般认为，这是牛郎织女爱情传说的最早起源。既然纺织的女神都是终日相思，人间的女子在织作时相思可以说是自然而然了。唐宋诗词中在描写织绣女性时还喜用苏蕙织回文锦的典故。苏蕙是前秦秦州刺史窦滔之妻，据《晋书·窦滔妻苏氏列传》载："滔，苻坚时为秦州刺史，被徙流沙，苏氏思之，织锦为回文旋图诗以赠滔。宛转循环以读之，词甚凄惋，凡八百四十字，文多不录。"苏蕙织锦也是为表达离别相思之情。我们可以看到，在唐宋诗词中，回文之典比比皆是。李白《代赠远》："织锦作短书，肠随回文结。"孟郊《离思》："回织别离字，机声有酸楚。"元稹《春别》："肠断回文锦，春深独自看。"徐铉《梦游三首》其三："因思别后闲窗下，织得回文几首诗。"周邦彦《三部乐》："回文近传锦字，道为君瘦损，是人都说。"李弥逊《念奴娇》："轧轧邻机芳思乱，愁入回文新织。"

此外，乐府民歌中谐音双关之法也将织绣与思妇联系了起来。南朝乐府《子夜歌》：“始欲识郎时，两心望如一。理丝入残机，何悟不成匹。”“丝”与“思”谐音，“匹”既指绢布之匹，又有二人匹配之意。在这些文学传统的共同作用之下，织绣与闺思的联系显得尤为紧密，我们看到的织妇绣女大多是愁思婉转的。

唐宋诗词中对于织妇绣女闺思之情的描写可以说触及了她们的感情世界，但是在这类描写中，织绣并不具有特殊意义，而是与其他女性行为，如梳妆、览镜等一样，都是表达感情的媒介。而且织绣的场景也多是经过美化的，经常出现“谁家少妇事鸳机，锦幕云屏深掩扉”（钱起《效古秋夜长》）、“夜夜学织连枝锦，织作鸳鸯人共怜”（李德裕《鸳鸯篇》）之类的描述，织机是精美的，织物也是美好的。我们看到的不是繁忙的机械作业式的场景，而是带着轻愁浅恨的抒情空间。在宋词中，这一特征更为典型。如果说诗歌中的织绣场景是经过了从现实生活到艺术的一重美化，那么词中的很多织绣场景就是经过了二次美化。因为词体本就是一种精美的言情体裁，在词中，许多女性身份甚至都是模糊的，词人并不以塑造具有个性的真实女性为目的，而是通过富有美感的女性形象来抒情。所以即便是织绣形象，也是艺术化的，比如大多数女性都是在织着回文诗，王安中《点绛唇》：“将归思，晕红萦翠，细织回文字。”李弥逊《念奴娇》：“轧轧邻机芳思乱，愁入回文新织。”张孝祥《虞美人》：“织锦回文空在，寄他谁？”回文成为女性心绪的一种象征，为纺织这一机械式的作业增添了情感意蕴。

对于男性而言，他们既把女性作为审美对象，所关注的自然是女性如何在生活中展现出自身吸引力。男性对女性的描写无外乎情与态两方面。从情的一方面讲，织绣与闺思闺情相联系，是唐宋诗词中的普遍现象；从态的一方面看，由唐至宋发生了一些变化，比较典型的是“倦绣”形象在宋代大量出现。可以说，宋代诗词中出现的倦绣场景描写是对织妇绣女审美形象的新开掘。唐诗中描写倦绣情景的作品并不多，宋代诗歌中渐多，有专门题写《倦绣图》的，如范成大《题汤致远运使所藏隆师四图·倦绣》：“猧儿弄暖缘阶走，花气薰人浓似酒。困来如醉复如愁，不管低鬟钗燕溜。无端心绪向天涯，想见樯竿幡脚斜。槐阴忽到帘旌上，迟却寻常一线花。”仇远《倦绣图》：“花残院静昼阴长，困思瞢腾下绣床。肯信村中蓬鬓女，夜灯辛苦织机忙。”也有单纯描写倦绣场景的，如张耒《和闻莺》：“妆残玉枕朝酲后，绣倦纱窗昼梦时。”这一类手把针线或抛却针线的慵困娇态惹人怜惜。男性对女性此种倦绣的情态十分痴迷，特别是在宋词中频频描写倦绣的情景：

寒食近，踏青时。画堂西。可是春来偏倦绣，乍生儿。（张元幹《春光好》）

钏阁桃腮香玉溜。困倚银床倦绣。（陈允平《惜分飞》）

春寒雨妥，花萼红难破。绣线金针慵不作，要见秋千无那。（朱敦儒《清平乐》）

春山叠叠秋波慢，收拾残针线。又成娇困倚檀郎。无事更抛莲子、打鸳鸯。（赵彦端《虞美人》）

倦绣闲庭昼永，望天涯、芳草忆征鞍。（李好古《八声甘州》）

妆褪宫梅人倦绣，梦回春草日初长。（吴文英《望江南》）

眼波横秀。乍睡起、茸窗倦绣。甚脉脉、阑干凭晓，一握乱丝如柳。（仇远《薄倖》）

整日从事绣工的女子，难免有疲劳和厌倦的时候，常常伴着无限的春愁和对恋人的绵绵思念，或是迟迟不得下针，或是直接抛却针线。当女性对这一职事呈现出背离时，实是一种无奈寥落生活的写照。不仅男性，女性自身也对此深有体悟，张玉娘《闺情·倦绣》诗云："绿窗春睡起常迟，绣罢鸳鸯听子规。斜倚睡屏闲怅望，慵临鸾镜独支颐。工余彩线日空永，愁伴珊瑚梦已违。细数目前花落尽，伤心都付不言时。"大好的春日却在刺绣中度过，落寞无聊的行止道出了倦绣女子的心境。古代不少画家都以倦绣为题材绘画。陆游一首咏夜合花的诗题中说："白乐天诗云：'倦倚绣床愁不动，缓垂绿带髻鬟低。辽阳春尽无消息，夜合花前日又西。'好事者画之为倦绣图。"宋代的陈居中、元代的赵孟頫等都绘有《倦绣图》[①]。明代唐寅亦摹前人之作，王世懋《跋陈玉叔倦绣图》云："唐伯虎解元于画无所不佳，而尤工于美人，……此倦绣图，从赵文敏公摹来，故设色之艳，位置之工，迥胜他日作。至其雅韵风流，意在笔外，则伯虎自有伯虎在，览者当自得之。"唐氏并有《题倦绣图》诗曰："夜合花开香满庭，玉人停绣自含情。百花绣尽皆鲜巧，惟有鸳鸯绣不成。"可见，古代文人对倦绣是情有独钟的。

慵倦之态作为女性审美标准由来已久。汉伶玄《赵飞燕外传》：

---

① 赵孟頫作《倦绣图》事，见（清）方薰《山静居画论》（西泠印社出版社，2009年，第81页）卷下："赵松雪（赵孟頫）《倦绣图》，仕女作欠伸状，丰容盛鬋，全法周昉。衣描游丝纹，胡石辛夷点景，饶有古意，上多题句。惜绢素已将败裂矣。"

“合德新沐，膏九曲沉水香，为卷发，号新髻；为薄眉，号远山黛；施小朱，号慵来妆。”但是将慵倦之态与女性织绣联系起来在宋代以前并不多见。织绣作为女红职事，在女子的行为规范中都要求勤谨而为。唐宋若莘、宋若昭所作《女论语》中提到女红的要求：

> 凡为女子，须学女工。纫麻缉苎，粗细不同。车机纺织，切勿匆匆。看蚕煮茧，晓夜相从。采桑摘拓，看雨占风。滓湿即替，寒冷须烘。取叶饲食，必得其中。取丝经纬，丈疋成工。轻纱下轴，细布入筒。绸绢苎葛，织造重重。亦可货卖，亦可自缝。刺鞋作袜，引线绣绒。缝联补缀，百事皆通。能依此语，寒冷从容。衣不愁破，家不愁穷。莫学懒妇，积小痴慵。不贪女务，不计春冬。

可以看出，其中对各项女红劳动都要求勤劳认真，并指出“莫学懒妇，积小痴慵”。慵织倦绣显然与女教的规范相背离。可是，我们在宋人的诗词中，频频看到倦绣的情景，这一方面与宋代女性的劳作量大有直接关系。宋代布帛的需求量大增，除了给官员的大量赏赐，还有对辽、西夏的“岁币”“岁赐”以及和其他民族的贸易往来，宋代女性日常的织作量很大，相应的刺绣等活计自然也比较繁重。在宋代诗词中，我们可以看到，女性在日常生活中总是处于与织绣相关的状态。李吕《临江仙》：“日上花梢初睡起，绣衣闲纵金针。错将黄晕压檀心。见人羞不语，偷把泪珠匀。”刚刚睡起就要开始刺绣，因为心事重重，将花心绣错了颜色——在心绪不宁的时候，仍然未放下手中的针线。辛弃疾《粉蝶儿》：“昨日春如，十三女儿学绣。一枝枝、不教花瘦。”

豆蔻年华的女子已开始学习刺绣。甚至身体不适的时候，女子们也不曾放下针线："病起心情终是怯，困来模样不禁怜。旋移针线小窗前。"（陈克《浣溪沙》）尤其那些不是自由身的女子，所从事的女红更为繁重。黄庭坚《宴桃源·书赵伯充家小姬领巾》："心绪几曾忺，镜中赢得销瘦。生受，生受，更被养娘催绣。"心情不好的时候，还要被养娘催促，绣工不得有丝毫怠慢。赵闻礼《谒金门》描写了相似的情形："人病酒，生怕日高催绣。昨夜新翻花样瘦，旋描双蝶凑。"欧阳修的《醉蓬莱》写男女幽会，但是女子因未完成针线活计而忐忑不安："我且归家，你而今休呵。更为娘行，有些针线，诮未曾收啰。"可见，女子每天的绣活是有一定工作量的，并非随心所欲式的兴到而为、兴止而止。劳动愈繁重，疲倦就愈成为常态，这是宋代诗词中倦绣情景的生活来源。另一方面，宋代男性欣赏柔弱之美的审美取向也让慵倦之态成为他们的心头所好。这种慵懒的神情尤其显出女性的娇柔，对于将女性作为审美对象的男性来说，自然乐于勾绘这一场面。我们通过倦绣的场景也能感受到宋代特有的审美韵味。

第三节 从择偶到生计：唐宋织绣形象的社会意蕴

唐宋诗词中的织绣形象不但具有审美意味，还具有鲜明的社会现实意义。唐诗中有多篇专写纺织女性的诗作，如元稹《织妇词》、王建《当窗织》、处默《织妇》、杜荀鹤《蚕妇》、李询《赠织锦人》等。在很多诗歌中，诗人除了展现纺织女性高超的技术外，也道尽了她们的辛苦：

新妇去年胼手足，衣不暇缝蚕废簇。白头使我忧家事，还如夜里烧残烛。当初为取傍人语，岂道如今自辛苦。在时纵嫌织绢迟，有丝不上邻家机。（王建《去妇》）

一梭声尽重一梭，玉腕不停罗袖卷。窗中夜久睡髻偏，横钗欲堕垂着肩。合衣卧时参没后，停灯起在鸡鸣前。（王建《织锦曲》）

筋力日已疲，不息窗下机。（孟郊《织妇辞》）

织素缝衣独苦辛，远因回使寄征人。（张籍《寄衣曲》）

缭绫织成费功绩，莫比寻常缯与帛。（白居易《缭绫》）

札札机声晓复晡，眼穿力尽竟何如。（李询《赠织锦人》）

这些女性昼夜不息地劳作，创造了巨大的物质财富。白居易《重赋》：“昨日输残税，因窥官库门。缯帛如山积，丝絮如云屯”，可见当时织物数量之多。女性对社会财富的贡献也极大，正如苏拯《织妇女》中所写：“只看舞者乐，岂念织者苦。感此尝忆古人言，一妇不织天下寒。”苏涣《变律》亦云：“一女不得织，万夫受其寒。”在宋代诗文中，也常常可见纺织女辛劳的形象，如岳珂《拙妇吟》：“十七十八事机织，暗锁青闺人不识。”范成大的《缫丝行》：“妇姑相呼有忙事，舍后煮茧门前香。缫车嘈嘈似风雨，茧厚丝长无断缕。”文同《织妇怨》：“掷梭两手倦，踏簕双足趼。三日不住织，一疋才可剪。”

唐宋诗词中通过辛勤织作的女性揭示了当时的各种社会问题。徭役繁重、贫富不均是唐宋都存在的社会问题。孟郊《织妇辞》：“夫是田中郎，妾是田中女。当年嫁得君，为君秉机杼。筋力日已疲，不息窗下机。如何织纨素，自着蓝缕衣。官家榜村路，更索栽桑树。”因为徭役的繁重，女主人公自出嫁后夜以继日地纺织，辛苦之极。王建《簇蚕辞》：“已闻乡里催织作，去与谁人身上著。”日日辛勤纺织，所织之物竟不知去向何处。杜甫《自京赴奉先县咏怀五百字》则指出了徭役所往：“彤庭所分帛，本自寒女出。鞭挞其夫家，聚敛贡城阙。”李询《赠织锦人》：“札札机声晓复晡，眼穿力尽竟何如。美人一曲成千赐，心里犹嫌花样疏。”织妇们辛劳的成果富贵者甚至不屑一顾。宋代由于布帛需求量大，徭役更繁重，织妇的生活更辛苦。戴复古《织妇叹》描绘了织妇一年到头的辛劳生活：“春蚕成丝复成绢，养得夏蚕重剥茧。绢未脱轴拟输官，丝未落车图赎典。一春一夏为蚕忙，织妇布衣仍布裳。有布得着犹自可，今年无麻愁杀我。”忙碌的织作生活只是为了缴纳徭役，自己的处境依旧可怜。刘克庄《端嘉杂诗二十首》其十五：“说向丁男与小姑，各勤耕织了军需。莫教塞北同文轨，却为江南减赋输。”百姓的愿望其实很简单，希望天下太平，赋役减轻，为此他们努力耕织以供应军需，以求战事早日了结。宋伯仁《村姑二首》其二：“底事蹉跎二八年，嫁时装著未周旋。年年织得新丝绢，又被家翁作税钱。”少女年年辛苦织作，却连嫁妆都未积攒下，每每新织之物都缴税了。周南《蚕妇怨》：“去年蹉却沤麻时，寒女卒岁号无衣。今年无叶蚕眠迟，五月簇茧方缫丝。丝成那望衣儿女，且织霜缣了官赋。不愁织尽杼轴空，只恐精粗不中度。寒女寒女无重叹，且将败缕缝新绽。愿得明年蚕叶平，剜肉医疮为汝办。”蚕妇“剜肉医疮”的生活让人唏嘘。梅尧臣《和孙端叟蚕具十五首》其十五《织妇》：“织妇手不停，心与日月速。常忧里胥来，不待鸡黍熟。但言督县官，立要断机轴。谁知公侯家，赐帛堆满屋。”姚寅《养蚕行》：“缲成白雪不敢闲，锦上织成双凤团。天寒尺寸不得著，尽与乃翁输县官。君不见长安女儿嫩如水，十指不动衣罗绮。我曹辛苦徒尔耳，依旧绩麻冬日里。”两首诗都写出了贫富不均的社会现实和织妇的艰难生活。这些诗歌明显继承了中国古典诗歌的讽喻传统，以诗的形式揭露社会问题。需要指出的是，这类内容在词作中很少出现，这与“诗言志”“词言情”的分工是有关系的。

唐宋诗词中的织绣形象不仅揭示了古代社会的共同问题，还反映出一些具有鲜明时代特点的问题。唐诗中的织绣形象揭示了当时比较典型的贫女难嫁现象。唐代社会的择偶标准讲究门第、重视财富。士族望门如崔、卢、李、郑、王等大姓自视高贵，不肯与寒门庶族联姻。统治阶级上层成员都以与士族大姓联姻为荣，例如，唐高宗时官至中书令的李敬玄“前后三娶，皆山东士族，又与赵郡李氏合谱”。同样在高宗时期官至中书令的薛元超以“不得娶五姓女”为平生恨事之一。随着士族在政治经济上的没落，一些新兴的当权者便以资财换得与旧士族结亲的社会名誉。唐太宗于贞观十六年（642）颁诏指斥唐初婚俗：“问名惟在于窃资，结缡必归于富室。乃有新官之辈，丰财之家，慕其祖宗，竞乎婚媾，多纳财资，有如贩鬻。”这虽然主要针对当权的新贵族、官僚与没落的名门望族之间的联姻关系，但是这样的风气也波及民间，让很多贫穷家庭的子女嫁娶困难。陈东原在《中国妇女生活史》中就言及唐代贫女之难嫁：“重门第的观念虽可稍杀，势利的眼光，则深入人心。贫穷家女，乃不易嫁。”可见这是当时社会的一种普遍现象。白居易《议婚》对这一现象有具体描绘：

> 天下无正声，悦耳即为娱。人间无正色，悦目即为姝。颜色非相远，贫富则有殊。贫为时所弃，富为时所趋。红楼富家女，金缕绣罗襦。见人不敛手，娇痴二八初。母兄未开口，已嫁不须臾。绿窗贫家女，寂寞二十余。荆钗不直钱，衣上无真珠。几回人欲聘，临日又踟蹰。主人会良媒，置酒满玉壶。四座且勿饮，听我歌两途。富家女易嫁，嫁早轻其夫。贫家女难嫁，嫁晚孝于姑。闻君欲娶妇，娶妇意何如?

金缕罗襦的富家女傲慢无礼，求亲者却趋之若鹜；荆钗为饰的贫女在议婚时就被排斥，命运是何等不公。类似的情景在唐诗中屡屡出现，而且常常与纺织意象联系在一起。薛逢《贫女吟》:“残妆满面泪阑干，几许幽情欲话难。云髻懒梳愁拆凤，翠蛾羞照恐惊鸾。南邻送女初鸣佩，北里迎妻已梦兰。惟有深闺憔悴质，年年长凭绣床看。”眼看南邻北里的女子纷纷出嫁，而自己因家贫难有姻缘，只能长倚绣床垂泪伤神。张碧《贫女》“岂是昧容华，岂不知机织。自是生寒门，良媒不相识”，道出了贫女难嫁的原因——不是因为容貌不佳，也不是因为女红不巧，只是因家贫而无良媒，不得不贻误终身。于濆《织素谣》“贫女苦筋力，缲丝夜夜织”，处默《织妇》“蓬鬓蓬门积恨多，夜阑灯下不停梭”，都写出了贫女日夜的劳作，何其辛苦。然而结果却如于濆《苦辛吟》诗中所言“窗下抛梭女，手织身无衣”。李山甫《贫女》:“平生不识绣衣裳，闲把荆钗亦自伤。镜里只应谙素貌，人间多自信红妆。当年未嫁还忧老，终日求媒即道狂。两意定知无说处，暗垂珠泪湿蚕筐。”荆钗对于未婚的女性不仅意味着生活的贫寒，也成为她们婚姻的障碍。《新唐书》中记载了这样一件事：“永宁王相国涯居位，窦氏女归，请曰：‘玉工货钗直七十万钱。’王曰：‘七十万钱，岂与女惜？但钗直若此，乃妖物也，祸必随之。’”王涯的女儿买一只玉钗就要花去七十万钱，而王涯未买的理由并不是嫌贵买不起，而是觉得其是妖物。在唐代，七十万钱是怎样一个概念呢？元稹《遣悲怀三首》其一：“今日俸钱过十万。”十万是元稹元和四年（809）官监察御史时一个月的俸禄，七十万则相当于一位中下层官吏七个月的俸钱。又于逖《灵应录》：“陈太者，先家贫，贩纸为业。有一僧谓陈曰：‘尔有多少口，要几许金便得足？’陈曰：‘弟子幼累二十口，岁约一百缗粗备。’”一百缗即十万钱。也就是说，王涯女儿要买的玉钗可以让七个二十口的贫寒人家生活一年，这对贫女而言是遥不可及的，她们只能以荆枝做钗，终日从事蚕桑纺织。秦韬玉《贫女》可以说是贫女难嫁题材诗的佳作，诗云：

> 蓬门未识绮罗香，拟托良媒益自伤。谁爱风流高格调，共怜时世俭梳妆。敢将十指夸偏巧，不把双眉斗画长。苦恨年年压金线，为他人作嫁衣裳。

纵使刺绣的技艺再高，也无人赏识，年复一年的辛勤劳作却只是为他人做嫁衣，个中苦闷只有贫女自己能体会。可以看到，唐诗在言及贫女难嫁题材时，总是与织绣联系在一起。因为织绣是女性的职事，这些女子难嫁并非因女红不好，而是家庭贫寒所致。这是唐代典型的社会现象。

唐宋之际，中国社会历史发生了深刻曲折的变化，在经济发展和制度变化双重因素的驱动下，传统社会已开始了某种结构性的变迁。宋代贫女难嫁的现象已经不如唐代突出，这与宋代择偶标准的变化有关。从各种文献记载上看，宋代择偶时对财富的重视程度已经大大降低了。北宋世家大族基本上以门第相当作为男婚女嫁的前提，如宋黄庭坚《山谷外集·承议郎致仕李府君墓铭》中记载，安陆李惟清家族“婚嫁皆择门户，问家法，不问富也”。随着科举选官制度的完全确立，个人能力的大小决定着家族的富贵贫贱，所以能否科举及第成为衡量人才的重要标准。宋代择偶也开始尚才性，司马光《书仪·婚仪上》中说：“凡议婚姻，当先察其婿与妇之性行及家法如何，勿苟慕其富贵。婿苟贤矣，今虽贫贱，安知异日不富贵乎？”可见宋代择偶，更看重对方的才智。所以，与唐代相比宋代诗词中贫女难嫁的诗篇已经很少了。

宋代诗词中对织绣的描写呈现出了一些新特点，如显现出对织绣的特别重视和其在家庭经济中的重要作用，这与宋代社会的特点是密不可分的。在传统观念的影响和宋代男性的大力宣扬下，织绣成为宋代妇女现实生活中最重要的项目之一。上至宫闱内院、皇亲国戚，下至小康之室、贫寒之家，妇女们都会从事织绣女红。宋人所绘《女孝经图》《纺车图》中即有织绣场面。司马光《书仪·居家杂仪》要求女子六岁时习女红之小者，十岁后习女红之大者。又其《春贴子词·皇后阁五首》其五：“春衣不用蕙兰熏，领缘无烦刺乡文。曾在蚕宫亲织纴，方知缕缕心辛勤。”《宋史·公主传》载太宗女荆国长公主“尤善女工之事”。宋张耒《柯山集·张夫人墓志铭》载，太常博士张彭女

“治女红精致绝人，内外宗族无与比”。上层社会如此，民间风气更甚。秦观《蚕书》序记载，“予游济、河之间，见蚕者预事时作。一妇不蚕，比屋詈之”，足见女红之普及程度。

宋代妇女虽然普遍从事织绣，但目的不尽相同。贵族妇女衣食既足，她们织绣一方面是为了消遣，另一方面是为了表明自己擅于女子职事，是社会规范中的贤惠女性。南宋初，左朝奉郎江惇禔的夫人胡氏年事已高，仍然不肯放弃蚕织，声称其为妇人应做之事，并非为了赚钱。这是女教观念在宋代贵族及一般士人之家被不断强调的必然结果。

但是对于一般家庭的妇女而言，织绣是一项辛劳的工作。这种辛劳在宋代诗词中表现得比唐代更细致。无名氏《九张机》集中展现了织女的辛劳，她们从桑叶初成已开始忙碌。虽然词中对养蚕缫丝等过程没有具体描写，但是我们仍然可以想象女子们采桑、浴蚕、缫丝纺织的一系列劳作。楼璹有《织图二十四首》诗，分别题为浴蚕、下蚕、喂蚕、一眠、二眠、三眠、分箔、采桑、大起、捉绩、上簇、炙箔、下簇、择茧、窖茧、缫丝、蚕蛾、祝谢、络丝、经、纬、织、攀花、剪帛，可以看出完整纺织过程涉及的劳作之多。宋绘画《蚕织图》，形象地展现出这些情景。宋高宗吴皇后曾对此图有详细的题注，其间过程极为烦琐，成丝以后，还要经过生缫、络垛、纺绩、经靷、簺子、挽花、做纬、织作、下机、入箱等步骤。在大好的春日里，以纺织为营生的女性的青春只能在织机上度过，甚至夜间也不得休息，另一组《九张机》中就有“织梭光景去如飞，兰房夜永愁无寐。呕呕轧轧，织成春恨”“月明人静漏声稀，千丝万缕相萦系”等词句，描写了夜间仍在纺织的女性。特别是到了布帛需求的旺季，如“馆娃宫女，要换舞时衣”，纺织女的生活就更为忙碌。对于上层社会的布帛需求量，《宋史·食货志》有所记载：“东京榷货务岁入中平罗、小绫各万匹，以供服用及岁时赐与。诸州折科、和市，皆无常数，唯内库所须，则有司下其数供足。”其实宋代社会对于布匹的需求还远不止此一端，除了皇室、贵族大量用于生活、宴乐和赏赐外，朝廷每年还要供给军队所需，并向辽、西夏输入大量的岁币，这其中就包含了数量甚巨的绢帛。因此给女性，特别是专业从事纺织的女性造成了巨大的工作压力。吴文英《六幺令》：“露蛩初响，机杼还催织。”谭宣子《鸣梭》：“织绡机上度鸣梭，年光容易过。”似乎纺织女总处于忙碌的工作中。这种情形在诗歌中有更直接和犀利的反映。梅尧臣《和孙端叟蚕具十五首·织妇》：“织妇手不停，心与日月速。常忧里胥来，不待鸡黍熟。”释智圆《织妇》：“九月风高未授衣，灯前轧轧夜鸣机。困来不觉支颐睡，鼠啮丝头四散飞。”戴复古《织妇叹》：“春蚕成丝复成绢，养得夏蚕重剥茧。绢未脱轴拟输官，丝未落车图赎典。”艾可叔《木棉》：“衣裘卒岁吟翁暖，机杼终年织妇勤。”织妇们终日劳作却仍难得温饱，可见，在宋代从事纺织业是一项极为辛苦的劳作。

同时，织绣也是一种获得经济利益的手段，是女性贴补家用的重要方式。这种观念在宋代文学作品中表现得较为典型。《全宋词》中有一首无名氏的《虞美人》，写侄贺叔生女，词云：

春风吹到深深院，添个人针线。莫言生女不妒儿，□□二郎不做、有门楣。一家姊妹盈盈地，兄弟同欢喜。彩丝从此不须添，看取碧纱帐内、有人牵。

在男尊女卑的封建社会，得男称为“弄璋”，生女称为“弄瓦”，可见男女地位的悬殊。这首词对生女不是客套的祝贺，表现出的是由衷的欢喜。这种欢喜也不是在传达“遂令天下父母心，不重生男重生女”之类反讽的意思。从词的描写中，我们可以看到作者欢喜的着眼点——多了一位可以做针线活计的人，“添个人针线”“彩丝从此不须添”云云，实是对女红的重视。这种对于生女孩的加倍欢喜也是宋代中下之家一种真实风气的写照。全汉升《宋代女子职业与生计》一文指出：“宋代女子从事于手工业，以裁缝、织布为最著。”清潘永因《宋稗类钞》载：“京师中下之户，不重生男。每育女，则爱护之如擎珠捧璧。稍长，则随其资质，教以艺业，用备士大夫采择娱侍。名目不一，有所谓身边人、本事人、供过人、针线人、堂前人、杂剧人、拆洗人、琴童、棋童、厨娘等称。”其中的针线人即应当是擅长刺绣、缝纫等女红活计的女子。这些女子被选入士大夫之家，以女红为主要工作，来获取一定的报酬。除了这种以侍女身份从事女红的方式以外，还有售卖自己作品的。《夷坚志》中出现过很多这样的女子：新淦王生妻“素善针指，自绣领茵之属出售”；都昌孝妇吴氏“为乡邻纺绩、浣濯、缝补……日获数十百钱，悉以付姑”；芜湖詹氏女“母早亡，父老而贫，以六经教授乡里。……女与兄事之慎谨，间售女工以取给”。这些女子都是通过出售自己的女红作品来养家糊口、贴补家用的。更有很多寡居的女性，以织绣来抚养孩子。《宋史·贾易传》载，贾易七岁丧父，母彭氏“以纺绩自给，日与易十钱，使从学”；宋吕祖谦《东莱集·金华戚如圭母周氏墓志铭》载，戚如圭母周氏带着五个孩子寡居，靠纺麻织布为生。织绣是处于经济困难中的女性主要的谋生方式，甚至尼姑也参与其中，《东京梦华录》载："相国寺每月五次开放，万姓交易。……占定两廊，皆诸寺师姑卖绣作、领抹、花朵、珠翠头面、生色销金花样幞头帽子、特髻冠子、绦线之类。"这些尼姑通过售卖自己的绣作赚取生活的贴补。

虽然宋代妇女对家庭经济的贡献比前代大大提高，但是并没有占主导地位。在寡居的家庭中，妇女的自主权会比较高，因为她们是家庭的经济支柱。但是在一般的家庭中，女红之事是家务劳动的一项，其收入也是归家庭所共有的。伊佩霞《内闱——宋代妇女的婚姻和生活》一书专设一章讨论"女红"问题，通过对捻线、纺线、缫丝、织布、印染等一系列过程的考察，认为宋代妇女虽然在经济商品化的过程中创造了更多的财富，但是她们在家庭中的地位、她们的自主权并没有得到相应的提高。这个分析是有一定道理的。以赚取报酬、维持生计为主要目的的这一部分宋代妇女的女红劳作并没有明显的经济独立色彩。

在唐宋诗词中，织绣是具有双重意味的意象，一方面展示了女性贤惠温婉、多愁善感的美好情态，另一方面也蕴含着男女世界的隔阂和女性的辛劳，反映出唐宋社会变化进程中的典型问题，如唐代的"贫女难嫁"、宋代妇女对家庭经济贡献的提高等，是唐宋妇女真实生存状态的写照。

第九章　占卜

占卜是人们用以决断未知事物的一种方式。唐宋时期的占卜各有特色，从政府到民间，从士人到平民，从男性到女性，都可看到占卜的影子。唐代在中央政府设有“太卜署”，专门管理龟占、五兆、易占、式占等正术占卜，《唐六典·太常寺太卜署》记太卜令的职掌云：“太卜令掌卜筮之法，以占邦家动用之事；丞为之贰。一曰龟，二曰兆，三曰易，四曰式。”可见唐人对占卜的重视。其他的杂占卜在民间也很流行。至宋代，占卜之术大盛，王安石《汴说》言当时卜者之藩：“举天下而籍之，以是自名者，盖数万不啻，而汴不与焉。举汴而籍之，盖亦以万计。”如此多的人从事占卜，其风气之盛不言自明。在唐宋诗词中，我们也可以看到很多占卜的女性形象，对于趋向感性和相信直觉的女性而言，她们通过流行的方法进行卜筮，以获得心事的纾解。而且，男性占卜与女性占卜有着很大的差别。本章即拟通过对唐宋诗词中女性占卜的考论，探讨占卜在唐宋诗词中对于塑造女性形象的意义以及唐宋女性不同的生存状态。

第一节　日常与节令：唐宋诗词中的占卜考察

古代女性的占卜方式颇多，宋张玉娘《闺情·卜归》："南浦萧条音信稀，百劳东去雁西飞。玉钗敲断灯花冷，游网空垂蟢子非。沉水斋心燃宝鼎，金钱纤手卜灵龟。数期细认先天课，甲乙爻加归未归。"其中提到的就有玉钗占、蟢子占、金钱占等。唐宋诗词中，女性占卜有着更为丰富的表现，从占卜的类型来看，可分为日常占卜和节令占卜。

日常占卜是日常生活中为某事求占，这种占卜具有时间的随意性、方式的灵活性、方法的便捷性等特点。以占卜的用具而言，主要是自然界的动植物和生活中的各类物品，常见的有动物、花草、灯花、镜、金钱、钗等。

动物占，即以动物的鸣声或行为作为心事应验的先兆。被用来占卜的动物主要有鸦鹊与蜘蛛。《西京杂记》记载："干鹊噪而行人至，蜘蛛集而百事喜。"以喜鹊和蜘蛛来占卜喜事可以说由来已久。李绅《端州江亭得家书二首》其一："雨中鹊语喧江树，风处蛛丝飏水浔。开拆远书何事喜，数行家信抵千金。"黄机《更漏子》："候蛛丝，占鹊喜。"在唐诗中，日常以蜘蛛占事的习惯尚不多见，蜘蛛、蛛网多是寥落的象征，如关盼盼《燕子楼三首》其三："瑶瑟玉箫无意绪，任从蛛网任从灰。"张祜《读曲歌五首》其一："愁见蜘蛛织，寻思直到明。"卢仝《自君之出矣》："自君之出矣，壁上蜘蛛织。近取见妾心，夜夜无休息。"乌鹊的占卜则颇为流行，施肩吾《不见来词》："乌鹊语千回，黄昏不见来。漫教脂粉匣，闭了又重开。"李端《闺情》："月落星稀天欲明，孤灯未灭梦难成。披衣更向门前望，不忿朝来鹊喜声。”王建《祝鹊》：“神鹊神鹊好言语，行人早回多利赂。我今庭中栽好树，与汝作巢当报汝。”关于鸦鹊占卜，《容斋随笔》中有所记录：“大略言凡占鸟之鸣，先数其声，然后定其方位，假如甲日一声，即是甲声，第二声为乙声，以十干数之，乃辨其急缓，以定吉凶。”但是，妇女们在日常生活中，也许不会仔细地数声，大凡见到喜鹊，闻到鹊语，就以为是吉兆了。宋代妇女也喜欢用鹊鸟来占卜，如晁补之《好事近》：“应是画帘灵鹊，把归期先说。”赵善括《摸鱼儿》：“料喜鹊先知，飞来报了，日日倚门等。”史达祖《探芳信》：“静数窗棂，最欢听鹊声好。”王泳祖《风流子》：“画檐闻鹊，试卜归期。”但是这种吉兆的说法毕竟只是人们的一种期望，并不可能真的完全应验，正如欧阳修《玉楼春》所道：“蜘蛛喜鹊误人多，似此无凭安足信。”宋人对蜘蛛更为着意，梅尧臣、杨万里、蒲寿宬、卫宗武等都有专咏蜘蛛的诗歌。以蜘蛛占卜也更为普遍，黄庭坚《考试局与孙元忠博士竹间对窗夜闻元忠诵书声调悲壮戏作竹枝歌三章和之》其一：“我家白发问乌鹊，他家红妆占蛛丝。”白玉蟾《灯花联句》：“鹊噪欢娱定，蛛丝信息通。”此外，流萤、蝴蝶等也被用来占卜，刘一止《西河》：“扑流萤、应卜心事。”无名氏《踏莎行》：“把君团扇卜君来，近墙扑得双蝴蝶。”

花草占，通常是以花草的单双数来判定所求之事是否如愿。具体来说，有两类做法：一是数花瓣、花须或草的单双数，代表所卜之事成与不成。辛弃疾《祝英台令》：“试把花卜心期，才簪又重数。”刘过《贺新郎》：“试把花心轻轻数，暗卜归期近远。”卢祖皋《乌夜啼》：“别恨慵看杨柳，归期暗数芙蓉。”金淑柔《浪淘沙》：“花须偷数卜归程。”张磐《绮罗香》：“步闲阶、待卜心期，落花空细数。”除了花草，也可以用莲子的奇偶数来占卜，吴文英《采桑子》：“心期偷卜新莲子。”这些都是比较简单的方式，还有更为复杂的草占。《南村辍耕录》载：

> 吴楚之地，村巫野叟及妇人女子辈，多能卜九姑课。其法：折草九茎，屈之为十八，握为一束，祝而呵之，两两相结，止留两端，已而抖开，以占休咎。若续成一条者，名曰“黄龙傥仙”，又穿一圈者，名曰“仙人上马圈”，不穿者，名曰“蟢窠落地”，皆吉兆也；或纷错无绪，不可分理，则凶矣。又一法，曰九天玄女课，其法：折草一把，不记茎数多寡，苟用算筹亦可。两手随意分之，左手在上竖放，右手在下横放，以三除之，不及者为卦。一竖一横为“太阳”，二竖一横曰“灵通”，二竖二横曰“老君”，二竖三横曰“太吴”，三竖一横曰“洪石”，三竖三横曰“祥云”，皆吉兆也。一竖二横曰“太阴”，一竖三横曰“悬崖”，三竖二横曰“阴中”，皆凶兆也。

这些草占法可以看作是筮草卜卦的简化和变异。王琪《定风波》“却教纤草占流年”，王沂孙《醉落魄》“年年芳草迷金谷。如今休把佳期卜。一掬春情，斜月杏花屋”，都提到了草占之事。

另一种花草占的方式则是通过寻找并蒂花或双叶以为吉兆。魏夫人《卷珠帘》：“暗卜春心共花语，争寻双朵争先去。”周邦彦《浣溪沙慢》：“心事暗卜，叶底寻双朵。”袁去华《谒金门》：“折得海棠双蒂子，无言心自喜。”至于寻双叶，以榴叶为主。晁端礼《江城子》：“石榴双叶忆同寻，卜郎心，向谁深。”贺铸《木兰花》：“离亭再卜合欢期，寻见石榴双翠叶。”

镜占是以镜子作为占卜的工具。这种占卜方法渊源有自。《搜神记》记载：“（孙）策既杀于吉，每独坐，仿佛见吉在左右，意深恶之，颇有失常。后治疮方差而引镜自照，见吉在镜中，顾而弗见，如是再三。因扑镜大叫，疮皆崩裂，须臾而死。”镜子中于吉之像成为不祥的预兆。唐张读的《宣室志》则有更明确的记载：“太和九年，罗立言为京兆尹，尝因入朝，既冠带，引镜自照，不见其首，遂语于季弟约言，后果为李训连坐诛死。”镜子作为鉴容的工具，明辨妍媸美丑，人们自然希望它也能鉴别出吉凶祸福，因此常常将镜子与占卜联系起来。而以镜占卜最常用的方法是镜听，即怀镜以听人言，判吉凶。《御定月令辑要》中说：“元旦之夕，汛扫置香灯于灶门，注水满铛，置杓于水处，虔礼拜祝，拨杓使旋，随柄所指之方，抱镜出门，密听人言，第一句即是卜者之兆。”宋葛立方《韵语阳秋》认为：“凡物皆可占，非特蓍龟也，市中亦有听声而知祸福者，莫知其所自，余观《王建集》有《镜听词》云：‘重重摩挲嫁时镜，夫婿远行凭镜听。’岂今听声之类耶？”朱弁亦《曲洧旧闻》说道：“《王建集》有《镜听词》，谓怀镜于通衢间，听往来之言，以卜休咎。近世人怀杓以听，亦犹是也。又有无所凭而直以耳听之者，谓之响卜，盖以有心听无心耳，然往往而验。”镜占的具体方式也有所不同，《瑯環记》中载镜听须念咒语，“并光类俪，终逢协吉”，“先觅一古镜，锦囊盛之，独向灶神，勿令人见，双手捧镜，诵咒七遍，出听人言，以定吉凶。”而李廓《镜听词》“匣中取镜辞灶王，罗衣掩尽明月光。昔时长着照容色，今夜潜将听消息。门前地黑人来稀，无人错道朝夕归。更深弱体冷如铁，绣带菱花怀里热。铜片铜片如有灵，愿照得见行人千里形”，王建《镜听词》“重重摩挲嫁时镜，夫婿远行凭镜听。回身不遣别人知，人意丁宁镜神圣。怀中收拾双锦带，恐畏街头见惊怪。嗟嗟嚓嚓下堂阶，独自灶前来跪拜。出门愿不闻悲哀，郎在任郎回未回。月明地上人过尽，好语多同皆道来。卷帷上床喜不定，与郎裁衣失翻正。可中三日得相见，重绣锦囊磨镜面”，都是女子用来占卜男性归期的。在宋代诗词中，这种方式也被广泛运用。贺铸《国门东》：“想深闺独守空床思，但频占镜鹊，悔分钗燕，长望书鸿。”周密《探春慢》：“映烛占花，临窗卜镜，还念嫩寒宫袖。”

灯花占是以灯芯燃烧时结成的花样占卜。一般认为灯芯结成花瓣，便是远信至、行人归的预兆。鱼玄机《迎李近仁员外》：“今日喜时闻喜鹊，昨宵灯下拜灯花。焚香出户迎潘岳，不羡牵牛织女家。”敖陶孙《送安丰尉丁梦符归雪川因简之晦兄弟时寓崇川报因寺》：“能来得吾愿，连夜灯花喜。”仇远《次西和韵》：“灯花空送喜，瓶粟不供炊。”许玠《菩萨蛮》：“绣衾寒不暖，愁远天无岸，夜夜卜灯花，几时郎到家。”黄庭坚《忆帝京》：“银烛生花如红豆，占好事，而今有。”俞国宝《瑞鹤仙》：“挑灯占信，听鹊求音，不禁春弱。”朱淑真《秋夜牵情》：“灯花占断烧心事，罗袖长供挹泪痕。”古人夜晚以灯烛相伴，灯花占是最方便的占卜方式。

金钱卜又称纳甲筮法、火珠林法，是以钱币的正反面占卜吉凶祸福的方法。《周易·启蒙翼》云：“以京易考之，世所传火珠林者，即其法也。以三钱掷之。”一般的方法是将钱币抛掷于地，根据奇偶得出卦形，据卦理解吉凶。宋张行成说：“火珠林之用祖于京房。”朱熹亦云“纳甲乃汉焦赣京房之学”，认为金钱卜是源于西汉京房氏李君明的京房易学。金钱卜在唐代已相当流行，钱大昕《十驾斋养新录》：“古人先揲蓍而后以钱记之，其后术者渐趋简易，但掷钱得数，不更揲蓍，故唐人诗有‘众中不敢分明语，暗掷金钱卜远人’之句。”于鹄《江南曲》：“众中不敢分明语，暗掷金钱卜远人。”在宋代诗词中，也有描写金钱卜的，如吴文英《醉落魄》：“偷掷金钱，重把寸心卜。”李彭老《生查子》：“心事卜金钱，月上鹅黄柳。拜了夜香休，翠被听春漏。”王沂孙《高阳台》：“屡卜佳期，无凭却恨金钱。”李天骥《摸鱼儿》：“恁玉果低抛，金钱暗卜，此意有谁领。欢娱事，料想凭伊先应。”相传为朱淑真所作的拆字格谜《断肠谜》第一句即是“下楼来，金钱卜落”。

钗卜，即以发钗进行占卜。据台湾学者郑阿财推断，“‘金钗卜’可能源于‘金钱卜’，近源则当是六朝以来的‘杯珓’”[①]。具体方法与金钱卜相似。刘采春《啰唝曲六首》其三“莫作商人妇，金钗当卜钱”，言明以金钗代替铜钱占卜。《云谣集·凤归云·闺怨》：“枉把金钗卜，卦卦皆虚。”可见金钗卜出的是卦象，当是通过投掷的方法进行的。方千里《满江红》“空想像，金钗卜。时畏玩，回纹曲”，柳华淑《望江南》“卷帘移步下香阶，呵冻卜金钗”，蒋捷《贺新郎》“问芳悰、何时再展，翠钗难卜”，说的也都是金钗卜。

① 郑阿财《〈云谣集·凤归云〉中“金钗卜”民俗初探》，见项楚主编《中国俗文化研究》第1辑，巴蜀书社，2003年，第161页。

此外，还有阿鹊卜、瓦卜、抓阄等方法。阿鹊是喷嚏的代称，阿鹊卜即以喷嚏占卜。《诗经·邶风·终风》："终风且曀，不日有曀。寤言不寐，愿言则嚏。"东汉郑玄笺："我其忧悼而不能寐，汝思我心如是，我则嚏也。今俗人嚏，云'人道我'，此古之遗语也。"《容斋随笔》："今人喷嚏不止者，必噀唾祝云'有人说我'，妇人尤甚。……此风自古以来有之。"可见，以喷嚏占卜之说由来已久，但唐诗中尚无阿鹊之称，宋代诗词中则屡有出现。洪咨夔《南乡子》："阿鹊数归程，人倚低窗小画屏。"黄中《瑞鹤仙》："任相如多病，沈郎全瘦，都没音尘寄问。便做无、阿鹊频频，可能睡稳。"无名氏《霜天晓角》："一声阿鹊，人在云西角。"瓦卜，即击裂瓦块观其纹理来占卜吉凶。明陶宗仪等编《说郛》"瓦卜"条云"今之瓦卜，盖有取于周太卜之瓦兆"，可见瓦卜亦渊源有自。杜甫《戏作俳谐体遣闷二首》其二："瓦卜传神语，畬田费火声。"温庭筠《烧歌》："持钱就人卜，敲瓦隔林鸣。卜得山上卦，归来桑枣下。"抓阄，即从预先做好记号的纸卷或纸团中摸取一个以决事。郭世模《南歌子》："暗卜幽期低约、笑藏阄。"

除了日常生活中的占卜，唐宋诗词中还描写了节令占卜，主要有卜紫姑和卜巧。

卜紫姑是唐宋女性中颇为流行的一种占卜方式，一般在正月十五进行。关于紫姑神的由来，说法不一。南朝宋刘敬叔《异苑》较早提到紫姑的故事："世有紫姑神，古来相传是人妾，为大妇所嫉，每以秽事相役，正月十五日，感激而死。故世人以其日作其形，夜于厕间或猪栏边迎之。祝曰：'子婿不在。'是其婿名字也。'曹姑亦归去。'即其大妇也。'小姑可出戏。'捉者觉重，便是神来。奠设酒果，亦觉貌辉辉有色，即跳躞不住。能占众事，卜行年蚕桑，又善射钩，好则大舞，恶便仰卧。”南朝宋东阳无疑《齐谐记》云：“正月半……其夕则迎紫姑以卜。”《荆楚岁时记》中记载每年正月十五日，“其夕迎紫姑，以卜将来蚕桑，并占农事”。但是《显异录》中则称紫姑为唐时人，“姓何名媚，字丽卿，寿阳李景纳为妾。为大妇曹氏所嫉，正月十五夜，阴杀之于厕间。上帝怜之，命为厕神，故世人以其日作其形于厕间，迎祝以占众事”。苏轼还专门作有《子姑神记》，亦采此说。虽然故事的时代、具体情节有些差异，但大同小异。“紫姑”的形象是一个受虐待而早逝的劳苦女子，人们在其亡日“迎之”，一方面是给不幸者的亡灵以慰藉，另一方面是借此机会卜问婚姻大事、年成等。卜紫姑在唐代已经逐渐形成风气，唐人的诗句中屡可见之。李商隐《正月十五闻京有灯恨不得观》：“身闲不睹中兴盛，羞逐乡人赛紫姑。”熊孺登《正月十五日》：“深夜行歌声绝后，紫姑神下月苍苍。”在宋人的诗词中，卜紫姑被更多地提及：

不妨鸟篆留仙迹，凤辇阜动出紫宫。（张玉娘《灯夕迎紫姑神》）

征人楼上看太白，思妇城南迎紫姑。（陆游《军中杂歌》）

旧事思清汴，幽情卜紫姑。（叶茵《元夕》）

帝城今夜，罗绮谁为伴。应卜紫姑神，问归期、相思望断。（欧阳修《蓦山溪》）

美人慵翦上元灯，弹泪倚瑶瑟。却上紫姑香火，问辽东消息。（朱敦儒《好事近》）

蕙帐银杯化，纱窗翠黛颦。烧香试问紫姑神。一岁四并三

乐、几多人。(洪适《南歌子》)

且茧占先探，芋郎戏巧，又卜紫姑灯下。听欢声、犹自未归，钿车宝马。(李昴英《瑞鹤仙》)

那么，这种占卜在当时到底是怎样具体进行的呢?《夷坚志》称：“紫姑仙之名，古所未有，至唐乃稍见之。近世但以箕插笔，使两人扶之，或书字于沙中，不过如是。”陆游《箕卜》诗云：“孟春百草灵，古俗迎紫姑。厨中取竹箕，冒以妇裙襦。竖子夹扶持，插笔祝其书。俄若有物凭，对答不须臾。岂必考中否?一笑聊相娱。诗章亦间作，酒食随所须。兴阑忽辞去，谁能执其袪。持箕畀灶婢，弃笔卧墙隅……”可见，卜紫姑与后世的扶乩有些相似，插笔于箕上祷祝，以使得紫姑之灵附其上，再问吉凶祸福。而且，用具并不仅限于箕，范成大《上元纪吴中节物俳谐体三十二韵》诗注云：“俗传正月百草灵，故帚、苇、针、箕之属皆卜焉，多婢子辈为之。”这种占卜方式至清代仍然沿袭不衰，从清代的风俗画中可以看到卜紫姑的大致形式。

卜巧一般在农历七月初七，即七夕进行。《西京杂记》有“汉彩女常以七月七日穿七孔针于开襟楼，俱以习之”的记载，这是我们于古代文献中所见到的最早的关于乞巧的记载。据《开元天宝遗事》记载，唐玄宗曾在宫中建“乞巧楼”，高达百尺，可以坐数十人。在楼上陈列瓜果酒炙，摆设坐具，以祭祀牵牛、织女二星。给宫中妃嫔们各赐九孔针、五色线，在月光下穿过者为得巧。乞巧后，演奏清商妙曲，欢宴达旦。王建在《宫词一百首》其九十二中写道：“每年宫里穿针夜，敕赐诸亲乞巧楼。”在宋代，穿针卜巧依然盛行。宋高承《事物纪原》

载：“《西京杂记》曰：‘汉采女常以七月七日夜，穿七孔针于开襟楼。’今七夕望月穿针以采缕过者，为得巧之候，其事盖始于汉。”宋代诗词中也写到这样的场面。曹勋《途中七夕》：“百尺烟坛上星斗，笑看儿女竞穿针。”仇远《七夕》：“痴儿笑月羞眉曲，稚女穿针斗眼明。”钱惟演《七夕》：“初宵已有穿针乐，欲曙还成弄杼悲。”张先《菩萨蛮》：“双针竞引双丝缕，家家尽道迎牛女。”曹勋《忆吹箫》：“是向夕、穿针竞立，香霭飞浮。”除了上述穿针乞巧，蜘蛛在七夕也被女子们用来卜巧。通常的做法是将蟢子（一种小蜘蛛）置于盒内，以所结网的疏密卜得巧的多少。此风俗在《荆楚岁时记》中已有记载，七夕时妇女“结彩缕，穿七孔针，或以金银鍮石为针，陈瓜果于中亭以乞巧，有喜子网于瓜上，以为符应”。《开元天宝遗事》亦载：“帝与贵妃每至七月七日夜，在华清宫游宴。时宫女辈陈瓜花酒馔列于庭中，求恩于牵牛、织女星也。又各捉蜘蛛于小合中，至晓开视蛛网稀密，以为得巧之候。密者言巧多，稀者言巧少。民间亦效之。”宋之问《七夕》：“停梭借蟋蟀，留巧付蜘蛛。”刘言史《七夕歌》：“碧空露重彩盘湿，花上乞得蜘蛛丝。”李商隐《辛未七夕》：“岂能无意酬乌鹊，惟与蜘蛛乞巧丝。”现藏于美国大都会博物馆的五代画作《乞巧图》就生动再现了七夕之夜女性乞巧的场景。至宋代，此习俗仍然在妇女中广为流传，《东京梦华录》：“或以小蜘蛛安合子内，次日看之，若网圆正，谓之得巧。”宋代诗词中对这样的情景也有描写，梅尧臣《七夕》：“五色金盘果，蜘蛛浪作窠。”李廌《七夕》：“金针度彩缕，宝奁卜蛛丝。”赵师侠《鹊桥仙》：“花瓜应节，蛛丝卜巧，望月穿针楼外。”卢祖皋《木兰花慢》：“玉果蛛丝暗卜，钿钗蝉鬓轻笼。”

第二节　门户内外：唐宋诗词中女性占卜的意义

占卜在唐宋诗人笔下呈现出千姿百态的面貌。唐诗中的女性占卜描写数量虽不多，却各有特色。宋代诗歌中也有女性占卜的题材或意象，但此类描写更多的是集中在宋词当中的。可以说，唐宋诗词中的女性占卜为我们展现出一幅唐宋妇女日常生活的画卷。透过这幅画卷，我们不仅可以看到当时女性占卜的多样化形态，也可以看到唐宋妇女生活境况的变化。

从占卜的内容来看，女性主要占卜的是情感问题，如恋情进展如何、恋人何时还家等等，或是卜巧，也是希望增加自身的魅力以赢得男性青睐，都属于私人生活空间的内容。男性占卜的内容则更为广泛，可以说，除了情感以外，任何事都会被男性拿来占卜。从国家的康泰、自身的事业发展、命运否泰，到天气的阴晴，都有占卜的例子：

> 愁中卜命看周易，梦里招魂读楚词。（刘长卿《感怀》）
>
> 三十年来命，唯藏一卦中。题诗还问易，问易蒙复蒙。（孟郊《叹命》）
>
> 卜年无用考灵龟，从此乾坤齐历数。（柳永《玉楼春》）
>
> 流协气，溢欢声。更将何事卜升平。（晁端礼《鹧鸪天》）
>
> 雨溟蒙。年年今日，农夫共卜新丰。（王之道《凤箫吟》）
>
> 思晴好，试卜那朝晴。（黄公绍《望江南》）

可以说，男性的占卜是外向的，视野开阔；而女性的占卜是内向的，视点相对狭促。形成此种差异的原因在于男性与女性的关注点不同。从女性心理学的角度来看，女性的感性程度大大高于男性，对爱情、婚姻所倾注的精力也多于男性。尤其在古代社会，大多数女性没有事业的压力，感情生活自然成为她们的重心。无论是大家闺秀，还是小家碧玉，对于她们来说，找到一个好的姻缘便是一生的幸福所在。对于已婚的女性，如何更好地维持婚姻生活也是她们最为关注的焦点。正如钱锺书先生论“士”“女”钟情之异所言：“夫情之所钟，古之‘士’则登山临水，恣其汗漫，争利求名，得以排遣；乱思移爱，事尚匪艰。古之‘女’闺房窈窕，不能游目骋怀，薪米丛脞，未足忘情摄志；心乎爱矣，独居深念，思蹇产而勿释，魂屏营若有亡，理丝愈纷，解带反结。”行动能力有限的女性，又执着于感情，自然便会寄托于占卜，希望通过神奇的预言或先兆抚平她们内心的不安和疑惑。从这个层面上来说，占卜是女性爱情婚姻生活的安慰品，她们真正在意的并不是占卜的结果是否灵验，只是希望得到一个吉祥的预兆，慰藉她们彷徨的心理，让自己多一份美好的希望。所以女性所青睐的占卜方式也会与男性不同，对倾向于感性和直觉的女性而言，越是不讲逻辑关系的占卜越能为她们的这种心理提供支撑，所以她们更喜欢用先兆决疑这种方式进行占卜。数花瓣的奇偶、听喜鹊的叫声乃至卜金钱等等，都具有较强的可操作性，简洁易行，适应女性的需要。男性则偏重于理性，关注的范围也更为广阔，因此他们占卜时往往喜欢层层推演，试图为没有逻辑关系的事理之间找到合理可信的解释，占卜的方法自然就会趋于复杂。男性占卜者通常兼具文人士大夫的身份，使得他们在占卜中更倾向于学术化的意味，唐宋时期男性多用《周易》、数术等占卜，更注重数理的推演、卦意的阐发等具有理性特质的东西。黄正建在《唐五代占卜略论》一文中就指出：“占卜术中的易占，由于北宋文人的参与而不断地复杂化，以至脱离了民间成为上层知识阶级的学问。”宋代许多学者涉足易学，尤以南宋理学家为盛，如《易经·十翼》中“大衍之数五十”一段，常常被作为《易经》和卜筮联系起来的关捩，到宋代被朱熹加以整理写成了完整的《筮仪》，从此又产生出许许多多的占卜方法来：宋人徐子平发展了唐代以来以年、月、日推算命理的三命数，形成了以年、月、日、时同时推算的“合八字”，又被称为“子平术”；邵雍根据《易经》象数生发出“梅花易术”……《宋史·艺文志》中甚至专门新增“蓍龟类”以著录占卜书籍。但是对于这些门类，日常生活中的女性是很少涉及的。

唐宋女性占卜虽然具有内向的总体特征，但是由唐至宋，女性的占卜还是有一些变化的，唐代妇女常常外出求卜，施肩吾《望夫词》：“手爇寒灯向影频，回文机上暗生尘。自家夫婿无消息，却恨桥头卖卜人。”曹邺《风人体》亦有句云：“郎只不在家，在家亦如出。将金与卜人，谲道远行吉。”李贺《有所思》：“白日萧条梦不成，桥南更问仙人卜。”杜牧《寄远人》：“终日求人卜，回回道好音。那时离别后，入梦到如今。”四首诗都是写思妇思念丈夫而找卜人占卜行人的归期与消息，当然其中有准确的，也有占卜不准的。唐代能卜筮者甚众，卜者有男性也有女性，水平亦高下参差。《朝野佥载》载，有一个称何婆的女性善琵琶卜，张鷟与友人郭司法同往，“郭再拜下钱，问其品秩。何婆乃调弦柱，和声气曰：‘个丈夫富贵。今年得一品，明年得二品，后年得三品，更后年得四品。’郭曰：‘阿婆错，品少者官高，品多者官小。’何婆曰：‘今年减一品，明年减二品，后年减三品，更后年减四品，更得五六年总没品。’郭大骂而起”。这样一个连官员品秩高低都不知道的卜者就信口开河官员的仕途，可以说是以占卜招摇撞骗。当然也有善卜者，贾岛《赠牛山人》：“古来隐者多能卜，欲就先生问丙丁。”这位牛山人自然也是精于卜筮的术士了。唐代从事占卜业者颇多，有游走各地占卜的，亦有在一地固定开馆的，谓之卜肆或卜铺。韦庄的《过旧宅》描写了当时卜肆的豪华：“朱槛翠楼为卜肆，玉栏仙杏作春樵。”宋代卜肆依然不少，女性也有外出占卜者，《夷坚志补》中记载了这样一则故事：

> 临安人孙自虚，好淡阴阳星术，于军将桥瓦市僦屋设卜肆自给。初无奇术，俗谓之沙卦是也。最善钩致客言，然后诀语。……又一妇人入拜求卜，少艾而独行，料其所占必以厥夫之故。探之曰：“娘子得非占行人乎？”曰：“然。”孙曰：“夫官爻动，如问出行消息，不过五日，其身随后亦至。道途平安，多获财利，上卦也。”妇人曰：“丈夫出外贩江，一年无信，若道中时，专当相谢。”后经旬日，夫果归，妻具以告，遂与万钱。

孙生本是信口雌黄之语，但说中妇人心事，又凑巧占验，竟得万钱之资。女性求卜于卜肆的情形可见一斑。但是宋代诗词中有关女性占卜的描写，大多却是女性自卜，而非外出求卜，这正是宋代妇女生活空间收缩的一个反映。宋代士大夫对男女内外之别十分强调，司马光《书仪·居家杂仪》中说：“男子昼无故不处私室，妇人无故不窥中门。”吕祖谦《东莱集·金华戚如圭母周氏墓志铭》亦载：“门内之治，女美、妇德、母道，三而有一焉，既足自附女史。”这种强化与灌输无疑会使妇女的生活空间一步步缩小。欧阳修《居士集·南阳县君谢氏墓志铭》记载，梅尧臣在称赞其妻子谢氏时说：“吾尝与士大夫语，谢氏多从户屏窃听之，间则尽能商榷其人才能贤否，及时事之得失，皆有条理。”苏轼在为其亡妻王弗所作墓志铭中也说：“客言于外，君立屏间听之，退必反复其言曰……”可见，在当时士大夫家中，女性的活动范围已经受到相当的限制。文人士大夫笔下的女性，自然不会无所顾忌地跑到外面的世界去求卦问卜。纵然下层女性在实际生活中有着相对自由的活动权，但是经过文人士大夫的塑造，呈现在作品里的女性，即便是身份低贱的娼妓，也有着贞静的一面。她们被关在深闺之中，一心一意地守候着，期盼意中人的到来。为了打发漫长的等待时光，便有了许多消遣之事，而占卜便是其中最能带给她们希望的一种。通过占卜，她们可以缓解焦虑不安的心情，可以表现出对男性感情的执着。

其实，女性是把占卜当作一种游戏，作为消磨时光的娱乐活动来看待的。而对于追求高雅情趣的文人士大夫来说，他们是把女性占卜作为一种欣赏对象的——女性占卜本身就是一幅美丽的画面。或是手拈花瓣轻轻细数，或是剔开红焰凝视灯花，或是抛掷金钗，或是聆听鹊语，无不具有妩媚的女性风情。在深闺别院中，有这样一个痴痴守候的女子，正是大多数男性所希求的。在男性的意识里，他们希望自己作为被期盼和等待的对象，这对于他们来说，是一种征服的魅力，有着成就感。而当异性在一个固定的范围内持续着这种等待，就会使得男性更有满足感。在这个层面上，由唐至宋，诗歌里占卜的女子可以看作是男性为女性设定的一个范本，将女性的活动范围更加局限在固定的空间中了。宋代妇女在这样狭促的空间中等待在广阔空间里活动的男性，感情的不确定性无疑会加深，她们陷入了更严重的迷茫中，而不得不希望通过占卜获得心灵的慰藉，纾解等待的恐惧。

第十章　秋千

秋千是中国古代妇女极为喜爱的一项娱乐活动。相较于其他时代的女性，唐代妇女的活动空间更为广阔，仅在体育娱乐方面，就有蹴鞠、马球、拔河、踏青、骑射等多样选择。但是在如此丰富的项目之中，唐代女性并未放弃对秋千的热衷，这种状况从唐诗的描写中即可窥见。至宋代，秋千则成为女性最为重要的娱乐活动。本章拟通过考察这一女性化色彩浓郁的民俗性活动之形成，以及其在唐宋诗词中的表现特征，透视唐宋妇女的生活情形，特别是唐宋女性社会地位的变迁。

第一节　秋千小考

秋千的起源诚为有趣，它竟不是中国本土的产物。据《事物纪原》载："《古今艺术图》曰：北方戎狄爱习轻矫之态，每至寒食为之。后中国女子李芝兰乃以彩绳悬树立架，推引之，谓之秋千。或曰本山戎之戏也，自齐桓公北伐山戎，此戏始传中国。"寒食乃中原节俗，加之于戎狄或不可信，然为其平日之戏则极有可能。山戎是古代中国北方一支较为强大的游牧部族，《汉书·匈奴传》记载："唐虞以上有山戎、猃狁、薰粥，居于北边，随草畜牧而转移。……士力能弯弓，尽为甲骑。”而秋千正是这一游牧民族用以训练身体轻盈矫健的运动项目，显然与后世作为女性化娱乐游戏的情形相去甚远。《史记·齐太公世家第二》记载：“（齐桓公）二十三年，山戎伐燕，燕告急于齐。齐桓公救燕，遂伐山戎。”秋千当是这个时期引进中土的。至于其时是否即名秋千、它在春秋战国时期的发展情况如何等一系列问题，目前尚缺乏相关材料，不得而知。

关于秋千之得名，明确的说法源于唐高无际的《汉武帝后庭秋千赋》：“秋千者千秋也。汉武祈千秋之寿，故后宫多秋千之乐。”这一材料有三方面颇值得注意：秋千已经由一项普通的强身健体活动上升为一种具有社会政治功用的行为，其在本身作用之外，又增添了一种精神层面的意义，即祷祝帝王的千秋万寿，此其一也；后宫可以说是女性的世界，秋千之戏在后宫流行，说明它当时已主要成为女性的活动，此其二也；“后宫多秋千之乐”，从另一个方面也说明秋千在当时是流行于上层社会的一项活动，此其三也。从以上三方面可以看出，秋千在汉代除基本保留它的活动形式外，已逐步改变了它的原始面貌，而且愈来愈接近后世的所谓秋千之戏。至南北朝时期，秋千活动又有了进一步发展。《荆楚岁时记》云：“春节悬长绳于高木，士女袨服坐于其上，推引之，名‘秋千’。”这一记载中“春节”一词甚为关键，它表明了秋千在南北朝时期已经有了明确的节令性特征，是一项在春季进行的活动，这与唐代以降秋千作为寒食、清明的应节性活动基本一致，皆带有风俗性。而士女彩服而戏既说明这一活动完全是以女性为主角的，且已经普及到民间，又说明女性对这一活动的重视与青睐。简言之，秋千在当时是女性在春季的一项风俗化的活动。

唐代是中国古代游戏史上的新纪元。“唐代的文化从总体上来说呈现了一种恢宏壮阔、热烈昂扬的格调，这为唐代娱乐和游戏活动的兴盛创造了一种良好的氛围。唐代的许多游戏活动，如荡秋千、放风筝、蹴鞠、马球、拔河、射箭、走马、游猎、斗草等，都是在这样的文化氛围中蓬勃开展起来的。”① 秋千之戏在唐代的确是空前流行，成为女性非常热衷的一项活动。杜甫《清明二首》其二中有“万里秋千习俗同”之称。唐张彦远《历代名画记》中记载张萱曾作有《秋千图》。那么到底具体情况如何呢？首先是这一项活动的普及性。兹举两则材料:《开元天宝遗事》:“天宝宫中至寒食节，竞竖秋千，令宫嫔辈戏笑以为宴乐，帝呼为半仙之戏，都中士民因而呼之。”曹松《钟陵寒食日与同年裴颜李先辈郑校书郊外闲游》:“云间影过秋千女。”从时间上来说，一为盛唐，一为中晚唐，皆有秋千之戏，可见其流行时间之久；从空间上来说，一在长安，一在钟陵（今江西南昌），一为北方，一为南国，可见流行疆域之广；从人物来说，一为宫中之嫔，一为郊野之女，可见流行阶层之泛。其次是对游戏细节的重视。唐以前几乎没有对于秋千绳的详细描写，唐诗中却有“长长丝绳紫复碧”（王建《秋千词》）、“牵拽彩绳斜”（刘禹锡《同乐天和微之深春二十首》其十六）、“五丝绳系出墙迟”（韩偓《秋千》）等句。可见唐代的秋千绳颇为讲究，不仅是丝绳，而且还是彩色的。这种对游戏细节的完美追求和改进只有在此游戏繁荣兴盛到一定程度时才会出现。再者，秋千本身并不是一项竞技性强的活动，但是它往往被人

① 蔡丰明《中国社会民俗史丛书——游戏史》，上海文艺出版社，1997年，第14页。

为地加以规则，成为一种竞技性活动。如王建的《秋千词》就描写了女子们以明珰打赌，比试秋千技艺的情景。这种游戏方式从一个侧面也反映出人们对这一活动的喜爱。正是因为喜爱，才会愿意花心思去创造新的规则。秋千之戏在唐代的另一特征是具体的节令意义——秋千已成为寒食清明时节的一项风俗活动。翻检唐代的秋千诗，绝大部分在题目中甚至已出现寒食、清明的字眼，而上举的《开元天宝遗事》亦言及此活动是在寒食节。为何要将秋千作为寒食节的一项风俗性活动呢？《酉阳杂俎》云："三月心星见辰，出火。禁烟、插柳，谓禳此耳。寒食有内伤之虞，故令人作秋千、蹴鞠之戏以动荡之。"[①] 心星，即所谓的大火星，是夏至时的中星，每年三月间，它还没有运行到正中和最高的位置，但已经开始出火，因此需要禁烟火、食生冷以压住火气。而人们食用生冷之物，容易使寒气郁结于体内，对身体造成损伤，故须进行秋千、蹴鞠等活动来动荡体内的寒气，保持健康的体魄。这还是有一定科学道理的。总之，秋千在唐代的确已成为寒食节的一项重要民俗活动。

在宋代，秋千之戏依然经久不衰。《东京梦华录》称汴京春日"举目则秋千巧笑"。释德洪《秋千》描绘了秋千佳人的画面："画架双裁翠络偏，佳人春戏小楼前。飘扬血色裙拖地，断送玉容人上天。花报润沾红杏雨，彩绳斜挂绿杨烟。下来闲处从容立，疑是蟾宫谪降仙。"据《武林旧事》记载，南宋的都城临安是"红杏香中歌舞，绿杨影里秋千"。《梦粱录》说当时临安有专卖小儿戏剧糖果的食店，其糖果竟

① 此条通行本《酉阳杂俎》中未收，见［明］瞿佑《四时宜忌》引，丛书集成本。

有“秋千稠糖”之名，看得出秋千的普及。宋代的秋千之戏花样不断翻新，出现了“水秋千”。《东京梦华录》卷七《驾幸临水殿观争标锡宴》：“又有两画船，上立秋千，船尾百戏人上竿，左右军院虞候监教，鼓笛相和，又一人上蹴秋千，将平架，筋斗掷身入水，谓之水秋千。”从记载来看，水秋千可以说是秋千与跳水运动的结合。《梦粱录》记载，不管是在北宋都城汴梁的金明池，还是在南宋都城临安的西湖、钱塘江，都举行过这种杂技表演。王珪有一首《宫词》中就描写了两队竞技，宫人内眷争相观看的情景：“内人稀见水秋千，争擘珠帘帐殿前。第一锦标谁夺得，右军输却小龙船。”至南宋，水秋千已不及北宋声势浩大了。张炎《阮郎归·有怀北游》“钿车骄马锦相连。香尘逐管弦。瞥然飞过水秋千。清明寒食天。花贴贴，柳悬悬。莺房几醉眠。醉中不信有啼鹃。江南二十年”，描述清明的游春景象时瞥见水秋千，透露出一丝难言的惆怅与感伤。

唐宋以后，秋千仍然是女性非常喜爱的活动。元末《析津志》载：“清明寒食，宫廷于是节最为富丽。起立彩索秋千架，自有戏蹴秋千之服，金绣衣襦，香囊结带，双双对蹴。”明清时期的女性也非常喜爱荡秋千。小说《金瓶梅》第二十五回中有一段众女眷打秋千的生动描写。明人王圻、王思义所辑的《三才图会》中即有秋千图。清潘荣陛《帝京岁时纪胜》载，每于新正元旦至十六日，白塔寺即有打秋千者，可见秋千活动自元旦就开始了。李声振《百戏竹枝词·秋千架》：“半仙之戏，无处无之。仕女春图，此为第一。近有二女对舞者。日影垂杨舞半仙，御凤图画两婵娟。飘红曳绿浑闲亭，蹴损湘钩剧可怜。”秋千以其独特魅力，一直吸引着众多的女性。

第二节　动静之间：唐宋诗词中秋千书写的内涵

秋千之戏本是一项充满动态感的娱乐活动，但在唐宋诗词中，对秋千的书写却不止于动态，还有静态的展示。不少诗人以男性欣赏和惊羡的眼光，在动与静之间摹画出唐宋秋千之戏的风貌及其与女性世界的紧密联系。

从内容上看，唐宋诗人主要赋予秋千书写双重意味：一是要表现其作为一种节令性游戏的民俗特征；二是要体现其作为一项女性化游戏所流露的女性之美。此二端用意在某些诗作中各有侧重。前者如王维的“蹴鞠屡过飞鸟上，秋千竞出垂杨里”（《寒食城东即事》），这是诗人王维某个寒食节在长安城东目睹的一幕。诗人抓住了寒食节最具代表性的蹴鞠和秋千，一个“竞”字将轻盈灵巧的秋千在垂杨丛中争相出没的景象刻画得惟妙惟肖，也表现出这项活动的流行程度。又如杜甫《清明二首》其二：“十年蹴鞠将雏远，万里秋千习俗同。”子美由秦至蜀，漂泊十余年，大江南北虽然风物迥异，然而清明节荡秋千的习俗却是相同的。徐铉《奉和御制寒食十韵》：“依林张幄幕，夹道建秋千。”陈允平《即事》：“榆火渐催寒食节，海棠花畔缚秋千。”陆游《感旧四首末章盖思有以自广》：“路入梁州似掌平，秋千蹴鞠趁清明。”由唐至宋，这类诗民俗描写的意味显然更重。至于以表现女性之美为主的秋千诗，如白居易《和春深二十首》其十六“秋千细腰女，摇曳逐风斜”，描写的是少女的纤腰随着秋千绳的摇荡款款摆动，婀娜多姿，凸现的是女性曼妙的身材。至若韩偓《偶见》“秋千打困解罗裙，指点醍醐索一尊”，则描写出在秋千架上嬉戏够了的女子一副慵懒娇困的模样，惹人怜爱。如果说上举的诗例还是各有侧重，更多的诗作是将民俗与女性二者统一起来，在勾画风俗时选取女性的种种情态为典型场景，而又通过对女性的描摹体现这一风俗活动的独特魅力。张仲素《春游曲三首》其一：“蒙蒙百花里，罗绮竞秋千。”以“罗绮”代指女性，可想见身着亮丽服饰的女子在百花丛中随秋千摆荡的动人画面。刘禹锡《同乐天和微之深春二十首》其十六：“秋千争次第，牵拽彩绳斜。”这是一个生动的瞬间：女子们争先要上秋千，互不相让，以至于在拉扯间将秋千绳也拽得摇荡起来。简单的十个字既表现出秋千作为风俗活动的受欢迎程度，又使得活泼可爱的女儿之态跃然纸上。王建的《秋千词》以整首篇幅细致地刻画了女性在仲春时节痴迷于秋千之戏的情态：

> 长长丝绳紫复碧，袅袅横枝百尺高。少年儿女重秋千，盘巾结带分两边。身轻裙薄易生力，双手向空如鸟翼。下来立定重系衣，复畏斜风高不得。傍人送上那足贵，终赌鸣珰斗自起。回回若与高树齐，头上宝钗从堕地。眼前争胜难为休，足踏平地看始愁。

争强好胜的少女不仅将秋千视为一种游戏，更视为一个可以展示自己高超技艺的舞台。她们以明珰打赌，要靠自己的力量将秋千荡起，即使发间的宝钗坠地也在所不惜。宋代诗词中也出现了此类形象，陆游《新春感事八首终篇因以自解》：“梁州陌上女成群，铜绿春衫罨画裙。相唤游家园里去，秋千高挂欲侵云。”王珪《宫词》：“内人争送秋千急，风隔桃花闻笑声。”苏轼《蝶恋花》：“墙里秋千墙外道，墙外行人，墙里佳人笑。”吴文英《如梦令》：“秋千争闹粉墙。闲看燕紫莺黄。”这些性格倔强而可爱的女性既展示出她们出色的秋千技艺，又让我们感受到以寒食清明为中心的整个春季浓郁的秋千活动氛围。

从描写形式上来看，唐宋诗词中的秋千亦分为两类：有人之秋千和无人之秋千。有人之秋千如“风烟放荡花披猖，秋千女儿飞短墙”（李山甫《寒食二首》其二）、“好是隔帘花树动，女郎撩乱送秋千”（韦庄《丙辰年鄜州遇寒食城外醉吟五首》其一）等。秋千本身就是供人娱乐的一项器械，自然不可缺少作为主角的女性，但是在唐宋诗词中却常常出现无人之秋千。此类情形大致有二：一是明写秋千暗寓人，多用在表现民俗的诗作中，如“杏花香麦粥，柳絮伴秋千”（柳中庸《寒食戏赠》），“春风摆荡禁花枝，寒食秋千满地时”（王涯《宫词三十首》其十五），“三月洛城春半时，秋千未拆杨花飞”（邵雍《花时阻雨不出》），等等，这些描写的一个共通之处就是：诗中只写到秋千，并未写到荡秋千之女子。然而细思之，在春和景明、花红柳绿的时节，怎可能只看到空荡荡的秋千架？必是秋千上已有佳人。诗人要突出的是秋千之戏作为寒食民俗活动的特征，希望留给读者更广阔的想象空间，去遐想秋千架上的红巾翠袖、皓齿蛾眉。另一类则真正是秋千架上已无人。薛能《寒食日题》：“夜半无灯还有睡，秋千悬在月明中。”秋千与一轮明月相伴，表现出寂寞无奈的心绪。韩偓的《夜深》与此有异曲同工之妙：“夜深斜搭秋千索，楼阁朦胧烟雨中。”一样的更深夜静，一样的萧索秋千，不同的只是一夜明月，一夜细雨。如果说明月与秋千还有那么一丝丝洒脱，迷蒙的细雨只能更添惆怅。

韩偓的另一首《效崔国辅体四首》其一亦写道："独立俯闲阶，风动秋千索。"美人不在斯，秋千荡漾的佳景已成过往，只有清风时时吹过，孤单单的秋千在风中摇摆，这是怎样的一种落寞。成彦雄《柳枝辞九首》其二："饮散无人收拾得，月明阶下伴秋千。"虽然刚刚经历过欢宴，但是转瞬间人去楼空，只剩下杯盘狼藉，反倒更平添伤感。院落中无人之秋千成为诗人寂寞的慰藉。如果我们将上述两种描写方式相比较，可以看出，有人之秋千是诗人作为旁观者去欣赏秋千这一活动。虽然并未明写女性之情态，但显然女性还是诗中的主人公；而无人之秋千主要是通过空荡荡的秋千架来传达一种情绪。若诗中还有人物，那便是隐于暗处的诗人自身。此时的秋千已不是寒食节带给人无限欢娱的游戏，而仅仅是自我心境的一个外化。

秋千由一项女性娱乐活动逐渐扩大为女性情感生活的见证，是唐宋诗词中秋千描写的又一特征。秋千自入诗起，就是女性欢乐的源泉。关乎女性与秋千的作品，多是表现寒食清明时节女性在秋千上的嬉戏。但是随着对女性影响的扩大以及诗歌自身的不断发展和成熟，秋千的意蕴更为丰富。元稹《杂忆诗五首》其二："花笼微月竹笼烟，百尺丝绳拂地悬。忆得双文人静后，潜教桃叶送秋千。"此刻的莺莺恐怕更多的是想再细细品味一下甜蜜的恋情，将满腔的喜悦释放出来。王周《无题二首》其一："不知何事秋千下，蹙破愁眉两点青。"这里的秋千下已不再有平日的欢声笑语，而是静静地陪伴着心事重重的女子，分担她的愁情。李商隐《无题二首》其一："十五泣春风，背面秋千下。"少女的委屈和伤感无处诉说，只能偷偷在秋千架下黯然落泪。晏几道《生查子》："无处说相思，背面秋千下。"萧允之《点绛唇》："花径相逢，眼期心诺情如昨。怕人疑着。佯弄秋千索。”秋千架成为女性心底一个私密而安全的空间，她们可以在那里无拘无束地欢笑；她们也可以在无人时分将压抑的情感通通发泄，表现出真实的自我。诗人们赋予秋千更多的情感意味，表明他们已经认识到秋千对女性世界的重要作用。

在有关唐代妇女体育娱乐活动的诗作中，秋千占相当一部分，但同时还有许多描写其他活动的作品。客观地说，秋千在唐代对女性的影响并不及宋代及以后。甚至唐玄宗李隆基在《初入秦川路逢寒食》中写道：“公子途中妨蹴鞠，佳人马上废秋千。”此诗当作于中宗景龙四年（710）他朝京的路上。为何在寒食节这个最应该打秋千的时候秋千却被女性冷落呢？这可视为唐代，尤其是唐代前期女性对体育娱乐活动心态转变的一种写照。唐代女性涉足的体育运动领域，不仅有集运动与游戏娱乐为一体的项目，还有不少是属于运动量大，而且场面激烈、惊险，竞争性较强的运动项目①。唐代女性在刚刚感受到开放气息的时刻，在为自身争取更高地位和更大自由度的尝试中，显然会更倾向于涉足男性化的游戏。她们需要借此证明自身并不柔弱，而是有着与男性一样的勇气。唯其如此，她们才能在社会上有更大的立足空间。这是初唐女性与其后唐代女性在心理上的细微差别。如果说初唐以后的女性将蹴鞠、马球、骑射等运动视为一种习惯性的、理所当然的活动，那么初唐女性则处于一个尝试性阶段。由于社会对女性进行这类活动的评价还不明朗，所以她们格外敏感，反而乐意投身男性化的运动中，这样既是为自己争取更多自由权力，又可以试探社会反应，

① 参见段塔丽《唐代妇女地位研究》，人民出版社，2000 年，第 117 页。

促使社会接受新的女性形象。秋千虽然是女性十分喜爱的一项游戏，但是从汉代的后宫之乐到南北朝时的仕女之戏，它已被定性为一种女性化的活动。故在唐初的一段时期内，在潜意识中试图改变原有社会地位的女性会有意疏远秋千，而将更大的精力投入骑射、马球等男性化的活动中。秋千的光彩被其他项目所掩盖，从一个侧面反映出唐代女性丰富多彩的活动选择，而这正是女性地位提高的表现。

随着社会对女性一些开放大胆行为的接受，女性逐渐获得了高于前代的社会地位。随着蹴鞠、马球、骑射等成为女性生活中很平常的活动，秋千渐渐回归女性世界，再次成为女性热衷的游戏。从生理上来看，女性的体质比男性弱一些是不争的事实。骑马、蹴鞠等运动需要较大的体能消耗，并不是所有的女性都能承受的。而秋千的运动量适中，既可使身体得到一定的活动，又不至于太激烈；从心理上来看，女性可能更喜欢秋千带给她们的浪漫感觉。在杨柳吐翠、姹紫嫣红的明媚春光中，不需要大汗淋漓，用一条五彩的丝绳就能圆了她们飘然欲仙的梦，这显然比其他活动更有诗意，也更适合感性的女人。于是秋千成为女性最具代表性的一项活动，甚至发展为女性的精神寄托，韩偓《闺怨》:“初拆秋千人寂寞，后园青草任他长。”没有秋千相伴的日子，人也寂寞不堪，可见秋千在女性生活中的重要作用。在宋代，秋千已然成为女性最主要的娱乐活动。秋千活动女性化的特征使得它不可能疏离于女性的生活，但是唐代女性对待秋千的心态与宋代还是有所不同的。对于唐代女性而言，秋千是她们在具有一定社会地位后自主选择的喜爱活动；而对于宋代女性而言，秋千是她们在失去了与男性不相上下的活动选择后无奈的归宿。

从男性视角来看待女性的秋千活动，则又别有一番景象。如果对诗人笔下荡秋千的女性进行分类，大致有二：一是活泼可爱型；一是娇怯柔弱型。从晚唐五代开始，直到宋代的作品中，第二类形象越来越多，逐渐成为秋千女的经典形象。秋千作为一项带有运动性质的游戏，本应展示一种动态健康之美，如“秋千争次第，牵拽彩绳斜”“身轻裙薄易生力，双手向空如鸟翼”等，但是晚唐五代的秋千女在诗人笔下却或是“五丝绳系出墙迟，力尽才瞵见邻圃。下来娇喘未能调，斜倚朱阑久无语”（韩偓《秋千》），或是“四支无力上秋千。群花谢，愁对艳阳天”（毛熙震《小重山》），或是“想得那人垂手立，娇羞不肯上秋千”（韩偓《想得》），或是“欲上秋千四体慵，拟交人送又心忪”（韦庄《浣溪沙》）。似乎从晚唐五代开始，女性已经娇弱到连不需要太大体力消耗的秋千之戏都无力进行的地步。宋代诗词中更是如此：

金闺背衬鸳鸯冷，春困秋千立画干。（王予可《宫词》）

阿蛮如许风流骨，打困秋千细雨中。（谢幼谦《酴醾》）

蹴罢秋千，起来慵整纤纤手。（李清照《点绛唇》）

翠钿晓寒轻，独倚秋千无力。无力，无力，蹙破远山愁碧。（杨冠卿《如梦令》）

整髻收裙无力、上秋千。（陈克《南歌子》）

宝钗楼上妆梳晚，懒上秋千。（陆游《采桑子》）

可惜连朝中酒、怯秋千。（许棐《相见欢》）

其实这种现象反映了唐代男性对女性审美态度的一种转变，而其中蕴含得更深的是唐代女性社会地位的变化。在唐代，女性虽然并未摆脱附属于男性的社会地位，但由于当时社会风气比较开化，男性对女性的要求相对放松。特别是武则天的执政及称帝，对男尊女卑的传统观念形成极大挑战。她在当政期间，采取了一系列提高妇女地位的措施，如亲祭先蚕、参与麟德三年的封禅、延长父在为母服的丧期等等。这些措施为女性争取到一定的权益，使她们的社会地位相对提高，也使得男性不得不略微放下居高临下、唯我是从的姿态，以较为开放的心态看待这一群健康开朗、活泼可爱的女性。于是社会对女性的审美观也发生了相应变化，不再单纯地强调弱不禁风，而是接受了女性多层面的美，其中也包含了健康的天性之美。但是从中唐开始，山东士族势力逐渐抬头，使得女性不得不又“兢兢守礼法，如山东衣冠之族”。尤其是到了晚唐，这种束缚女子的空气更浓。宣宗就曾下诏：“公主、县主有子而寡，不得复嫁。”正如段塔丽在《唐代妇女地位研究》中所言：“女性向传统角色复归，是唐后期妇女地位下降的一个最明显的特征。”晚唐直至宋代妇女失去了盛唐社会所提供给女性的开放空间，复归到封建礼教的枷锁之中，她们自然也不再具有盛唐女子豪放、自信、积极的性格特征，而是以弱者的身份加倍依附于男权社会之中，秋千架上纤弱、柔媚的身影正是她们在两性关系中又一次陷入完全被动的生存状态以及其性格开始内敛封闭的写照。当男性的政治理想和追求受挫后，他们往往会以更为苛责的要求对待他们在现实生活中可以掌控的部分，比如女性。试观整个中国古代社会的历程，强盛的时代女性的生存环境就相对自由，唐代是最好的例证；而国家贫弱或是社会不稳定的时代女性所受的压迫和束缚就越多，积贫积弱的宋代、外忧内患的清代皆是如此。这牵涉到一个心理补偿的问题。如果男性在他们所自认为的男性职责（如治国安邦）领域内无法达到所期待的目标，他们就会由对自身能力的怀疑而产生一种恐惧，恐惧自己的权威会被动摇，因此直觉的反应就是牢牢掌控住他们可以控制的，控制得越紧，他们心中就越安稳，心理上也会趋于平衡。正是基于这样的心态，晚唐社会无法再接受开放大胆的女性，而是用各种方式将女性逼回一个狭小的生存空间。男性对女性审美要求的变化就是其中之一。所以我们看到唐末至宋代社会所欣赏的女性形象是柔弱无骨、楚楚可怜的。如此一来，对于女性体育活动的态度自然会发生改变。于是连秋千这样带有运动性、展示女性健康美的项目，在男性诗人的笔下也成为女性不能承受之重，着重体现的是女性娇弱慵懒之态，而非欢声笑语之姿。

秋千之戏的魅力不仅在于它能带给女性无穷的欢乐，更在于它是女性生活状态的见证，引导我们从一个特殊的侧面去认识和理解唐宋女性所处的生存环境及她们所展现出的风姿。从中既可看到唐代女性在体育运动领域一种积极主动的心态，又可了解唐宋男性对女性体育娱乐活动态度的变化。

主要参考文献

一、古籍

［唐］白居易．白氏长庆集［M］．北京：北京文学古籍刊行社，1955.

［汉］班固．汉书［M］．北京：中华书局，1962.

［宋］陈师道，朱彧．后山谈丛·萍洲可谈［M］．上海：上海古籍出版社，1989.

［明］陈霆，杨慎．渚山堂词话·词品［M］．北京：人民文学出版社，1960.

［明］陈耀文．天中记［M］．扬州：广陵书社，2007.

［宋］陈元靓．事林广记［M］．北京：中华书局，1999.

［宋］陈元靓．岁时广记［M］．上海：上海古籍出版社，1993.

［晋］崔豹，等．古今注·中华古今注·苏氏演义［M］．北京：商务印书馆，1956.

［唐］崔令钦，孙棨，［元］夏伯和．教坊记·北里志·青楼集［M］．上海：古典文学出版社，1957.

［清］董诰，等．全唐文［M］．北京：中华书局，1983.

［汉］董仲舒．春秋繁露［M］．北京：中华书局，1975.

［唐］段成式．酉阳杂俎［M］．北京：中华书局，1981.

［唐］段公路．北户录［M］// 王云五．《丛书集成初编·异物志及其他一种》［Z］．上海：商务印书馆，1941.

［宋］范成大．范成大笔记六种［M］．北京：中华书局，2002.

［唐］范摅．云溪友议［M］．上海：古典文学出版社，1957.

［南朝宋］范晔．后汉书［M］．北京：中华书局，1965.

［清］方薰．山静居画论［M］．杭州：西泠印社出版社，2009.

［唐］房玄龄，等．晋书［M］．北京：中华书局，1974.

［宋］费衮，车若水．梁溪漫志·脚气集［M］．上海：上海书店出版社，1990.

［唐］封演．封氏闻见记校注［M］．赵贞信，校注．北京：中华书局，1958.

［后唐］冯贽．云仙杂记［M］．上海：商务印书馆，1941.

[后唐] 冯贽. 云仙散录 [M]. 北京：中华书局，1998.
[宋] 高承. 事物纪原 [M]. 北京：中华书局，1989.
[明] 高濂. 遵生八笺 [M]. 成都：巴蜀书社，1985.
[晋] 葛洪，等. 笔记小说大观 [M]. 扬州：江苏广陵古籍刻印社，1983.
[宋] 葛立方. 韵语阳秋 [M]. 上海：上海古籍出版社，1984.
[宋] 郭茂倩. 乐府诗集 [M]. 上海：上海古籍出版社，1993.
[清] 郭庆藩，辑. 庄子集释（全四册）[M]. 王孝鱼，整理. 北京：中华书局，1961.
[宋] 郭若虚. 图画见闻志 [M]. 上海：上海人民美术出版社，1964.
[清] 何文焕. 历代诗话 [M]. 北京：中华书局，2004.
[宋] 洪迈. 夷坚志 [M]. 北京：中华书局，2006.
[宋] 洪迈. 容斋随笔 [M]. 北京：中华书局，2005.
[明] 胡应麟. 少室山房笔丛 [M]. 北京：中华书局，1958.
[宋] 胡仔. 苕溪渔隐丛话 [M]. 北京：人民文学出版社，1962.
[宋] 黄庭坚. 山谷诗集注 [M]. 上海：上海古籍出版社，2003.
[唐] 慧能. 坛经校释 [M]. 郭朋，校释. 北京：中华书局，1983.
[宋] 计有功. 唐诗纪事 [M]. 北京：中华书局，1965.
[北魏] 贾思勰. 齐民要术 [M]. 北京：中华书局，1956.
[宋] 江少虞. 宋朝事实类苑 [M]. 上海：上海古籍出版社，1981.
[明] 蒋一葵. 长安客话 [M]. 北京：北京古籍出版社，1980.
[宋] 金盈之. 新编醉翁谈录 [M]. 沈阳：辽宁教育出版社，1998.
[南唐] 静、筠禅僧. 祖堂集 [M]. 张华，点校. 郑州：中州古籍出版社，2001.
[唐] 孔颖达，等. 毛诗正义 [M]. 上海：上海古籍出版社，1990.
[宋] 黎靖德. 朱子语类 [M]. 北京：中华书局，1986.
[宋] 李昉，等. 太平广记 [M]. 北京：中华书局，1961.
[宋] 李昉，等. 文苑英华 [M]. 北京：中华书局，1966.
[清] 李光地，等. 御定月令辑要 [M]//[清] 纪昀等. 四库全书：第476册 [Z]. 上海：上海古籍出版社，1987.
[唐] 李林甫，等. 唐六典 [M]. 陈仲夫，点校. 北京：中华书局，1992.
[宋] 李清照. 李清照集笺注 [M]. 徐培均，笺注. 上海：上海古籍出版社，2002.
[明] 李时珍. 本草纲目 [M]. 北京：人民卫生出版社，1982.
[清] 李渔. 闲情偶寄 [M]. 上海：上海古籍出版社，2000.
[唐] 李肇，赵璘. 唐国史补 · 因话录 [M]. 上海：上海古籍出版社，1979.
[宋] 李廌，朱弁，陈鹄. 师友谈记 · 曲洧旧闻 · 西塘集耆旧续闻 [M]. 孔凡礼，点校. 北京：中华书局，2002.

［后晋］刘昫，等 . 旧唐书［M］. 北京：中华书局，1975.
［清］刘宝楠 . 论语正义［M］. 高流水，点校 . 北京：中华书局，1990.
［宋］刘克庄 . 后村先生大全集［M］. 上海：商务印书馆，1936.
［明］刘若愚 . 酌中志［M］. 北京：北京古籍出版社，1994.
［唐］刘肃 . 大唐新语［M］. 北京：中华书局，1984.
［清］刘廷玑 . 在园杂志［M］. 北京：中华书局，2005.
［汉］刘熙，著，［清］毕沅，疏证，［清］王先谦，补 . 释名疏证补［M］. 北京：中华书局，2008.
［南朝宋］刘义庆 . 世说新语校笺［M］. 徐震堮，校笺 . 北京：中华书局，2001.
［宋］陆游 . 老学庵笔记［M］. 北京：中华书局，1979.
［明］陆楫 . 古今说海［M］. 成都：巴蜀书社，1988.
［宋］罗大经 . 鹤林玉露［M］. 北京：中华书局，1983.
［明］梅鼎祚 . 青泥莲花记［M］. 郑州：中州古籍出版社，1988.
［宋］梅尧臣 . 梅尧臣集编年校注［M］. 朱东润，编年校注 . 上海：上海古籍出版社，2006.
［唐］孟棨 . 本事诗・续本事诗・本事词［M］. 上海：上海古籍出版社，1991.
［宋］孟元老 . 东京梦华录注［M］. 邓之诚，注 . 北京：商务印书馆，1959.
［宋］孟元老 . 东京梦华录笺注［M］. 伊永文，笺注 . 北京：中华书局，2006.
［唐］南卓，段安节，［宋］王灼 . 羯鼓录・乐府杂录・碧鸡漫志［M］. 北京：古典文学出版社，1957.
［宋］欧阳修，宋祁，等 . 新唐书［M］. 北京：中华书局，1975.
［宋］欧阳修 . 欧阳修全集［M］. 北京：中华书局，2001.
［唐］欧阳询 . 艺文类聚［M］. 汪绍楹，校 . 北京：中华书局，1965.
［清］潘荣陛，富察敦崇 . 帝京岁时纪胜・燕京岁时记［M］. 北京：北京古籍出版社，1981.
［清］潘永因 . 宋稗类钞［M］. 北京：书目文献出版社，1985.
［晋］裴启 . 裴启语林［M］. 周楞伽，辑校 . 北京：文化艺术出版社，1988.
［明］瞿佑，等 . 剪灯新话（外二种）［M］. 上海：上海古籍出版社，1981.
［清］彭定求，等 . 全唐诗［M］. 北京：中华书局，1960.
［宋］邵伯温 . 邵氏闻见录［M］. 北京：中华书局，1983.
［明］沈榜 . 宛署杂记［M］. 北京：北京古籍出版社，1980.
［明］沈德符 . 万历野获编［M］. 北京：中华书局，1980.
［宋］沈义父 . 乐府指迷笺释［M］. 夏承焘，笺释 . 北京：人民文学出版社，1981.
［清］沈自南 . 艺林汇考［M］. 北京：中华书局，1988.

［宋］司马光，等．资治通鉴［M］．北京：中华书局，1956.
［宋］司马光．涑水纪闻［M］．北京：中华书局，1989.
［汉］司马迁．史记［M］．北京：中华书局，1959.
［宋］四水潜夫．武林旧事［M］．杭州：西湖书社，1981.
［明］宋应星．天工开物［M］．北京：商务印书馆，1954.
［宋］苏轼．苏轼文集［M］．孔凡礼，点校．北京：中华书局，1986.
［宋］苏轼．苏轼诗集［M］．［清］王文诰，辑注，孔凡礼，点校．北京：中华书局，1982.
［宋］苏轼．东坡志林［M］．北京：中华书局，1981.
［五代］孙光宪．北梦琐言［M］．北京：中华书局，2002.
［唐］孙棨．北里志［M］．北京：古典文学出版社，1957.
［宋］陶谷．清异录［M］//［清］纪昀等．四库全书：第 1047 册［Z］．上海：上海古籍出版社，1987.
［明］陶宗仪，等．说郛三种［M］．上海：上海古籍出版社，1988.
［明］田汝成．西湖游览志［M］．上海：上海古籍出版社，1980.
［明］田艺蘅．留青日札［M］．朱碧莲，点校．上海：上海古籍出版社，1992.
［明］屠隆．考槃余事［M］．台北：新文丰出版公司，1986.
［元］脱脱，等．宋史［M］．北京：中华书局，1985.
［宋］王安石．王文公文集［M］．上海：上海人民出版社，1974.
［宋］王称．东都事略［M］．济南：齐鲁书社，2000.
［清］王初桐．奁史［M］．陈晓东，整理．北京：文物出版社，2017.
［宋］王谠．唐语林［M］．上海：上海古籍出版社，1978.
［晋］王嘉，撰，［梁］萧绮，录．拾遗记［M］．北京：中华书局，1981.
［宋］王溥．唐会要［M］．北京：中华书局，1955.
［五代］王仁裕，等．开元天宝遗事十种［M］．上海：上海古籍出版社，1985.
［清］王士禛．池北偶谈［M］．北京：中华书局，1982.
［清］王先谦．释名疏证补［M］．上海：上海古籍出版社，1984.
［明］王象晋．群芳谱诠释［M］．伊钦恒，诠释．北京：农业出版社，1985.
［宋］王铚，王栐．默记・燕翼诒谋录［M］．北京：中华书局，1981.
［宋］魏泰．东轩笔录［M］．北京：中华书局，1983.
［清］魏崧．壹是纪始［M］．北京：北京图书馆出版社，2003.
［清］卫泳．悦容编［M］//［清］虫天子．香艳丛书：第 1 集［Z］．上海：上海国学扶轮社，1909.
［明］文震亨．长物志校注［M］．陈植，等，校注．南京：江苏科学技术出版社，1984.

［宋］吴处厚．青箱杂记［M］．北京：中华书局，1985．
［宋］吴自牧．梦粱录［M］．杭州：浙江人民出版社，1980．
［元］熊梦祥．析津志辑佚［M］．北京：北京古籍出版社，1983．
［南朝陈］徐陵，［清］吴兆宜注，程琰删补．玉台新咏笺注［M］．穆克宏，点校．北京：中华书局，1999．
［清］徐士俊．十眉谣［M］//［清］虫天子．香艳丛书：第 1 集［Z］．上海：上海国学扶轮社，1909．
［清］徐珂．清稗类钞：第 13 册［M］．北京：中华书局，1986．
［清］严可均．全后汉文［M］．北京：商务印书馆，1999．
［清］严可均．全三国文［M］．北京：商务印书馆，1999．
［清］严可均．全晋文［M］．北京：商务印书馆，1999．
［唐］颜师古．隋遗录：百川学海・乙集［M］．影印本．上海博古斋，1921．
［明］杨慎．升庵诗话笺证［M］．王仲镛，笺证．上海：上海古籍出版社，1987．
［明］杨慎．丹铅续录［M］．上海：上海文明书局，1923．
［宋］叶隆礼．契丹国志［M］．上海：上海古籍出版社，1985．
［清］叶梦珠．阅世编［M］．上海：上海古籍出版社，1981．
［唐］宇文氏．妆台记［M］//［清］虫天子．香艳丛书：第 3 集［Z］．上海：上海国学扶轮社，1909．
［唐］佚名．大唐传载［M］．北京：中华书局，1958．
［宋］佚名．新刊大宋宣和遗事［M］．上海：古典文学出版社，1954．
［唐］元稹．元稹集［M］．北京：中华书局，1982．
［宋］袁采．世范：外四种［M］．长沙：岳麓书社，2003．
［清］袁枚．小仓山房尺牍［M］．上海：国学整理社，1936．
［宋］曾巩．南丰先生元丰类稿［M］．四部备要本．上海：中华书局，1936．
［清］张芳菊．黛史［M］//［清］虫天子．香艳丛书：第 1 集［Z］．上海：上海国学扶轮社，1909．
［晋］张华．博物志校正［M］．张宁，校正．北京：中华书局，1980．
［唐］张泌．妆楼记［M］//［清］马骏良．龙威秘书：第 4 集第 6 册．石门马氏大西山房刻巾箱本．清乾隆五十九年．
［宋］张炎，沈义父．乐府指迷笺释［M］．夏承焘，蔡嵩云，笺释．北京：人民文学出版社，1981．
［宋］张玉娘．兰雪集［M］．清道光二十六年刻、光绪八年补刻本．
［宋］赵令畤，等．侯鲭录墨客挥犀续墨客挥犀［M］．北京：中华书局，2002．

[宋]赵彦卫.云麓漫钞[M].傅根清，点校.北京：中华书局，1996.
[清]赵翼.陔余丛考[M].北京：中华书局，1963.
[唐]郑处诲，裴庭裕.明皇杂录·东观奏记[M].北京：中华书局，1994.
[明]钟惺.名媛诗归[M].上海：有正书局，1918.
[宋]周密.齐东野语[M].北京：中华书局，1983.
[宋]周密.浩然斋雅谈·志雅堂杂钞·云烟过眼录·澄怀录[M].沈阳：辽宁教育出版社，2000.
[宋]周密，等.都城纪胜[M].上海：上海古籍出版社，1993.
[清]朱彬.礼记训纂[M].饶钦农，点校.北京：中华书局，1996.
[宋]朱淑真.朱淑真集[M].上海：上海古籍出版社，1986.
[宋]朱翌.猗觉寮杂记[M]//[清]纪昀等.四库全书：第850册.上海：上海古籍出版社，1987.
[唐]朱揆.钗小志[M]//[清]虫天子.香艳丛书：第3集[Z].上海：上海国学扶轮社，1909.
[宋]朱熹.楚辞集注[M].蒋立甫，校点.上海古籍出版社，安徽教育出版社，2001.
[宋]朱熹.近思录[M].上海：上海古籍出版社，1994.
[宋]庄绰.鸡肋编[M].北京：中华书局，1983.
[南朝梁]宗懔.荆楚岁时记[M].北京：中华书局，1987.

二、近人著述

北京大学古文献研究所，1991.全宋诗[M].北京：北京大学出版社.
蔡丰明，1997.中国社会民俗史丛书：游戏史[M].上海：上海文艺出版社.
岑静雯，2006.唐代宦门妇女研究[M].台北：文津出版社.
陈东原，1998.中国妇女生活史[M].北京：商务印书馆.
陈鼓应，2001.老子注译及评介[M].北京：中华书局.
陈鹏，1990.中国婚姻史稿[M].北京：中华书局.
陈奇猷，1974.韩非子集释[M].上海：上海人民出版社.
陈弱水，2009.唐代文士与中国思想的转型[M].桂林：广西师范大学出版社.
陈弱水，2009.隐蔽的光景：唐代的妇女文化与家庭生活[M].桂林：广西师范大学出版社.
陈尚君，1997.唐代文学丛考[M].北京：中国社会科学出版社.
陈寅恪，2001.元白诗笺证稿[M].北京：生活·读书·新知三联书店.
陈寅恪，2001.金明馆丛稿初编[M].北京：生活·读书·新知三联书店.
陈寅恪，2001.金明馆丛稿二编[M].北京：生活·读书·新知三联书店.

崔唯，谭活能，2003. 色彩构成［M］. 北京：中国纺织出版社 .
戴建国，2010. 唐宋变革时期的法律与社会［M］. 上海：上海古籍出版社 .
邓红梅，2000. 女性词史［M］. 济南：山东教育出版社 .
邓明，韧石，2001. 中国历代名画点读：百美图说［M］. 上海：上海画报出版社 .
邓实，黄宾虹，1936. 美术丛书［M］. 上海：神州国光社 .
邓小南，王政，游鉴明，2011. 中国妇女史读本［M］. 北京：北京大学出版社 .
邓小南，2003. 唐宋女性与社会［M］. 上海：上海辞书出版社 .
丁传靖，1981. 宋人轶事汇编［M］. 北京：中华书局 .
窦丽梅，2012. 宋词中的身体叙事：经济因素的渗透与反映［M］. 郑州：河南人民出版社 .
段塔丽，2000. 唐代妇女地位研究［M］. 北京：人民出版社 .
方燕，2008. 巫文化视域下的宋代女性：立足于女性生育、疾病的考察［M］. 北京：中华书局 .
福建省博物馆，1982. 福州南宋黄昇墓［M］. 北京：文物出版社 .
傅伯星，2016. 大宋衣冠：图说宋人服饰［M］. 上海：上海古籍出版社 .
傅斯年，2006. 史学方法导论［M］. 北京：中国人民大学出版社 .
傅璇琮，2002. 唐才子传校笺（全 5 册）［M］. 北京：中华书局 .
付黎明，许静，2014. 宋代女性头饰设计艺术探赜及其文化索隐［M］. 长春：吉林大学出版社 .
高步瀛，1985. 文选李注义疏［M］. 曹道衡，沈玉成，点校 . 北京：中华书局 .
高春明，2001. 中国服饰名物考［M］. 上海：上海文化出版社 .
高洪兴，等，1991. 妇女风俗考［M］. 上海：上海文艺出版社 .
高洪兴，1995. 缠足史［M］. 上海：上海文艺出版社 .
高世瑜，1988. 唐代妇女［M］. 西安：三秦出版社 .
葛承雍，2013. 女性与盛唐气象［M］. 合肥：安徽人民出版社 .
葛承雍，2018. 大唐之国：1400 年的记忆遗产［M］. 北京：生活 · 读书 · 新知三联书店 .
葛金芳，2004. 唐宋变革期研究［M］. 武汉：湖北人民出版社 .
葛兆光，1986. 禅宗与中国文化［M］. 上海：上海人民出版社 .
郭庆藩，1961. 庄子集释［M］. 北京：中华书局 .
郭绍虞，1980. 宋诗话辑佚［M］. 北京：中华书局 .
韩生，2009. 法门寺文物图饰［M］. 北京：文物出版社 .
何堂坤，1992. 中国古代铜镜的技术研究［M］. 北京：中国科学技术出版社 .
胡戟，等，2002. 二十世纪唐研究［M］. 北京：中国社会科学出版社 .
湖南省博物馆，1960. 湖南出土铜镜图录［M］. 北京：文物出版社 .

华梅，2001. 服饰与中国文化［M］. 北京：人民出版社 .
黄杰，2005. 宋词与民俗［M］. 北京：商务印书馆 .
黄能馥，陈娟娟，2004. 中国服饰史［M］. 上海：上海人民出版社 .
黄正建，2006. 中晚唐社会与政治研究［M］. 北京：中国社会科学出版社 .
姜亮夫，1999. 楚辞通故［M］. 昆明：云南人民出版社 .
蒋天枢，1989. 楚辞校释［M］. 上海：上海古籍出版社 .
黎活仁，2001. 女性的主体性：宋代的诗歌与小说［M］. 台北：大安出版社 .
李斌城，等，1998. 隋唐五代社会生活史［M］. 北京：中国社会科学出版社 .
李富华，1996. 楞严经［M］. 高雄：佛光出版社 .
李华瑞，2010. "唐宋变革论" 的由来与发展［M］. 天津：天津古籍出版社 .
李剑亮，1999. 唐宋词与唐宋歌妓制度［M］. 杭州：浙江大学出版社 .
李仁溥，1983. 中国古代纺织史稿［M］. 长沙：岳麓书社 .
李溪，2014. 内外之间：屏风意义的唐宋转型［M］. 北京：北京大学出版社 .
李晓培，2011. 唐代入道女性世界中的性别意识与情欲［M］. 太原：山西教育出版社 .
李小江，等，2002. 历史、史学与性别［M］. 南京：江苏人民出版社 .
李永祜 . 奁史选注：中国古代妇女生活大观［M］. 北京：中国人民大学出版社，1994.
李贞德，梁其姿，2005. 妇女与社会［M］. 北京：中国大百科全书出版社 .
梁乙真，1990. 中国妇女文学史纲［M］. 上海：上海书店出版社 .
林乾，1997. 金圣叹评点才子全集［M］. 北京：光明日报出版社 .
林文勋，2011. 唐宋社会变革论纲［M］. 北京：人民出版社 .
刘方，2009. 唐宋变革与宋代审美文化转型［M］. 上海：学林出版社 .
刘俊文，1992. 日本学者研究中国史论著选译：第 1 卷［M］. 黄约瑟，译 . 北京：中华书局 .
刘文典，1989. 淮南鸿烈集解［M］. 北京：中华书局 .
逯钦立，1983. 先秦汉魏晋南北朝诗［M］. 北京：中华书局 .
卢向前，2006. 唐宋变革论［M］. 合肥：黄山书社 .
陆晶清，1931. 唐代女诗人（第二版）［M］. 上海：神州国光社 .
罗时进，2004. 中国妇女生活风俗［M］. 西安：陕西人民出版社 .
孟晖，2005. 潘金莲的发型［M］. 南京：江苏人民出版社 .
孟晖，2006. 花间十六声［M］. 北京：生活 · 读书 · 新知三联书店 .
孟晖，2010. 贵妃的红汗［M］. 南京：南京大学出版社 .
潘絜兹，1959. 敦煌壁画服饰资料［M］. 北京：中国古典艺术出版社 .
漆侠，2002. 宋史研究论文集［C］. 保定：河北大学出版社 .
钱穆，2010. 国史大纲［M］. 北京：商务印书馆 .

钱锺书，2007. 谈艺录［M］. 北京：生活·读书·新知三联书店 .
钱锺书，2001. 管锥编［M］. 北京：生活·读书·新知三联书店 .
邱添生，1988. 唐宋变革期的政经与社会［M］. 台北：文津出版社 .
荣新江，2010. 隋唐长安：性别、记忆及其他［M］. 上海：复旦大学出版社 .
沙莲香，1987. 社会心理学［M］. 北京：中国人民大学出版社 .
陕西省博物馆，陕西省文物管理委员会，1974. 唐李贤墓壁画［M］. 北京：文物出版社 .
陕西省考古研究院，2009. 壁上丹青：陕西出土壁画集［M］. 北京：科学出版社 .
陕西省考古研究院，陕西历史博物馆，礼泉县昭陵博物馆，2004. 唐新城长公主墓发掘报告［M］. 北京：科学出版社 .
陕西省文物管理委员会，1959. 陕西省出土铜镜［M］. 北京：文物出版社 .
上海古籍出版社，2000. 唐五代笔记小说大观［M］. 上海：上海古籍出版社 .
尚秉和，1991. 历代社会风俗事物考［M］. 上海：上海书店出版社 .
尚刚，2007. 天工开物：古代工艺美术［M］. 北京：生活·读书·新知三联书店 .
尚刚，2005. 隋唐五代工艺美术史［M］. 北京：人民美术出版社 .
沈从文，1997. 中国古代服饰研究［M］. 上海：上海书店 .
沈从文，2002. 沈从文全集第 30 卷：物质文化史［M］. 太原：北岳文艺出版社 .
沈从文，2002. 花花朵朵　坛坛罐罐：沈从文谈艺术与文物［M］. 南京：江苏美术出版社 .
沈家庄，2005. 宋词的文化定位［M］. 长沙：湖南人民出版社 .
舒红霞，2004. 女性·审美·文化：宋代女性文学研究［M］. 北京：人民出版社 .
宋先梅，2010. 中国古代性审美观研究：华夏之魅［M］. 成都：巴蜀书社 .
苏者聪，1997. 宋代女性文学［M］. 武汉：武汉大学出版社 .
宿白，2002. 白沙宋墓［M］. 北京：文物出版社 .
孙机，2014. 中国古代物质文化［M］. 北京：中华书局 .
孙机，2013. 中国古舆服论丛［M］. 上海：上海古籍出版社 .
唐圭璋，1986. 词话丛编［M］. 北京：中华书局 .
唐圭璋，等，2004. 唐宋人选唐宋词［M］. 上海：上海古籍出版社 .
唐圭璋编纂，王仲闻参订，孔凡礼补辑，1999. 全宋词［M］. 北京：中华书局 .
桃源居士，1992. 唐人小说［M］. 上海：上海文艺出版社 .
铁爱花，2011. 宋代士人阶层女性研究［M］. 北京：人民出版社 .
万军杰，2011. 唐代女性的生前与卒后：围绕墓志资料展开的若干探讨［M］. 天津：天津古籍出版社 .
汪辟疆，1978. 唐人小说［M］. 上海：上海古籍出版社 .
王纲怀，孙克让，2007. 唐代铜镜与唐诗［M］. 上海：上海古籍出版社 .
王受之，2002. 世界时装史［M］. 北京：中国青年出版社 .

王水照，1997. 宋代文学通论［M］. 开封：河南大学出版社 .
王水照，等，1991. 日本学者中国词学论文集［C］. 上海：上海古籍出版社 .
王维堤，2001. 中国服饰文化［M］. 上海：上海古籍出版社 .
王政，杜芳琴，1998. 社会性别研究选译［M］. 北京：生活·读书·新知三联书店 .
王仲荦，1998. 金泥玉屑丛考［M］. 北京：中华书局 .
魏国英，2000. 女性学概论［M］. 北京：北京大学出版社 .
吴邦江，2010. 宋代民俗诗研究［M］. 南京：南京大学出版社 .
吴凌云，2005. 红妆：女性的古典［M］. 北京：中华书局 .
向达，1957. 唐代长安与西域文明［M］. 北京：生活·读书·新知三联书店 .
谢穑，2010. 宋代女性词人群体研究［M］. 长沙：湖南人民出版社 .
徐规，1999. 仰素集［M］. 杭州：杭州大学出版社 .
徐家华，等，2018. 汉唐盛饰［M］. 杨梦欣，绘 . 上海：上海文化出版社 .
徐有富，2005. 唐代妇女的生活与诗［M］. 北京：中华书局 .
杨米人，等，著，路工，编选，1982. 清代北京竹枝词［M］. 北京：北京古籍出版社 .
扬之水，2004. 古诗文名物新证［M］. 北京：紫禁城出版社 .
扬之水，2014. 中国古代金银首饰［M］. 北京：故宫出版社 .
姚灵犀，1998. 采菲录［M］. 上海：上海书店出版社 .
姚平，2004. 唐代妇女的生命历程［M］. 上海：上海古籍出版社 .
叶嘉莹，1997. 迦陵论词丛稿［M］. 石家庄：河北教育出版社 .
叶丽娅，2011. 中国历代鞋饰［M］. 杭州：中国美术学院出版社 .
叶立诚，2002. 中西服装史［M］. 北京：中国纺织出版社 .
衣若芬，刘苑如，2000. 世变与创化：汉唐、唐宋转换期之文艺现象［M］. 台北："中央研究院"中国文哲研究所筹备处 .
游鉴明，胡缨，季家珍，2012. 重读中国女性生命故事［M］. 南京：江苏人民出版社 .
俞世芬，2012. 唐诗与女性的研究［M］. 北京：人民出版社 .
袁杰英，1994. 中国历代服饰史［M］. 北京：高等教育出版社 .
袁闾琨，等，2002. 唐宋传奇总集：南北宋［M］. 郑州：河南人民出版社 .
苑利，2002. 二十世纪中国民俗学经典·物质民俗卷［M］. 北京：社会科学文献出版社 .
曾祥波，2006. 从唐音到宋调：以北宋前期诗歌为中心［M］. 北京：昆仑出版社 .
曾昭岷，等，1999. 全唐五代词［M］. 北京：中华书局 .
张宏生，张雁，2002. 古代女诗人研究［M］. 武汉：湖北教育出版社 .
张兴武，王小兰，2014. 唐宋诗文艺术的渐变与转型［M］. 北京：中国社会科学出版社 .
张雁南，2009. 唐代消费经济研究［M］. 济南：齐鲁书社 .

张菁，2007. 唐代女性形象研究［M］. 兰州：甘肃人民出版社 .
赵超，2004. 云想衣裳：中国服饰的考古文物研究［M］. 成都：四川人民出版社 .
赵雨乐，1996. 从宫廷到战场：中国中古与近世诸考察［M］. 香港：中华书局 .
赵睿才，2008. 唐诗与民俗关系研究［M］. 上海：上海古籍出版社 .
中国古代书画鉴定组，1997. 中国绘画全集：战国－唐［M］. 北京：文物出版社 .
中国社会科学院考古研究所编，1980. 唐长安城郊隋唐墓［M］. 北京：文物出版社 .
周迪人，等，1999. 德安南宋周氏墓［M］. 南昌：江西人民出版社 .
周积寅，王凤珠，2002. 中国历代画目大典：战国至宋代卷［M］. 南京：江苏教育出版社 .
周天游，2002. 新城、房陵、永泰公主墓壁画［M］. 北京：文物出版社 .
周汛，高春明，1988. 中国历代妇女妆饰［M］. 三联书店（香港）有限公司，学林出版社 .
周振甫，2002. 诗经译注［M］. 北京：中华书局 .
朱彬，1996. 礼记训纂［M］. 饶钦农，点校 . 北京：中华书局 .
朱瑞熙，等，1998. 宋辽西夏金社会生活史［M］. 北京：中国社会科学出版社 .
朱新予，1996. 中国丝绸史（专论）［M］. 北京：中国纺织出版社 .

三、外国著述

［德］E・M・温德尔，1995. 女性主义神学景观：那片流淌着奶和蜜的土地［M］. 刁承俊，译 . 北京：生活・读书・新知三联书店 .
［美］艾朗诺，2013. 美的焦虑：北宋士大夫的审美思想与追求［M］. 杜斐然，刘鹏，潘玉涛，译，郭勉愈，校 . 上海：上海古籍出版社 .
［美］包弼德，2001. 斯文：唐宋思想的转型［M］. 刘宁，译 . 南京：江苏人民出版社 .
［波兰］弗洛里安・兹纳涅茨基，2000. 知识人的社会角色［M］. 郏斌祥，译 . 南京：译林出版社 .
［美］高彦颐，2009. 缠足：“金莲崇拜”盛极而衰的演变［M］. 苗延威，译 . 南京：江苏人民出版社 .
［美］泰勒・哈特曼，2001. 色彩密码［M］. 魏易熙，译 . 海口：海南出版社 .
［德］汉斯・罗伯特・耀斯，1997. 审美经验与文学解释学［M］. 顾建光，等，译 . 上海：上海译文出版社 .
［美］卡伦・霍尔奈，2000. 女性心理学［M］. 窦卫霖，译 . 上海：上海文艺出版社 .
［德］康德，2001. 论优美感和崇高感［M］. 何兆武，译 . 北京：商务印书馆 .
［美］刘子健，2002. 中国转向内在：两宋之际的文化内向［M］. 赵冬梅，译 . 南京：江

苏人民出版社 .
［法］罗兰・巴特，2000. 流行体系：符号学与服饰符码［M］. 敖军，译 . 上海：上海人民出版社 .
［美］罗斯玛丽・帕特南・童，2002. 女性主义思潮导论［M］. 艾晓明，等，译 . 武汉：华中师范大学出版社 .
［美］玛里琳・霍恩，1991. 服饰：人的第二皮肤［M］. 乐竟泓，等，译 . 上海：上海人民出版社 .
［日］内藤湖南，2004. 中国史通论［M］. 夏应元，译 . 北京：社会科学文献出版社 .
［日］浅见洋二，2005. 距离与想象：中国诗学的唐宋转型［M］. 上海：上海古籍出版社 .
［日］青木正儿，2005. 中华名物考［M］. 范建明，译 . 北京：中华书局 .
［日］松浦友久，1992. 唐诗语汇意象论［M］. 陈植锷，王晓平，译 . 北京：中华书局 .
［美］苏珊・朗格,1986. 情感与形式［M］. 刘大基，等，译 . 北京：中国社会科学出版社 .
［法］西蒙娜・德・波伏娃，2004. 第二性［M］. 陶铁柱，译 . 北京：中国书籍出版社 .
［法］谢和耐，1995. 中国社会史［M］. 耿昇，译 . 南京：江苏人民出版社 .
［法］雅克・马利坦，1991. 艺术与诗中的创造性直觉［M］. 刘有元，等，译 . 北京：生活・读书・新知三联书店 .
［美］伊佩霞，2004. 内闱：宋代的婚姻和妇女生活［M］. 胡志宏，译 . 南京：江苏人民出版社 .
［美］宇文所安，2004. 迷楼：诗与欲望的迷宫［M］. 程章灿，译 . 北京：生活・读书・新知三联书店 .

附　　录

略论李白诗歌中女性题材之书写策略

中国古典诗歌中女性题材的作品数量庞大，书写方式亦多种多样。有的直叙其情，有的借形达意，有单纯以反映妇女生活为目的的，也有以比兴寄托为旨归的。从诗人所选择的书写策略，我们可以看出其对于这一题材的认知和定位，并推断出作者的创作倾向，进而加深对作品的理解。

李白在中国诗歌史上具有举足轻重的地位，其作品题材众多，内容丰富。关于李白作品中的女性题材，很早就有人关注。《钟山语录》中说王安石曾对李白的诗颇有微词："白识见污下，十首九说妇人与酒。"虽然指斥李白识见之词失于偏颇，但是却道出了李白作品中女性题材较多的现象。据统计，李白诗中描写女性的作品有一百三十多首①。现代学者已从女性形象的身份地位、文化意蕴、审美内涵、女性意识等方面

① 乔象钟《李白诗歌中的妇女群象》，《中州学刊》1984年第6期，第89页。关于李白描写女性的诗歌数量，学界还有多于或少于上引数目的统计结果，因笔者统计与所引数目基本一致，故采用此说。

对李白女性题材的作品进行了广泛而深入的研究。本文则试图通过对李白此类作品写作策略的分析，探讨李白的女性书写特征以及对于这些诗歌的本质认识。

一、容貌与妆饰的模糊

由于男尊女卑的社会环境，“以色事人”“女为悦己者容”等观念的流行，古代女性常常作为被观赏、被描绘的对象。中国诗歌自产生之初就有了对女性容貌与妆饰的关注。从《诗经》中“手如柔荑，肤如凝脂，领如蝤蛴，齿如瓠犀，螓首蛾眉”的硕人到楚辞中“被薜荔兮带女萝”“既含睇兮又宜笑”的山鬼，从曹植《美女篇》中“头上金爵钗，腰佩翠琅玕。明珠交玉体，珊瑚间木难。罗衣何飘飘，轻裾随风还”的采桑女到《西洲曲》中“单衫杏子红，双鬓鸦雏色”的采莲女，诗人对女性的外貌或妆饰都做了细致的刻绘。尤其是到了南朝齐梁时期，随着宫体诗的盛行，对于女性外在形态的描写达到了无微不至的地步，如萧纲《美女篇》“佳丽尽关情，风流最有名。约黄能效月，裁金巧作星。粉光胜玉靓，衫薄似蝉轻。密态随羞脸，娇歌逐软声。朱颜半已醉，微笑隐香屏”，不仅写了女性的粉面朱颜，还写到了当时流行的面部妆饰花黄、靥钿以及薄罗轻衫的服饰等。

李白妇女题材的作品中，对女性容貌及妆饰的描写却是少之又少。翻检李白描写女性的诗歌，只有“山花插宝髻，石竹绣罗衣”（《宫中行乐词八首》其一）、“嵯峨三角髻，余发散垂腰。裘披青毛锦，身着赤霜袍”（《上元夫人》）、“玉面耶溪女，青娥红粉妆。一双金齿屐，两足白如霜”（《浣纱石上女》）等不足十首作品对女性容貌及妆饰进行了细节描写。他的大多数作品没有采用一些传统诗歌中从面、眉、目、唇等部位对女性进行特写式描摹的方法，也很少对她们的妆容、佩饰、服饰进行描写。

李白的诗歌以想落天外著称，但是对于女性的容貌美，李白往往用“如花”“玉颜”之类一些常见的譬喻和笼统形容，在想象力的发挥上远不及其山水、饮酒、羁旅诸作。如：

宫中彩女颜如花。(《飞龙引二首》其一)
胡姬貌如花。(《前有一樽酒行二首》其二)
花颜笑春红。(《怨歌行》)
金屏笑坐如花人。(《携妓登梁王栖霞山孟氏桃园中》)
玉颜艳红彩。(《古风》其四十四)
玉颜艳名都。(《陌上桑》)
满堂有美颜如玉。(《豳歌行上新平长史兄粲》)

至多具体用某一种花来形容，也都是常见的比喻。如：

美人出南国，灼灼芙蓉姿。(《古风》其四十九)
颜色桃花红。(《长干行二首》其二)
秀色掩今古，荷花羞玉颜。(《西施》)
西门秦氏女，秀色如琼花。(《秦女休行》)

在比喻之后也没有更为细致的描写，留给读者的是一种印象式的整体美感。除此以外，少有几例提到“眉目”的也都是以月作比，书写方式都是“艳新月”“艳皎月”等，似乎已经成为一个套路化的模式。

李白的诗作中有不少是沿用前代题材或是借用前代作品中的女性形象，如果我们进行一番对比，会更清晰地看到李白在女性书写上往往会对容貌和妆饰做模糊化处理。如《陌上桑》：

> 美女渭桥东，春还事蚕作。五马如飞龙，青丝结金络。不知谁家子，调笑来相谑。妾本秦罗敷，玉颜艳名都。绿条映素手，采桑向城隅。使君且不顾，况复论秋胡。寒螿爱碧草，鸣凤栖青梧。托心自有处，但怪旁人愚。徒令白日暮，高驾空踟蹰。

这首诗用的是汉乐府《陌上桑》的旧题旧事。对于罗敷的形容，李白并未如原作中用“头上倭堕髻，耳中明月珠。缃绮为下裙，紫绮为上襦”的具体描绘，甚至也没有如原作中大段从侧面渲染其美貌，而只是用“玉颜艳名都”“绿条映素手”两句简单带过，将重点放在了其心志的表达上。

又如《庐江主人妇》：

> 孔雀东飞何处栖，庐江小吏仲卿妻。为客裁缝君自见，城乌独宿夜空啼。

诗人将庐江主人妇比作《孔雀东南飞》中的刘兰芝，但是并没有汲取《孔雀东南飞》中对于刘兰芝“足下蹑丝履，头上玳瑁光。腰若流纨素，耳着明月珰。指如削葱根，口如含朱丹。纤纤作细步，精妙世无双”的美貌描写，而只是从其贤惠上着笔。

李白采取这样的书写策略，在某种程度上应与其诗歌主张是息息相关的。他在《古风》其一中说：“自从建安来，绮丽不足珍。”对于绮丽华靡的文学，李白是不满意的。而女性题材的作品，从南朝开始，陷入了宫体的漩涡，对女性进行穷形尽相的描写，用语之绮丽，风格之华靡日盛一日。李白试图反拨这种香艳的风气，于是在他的作品中，关于女性外在容色的描写尽量从简，不做过度的渲染，只是笼统的描摹。由此也可见，李白的书写重心显然不在女性的具体形象上。

二、与现实的距离感

李白作品中的女性形象，总是给人一种距离感，似乎是画中的人物、想象中的人物，而非现实生活中的人物。关于这一特征，方秀洁《新、旧、现实——李白诗中的女性形象》一文从李白女性诗的常用体裁、女性角色的类型特征等方面进行了深入的探讨，故笔者于此不再赘述。笔者以为，除了李白多用乐府歌行表现女性，具有代言性质的比兴意义外，从写作方式上看，造成李白诗中女性形象与现实疏离的原因还有以下三点：

首先，前文提及的对女性外形的模糊化处理，会营造出一种印象式的形象，而非现实性的形象。现实性的女性形象往往是由许多细节描写支撑的，如韩愈《华山女》：“华山女儿家奉道，欲驱异教归仙灵。洗妆拭面着冠帔，白咽红颊长眉青。遂来升座演真诀，观门不许人开扃”，生动地刻画出华山女道士洗妆拭面，双眉画得又黑又长，浓妆艳抹地披上道衣登坛讲道的情形。万楚的《五日观妓》：“眉黛夺将萱草色，红裙妒杀石榴花。新歌一曲令人艳，醉舞双眸敛鬓斜”，将歌舞伎艳丽的形象具象化地呈现在读者面前。李白的诗作中则较少具体的描写，他笔下的女道士，最具体的形象也只有“头戴莲花巾”（《江上送女道士褚三清游南岳》）一句。李白笔下的歌伎也多是“粉色艳日彩，舞袖拂花枝”（《邯郸南亭观妓》）、“遥看若桃李，双入镜中开”（《送侄良携二妓赴会稽戏有此赠》）等大写意式的描绘。一个形象要有现实存在感，必须是真实具体的，李白诗中的女性形象则如《诗经·秦风·蒹葭》中“在水一方”的伊人，虽然美丽可爱，但总是朦朦胧胧。譬如李白喜用“如花”之喻，美则美矣，但是究竟是怎样的具体形态，需要更多地调动读者的想象去建构，想象的成分愈重，现实的感觉就会愈少。

其次，李白较少使用时代感强的语汇描写女性，使得女性形象具有了超越现实的条件。由于李白对女性外形的模糊化处理，其女性题材的作品中，几乎没有诸如唐代其他诗歌中出现的“阔眉”“长眉”“高髻”“石榴裙”“胡服”“时世妆”等具有时代印记的女性形容笔墨。在女性身份地位的描写上，李白的诗中也不似杜甫诗中“三月三日天气新，长安水边多丽人。……就中云幕椒房亲，赐名大国虢与秦”之类史笔般的叙述。其实李白笔下有一些女性形象是具有鲜明时代特色的，如商人妇、女道士等，但是李白在描写的过程中，并没有赋予她们时代感的语汇。其专写商人妇的诗篇《江夏行》是这样描写的：

> 忆昔娇小姿，春心亦自持。为言嫁夫婿，得免长相思。谁知嫁商贾，令人却愁苦。自从为夫妻，何曾在乡土？去年下扬州，相送黄鹤楼。眼看帆去远，心逐江水流。只言期一载，谁谓历三秋。使妾肠欲断，恨君情悠悠。东家西舍同时发，北去南来不逾月。未知行李游何方，作个音书能断绝？适来往南浦，欲问西江船。正见当垆女，红妆二八年。一种为人妻，独自多悲凄。对镜便垂泪，逢人只欲啼。不如轻薄儿，旦暮长追随。悔作商人妇，青春长别离。如今正好同欢乐，君去容华谁得知？

诗歌描写嫁作商人妇的江夏女子的凄苦，其中没有明确的时代标志词，不似白居易《琵琶行》中叙述“老大嫁作商人妇”的琵琶女背景时尚有“教坊”“五陵年少”等时代特色明显的语汇。如果不说《江夏行》是唐代的作品，恐很难判别其时代。《长干行二首》亦是如此。在李白的作品中，恐怕“笑入胡姬酒肆中”是最具有时代特色的描绘了，但这类描写少之又少。时代感语汇的缺少，会给读者造成不一定是写现实所见女子的感觉，女性形象自然而然也就与现实有了距离。

再次，李白的诗歌在情境和氛围表现上具有超现实的特点。李白女性题材的作品多用汉魏晋南北朝时期流行的乐府歌行体，这使得整个作品具有超出现实时代的古韵。除了沿用乐府旧题以外，不少诗的题目还会用《拟古》《古意》《寄远》等或与时代有距离感或本身就具有模糊性的表述，在具体写作中，又总是营造出非现实的感觉。如《寄远十一首》其二：

青楼何所在，乃在碧云中。宝镜挂秋水，罗衣轻春风。新妆坐落日，怅望金屏空。念此送短书，愿同双飞鸿。

写思妇之苦是诗歌中常见的题材，思妇本身是现实中的存在，这类诗完全可以写得充满生活气息，如王昌龄的《闺怨》、金昌绪的《春怨》等。李白却在诗歌一开篇就将主人公的居住环境引入“碧云中”，这就与现实拉开了距离，其后所书写的内容自然就会产生游离于现实之感。

即便是书写现实生活、现实中女性的诗歌，李白也会通过自己的加工创造，让作品蒙上一层超现实的色彩。如《清平调词三首》：

云想衣裳花想容，春风拂槛露华浓。若非群玉山头见，会向瑶台月下逢。

一枝红艳露凝香，云雨巫山枉断肠。借问汉宫谁得似？可怜飞燕倚新妆。

名花倾国两相欢，长得君王带笑看。解释春风无限恨，沉香亭北倚阑干。

这是描写杨贵妃美貌的一组诗，也是李白妇女题材作品中极少的全力描写女性容貌美的作品。但是诗中塑造的杨贵妃并不似白居易《长恨歌》中“回眸一笑百媚生”“云鬓花颜金步摇”的具体而实在的形象。第一首中将杨贵妃比喻成仙界的仙女，与真实的社会拉开距离；第二首将杨贵妃比作汉代的赵飞燕，与真实的时代拉开距离；第三首写到当下，将杨贵妃与牡丹相比，却以“沉香亭北倚阑干”的静态画面收束，营造出一幅仕女图的感觉，似乎杨贵妃只适宜远远地观赏。

李白写给妻子的作品本应该是最能体现现实色彩的，但是同样地存在与现实的距离感。如《秋浦寄内》：

我今寻阳去，辞家千里余。结荷见水宿，却寄大雷书。虽不同辛苦，怆离各自居。我自入秋浦，三年北信疏。红颜愁落尽，白发不能除。有客自梁苑，手携五色鱼。开鱼得锦字，归问我何如？江山虽道阻，意合不为殊。

日本学者筧久美子在《以“女性学”观点试论李白杜甫寄内忆内诗》一文中指出，李白“在诗中是把妻子作为一个独立的客体而论的，并以其幽默的手法抒发自己的感情。这种超越时代的夫妻关系真是饶有趣味”。我们姑且不论李白的夫妻关系是否超越时代，仅从描写方式上看，李白与杜甫的寄内诗就存在着明显的差异。杜甫《月夜》诗是其在安史之乱中陷落长安时思念妻子所作，全诗如下：

今夜鄜州月，闺中只独看。遥怜小儿女，未解忆长安。香雾云鬟湿，清辉玉臂寒。何时倚虚幌，双照泪痕干？

此诗与上引李白诗都是丈夫在外思念妻子的作品，但是杜甫的诗明显比李白的诗更具现实色彩。李白首先在诗中用到“大雷书”的典故，增加了此时寄书的历史想象，后又写道“手携五色鱼”“开鱼得锦字”云云，与汉乐府中“呼儿烹鲤鱼，中有尺素书”的情境相似，故而诗作呈现出一种超越时代的色彩。而杜甫的诗中既有对妻子“香雾云鬟湿，清辉玉臂寒”的具体形象描摹，又言及自家儿女、鄜州、长安等具体情境，为读者构筑的是极为真实的场景。

三、夸饰的情感

李白多数女性题材的作品既不注重女性的外在形象描写，又不注重时代的现实性，可见是对女性形象进行了虚化处理。但是在这些诗篇中，对情感的描写却格外强调，我们仍能从中看到那个情感热烈、赤子心肠的李白。与他的一些直抒胸臆的诗篇不同的是，这种情感是借由女性书写出来的，具有明显的“香草美人”的隐喻象征色彩。《拟古十二首》其二：

> 高楼入青天，下有白玉堂。明月看欲堕，当窗悬清光。遥夜一美人，罗衣沾秋霜。含情弄柔瑟，弹作陌上桑。弦声何激烈，风卷绕飞梁。行人皆踯躅，栖鸟去回翔。但写妾意苦，莫辞此曲伤。愿逢同心者，飞作紫鸳鸯。

诗歌描写了一位女子月夜奏瑟时的情感活动，表现出其欲求“同心者”的热切愿望，正与李白渴求知己的心态相类。

李白还特别着意于对女性气质韵度和精神面貌的表现。《秦女休行》云：

西门秦氏女，秀色如琼花。手挥白杨刀，清昼杀仇家。罗袖洒赤血，英声凌紫霞。直向西山去，关吏相邀遮。婿为燕国王，身被诏狱加。犯刑若履虎，不畏落爪牙。素颈未及断，摧眉伏泥沙。金鸡忽放赦，大辟得宽赊。何惭聂政姐，万古共惊嗟。

《秦女休行》是曹魏诗人左延年的一首乐府诗，讲述了一位烈女秦女休为父复仇之事，对女主人公的外形并无描绘。李白的诗沿用了这个题材本身也体现出他对女性题材作品的态度。诗中对于秦女休的外貌，只有“秀色如琼花”一句形容，接下来就着重表现其勇武慷慨的气度。

又如《送内寻庐山女道士李腾空二首》其一：

君寻腾空子，应到碧山家。水舂云母碓，风扫石楠花。若恋幽居好，相邀弄紫霞。

对于女道士的具体形象未着一语，只是通过居住环境渲染其超然世外的韵致。

李白女性题材的作品中，有以第一人称写就的代言体，如《自代内赠》《代赠远》等，也有以旁观者姿态所作的描绘式，如《怨情》《公无渡河》等。然而不论哪一种书写方式，李白都极为重视精神层面的描写。在有些女性题材的诗篇中，李白甚至对女性的外在情况只字不提，而径直叙写其意其情。如《东海有勇妇》直接叙写东海勇妇“捐躯报夫仇”的义举，对于其外形、出身等未着一语；《子夜吴歌·秋歌》中写征妇之思，用“万户捣衣声”虚化女性形象，而重点放在玉关情上；《古意》中全篇书写“君为女萝草，妾作菟丝花”的坚贞之情。

李白对女性情感的描写是极为热烈的，以至于常常会使用夸饰的表现。日本学者笕久美子在《以“女性学”观点试论李白杜甫寄内忆内诗》一文中认为，李白“在赋诗与妻子时，却从不表达自己如何思念妻子之情，而是热衷于浪漫地遐想妻子是如何思念爱慕他的”。其实不止于寄内赠内诗，李白很多女性题材诗篇中的主人公都有着强烈的情感，李白也往往通过具有夸张意味的描写方式来表现。如《乌夜啼》：

黄云城边乌欲栖，归飞哑哑枝上啼。机中织锦秦川女，碧纱如烟隔窗语。停梭怅然忆远人，独宿孤房泪如雨。

忆远人的女子竟然泪落如雨，不可遏抑，既见出相思之深，又道出独居之苦。

《代赠远》：

妾本洛阳人，狂夫幽燕客。渴饮易水波，由来多感激。胡马西北驰，香鬃摇绿丝。鸣鞭从此去，逐虏荡边陲。昔去有好言，不言久离别。燕支多美女，走马轻风雪。见此不记人，恩情云雨绝。啼流玉箸尽，坐恨金闺切。织锦作短书，肠随回文结。相思欲有寄，恐君不见察。焚之扬其灰，手迹自此灭。

诗中的女主人公因思念远人“啼流玉箸尽，坐恨金闺切”，想要寄书给对方，又怕其不能体会到自己的深情，于是把书信烧成了灰，这样踪迹全无也不必挂牵，其情感是何等热烈！

《怨情》：

美人卷珠帘，深坐颦蛾眉。但见泪痕湿，不知心恨谁。

女子有怨情，愁苦不堪，诗人在描写时将其心中的怨又上升了一个层级，变为恨，此种感情是何等决绝而深刻！

其他如《远别离》中写娥皇女英对感情的忠贞："苍梧山崩湘水绝，竹上之泪乃可灭。"《春思》中写思妇刻骨的相思："当君怀归日，是妾断肠时。"《长相思》中写因盼念所爱而终日以泪洗面的深情女子："昔日横波目，今成流泪泉。不信妾肠断，归来看取明镜前。"《弃妇词》中写嫁为人妇后备受冷落的痛苦："罗帏到晓恨，玉貌一生啼。"这些都是对女性情感的深入描绘。李白用"肠断""恨""泪如雨""玉箸尽""一生啼"等字眼，明显将情感的强度置于一个极端，用这种极端的方式传达出的实际是自己内心中不可遏止的情感。

修辞学中对夸张的定义是："说话上张皇夸大过于客观的事实处，名叫夸张辞。说话上所以有这种夸张辞，大抵由于说者当时，重在主观情意的畅发，不重在客观事实的记录。我们主观的情意，每当感动深切时，往往以一当十，不能适合客观的事实。……所谓夸张，便是由于这等深切感动而生。"[①] 李白既于女性情感表达上多用夸张，可见他是将女性书写的重心放在内而非外的，精神世界的共鸣是令他感触最为深切的。

如果我们对李白笔下妇女题材的作品作一梳理，会发现他笔下的女性形象都与他自己的精神气度和心理状态有着密切的关系。《秦女休

① 陈望道《修辞学发凡》，上海教育出版社，1982 年，第 128 页。

行》《东海有勇妇》等作品中快意恩仇的女性形象隐隐透着李白身上的豪侠之气，而那些独守空闺、寂寞哀怨的女性形象则与李白政治上失意困顿的处境和心理相似，那些有所思慕、渴求知音的女性形象与李白希望得遇知己的心态又何其一致！那些女神、女仙、女道士形象的书写则是好道慕仙的李白的必然选择，至于那些狎妓风流的作品，又何尝不是李白洒脱不羁、放诞任性的风采的写照？

结论

宋陈藻《读李翰林诗》曾谈李白诗中多写妇人的原因道："杜陵尊酒罕相逢，举世谁堪入此公。莫怪篇篇吟妇女，别无人物与形容。"其实并非别无人物与形容，只不过中国文学既有"香草美人"之传统，女性书写自然成为男性诗人抒情写意的常用方式。

李白在女性题材作品上的书写策略是比较明晰的，他不是以纯粹观赏者的姿态去书写女性，也无意做女性生活的历史记录者。在李白笔下，女性与其诗歌中的山水风云、月酒花鸟等其他意象一样，是供他抒发内心那蓬勃不可遏抑的情感的，展现那洒脱飘逸的气度的。李白本就是一位主观性极强的诗人，在他的诗中，世间万物都可由他任意驱遣，女性形象也只是他精神棋盘上的一颗棋子，是他根据自己的人生境遇和情感状态选择的一种书写手段。所以，我们与其说李白有多么强烈的女性意识或男权思想，说他诗中的女性形象有多么重要的社会历史意义，不如回到李白书写这些女性形象的主观意图上，去体会这位天才诗人的内心世界。

（原刊于《中国李白研究》2014 年辑）

白居易《时世妆》考论

白居易《新乐府五十首》中，有一首名为《时世妆》，描写了元和年间流行于妇女中的一种妆容：

> 时世妆，时世妆，出自城中传四方。时世流行无远近，腮不施朱面无粉。乌膏注唇唇似泥，双眉画作八字低。妍媸黑白失本态，妆成尽似含悲啼。圆鬟无鬓椎髻样，斜红不晕赭面状。昔闻被发伊川中，辛有见之知有戎。元和妆梳君记取，髻椎面赭非华风。

从诗中可以看出，这种妆容以赭面、乌唇、啼眉、椎髻为特征，一反中国传统观念中女性美的标准，以至于诗人对此也颇有微词。

在中国古代社会中，女性处于男性的从属地位。既依附于男性，一向也顺从着男性的审美标准。所谓“女为悦己者容”，不仅仅是为了男性而装扮，更隐含了按照男性的审美标准来装扮的意思。从“楚王好细腰，宫中多饿死”到隋炀帝好长蛾眉，“由是殿脚女争效为长蛾眉”，历来女性都是以男性的审美趋向装扮自己的。但是在白居易的这首《时世妆》中，女性的妆容却引来男性的不满，而这种为男性所诟病的怪异妆容又在女性中极为流行，大有不可遏止之势。这一现象的背后蕴含了怎样的讯息，正是本文所要探讨的问题。

一

“时世”一词，本有时代的意思，《荀子·尧问》：“时世不同，誉何由生。”而“时世妆”[①]的称法，最早出现于白居易的作品中。在《全唐诗》里，除了上引《时世妆》外，还有一首诗也明确提到“时世妆”，即白居易的《上阳白发人》，中有四句云：“小头鞋履窄衣裳，青黛点眉眉细长。外人不见见应笑，天宝末年时世妆。”诗中所描写的景况与《时世妆》完全不同，虽然有唐一代眉式和服饰变化多样，但细长的黛眉、窄小的衣裳这一时世妆尚基本符合传统的女性审美观，没有怪与异的特征。不过在诗人笔下，这已经是过时的妆容，会招致时人的嘲笑。而正当时的时世妆是“出自城中传四方”的。可见“时世妆”即指时下流行的装扮。元和四年（809），白居易作《新乐府五十首》,《上阳白发人》与《时世妆》同为《新乐府》中作品，即作于同一时期，那么在当时流行的装束自然是《时世妆》中所描写的妆容，这种新的“时世妆”与之前相比，有着根本性的变化。

首先是面妆的改变：“腮不施朱面无粉。乌膏注唇唇似泥，双眉画作八字低。”白居易笔下的妆容与传统女性化妆风习大相径庭。古代女性以白为美，又要面色红润，故讲求傅粉施朱。这种妆饰风尚至唐代更为盛行，从传世的绘画中，我们可以看到唐代女性大多面妆浓重，多施脂粉与胭脂。《开元天宝遗事》记载：“（杨）贵妃每至夏月，常衣

① 一作“时势妆”，如日本神田喜一郎藏《白氏文集》本。“时势”偏重于当时的情势或趋势。除白诗外，《全唐诗》中亦有以“时势”形容妆容者，如“丛鬓愁眉时势新”（权德舆《杂兴五首·其一》）。无论“时世”还是“时势”，皆含有时代性因素。

轻绡，使侍儿交扇鼓风，犹不解其热。每有汗出，红腻而多香。或拭之于巾帕之上，其色如桃红也。”但是在《时世妆》中，女性崇尚的是不施脂粉，以“赭面”示人。《新唐书·吐蕃列传上》：“（吐蕃）衣率毡韦，以赭涂面为好。”唐王朝与吐蕃关系虽一直反复于交好与交恶之间，但始终存在联系。元和时期中原的这种涂面风尚无疑传自吐蕃。赭为赤红色，虽与胭脂、斜红同色系，但赭面的涂法与胭脂、斜红之类并不相同。2002 年在青海郭里木发掘的吐蕃墓葬中出土了一批木板彩画，画中再现了八世纪吐蕃流行的“赭面”。这种“赭面”妆主要是用赭色颜料，在人物脸上涂成各式圆团，有 3 点、4 点、5 点等不同样式[①]。

传统女性审美观念中以红唇为美，正如岑参《醉戏窦子美人》中称“朱唇一点桃花殷”。唐代妇女以粉涂面时，往往将双唇也涂成白色，这样点唇时便可以任意点出各种各样的式样，其中尤以娇小红艳的樱桃小口受青睐。但是元和年间的时世妆是以乌膏涂唇。这种饰唇方式源于何时何地，难以考证。南朝梁徐勉《迎客曲》：“罗丝管，舒舞席，敛袖嘿唇迎上客。”高春明《中国服饰名物考》认为，“嘿”与“墨”通，诗中所描写的为一种黑唇，并进而认为这种唇妆出现于南朝时期。但是在古汉语中，“嘿”一般通“默”，这里的“嘿唇”理解为闭口的意思更合适。而在《先秦汉魏晋南北朝诗》中，“嘿唇”仅《迎客曲》中一处，其他典籍尚未见有材料相辅，孤证难立。不过可以肯定的是，唐代确有黑唇妆，且这种妆宋人亦有所见。宋费衮《梁溪漫志》载：“老泉赞吴道子画五星云：‘妆非今人，

① 许新国《郭里木吐蕃墓葬棺板画研究》，《中国藏学》2005 年第 1 期，第 69 页。

唇傅黑膏。’予尝疑：霄汉星辰之尊，而妆饰乃如是之妖，何也？及观《唐·五行志》：‘元和末，妇人为圆髻椎髻，不设鬓饰，不施朱粉，惟以乌膏注唇，状若悲啼。’乃悟唐之俗工作时世妆，嫁名道子，以给流俗，星辰不如是也。”至于画眉，亦是沿袭古妆。《事物纪原》卷二引《二仪实录》：“汉武帝令宫人扫八字眉。”八字眉有啼哭之状，故云“妆成尽似含悲啼”。在今传唐代《宫乐图》中即有八字眉的形象。

《时世妆》中的发式描写也呈现出不同以往的特征。“圆鬟无鬓”乃诗中形容发式之词，圆鬟为梳成圆环形的发髻，无鬓即发鬓不做特别梳理①。圆鬟无鬓又与诗歌后文所言“椎髻”相辅。“椎髻”即将头发结成锥形的髻。关于这种发式的具体形态，研究者有不同意见：有认为是低垂于后②，有认为是结椎于顶③。在探究椎髻的样式之前，需注意的是，椎髻常被视为胡人的打扮。《汉书·李陵传》：“两人皆胡服椎结。”颜师古注：“结读曰髻，一撮之髻，其形如椎。”《旧唐书·太宗诸子》：“常命户奴数十百人专习伎乐，学胡人椎髻，翦彩为舞衣。”那么在关于少数民族服饰的记载中，椎髻又呈现出怎样的面貌呢？《旧唐书·音乐二》：“舞者四人，椎髻于后，以绛抹额，饰

① “无鬓”一作“垂鬓”。古代妇女对鬓发的梳理极为讲究，最为常见的为蝉鬓，是将鬓角处的头发，向外梳掠得极其扩张，形成薄薄一层，“望之缥缈如蝉翼”。可以说鬓发已经成为古代女性妆扮的重要一环。鬓式层出不穷，除蝉鬓外，有云鬓、长鬓、鸦鬓等等。而时世妆以怪诞为主要特征，故以一反传统鬓发修饰的“无鬓”为佳。

② 参见周汛、高春明《中国历代妇女妆饰》，学林出版社，1997年，第20页；周锡保《中国古代服饰史》，中国戏剧出版社，1984年，第217页。

③ 参见李肖冰《中国西域民族服饰研究》，新疆人民出版社，1995年，第188—189页；樊英峰《唐永泰公主墓出土陶俑各种发式、帽和鞋》，《故宫文物月刊》1995年第13卷第3期，第120页。

以金珰。”《旧唐书·东谢蛮》:“东谢蛮……男女椎髻，以绯束之，后垂向下。”从这些描述可以看出，椎髻是低垂于后的。而白居易《骠国乐》描写了贞元末西南骠国王遣使来朝献乐之事，诗中描写表演者的形象有“玉螺一吹椎髻耸”之句。既用“耸”字，当是立于头顶的。故，椎髻非指一式，既可垂于后，又可束于顶，只是状如椎形而已。这种情形在樊绰《蛮书》记南诏及西南其他民族的风俗时有所叙及:“总发于脑后为一髻，即取头囊都包裹头髻上结之。……若子弟及四军罗苴已下，则当额络为一髻，不得戴囊角；当顶撮鬈髻，并披毡皮。”在《时世妆》中，我们应倾向于白居易本人对于椎髻的认知，既然他笔下有“椎髻耸”之词，那么时世妆中的“椎髻”应当也是束于顶的。另外需提及的一点是，“赭面”虽系吐蕃风气，但是椎髻却并非吐蕃妇女发式。吐蕃妇女的传统发式是辫发。《新唐书·吐蕃列传》:“妇人辫发而萦之。”据郭里木吐蕃墓葬出土的妇女图板画，当时妇女均束发披肩，虽是否辫发并不清晰，但明显未呈现出椎髻。那么椎髻习俗到底源自何处？《史记·西南夷列传》载西南夷风俗，说夜郎、滇、邛都等数十族，“皆魋结，耕田”。《旧五代史·昆明部落》:“昆明部落，其俗椎髻跣足。”可见椎髻并非某一民族的独特习俗，而是普遍存在于西南一带的民族中[①]。贞元末随着西南乐舞的流行，椎髻的装扮也受到欢迎，经过妇女们的不断修饰，至元和初形成了圆鬟椎髻的流行发式。

① 其他地域和民族也有此风，如西北的吐谷浑，《周书·土谷浑列传》:“夸吕椎髻、毦、珠、以皂为帽，坐金师子床。”《隋书·南蛮列传》记载林邑的民俗风习:“妇人椎髻。”但是综合相关记载来看，以西南少数民族最为典型。

由上可知,《时世妆》中所描写的妆容有以下两个特点：其一，违背了中国传统女性审美的普遍标准，甚至反其道而行之，彻底打破了粉白黛黑、皓齿朱唇的审美习惯，呈现出怪异的审美趋向；其二，这种时世妆融合了汉、胡的多种妆饰习惯，“妆成尽似含悲啼”沿袭了中国传统女性装扮中“啼妆”“泪妆”的风格。而赭面妆源于吐蕃，椎髻则明显带有西南民族的风味，整体妆容表现出一种杂糅的特征，所以白居易在篇末有“髻椎面赭非华风”之叹。

二

《时世妆》当作于元和四年，其实在《时世妆》写作之前的贞元中后期，妆容变易的迹象已然出现。元稹《叙诗寄乐天书》叙及贞元中的艳诗创作云:“又有以干教化者，近世妇人晕淡眉目，绾约头鬓，衣服修广之度，及匹配色泽，尤剧怪艳。”既然将女性妆饰特为提出，可见变易之风已起。元稹《梦游春七十韵》:“丛梳百叶髻（原注：时势头)，金蹙重台屦。纰软钿头裙，玲珑合欢袴。鲜妍脂粉薄，暗淡衣裳故。”白居易《和梦游春诗一百韵》:“风流薄梳洗，时世宽妆束。”又其《江南喜逢萧九彻因话长安旧游戏赠五十韵》回忆往昔在长安的生活时:“时世高梳髻，风流澹作妆。戴花红石竹，帔晕紫槟榔。”这些诗都与《叙诗寄乐天书》中的描述相似，这种装扮的特征即淡妆博衣。至贞元末，流行妆容又发生变化。白居易《代书诗一百韵寄微之》:“风流夸堕髻，时世斗啼眉。”句下自注云:“贞元末，城中复为堕马髻、啼眉妆。”一般认为这里提到的“堕马髻、啼眉妆”与《时世妆》中的妆容大同小异，故而是一脉相承的。但仔细推究，二者有着本质的区别。贞元末流行的堕马髻、啼眉妆是有历史渊源的，《后汉书·五行志》记载：

> 桓帝元嘉中，京都妇女作愁眉、啼妆、堕马髻、折要步、龋齿笑。所谓愁眉者，细而曲折。啼妆者，薄拭目下，若啼处。堕马髻者，作一边。折要步者，足不在体下。龋齿笑者，若齿痛，乐不欣欣。始自大将军梁冀家所为，京都歙然，诸夏皆放效。

据此可知，堕马髻和啼眉妆是源自东汉，为梁冀的妻子孙寿所创。愁眉即将眉画得细而曲折，并未特别强调画成八字形，啼妆则在目下施薄粉，若啼痕。相似的妆容在安史之乱前也曾出现，《开元天宝遗事》载："宫中嫔妃辈施素粉于两颊，相号为'泪妆'。"堕马髻则是发髻偏坠一边，与圆鬟椎髻也不相同。因此，贞元末的时世妆完全是传统妆容的再度回潮，白居易自注中一个"复"字也印证了这点。这种回潮可以说是时尚发展的规律。在时尚界，有一条著名的莱弗定律（Laver's Law），即同一件衣服因为时间不同将会呈现出不同的审美判断：在流行前十年，是无礼的；前五年是无耻的；前一年是大胆的；流行当年是时髦的；一年后是过时的；十年后是可怕的；二十年后是可笑的；三十年后是有趣的……一百年后是美丽的。流行于汉代的妆容至唐代再放异彩，并无过时之虞，甚至可以说获得了新的生命力。但这种流行于贞元末的妆容尚未显现出受域外妆饰影响的痕迹，而白居易《时世妆》中描写的妆容带有明显的胡化痕迹。因此不能将两种妆容一概而论。

关于白居易诗中妆容的流行时间也颇值得探讨。按白诗的写作时间，“时世妆”应盛行于元和初。而《新唐书·五行志》载：“元和末，妇人为圆鬟椎髻，不设鬓饰，不施朱粉，惟以乌膏注唇，状似悲啼者。”元和纪年凡十五年，元和初与元和末还是有差距的，陈寅恪先生也发现这里记载的龃龉，并推测《新唐书》中此节乃永叔取自乐天诗，并进而认为“此种时世妆逐次兴起于贞元末年之长安，而繁盛都会如河中等处，争时势之妇女立即摹仿之。其后遂风行于四方较远之地域，迄于元和之末年”[①]。然元和初与元和末相隔十年左右，这种妆容是否历久不衰？众所周知，时尚的流行期是极短的，即便古代的时尚业不如现代规范与发达，但一般某种流行风尚的高峰期至多两三年左右，况且当时妆容的变易正处于迅疾期，贞元中后期流行淡妆，末期又流行堕马髻、啼眉妆，到了元和初流行赭面椎髻妆，长庆中又流行血晕妆[②]。元和初风靡的妆容到元和末仍然流行，似有违时尚发展的规律。再者，白居易对这种妆容表现出反感之意，作诗意在遏制此风，在一定程度上代表了当时男性士人的普遍态度。因此，笔者颇同意陈寅恪先生的推测，《新唐书》中所载当本自白居易诗。但是并非如义宁先生所言至元和末仍盛行，而很可能是《新唐书》在时间上记载有误。因为这一记载仅见于《新唐书》，《旧唐书》及其他较早或同时文献中均无相关记载。此妆容的某些特征在元和末仍存在或有可能，但绝不至于在元和末年仍是流行的主导。

① 陈寅恪《元白诗笺证稿》，生活·读书·新知三联书店，2001年，第269页。

② ［宋］王谠《唐语林·补遗二》：“长庆中，京城……妇人去眉，以丹紫三四横，约于目上下，谓之血晕妆。”

那么在赭面椎髻的风潮过后，又有什么样新的时尚呢？约生活于元和中后期的诗人徐凝有《宫中曲二首》：

披香侍宴插山花，厌着龙绡着越纱。恃赖倾城人不及，檀妆唯约数条霞。

身轻入宠尽恩私，腰细偏能舞柘枝。一日新妆抛旧样，六宫争画黑烟眉。

诗中出现“新妆”“檀妆”等词，可见又有新的时尚妆容开始流行。张祜《陪范宣城北楼夜宴》描写酒宴上的伎人：“粉项高丛鬓，檀妆慢裹头。”范宣城即范传正，元和七年八月至十二年初任宣歙观察使。张祜诗当作于此期间[①]。歌舞伎是古代引领时尚的主力之一，其妆容自然具有流行的特质。也就是说，在元和中期，较为流行的是“檀妆”。杨慎《词品·檀色》：“画家七十二色有檀色，浅赭所合，词所谓‘檀画荔枝红’也。……唐人诗词多用……唐宋妇女闺妆，面注檀痕，犹汉魏妇女之注玄的也。”此种檀妆当是赭面风俗的变化。一般来说，某种流行妆容不可能立即绝迹，而是有一个逐渐改易的过程，在改易中蕴含新的趋向。赭色或是与妆粉混合，逐渐变浅，点化方式亦有改变，最终形成一种新的妆容。至于发式，则有变高的趋势，元稹作于元和十四年的《李娃行》中有“髻鬟峨峨高一尺”之句，可见到了元

① 谭优学《唐诗人行年考·张祜行年考》，四川人民出版社，1981年，第250页。其推断此诗作于元和十一年（816）。

和后期圆鬟椎髻已经过时，又开始流行高髻了。

三

白居易的《时世妆》以整首诗的篇幅来批评一种妆容，而这样一种为男性所抵斥的妆容却能“出自城中传四方”，在女性中大受欢迎，原因何在？笔者以为这与当时的社会风气息息相关。贞元、元和年间，新变是社会的主导潮流。在这段时期内，政治上有永贞革新，有唐宪宗的政治改革，文学上有新乐府运动，李肇《唐国史补》卷下“叙时文所尚”条：“贞元之风尚荡，元和之风尚怪也。”其实不止文学，“尚怪”可以说是元和年间社会普遍的审美追求。在这样的审美风尚下，女性妆容出现此种变化也是自然的。这一时期的女性妆容在有唐一代是变化最频繁，样式最大胆的。

古代妇女的妆容颇多变化，时有新异之流行，但呈现在诗歌中多以表现美态为主。白居易却采取完全排斥的描写方式。一方面是由于这种“时世妆”背离了传统审美观念，让男性的审美视觉受到严重冲击。在中国传统的女性审美观中，蛾眉连娟、唇红齿白、面若桃花才是女性美的特征。特别是在中国文人作品中，对女性美的描绘几乎是一样的理想模式，常借用自然现象、动植物或日常用品来刻画女子身体的各个部位，诸如蛾眉、樱唇、桃花面、云鬓、玉臂等等。然而在元和初，女性形象已经与这些形容词完全脱节。当传统的审美观念遭遇撞击，传统的语词不能形容目下的女性形象，诗人当然要表现出惊异与不适。况且之前历史上所出现的怪异妆容，基本上是得到男性审美标准的认可后开始流行，而后逐渐走向极端，又遭受批评的。孙寿的愁眉啼妆目的是魅惑男性，也得到其丈夫梁冀的认可[①]。后周时流行黄眉墨妆，亦是周静帝所倡[②]。一直以来，男性是女性时尚的背后裁决者。而乌唇椎髻的时世妆显然不能在视觉上唤起他们对于女性的美好联想，已超出了男性的审美承受范围，因此对其进行抨击也在情理之中。另一方面，将女性妆容纳入社会批评的范畴，特别是以文学的形式表现出来，也与白居易所倡导的“新乐府”宗旨密不可分。新乐府运动强调诗歌的社会功能和讽喻作用，主张诗歌要有社会内容，要反映民生疾苦和社会现实弊端。白居易关注“时世妆”，已不仅仅是对女性美的关注，而是要透过“时世妆”，看到当时存在的社会问题。《时世妆》的题下注即直言“儆戒也”，正是通过诗歌对这种社会风气提出警示。日本神田喜一郎藏《白氏文集》中作“警戎也”，更是与诗中“髻椎面赭非华风”遥遥呼应，突显出白氏此作的目的是对异族风习浸染中原并成为大众流行的不满与忧虑。

白居易借对“时世妆”的不满抨击胡化严重的社会风气，是中唐士人普遍的排外心态的一种反映。唐代前期统治阶级本着“华夷一家”的观念，积极吸收外来文明。外来民族的音乐、歌舞、技艺、服饰皆为唐人喜好。贵族仕女亦以胡化为时尚，《旧唐书·舆服志》云：“太常乐尚胡曲，贵人馔御，尽供胡食，士女皆竟衣胡服。”白居易

① ［南朝宋］范晔《后汉书》：“寿色美而善为妖态，作愁眉，啼妆，堕马髻，折腰步，龋齿笑，以为媚惑。冀亦改易舆服之制，作平上軿车，埤帻，狭冠，折上巾，拥身扇，狐尾单衣。寿性钳忌，能制御冀，冀甚宠惮之。”

② ［宋］吴曾《能改斋漫录·事始》：“后周宣帝传位太子，自称天元皇帝，禁天下妇人不得施粉黛。自非宫人，皆黄眉墨妆。”

《上阳白发人》中写到的“小头鞋履窄衣裳”正是胡服的特征。但是安史之乱加深了唐王朝对外族的顾忌，直接导致中唐时期的反胡之风。元稹《法曲》诗云：“自从胡骑起烟尘，毛毳腥膻满洛城。女为胡妇学胡妆，伎进胡音务胡乐。……胡音胡骑与胡妆，五十年来竞纷泊。”言辞之间对胡服和“胡化”已产生了不满。《时世妆》中所描写的椎髻、赭面皆为外族习俗，虽然就当时的政治局面而言，唐与吐蕃、南诏正处于和平期，但吐蕃仍占有唐的三州，白居易在元和四年、五年起草的与吐蕃宰相两份敕语中坚持要求归还安乐、秦、原三州[①]。对于这样复杂的关系局面，中唐士人恐怕无法安枕。白居易以为椎髻赭面非华风，甚至以“被发伊川”喻之，其对胡风的厌恶可见一斑。而这种对异族的警戒与恐慌情绪不仅存在于白居易的“新乐府”诗歌中，在当时其他作家的作品中也都存在着。如唐传奇《东城老父传》中，作者也借贾昌之口感叹元和间风气：“今北胡与京师杂处，娶妻生子，长安中少年有胡心矣。吾子视首饰靴服之制，不与向同，得非物妖乎？”

虽然白居易在《时世妆》中明确表露了“元和妆梳君记取，髻椎面赭非华风”的写作目的，但是在反胡化的心态之下，还透露出一种或许诗人本人都不曾意识到的社会倾向。在诗歌中，男性极为反感的时世妆在女性中却大受欢迎，甚至“出自城中传四方”，这一现象的背后隐含着贞元、元和年间男性与女性审美观念的变化。

前已述及，贞元、元和年间是一个希求中兴、希求新变的时代，妇女妆容的变化符合当时的社会心态。这本应得到审美上求新求异的

① 参见［唐］白居易《与吐蕃宰相钵阐布敕书》《与吐蕃宰相尚沁心儿等书》，见［唐］白居易著，朱金城笺注《白居易集笺校》，第 3210 页、第 3237 页。

文人的认可。但是实际情况并非如此，在政治上、文学上求新求变的男性对于女性的妆容变化却无法接受。不仅是椎髻赭面的时世妆遭到抨击，其他一些妆容也受到诟病。元稹《叙诗寄乐天书》云：“近世妇人晕淡眉目，绾约头鬓，衣服修广之度及匹配色泽，尤剧怪艳，因为艳诗百余首。”如果说椎髻赭面是因为颠覆审美的胡风引来不满，宽衣博袖正好与窄襟袖的胡服形成鲜明对比，是典型的华风体现，但元稹却以“怪艳”一词形容，似乎也不合其审美标准。又元稹《有所教》诗云：“莫画长眉画短眉，斜红伤竖莫伤垂。人人总解争时势，都大须看各自宜。”明言时世妆并非人人适合的，其实也暗含了对时人盲目追求流行的讽刺。甚至有将反对时世妆者作为楷模颂扬的情形，唐赵璘《因话录》载：崔枢夫人李氏为西平王李晟之女，“治家整肃，贵贱皆不许时世妆梳”，故赞曰：“勋臣之家，特数西平礼法。”为何求新求变的男性难以容忍女性妆容的改变，而不被男性认可的妆容却可以在女性当中大行其道？

如果仔细梳理贞元、元和乃至长庆年间的女性流行时尚，可以看出当时女性认可的时尚观念是讲求独特。短眉是对传统长眉的反叛，八字眉的样子像是悲啼不止，血晕妆更是触目惊心，这些皆不符合传统的审美标准，然而它们却能流行一时，足见当时的女性并不是以传统的眼光来看待美丽的。在她们的观念中，美丽就是要有个性，要与众不同，这种时尚观具有相当的现代意义。

中唐女性这种独特的时尚观既是当时“尚怪”社会风气的直接反映，同时又源于女性强调自我主体性的潜在心理。沙莲香《社会心理学》研究认为：“从流行的个人机能看，它是一种个性追求、自我实现，试图用标新立异来提高身价，超然于不如己的人。另外，流行又是一种自我保护、自我防卫，试图用出众而避开和弥补自己的不足。”虽然一直以来女性不得不接受男性为她们设置的化妆修饰等一系列改造，但是唐代妇女地位显著提高，她们的主体意识日渐觉醒。特别是到了贞元、元和之际，早已经过武周时期女主天下，经过开元、天宝的开放盛世，女性的自信心充分树立，她们性格鲜明、不拘礼法，也不会完全任男性摆布，而是有了自己对美的理解。特别是在一个充满变革气息的时代，她们也想融入时代的潮流中。追求独特另类的时尚观就是她们对社会发展趋向的一种认知与自我解读，同时又是强调女性自主性的一种方式。虽然在当时她们不可能有明确的意识，不自觉的行为却已经透露出她们内心深处的意愿。

但是，相对于女性自身审美观念的开放，男性对女性的审美观则呈现出收缩内敛的态势。如果说在唐代前期，男性尚可以接受女性新异的装扮，但经历过安史之乱，到了贞元、元和年间，男性希望女性可以回归传统与规矩。在男权的社会中，女性只属于私人的领域。男性为了将女性永远限制在私人领域，便不断地向女性灌输他们为女性所设计的道德和行为准则，甚至美的准则。法国女权主义学者波伏娃对此类现象有所分析：男人之所以不许女人放弃长裙、衬裙、面纱、长手套和高跟鞋等女性化妆饰，是为了强调女性作为“他者”的身份，“对于他者差别的任何强调，都会让她变得更加令人满意，因为男人想占有的正是这样的他者”①。因为女性一直在男权

① ［法］西蒙娜·德·波伏娃著，陶铁柱译《第二性》，中国书籍出版社，2004年，第183页。

社会中生存，久而久之，男性所认可的审美标准在女性的头脑中亦成为理所当然。可是当女性有了些微的觉醒，不再顺从男性的审美规范时，男性就会产生恐慌。特别是在贞元、元和之际这样充满变动意识的时代，男性士人的目的是实现中兴，可以重新掌控社会的发展趋向，所以必须先稳固某些东西，才可以从容地实现社会变革的理想。而一直处于男性掌控之下的女性自然成了首选，他们不再容许女性可以像初盛唐时期一样有种种出格的举动。如前所述，白居易诗中表现出的是对充满外族特征的时世妆的抨击，而其他一些不具有胡风的怪异的妆容也被男性置以微词。段塔丽《唐代妇女地位研究》认为，唐代中后期，妇女地位处于下降趋势。男性对于女性审美观念由唐代前期的开放心态到贞元、元和年间的收缩态势，正是女性地位变化的一个预警讯号。

贞元、元和之际是中唐社会最富变革气息的时代，然而男性与女性的审美观念在这一时期却呈现出一定程度的背离。男性追求社会的变革、文学的革新，但是对女性美的要求却趋于传统，而女性则大胆追求新异，甚至比唐代前期更趋向开放。白居易的《时世妆》虽然以警诫胡风为目的，其间却蕴含男性与女性的潜意识心理，透露出两性审美观念在特定历史时期的变异，为我们捕捉当时的社会心理状态提供了很好的参照。

（原刊于《唐代文学研究》第十四辑）

宋代的枕屏

屏风是中国古代很常见的一种摆设，种类和样式极多。厅堂、内室一般都会立有各种各样的屏风。在屏风的众多名目中，有一类称为“枕屏”，宋人的作品中时不时会出现这一名词，它可以说是宋代一种典型的室内陈设。

所谓枕屏，是置于床头枕畔的一种小屏风。《器物丛谈》解释说：“屏风，所以障风，亦所以隔形者也。古者扆之遗象。又床有屏，施之于床；枕有屏，又施之于枕。”（《古今合璧事类备要·外集》）宋代的床榻，大多四面无围子，在睡枕一侧常会安放一个小屏，即枕屏。其实屏风与床榻结合的历史是相当悠久的，山东诸城汉墓画像石上就有体现。但是专门的枕屏出现，大约要到唐代，当时又称为“枕障”。顾况《杜秀才画立走水牛歌》诗：“杜生知我恋沧洲，画作一障张床头。”张曙《浣溪沙》词中则有“枕障熏炉隔绣帷”之句。这种放在枕边的小屏，主要作用是遮挡头部，避免风寒的侵扰。白居易就曾有切身的体会：“予旧病头风，每寝息，常以小屏卫其首。”（《貘屏赞》小序）到了宋代，枕屏的使用更为普遍，宋人诗词中多有题咏，欧阳修《书素屏》：“我行三千里，何物与我亲。念此尺素屏，曾不离我身。……开屏置床头，辗转夜向晨。”在宋词中，甚至已有词牌就以《枕屏儿》为名。

宋代的枕屏，有多扇式和单扇式两种。苏轼《吴子野将出家赠以扇山枕屏》“短屏虽曲折，高枕谢奔走”，贺铸《菩萨蛮》词“曲屏映枕春山叠”，所咏皆为多扇可折式的枕屏。而宋人绘画如《风檐展卷图》中则是单扇式枕屏。至于枕屏的屏面，以绢罗和纸制的两种为主。丘密《江城梅花引》咏枕屏道“轻煤一曲染霜纨”，所说应当是以绢罗为面的枕屏。陈著有《沁园春》一首，则专咏纸枕屏。蔡确《夏日登车盖亭十绝·四》中也写道：“纸屏石枕竹方床，手倦抛书午梦长。”此外还有用各种材料装饰的，如云母枕屏、七宝枕屏等等。宋仁宗就曾为了敬天德，将刚进呈的一个七宝枕屏“遽取碎之”（宋邵伯温《邵氏闻见录》）。另有一种水晶屏，据唐张泌《妆楼记》记载，薛夜来初入魏宫时，曾撞在一扇水晶七尺屏风上，面部伤处如晓霞将散，成为“晓霞妆”的缘起，可见其屏晶莹剔透。宋黄铸《秋蕊香令》：“水晶屏小欹醉枕”，所咏已非大型的水晶屏风，而是小巧的枕屏。以水晶小屏置于枕畔，似也为宋人增加了一抹风流旖旎的情趣。

隋唐以来，书画屏风是极为盛行的，枕屏的装饰自然也承其流风。虽然枕屏比一般的屏风形制小，但其上书画图案的内容是十分丰富的。梅尧臣《答陈五进士遗山水枕屏》诗云：“妙画能成趣，溪山迥得君。渔舟长映浦，岩树半藏云。征雁无时没，横桥有处分。数峰来枕席，曾不愧移文。”俨然是一幅错落有致的山水画。朱熹《祝孝友作枕屏小景以霜余茂树名之因题此诗》中也曾描绘枕屏上的精致画面：“山寒夕飙急，木落洞庭波。几叠云屏好，一生秋梦多。”不仅山水风光，草芥蜂虫也是枕屏一景。杨万里《戏题常州草虫枕屏》道：“黄蜂作歌紫蝶舞，蜻蜓蚱蜢如风雨。先生昼眠纸帐温，无那此辈喧梦魂。眼中了了华胥国，蜂催蝶唤到不得。觉来匆见四摺屏，野花红白野草青。勾引飞虫作许声，何缘先生睡不惊。”另有绘以鸳鸯的枕屏，史达祖《鹧鸪天》:“情艳艳，酒狂狂。小屏谁与画鸳鸯。解衣恰恨敲金钏，惊起春风傍枕囊。”王武子《朝中措》:“闲看枕屏风上，不如画底鸳鸯。”如果说鸳鸯是闺房女子的钟爱，那么传统绘画中的梅与竹更受文人士大夫的青睐。陆游《书枕屏》诗云:“甘菊缝为枕，疏梅画作屏。改诗眠未稳，闻雪醉初醒。”黄庚《床屏墨竹》:“淇澳新梢笔下分，枕屏墨晕湿寒云。诗人纸帐眠清夜，不梦梅花梦此君。”此外还有以人物入画的。苏辙《画枕屏》:“绳床竹簟曲屏风，野水遥山雾雨蒙。长有滩头钓鱼叟，伴人闲卧寂寥中。”显然一幅颇具情趣的老者垂钓图。而邵雍曾题写“遂令高卧人，欹枕看儿戏”(《邵氏闻见录》)的枕屏上画的则是小儿迷藏的生活写真。除却画屏外，还有专门题字的枕屏。据宋费衮《梁谿漫志》记载:陈昱少年时，在父亲的枕屏上模仿米芾的笔迹，题写杜甫的诗，后来被米芾看到，就传授给他作字提笔之法。明扬载明《惠州府志》也记载了一件枕屏题字的事:“仲辅博学善属文，……尝作枕屏，篆《五箴文》遗侍讲陈鹏飞，鹏飞以诗答之云:阑干一幅鹅溪绢，中有五箴排小篆。银钩小变科斗文，挂我床头星斗烂。”有了题字的风气，枕屏上也如铜镜、瓷枕等一样出现了铭文。张栻有《枕屏铭》:“勿欺暗，毋思邪。席上枕前且自省，莫言屏曲为君遮。”题字作画之外，在绢罗面的枕屏上还可施之刺绣，即所谓绣屏。贺铸《绿头鸭》:“绣屏掩、枕鸳相就。”而常见的便是加入金银线的缕金银工艺。宋代用金风气极盛，甚至朝廷一再禁止也不绝如缕。宋真宗大中祥符八年的诏令中，仅所禁名目就有销金、缕金、间金等十多种。这些用金工艺在枕屏上也有反映，如周密《夜合花》“枕屏金络，钗梁绛缕，都是思量”，楼采《玉楼春》“凤钗敲枕玉声圆，罗绣拂屏金缕褪”，显然说的是缕金工艺。而晏几道《浣溪沙》“床上银屏几点山。鸭炉香过琐窗寒。小云双枕恨春闲”，则说的很可能是用泥金银的工艺制造出山峦起伏的态势。除各种装饰之外，还有素面的枕屏，白居易有《素屏谣》：“吾不令加一点一画于其上，欲尔保真而全白。”虽然所描写的并非特指枕屏，却显示出文人对素屏的钟爱。到宋代，这种风气仍然保留着。李纲《感皇恩》：“竹枕紬衾素屏小。”陈著《沁园春·□竹窗纸枕屏》也对素屏极为欣赏：“小枕屏儿，面儿素净，吾自爱之。”

至于枕屏的使用时间，扬之水《宋人居室的冬与夏》一文中讲到宋人居室夏季之物时曾提到。然而从宋人的诗词作品来看，枕屏似乎是一年四季都在使用的，并无节令性的限制。曹邍《瑞鹤仙》：“空忆。象床沉水，凤枕屏山，殢欢尤惜。粉香狼藉。海棠下、东风急。自秦台箫咽，汉皋佩冷，断雨零云难觅。但杏梁、双燕归来，似曾旧识。”这里回忆的凤枕屏山显然是在春季。又徐照《清平乐》：“绿围红绕。一枕屏山晓。怪得今朝偏起早。笑道牡丹开了。迎人卷上珠帘，小螺未拂眉尖。贪教玉笼鹦鹉，杨花飞满妆奁。”枕屏也是与牡丹、杨花相伴出现的。欧阳修《蝶恋花》：“面旋落花风荡漾。柳重烟深，雪絮飞来往。雨后轻寒犹未放，春愁酒病成惆怅。枕畔屏山围碧浪。翠被华灯，夜夜空相向。寂寞起来褰绣幌。月明正在梨花上。”不仅有柳絮、梨花，更点明了“春愁”。关于枕屏在夏季的使用，前面提及的《宋人居室的冬与夏》一文中已举有宋人绘画《荷厅儿戏图》《风檐展卷图》为证，在此不复赘述。在秋季，枕屏并没有像秋扇那样被遗弃，而是仍然在使用中。刘镇《阮郎归》：“寒阴漠漠夜来霜。阶庭风叶黄。归鸦数点带斜阳。谁家砧杵忙。灯弄幌，月侵廊。熏笼添宝香。小屏低枕怯更长。和云入醉乡。”词中的黄叶、砧杵等意象显然是在描绘秋景，而所谓的小屏也当指枕屏。蒋捷《金蕉夜·秋夜不寐》：“云褰翠幕。满天星碎珠迸索。孤蟾阑外，照我看看过转角。酒醒寒砧正作。待眠来、梦魂怕恶。枕屏那更，画了平沙断雁落。”题即为“秋夜不寐”，也是明显的秋景图。赵孟坚《鹊桥仙·岩桂和韵》：“明金点染，枝头初见，四出如将刀翦。芳心才露一些儿，早已被、西风传遍。归来醉也，香凝襟袖，疑向广寒宫殿。便须着个胆瓶儿，夜深在、枕屏根畔。”岩桂乃秋季之花，此处枕屏当在秋季无疑。又黄庚《枕边瓶桂》“岩桂花开风露天，一枝折向枕屏边。清香重透诗人骨，半榻眠秋梦亦仙”，可与前首相为佐证。至于枕屏在冬日的使用，黄庚《床屏墨竹》“淇澳新梢笔下分，枕屏墨晕湿寒云。诗人纸帐眠清夜，不梦梅花梦此君”可为一证（诗中的梅花纸帐是宋人冬日独宿时的设置）。又陆游有《书枕屏》四首，“开禧三年冬作于山阴”。据其内容，当是即景而作，并非冬日怀夏日之作。

一般来说，枕屏的作用大致有二：一为挡风之用；二为装饰之用。宋人十分重视养生，宋蒲虔贯《保生要录·论居处门》谈到对居室的要求说：“常居之室，极令周密，勿有细隙致风气得入，久居善中人。风者，天地之气也，能生成万物，亦能损人。初入腠理之间，渐至肌肤之内，内传经脉，达于脏腑。传变既广，为患则深。故古人云：‘避风如避矢。’”这段话阐明了避风的重要性。陈直《寿亲养老新书》：“栖息之室，必常洁雅。夏则虚敞，冬则温密。其寝寐床榻，不须高广……三面设屏，以防风冷。”这虽是养老之法，也可以看出宋人理念中健康居室环境的原则。而“头者，精明之府”，古代中医认为，五脏六腑的精气皆上注于头部，故头部的保养极为重要。夏季居室的门户一般都是敞开的，设置枕屏可以阻挡夜深熟睡时风气的侵袭。在其他季节，尤其是春寒料峭和秋凉乍起的时节，风寒最易袭人，枕屏便是一道有益的屏障。宋人所绘的《半闲秋兴图》中就在床上设有枕屏。因此，可以说枕屏的使用时间是相当宽泛的。它作为宋人居室内一件既具实用性又具装饰性的陈设，不仅使宋人在睡眠时更为舒适，而且也为宋人的生活增添了一份诗情画意。宋代以后，带围栏的床榻广泛使用，如明代的架子床、拔步床、罗汉床等，枕屏的作用便不那么明显，因此使用也就越来越少了。

（原刊于《文史知识》2006 年第 7 期）

后　记

文学与女性是一个永恒的话题。虽然中国古代男性与女性一直处于不平等的地位，女性在文学创作方面无论是作者人数还是作品数量都无法与男性相比，但是中国古典诗歌从一开始就与女性关联紧密。《诗经》第一篇《关雎》中那“窈窕淑女”，令君子“寤寐思服”。一部《诗经》，所展示的女性形象千姿百态。屈原《离骚》等诸篇中的“美人”则开创了诗歌中女性形象新的意义。虽然在“诗言志”的传统下，男性诗人笔下的女性形象常被解读为别有寄托、自抒怀抱等，但文字直观呈现出来的依然是仪态万千的女性。随着词体的产生，男性更是名正言顺地描摹女性声情体貌、哀乐愁怨。一部中国古典诗歌史，离不开女性形象。由女性形象所构筑的女性世界是极其复杂的。其中有来自男性的声音，也有来自女性的声音；有来自上层的声音，也有来自底层的声音。所描写的内容有女性的真实生活状况，有诗人的审美选择，有艺术的夸张或想象。在这个衣香鬓影的繁复世界中，我们可以看到历史文化，看到文学艺术，看到世态人情，看到思想观念……这些诗篇既是文学文本，也是社会生活的影像。

唐宋时期是中国古典诗歌史上的黄金时代，唐宋诗词中的女性世界无论是样态的丰富性，还是时代的独特性、内涵的深刻性，都具有典型意义。然而要探究清楚其中的曲奥，殊非易事。我关注这个方向虽然前前后后已近二十年，但是所得仍是沧海一粟。这一方面缘于自己生性疏懒，多随兴而发，没有穷力追新、竭心尽意的魄力，另一方面，这些年随着眼界的不断开拓，特别是学文学出身的我接触到更多的名物学、历史学等方面的研究成果后，深感自己学识的狭促，基本上是亦学亦研。现在呈现的这册小书，可以说是我学习与探索的一点心得。

这既是一部旧稿，也是一部新稿。说其旧是因为发端甚早，说其新是因为直至戊戌岁暮，才校改完成。屈子说："日月忽其不淹兮，春与秋其代序。惟草木之零落兮，恐美人之迟暮。"时光在不经意间流走，这部书稿前前后后也打上了时间的印记，有完成于十几年前的内容，有完成于几年前的内容，也有新近完成的内容。如果说当年她还是稍有姿色的美人，随着研究日新月异的发展，各种著述不断出现，不知会不会有迟暮之感！但是，我想，不论岁月怎样变迁，我对文学中的女性形象与女性生活还是会有兴趣的，以前是这样，以后也会如此。这大概是因为身为女性，在阅读文学作品时会不由自主地关注。纵然迟暮，也是生命的痕迹。

因缘际会，小书今得以付梓，也算了却多年来的一桩心愿。感铭这些年来一直给予我关怀和帮助的师友与亲人，虽然年光催人，但情谊不老。

"残腊即又尽，东风应渐闻。"无论逝川之叹多么令人伤感，还是期待着春天的到来。

是为记。

图书在版编目（CIP）数据

唐宋诗词中的女性物事研究 / 田苗著 .-- 北京 ：商务印书馆国际有限公司，2021.9（2022.11 重印）
（西北大学中国文化研究中心学者论丛 / 李浩主编）
ISBN 978-7-5176-0850-9

Ⅰ . ①唐… Ⅱ . ①田… Ⅲ . ①古典诗歌－诗歌研究－中国－唐宋时期 Ⅳ . ① I207.2

中国版本图书馆 CIP 数据核字 (2021) 第 155299 号

TANGSONG SHICI ZHONG DE NüXING WUSHI YANJIU
唐宋诗词中的女性物事研究

著　　者	田　苗
出版发行	商务印书馆国际有限公司
地　　址	北京市朝阳区吉庆里 14 号楼 佳汇国际中心 A 座 12 层
邮　　编	100020
电　　话	010-65592876（编校部） 010-65598498（市场营销部）
网　　址	www.cpi1993.com
印　　刷	北京建宏印刷有限公司
开　　本	710mm × 1000mm　1/16
字　　数	250 千字
印　　张	20
版　　次	2022 年 11 月第 1 版第 2 次印刷
书　　号	ISBN 978-7-5176-0850-9
定　　价	75.00 元